常舒欣 著

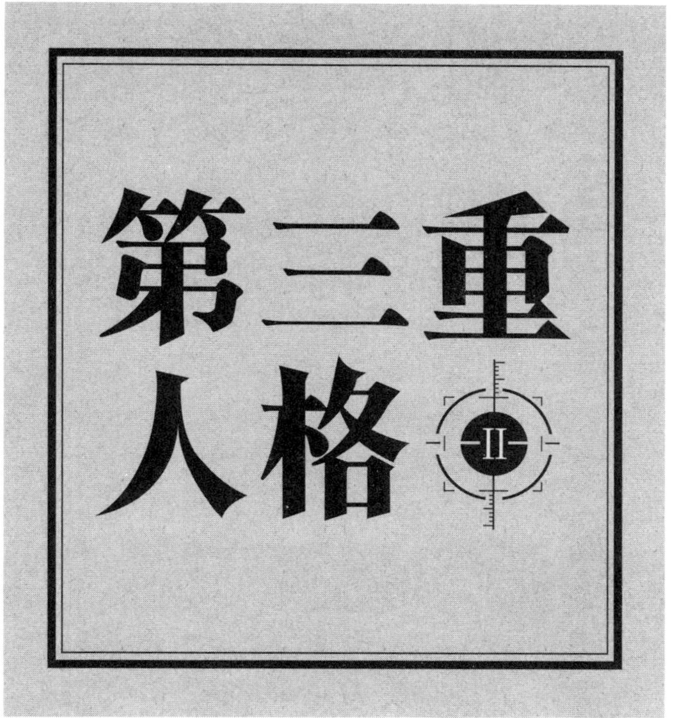

民主与建设出版社

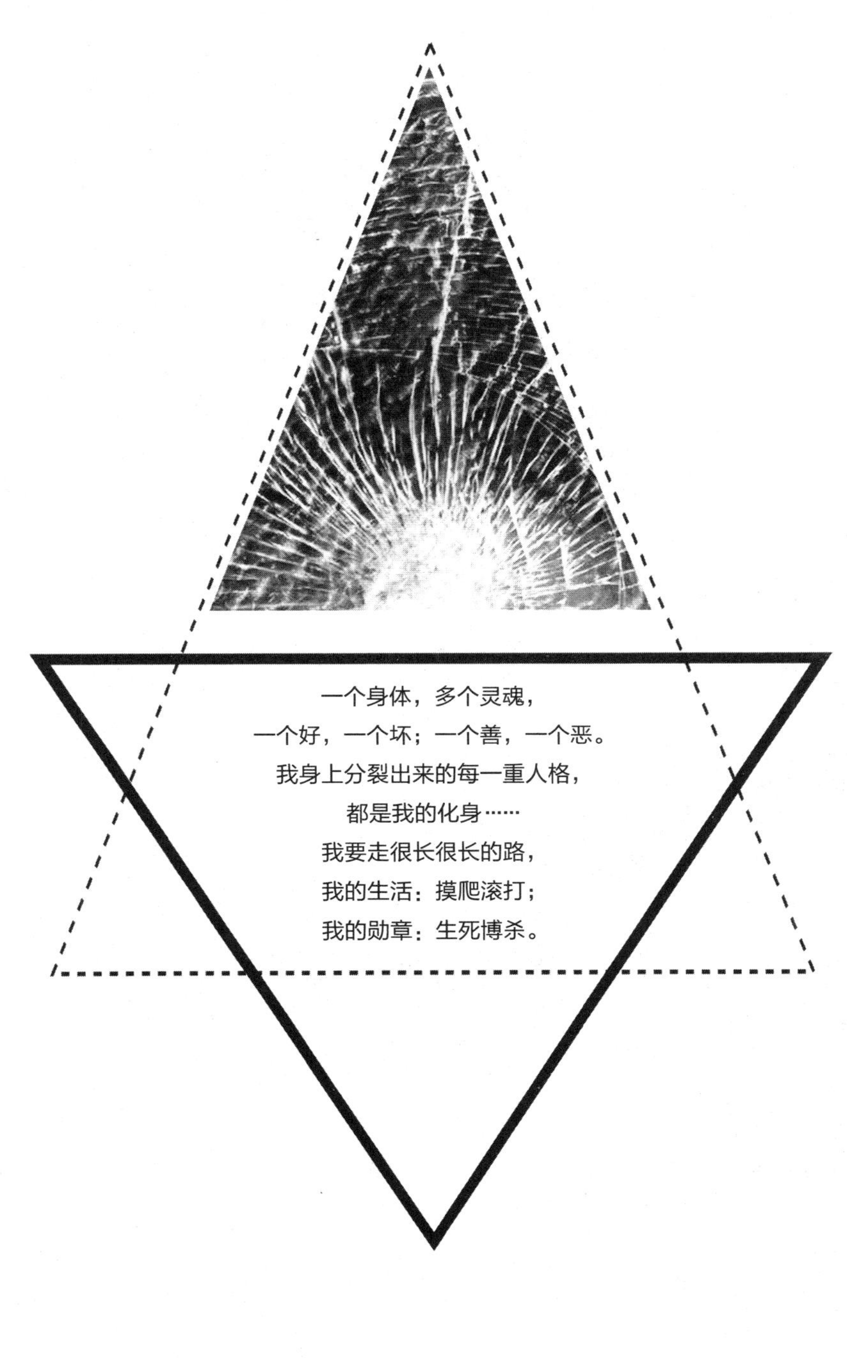
一个身体，多个灵魂，
一个好，一个坏；一个善，一个恶。
我身上分裂出来的每一重人格，
都是我的化身……
我要走很长很长的路，
我的生活：摸爬滚打；
我的勋章：生死博杀。

目录 CONTENT

在阴晦的车灯光下，一个高大的人，肩上扛着一个人……或者是一具尸体，正一步一步向他们走来。右手拎的枪刚刚放下，灯光在他的身后拉了一个细长、扭曲、恐怖的人影，他像从地狱里走出来的一样，带着血腥和震人心魄的恐惧，一步，一步，走到这一堆失控的人面前。

崩溃，不可抵挡的崩溃，让他面如死灰，他脸上的肌肉开始痉挛，额头的青筋像爬了几条毒虫在颤，颤抖到豆大的汗珠一颗一颗往下落，打湿了锃亮的手铐、打湿了他颤抖的指尖，他都浑然不觉……

第一章
千里追凶嫌

在阴晦的车灯光下，一个高大的人，肩上扛着一个人……或者是一具尸体，正一步一步向他们走来。右手拎的枪刚刚放下，灯光在他的身后拉了一个细长、扭曲、恐怖的人影，他像从地狱里走出来的一样，带着血腥和震人心魄的恐惧，一步，一步，走到这一堆失控的人面前。

一路昂扬

大城市有大城市的繁华，小城也会有小城的风景，从终点又回到了起点，大兵踏上洛宁的地界时，心里免不了感慨万千。

从一个一无所有的失忆症患者，到一品小区的民工，又在一夜之间变成富贵荣华的顾总，转眼间，现在又变回一无所有了。以前听说很多人一夜赤贫后跳楼、疯掉，甚至锒铛入狱，他还有些不理解，不过现在倒是能体会到那种绝望以后的心境了。

一无所有地出现在洛宁的时候，那是一种带着悲哀的绝望。

身陷囹圄被关在警车里的时候，那是一种带着恐惧的绝望。

而目睹罪恶的时候，又是一种带着愧疚的绝望。

一个人之于这个世界实在是太渺小了，不管是哪一种绝望都能让你看不到明天。大兵估计这或许就是他心里一直是阴暗色调的缘故，总觉得视线里那些人来人往、形形色色的男女，都像是抱着什么心怀叵测的动机。

“怪不得我心里这么阴暗，原来是卧底。”

他暗道，终于找到顾总这一身份曾经自私、贪婪、狭隘以及伪善的性格根源了。不管有多么崇高的使命，顾总那个身份和位置，都是他可以尽情释放阴暗与压力的最好借口，或许从某种程度上讲，他觉得自己并不比那些骗子高尚。

嗯？他怔了下，看到一处狼藉的场面，泊了好多警车，赶紧摁起了出租车的窗户，问着司机道："师傅，那是怎么了？"

"非法集资呗，摊被砸了，上午砸的，叫什么众……"

"鑫众？"

"嗯，对，好像是，专骗老头老太太，说是那酵素刺酒什么的，喝了能延年益寿，包治百病。嘿，居然有人相信，有人花好几万买那些产品……这不一下子被曝出来是非法的，就被那些愤怒的家属给砸了……"

"哦……"

大兵不敢往下问了，下意识地捂着半边脸，生怕出租车司机认出他这个经理。司机却是无暇旁顾，随口道："这还不是最狠的，那中金、中银什么的，赔几十万上百万卖房卖车的都有，根本要不回一分钱啊。有人给急的，直接就在他们公司门口上吊自杀了……"

"自杀啦？"大兵吓了一跳。

"啊，真事，没人管啊，就自杀了都白搭。"司机道。他在诉说着一个网上没曝出来的故事，一个没有引起任何波澜的悲剧故事，故事的结局是一个看似再普通不过的归宿：钱没了，人也没了。

这司机没有注意到，乘客的脸色变得难堪，表情变得尴尬，很快又变得狰狞，下车的时候连车钱都忘了付了，还是他叫了一声，这位才回过头来，扔了张五十就走，像有急事一样进了大院。

那儿是：彭州市第一人民医院。

"这个社会，聪明的人太多了，他们都不愿意承担那么多埋怨，那么多责任，那么多苦难，可总得有人出来当傻子，我算一个……而且我相信，你也是一个。"

"因为你曾经挡在卢刚面前，而不是躲开了；因为你最后拉了上官嫣红一把，而不是推了她一把……对错暂且不论，但一个好警察应该就是你这样有血有肉、有情有义的人，而不是只剩下冷冰冰的枪和警械。"

大兵慢慢地踱着步，故地重游，他莫名地想起了高铭的话和那张凝重的脸。他依然想不太清楚自己曾经是一位什么样的警察，可这话却像触到了他心底最软的位置一样，让他不自然地，想成为那样的人，想成为一个挡在罪恶面前，把善良和阳光护在身后的人。

"得把这帮坏蛋刨出来，否则我脑袋上挨的这下太冤枉了。"

蓦地，这个恶念反而成了驱使他往前走的最佳理由。是啊，身在事中已经无法善了，没有回头路可走。

他大踏步进了医院门厅，挂号处拥着一大堆人，思忖片刻，他径直向办公楼的甬道走去。门卫一拦，大兵派头十足地拿着警证一亮，低沉道：“警察，执行公务。”

“高……铭？”保安瞅着大兵亮开的证件，照片处被捏着。他抬头看大兵时，大兵已经收起了证件，不客气地问他：“你们院长办在什么地方，我有事找他。”

“四楼，四零二。”保安一指头顶，没发现什么异样，对于执行公务的警察他可惹不起。

刚要迈步，后面一位叫着：“咦？顾总……顾总……军哥，军哥。”

大兵蓦地回头，看到了一位奔向他的男子，三十多岁，精干身材，穿着薄夹克，正兴冲冲地朝他招手。他傻站在当地，这……回洛宁居然还能碰到熟人。

“乱叫什么，警察。”大兵又掏出警证来了。

“哎呀……我没认错啊……来来，军哥。”那人上前拉着大兵的胳膊往外走了两步，压低声音问着，“您真不认识我了？”

“废话不是，我当然不认识，你认错人了吧？”大兵怒道。

“顾从军！”那人低声道，大兵一愣，那人斥道，“你刚从警察手里逃出来就扮警察，活得不耐烦了，翻开警证让我瞧瞧……你要是警察，我就把老二切了送你。”

“哦……呵呵，居然被识破了。”大兵笑了，亮开证件，是高铭的证件，假的，他装着证件道，“有这玩意儿好唬人，随手顺来的，哎你谁呀？我怎么想不起来。”

“哥哥哎，看来您这脑袋还真是残了……来来，借一步说话，您一出来，我们兄弟都在找您。”那人拉着大兵，刻意往楼角僻静处走。

“我真记不得你，你们怎么找到这儿了，我来这儿谁也没告诉啊。”大兵道。

“这不……碰巧了，我们想您在洛宁出的事，又在洛宁当过几天民工，没准儿会来这儿……哎，结果还真撞上了……我说军哥，你是怎么跑出来的？”那人带着大兵穿过车隙，到了花墙边上，眼光游移不定地张望着。

大兵指指自己的脑袋道：“我脑残了，他们带我去精神病医院鉴定，看我是不是装的，我就跑了……很难吗？”

“不难，可也不容易……您跟我说实话，您来这儿干什么来了？”那人严肃地问。

大兵挣脱他道：“我都想不起你来，怎么告诉你？你到底是谁？该不会是警察吧？”

大兵警惕地退了一步，那人一撕胸口，一簇文身亮着：“你看我像吗？”

“哎哟，文了个水灵妞，那好像不是了……”大兵瞠然道。

那人郁闷地把文身遮住道：“你脑残得可以啊，我文的是观音姐姐，什么水灵妞。”

“哟，没看出来兄弟你还挺有信仰啊……噢对了，咱们老板跑了，你们兄弟几个没事吧？”大兵关切地问，看得更清了，这位文身的就连笑时都有几分狠辣颜色，那眼光里的怀疑很重。

“我们都是跑腿的，能有什么事……军哥，我得跟你说个事……”那人手凑上嘴边，要往大兵的耳朵上凑，而另一只手，却轻轻地把藏在袖筒里的短匕握在手里。大兵浑然不觉地把耳朵凑向他，这一刹那，那人手一搭大兵的肩膀，挥手直刺大兵的心窝。

一道眩目的刃光闪过，大兵几不可躲，一下子疼得佝偻起来了……

啊！

大兵痛吟，而下手的人也在痛吟，他感觉像刺到了木桩上，根本刺不进去，下意识地抽手，却不料怎么也抽不回来了。弯腰的大兵侧眼看向他，似笑非笑，似痛非痛，那分明是调戏的眼光，哪有半点被袭的惊慌。

他紧张了，再抽……一看手腕被大兵握着，他一跃就想来个剪刀脚，却不料大兵暴起，一扭腕一别胳膊，他一下子疼得弯腰跪在地上。被扭的手被迫打开，叮当一声，一把精美的短匕掉地上了。

“我这么牛逼个通缉犯，你居然只拿把刀，小看人是不是？”

嘭，大兵一脚踢对方脸上了。

“欺负我脑残了是吧，还想骗人。”

嘭，又是一拳头，直打在对方侧脸上。

两下把这人干得晕头转向，大兵一拎胳膊，半跪着压着这人的脑袋，脸贴地压着，在他身上迅速掏着东西，钱夹、手机，连手表和值钱的链子都不放过，一股脑都塞进自己口袋里。这时候可惊到不少人了，院里不少人躲得远远地指指点点着，围墙外也有不少，大眼瞪小眼的，这什么世道，光天化日就这么干？

“看什么看……没见过抢劫啊？”

大兵嚣张地吼了一声。那位脸被压着贴地的，张着变形的嘴道：“顾从军……你死定了，有种你弄死我。”

“我还就喜欢嘴硬骨头硬的。”大兵一伸手，捡着匕首，哧溜就插到那人的屁股上，那人疼得一声惨叫，本有心制止的保安，激灵灵一缩头，跑了。大兵拔出带血的匕首亮在那人眼前问着：“老实说，你是谁？怎么知道我在这儿？”

“哈哈……你真的脑残了，哈哈……”那人痛极反笑。

哧溜，大兵又一刀，刺在他腿上：“问你正经话，以为我开玩笑是不是？知道脑残什么好处吗？捅死你都不负法律责任。”

嗷，那人疼得又是直打牙，知道落在脑残手里的恐怖后果了，根本不顾场面这么大。第三刀又要刺时，他急急道：“别插，别插……我告诉你，我们来拿样东西。”

“拿什么东西？”大兵张牙舞爪地问。

“你来拿什么，我们就来拿什么。”那人费力地回答道。

“吹牛会死人的你信不信，被人捅死。”大兵明显不信。又要来一刀时，那人杀猪似的喊起来了：“救命啊，杀人啦。”

大兵愤然道：“我还没杀呢。”

嗷……那人趁着大兵一愣神的刹那，咬着牙一滚脸，挣脱了大兵的压制，脸上被蹭了层皮，火辣辣地疼。他不管不顾地回头抱着大兵的腿就咬……狗急跳墙，兔急咬人了，大兵一闪，蓄力咚的一脚，直踢这人的脑袋。那人“啊”都没叫出来，脑袋直磕一辆泊车的车前杠，咣地一响，软绵绵地躺下了。

咦……人群惊咦一声，齐齐后退。

却有两位分开人群，一看那场面，狂惊狂怒之下，手下意识地伸向腰间，却不料其中一位迅速压住了另一位掏枪的动作。再一看，那脑残一点儿都不傻，正拿着手机拍他们，咔嚓嚓几张，还挑衅似的叫着：“掏啊，掏啊……看谁死得快！”

围墙外有几十人围观，医院里也越来越多，这场合就算悍匪也不敢轻易掏武器啊。真被当成暴恐分子，那真是别想活了。两人这一忌惮，大兵一手拿手机，一手挥匕首，唱大戏一般吼着：

“东风吹、战鼓擂，老子精神病人怕过谁；

天作孽、人犯贱，谁拦路老子放谁血啊！”

他脸上抹血，吼声铿锵，舞姿张扬，人群哪敢拦这号疯子，自动让开了通道。他跑出人群，一扔匕首，拔腿就奔，没敢往医院外跑，直接跑医院门厅里了。

“快报警啊……快抓杀人犯啊……”

其中一名男子吼道，人群惶恐间，不见凶手反而胆壮了，几个保安喊着往一块儿聚，无数人拿着电话报警。这位男子拉着另一位，赶紧上前去看那位被打伤的，一翻一探鼻息，倒是没死，就是一张脸像被驴踢了，血污一片。他拍着脸，眼看着怕是要耽误事了，两人一人一个肩膀，赶紧搀起来往医院里走。

再说大兵奔进门厅，这地方他倒是熟悉，先挤进了挂号人群，一看保安出去一队，他转悠着上楼，躲进了男厕所。刚准备洗把脸，厕所里蹲坑的一位出来了，真是不是冤家不聚首，居然是给他做脑手术的吴医生。吴医生比他还惊讶，瞪着眼问：“你怎么在这儿？”

“别吭声，刚捅了个人……别动。”大兵吼着，把吴医生吓得贴墙立住了。

匆匆洗手洗脸，大兵不怀好意地瞅着医生，听得隐约的警报声，再看吴医生，计上心头了。一拽他脖子里的听诊器，一拉他的白大褂，大兵警告他道：“以后别收红包，收红包是要遭报应的……看看，应验在我身上了吧。”

他披上白大褂，挂上听诊器，套上大口罩，大摇大摆地走了。厕所里的吴医生半天不敢动弹，等回过神来想想这货洗血手的场景，又听外面乱成一片的警报声，吓得靠着墙慢慢委顿地坐下了。

“哎哟……这个脑残，不会真杀人了吧。”他欲哭无泪道。

可谁也没想到的是，这场事件发生得虎头蛇尾，开局那么激烈，结局却像没事犯贱。110 出警来了十几位民警，愣是没找着捅人和被捅的，要不是院子里还有血迹，还有那么多目击者的话，都不敢相信发生过这种事。

那好办，找万能的监控呗，谁闹事让谁吃不了兜着走，一行警员匆匆奔上五楼的监控中心，接下来的场景让他们傻眼了。

三位保安，两位被打昏，一位被扎带捆着，扔在角落里瑟瑟发抖，四列机架倒没有被毁，只是存储监控的硬盘全部被拆走了……

尹白鸽、高铭一行是两个多小时后才到医院的，下车直奔出事地，始料未及的是，这个出事地依然有点让他们意外。

“……接到报警称有人在医院大院里捅了人，我们就出警了，没想到凶手和受害人都找不着了。对了，有人认出这个凶手就是曾经在这儿住过院的一位患者，叫顾从军，我们查了下，在通缉名单上……本来准备找到现场监控，却无意中发现这里被袭击了。”地方警员给远道而来的同事汇报道。

“丢什么东西了？”尹白鸽问。

“硬盘，监控循环存储的硬盘……那倒是值俩钱，可不值得这么干啊。”警员道。他递着伤情报告，两位被打昏的，轻伤，那位被捆着的伤更重一点，还遭到了殴打。

“现场勘查呢？”尹白鸽问。

“没什么发现，这是防静电地板，只要套着个脚套进来，基本就留不下什么了。硬盘是推拉式的，一拽就下来了。”警员道。

正常的取证程序恐怕找不到这类老手的蛛丝马迹，相互留了电话，这一行人退出了现场，有点忧心忡忡了。下了两层楼，高铭幽幽地说道：“大兵有危险啊，这可能才是幕后的真正实力，不显山不露水，关键节点，雷霆一击。”

“莫非，他们就在这儿等着大兵出现，要灭口？”范承和道。

“应该是巧合，他们来取走监控硬盘，一个放风，两个下手，放风的恰巧碰到大兵了，直接就下手了……可没想到被反制了，真快啊，彭州货车司机灭口和医院这儿几乎是同步的。”尹白鸽若有所思道。

“可是医院里的监控，难道真有什么？”范承和好奇道，那顶多能找到住院时候的影像，难道还能有什么更重要的东西？

“不管有什么，我们都迟了一步，不过还好，离目标又进了一步。”尹白鸽道。高铭随口问：“下一步呢？”

“对方肯定知道大兵会去哪儿，现在他们不敢冒险了，肯定得假设大兵能想起一切来，那么能做的只有一件事。”尹白鸽驻足，眼神肃穆，判断道，“灭口。”

“我们做什么？”高铭问。

“幕后没出现之前，我们做的也只有一件事：追捕他。”尹白鸽道，起步蹬蹬下楼，步幅加快，似乎知道自己的话会让对方反感一样。

高铭、范承和相视，很不舒服，不过，也只能服从命令。

一纸通缉令自市局、分局，到派出所，到治安点，迅速开始了，各派出所民警、协警加上治安联防，成队地巡逻在大街上。旅馆、酒店、KTV、出租房，又不知道有多少人遭殃了……

一路上碰到了四个巡逻队和不知道多少辆警车，司机开车的手都有点抖，本来以为洛宁这点小事手到擒来，可没想到，刚下手就捅到马蜂窝了。

“东西全拿到了，毁了……小马受伤了，被那货捅了两刀。我们是上午十点到的，中午才摸清那儿的方位，趁换班时下手的。小马说，那货根本不认识他……郭哥，现在满城警察都在追捕他，我们……嗯，知道了，一品相府……”

副驾上的男子扣了电话，司机迫不及待地出声了：“哥，这么多警察，别说干活，就连住店都怕出问题啊。咱们这外地牌照车，肯定是重点排查对象。”

“咱们能去的地方不多，他能去的地方就更少了。郭哥说了，他在洛宁熟悉的地方在一品相府一带，民工棚里。有地方就好说。”副驾上这位道，身后呻吟了一声，回头时，受伤的同伴在哼哼，九死一生从医院溜出来，根本没敢去就医，就那么胡乱包扎了一下。

“这钱不好拿啊。”司机有点犹豫了。

“郭哥还要再多给一份，你要想退，就拉着小马先走。”副驾上的男子道。

“算了吧，一块儿滚刀尖的，临阵溜了算怎么回事。”司机道。

黑道，黑道，另一层意思就是，没有后悔药可吃，更没有回头路可选，只能一条道走到黑。

副驾上这位无言地拍拍司机肩膀，不再赘言了。这时候他的电话却意外地响了起来，以为是给他消息，不料一看号码却愣了，回头骂着：“小马，你的手机呢？”

“被顾从军搜走了。”后面受伤的道。

“让你打完电话就删号，你猪脑子啊。”副驾上这位怒道，一摁车窗，下意识地就要扔。在扔的一刹那，他又停顿了，眼前天色渐黑、华灯初上，已经到城郊了，这一刹那他改变了主意，拿在手里犹豫不定。司机道：“咱们没露面，监控全毁了，不应该被警察咬住吧？”

铃声停了，副驾上这位道：“警察倒不惧，好歹讲证据，可这个脑残不一样，没章法敢胡来啊。”

他心有余悸地看了后座的同伴一眼，大庭广众，就那么嚣张地捅了两刀跑了，正常人还真干不出这种事，哪怕是个正常的坏人。

“我说，这人确实脑子已经坏了，干吗还追着非要命啊。”司机又道，觉得这事也乱章法了。副驾上这位喃喃道：“谁知道啊，我不也莫名其妙，这活按理说都结了，非来这么一出画蛇添足，兴许这家伙知道什么不该知道的，非得灭了才安生啊。”

蓦地手机又响了，那个脑残不依不饶地拨过来了，副驾上这位一咬牙，接听了：“喂，你找谁？”

“谁接，我就找谁。”对面的声音很熟悉。

“打赌不，我就站你面前，你都认不出我是谁来。”副驾这位道。

“下午我给你拍照留纪念了，小子，别让我碰上你，下次照面我弄死你。”对面声音极其嚣张。

这口吻让副驾上这位笑了，他问着：“顾从军啊，你脑残后越来越厉害了啊，敢跟爷这么说话了，有种约一架。”

“你……到底谁啊？”顾从军纳闷了。

这就是难对付的地方，他脑残，你无从知道他是怎么想的，想激怒、想诱拐、想收拾都没那么容易。副驾上这位道：“你不就在找……谁把你变成这个样子的？”

“是你？”顾从军奇怪地问。

“不是我，但我知道是谁，你猜我会告诉你吗？”副驾上这位调戏道。

“不是就滚远了，我懒得跟你玩，下午是给你点儿教训啊，再跟在背后，小心我收拾你。”顾从军道，咔嚓一声挂了电话。

接电话的倒傻眼了，本来生怕有问题，这倒好，人家弃之如敝屣，根本没把他当回事，他愣了半天才瞠然道：“这浑蛋。”

他一气愤，电话又拨回去了。一接通他怒道：“顾从军，你真脑残得可以啊，现在全城警察都在抓你，用不着我动手，你完啦。”

“那又怎么样？我命大，活过来好几回了……在洛宁我有几百兄弟，你玩不转信不信？”顾从军道。

“哟，行啊，怎么着，出来亮亮？”副驾上这位怒了。

“明知道我不能出来，哎对了，你叫啥？别胡编个阿猫阿狗哄我，我看能不能想起你来，要是以前有交情，我放你一马。”顾从军道。

哈哈哈，这边这位狂笑着说道：“你都快死了，我会告诉你吗？等着你报给警察立功赎罪啊？”

“这么警惕，看来不是个小角色，那就有的玩了，我说……称呼你什么呢？”

“随便。”

“好，小随便，别以为我记不得你了，你小子肯定就是跟我一起到洛宁办事的其中一位。而且我想起来了，是拉了一卡车凭证处理，前四后八，车号徐EM89，差不多，我忘了后两位了……”

“……”

“怎么了，不说话了？呵呵，是不是现在挺后悔没把我弄死啊？”

“……”

“说话啊，害怕了言语一声，别以为我不知道，我没死是个意外对吧，肯定还有人到医院去瞅我咽没咽气，结果那时候我已经跑了……你们今天就是来取监控的，你们几个货也快死定了啊，就算把医院的监控毁了，你敢保证没人拿手机拍一张？”

长久的沉默之后，副驾上这位幽幽地说道：“顾从军，你脑残了就别出来丢人现眼了，全猜错了。我们是头回来洛宁，医院的事倒是猜对了，可问题是，我们已经全毁了，你说……怎么办？医院里的人都是你捅的，我们是受害者啊……呵呵，警察现在是抓你，不是抓我们啊，傻子。”

这位直接摁了电话，不和脑残说话了。他输着信息，后面那位受伤的忍着痛，开始接寻址仪了，手提式的，通过蜂窝移动通信定位，可以找到大致的范围。

很快，定位仪显示顾从军居然就在距离他们不到三公里的地方，三个人瞠目结舌了，然后又发现，这个位置居然和上面讲的一样，正是导航上显示的一品相府小区，于是车加速向目标驶去……

又猜错了。

大兵踱进了熟悉的小区，且走且想着，理着纷乱的线索，他是期待这几个追杀他的人就是和自己来洛宁干黑事的，可没料到不是。这种情况下他的判断应该没假，应该向上还有一层，那一层已经呼之欲出了。

袭击肯定是灭口，但出了意外，肯定还要有二次补刀。可那时候阴差阳错，他被吴医生诳走了，再之后被警察发现，而且一路有人保护，想下手就没机会了，或者不需要下手了，肯定知道自己失忆了。

如果保持着失忆的状态进了监狱，那应该是个安全的去处。可现在又重装上阵了，这件事之中的不确定性，大兵判断，不管是想起什么不该想起的事，还是知道什么不该知道的秘密，都会成为他必须被灭口的理由。

可问题是，他依然想不起来啊。

是什么？藏在哪里？一个大货车几十方的东西啊……那些原始凭证根据体积和重量计算，能整整拉一货车，开车的都被灭口，那这些东西很可能没有被销毁。

他使劲拍着自己的脑袋，实在想不出这么大宗的玩意儿，怎么干才能不动声色地让它永沉海底，就刨个坑埋也不容易啊。找什么地方？用什么人？怎么才能不被人发现？这几乎都是无法逾越的难题啊，越想越有点佩服对手了，反正这事他觉得自己就做不到。

刚进小区不远，有人迎上来了，是卢刚，二话不说来了个熊抱。大兵被他抱着道："卢工头，我现在可是一个被通缉的坏人，而且被人追杀，走投无路了。"

"那就太荣幸了，多了一个包庇的坏人。这次你落难了，哥哥我可是兵强马壮了，哈哈。"卢刚笑道，二话不说拉着他就上车，呜的一声一踩油门，自小区里飞驰而去。刚出去就和一辆国产宏光错开了车，车上的大兵手伸在窗前做着手势。

于是追来的两位看到了路灯下，车窗里的人向他们竖了个嚣张的中指，然后那辆破皮卡冒着黑烟疯跑开了。

追……后面这辆掉过车头，急不可耐地追上来了。

绝地张网

呜——

卢刚驾驶着破皮卡冲进了一处在建工地。这破车皮实，后面尾追的宏光一直不敢硬撞，几次都没堵住，反而被皮卡撞了两下。

呜——

宏光追着进来，一进去司机下意识地放慢速度了，隐隐地感觉不对，偌大的工地，灯还亮着，就是没人。那辆驶进来的皮卡孤零零地停在工地前，它的不远处就是一层叠一层的脚手架，层叠间像个人造的CS战场。

"他跑不了。"副驾上这位真火了，打开了枪保险，这种没目击没监控的僻静地方倒正合他的胃口。

突突突突……一辆农用三轮倒着驶向他们。宏光车的司机从倒车镜里看到了，惊得直打方向，要往侧面避开，却不料不谙路况，车嗡的一声，一只轮子陷坑里了。他加着油门冲了一次没过去，第二次刚踩下去，那辆农用车已经突突突地开上来了，在距离很近的时候突然刹停，司机和副驾两位怒火中烧，开门下车就要冲上去。

却不料，那大三轮是带自卸的，两人刚抬腿，哗的一声，一股洪流冲得他们站立不稳……不对，是稀稀的、黏黏的混凝土。副驾这位艰难地拔了条腿，可不料随着自卸越抬越高，那涌出来的混凝土越来越多，眨眼埋过了他膝盖；另一位也不好受，冲得他脚面像灌了铅，迈一步都很困难。

一位扶着车，另一位好不容易走出这个混凝土堆，那车却轰隆隆地走了。他叫骂着，要奔着追时，头顶却隆隆响了，一抬头吓得心胆俱裂，根本没注意到，自己此时的站位恰在搅拌机口子下。

晚了，说时迟，那时快，一愣神的工夫，搅拌机通电了，溜口子一泄，稀黏黏的混凝土像拉肚子一样，自上而下哗啦啦地往下灌，车顶、人头顶，淋了个通透。两人抹着脸，四脚着地，惊恐地往外爬，可不料还没爬出来，又来了两辆三轮，倒着开上来，哗的一声，又是一大股，再来一大股，把两人冲回了原地。

“顾从军！”一位吼着，“有种出来单挑，我弄死你！”

没有回音，也看不到人。轰隆隆的声音不绝于耳，一个重型挖掘机铲着一斗渣土，慢慢地开过来，然后那半车大的斗，直直地悬在这辆宏光的正上方，两人吓得连滚带爬，直在泥地里打滚，往外滚。

车里那位吓得直哆嗦，根本没敢下来，他抹着车窗上的混凝土看看车窗外的形势，最终还是放弃了，一簇一簇的黑影从脚手架后、从坑里、从工棚出来，提着镐、拎着锹，把两位泥里滚出来的一层一层地围上了。镐把、钢筋棍、锹头，围了一圈，两人陷在如林的冷兵器里了。

“举手，举手……”

“跪下。”

“让你跪下听不懂啊。”

“啊……”

一位直接被拍倒了，锹顶着喉咙，除了喉咙，不知道有多少镐顶着腰、钢筋顶着裤裆。另一位稍有不从，直接被一锹拍地上了，那位悻悻然地跪在地上，连说话的机会都没有。

“车里还有一个。”

“出来……”

“不出来是吧，埋了他……”

有人吼着，呼隆隆的铲车要启动，里头这位小马吓尿了，踹开门，连滚带爬举着手出来了，瞬间被锹头顶着脖子，和那俩跪到了一块儿。

到这种时候才该领头出来了。自从要回了钱，重新恢复了工头的信誉，卢刚曾经威风八面的姿态又重现了，这种法外之地那可是农民工的天下，揍你个生活不能自理，你都不知道找谁说理去。

噢，今天的主角不是他，他侧让开，大兵笑着上前了。掏出这两位身上的一把藏刀、一把手枪——枪黏得满是混凝土，恐怕也打不响了——等一堆东西放在脚边，他笑吟吟地问着：“兄弟，现在羡慕我当过民工了吧？你叫啥？”

那位被制的，咬牙硬挺着，瞪着眼，没理。

大兵一挥手：“拿锹来。”

锹一递，他站起来呼的一声，直拍那人后心，这可不是威胁，二话不说，咚的一声闷响，那人向前仆倒，被拍得直抽搐。那手狠的，连卢刚看得也眼皮直跳。

“我需要个报信的，谁先开口，我就饶了谁……你，叫什么？”大兵问那位下午刺他，已经受伤的。

“马峰。”

“他叫什么？”

“李鹏进。”

“躺着那个呢？”

“张向东。”

“谁派的？”

“郭哥……郭金荣。”

“来干什么？”

“取……医院监控的硬盘。”

“东西呢？”

“加磁铁然后点把火，都……都……毁了……”

这个现场审讯奇快无比，叫马峰的这位迫不及待地交代是郭金荣指使，干的什么事，几个人什么关系，言之凿凿，都是脱口而出。一点也不意外的是，他们是蔡总的保镖，在鑫众领着工资呢。所知的仅限于此，顶多再加上那天在温泉酒店，张向东和李鹏进正是接应人。

说完了，这位叫马峰的紧张地看着大兵，哀求道：“顾总……您说话算数吧，我都说了……下午我是猪油蒙心了对您下手，看在咱们以前认识的分儿上，您放我一马，我就一跟班的……”

“跟班的都敢对我下手，手脚挺利索，不是头回干了吧？”大兵问。

“都出来混的，谁没捅过两刀、挨过两刀……我是犯傻了，他们说，你脑那个了，根本不认识人，好下手得很。”马峰战战兢兢道。

“所以你就想挣这钱，我这脑袋值多少钱？”大兵笑着问。

“一……一百万……”马峰紧张道。

“哈哈……傻子，你要少了。”大兵起身，拉根水管，逼着这货脱光，然后水管哗哗一冲，啪，一堆破脏衣服往他面前一扔，等小马穿上之后，活脱脱地也成了一个民工了。大兵把他的钱包拿出来，一个身份证，一百块钱扔给他道：“从这儿往南，五公里，火车站，晚上有趟车，自己搭车走……你可以报警，无所谓，那玩意儿不知道得把谁盯着……你也可以溜，就当老子放你一马……或者你可以办点事，回去通知一下郭金荣，就说你这俩兄弟都被我扣这儿了，让他想想，给我多少钱合适，能办到吗？”

“能能能……”

“那滚吧，不送……”大兵道，连手机一起扔给了他。

没想到这么容易就脱身了，这位一瘸一拐地拼了命往工地外跑，那速度，竟不比一个正常人稍慢半分。

对呀，这得逃命，吓死个人了。

剩下的这俩就没有优待了，被一干民工挟进楼里，扔在没封口的地下室坑里。本来就行动不便，大兵还手黑地找了根八号铁丝，把两人手绑着，脚拴在一起，直到确定很安全了，这才坐在口子上，打着手电筒，看着两人失魂落魄的眼睛。

浑身都是混凝土，还就只能看眼睛，大兵看着看着，本来是装威风的，可不料先把他自己看乐了。

余众被卢刚屏蔽回工棚了，这位工头很是有眼色，知趣地远远躲着，不去偷听对方私怨。

“长夜漫漫，二位说句话啊……我先说，谁知道蔡中兴在哪儿，我立马放人，赔礼道歉加上送路费。”大兵道。

没人吭声，大兵晃晃手电筒，那两人已经神情委顿，一身混凝土开始凝固了，那滋味肯定不好受，再过一会儿，那衣服和裤子都将是硬邦邦的，憋死人呢。

“来个简单点的，你们谁知道，是谁拍了老子一黑砖，我也放人。”大兵道。

“你说话当真？”张向东问。

大兵听出来了，是和他通话的那位，应该是领头的。他道：“已经放了一个了，还能有假？总不能老子一毛钱没落着，背上你们三条人命吧？不过别蒙我啊，弄死你我可能得犹豫犹豫，可整残你们，老子眼皮都不眨一下。”

“对不起，你这么问，我可不敢说了。”张向东道。

“玩我？信不信我让你想说都开不了口了？”大兵阴森森地说，这话配上这环境，让人听得毛骨悚然。

那位叫张向东的思忖片刻回道：“这行大部分都是栽在自己人手里，我不在场，不知道是谁。不过那天是郭哥郭金荣和你一起去的，按理应该有个司机和押车的，肯定在半路上等，是谁就不可能让我们知道了……我们这行规矩是不多问，也不多想，知道的就这些。”

“那就是郭金荣喽？”大兵狐疑道。

“顾总，你原来的位置可比我高啊，你的事我们怎么可能知道，再说你放小马走，这有问题啊。”张向东道。

“什么问题？”大兵问。

“能派出来的都是知道得不多的人，您觉得郭哥会救我们这号知道得不多的人吗？小马那孙子，我估计他都不敢回彭州。”张向东道，似乎质疑这个脑残的做法。

“也对啊，看来这行关系没那么铁嘛，你还卖命？”大兵笑着问。

“只要给的钱够多，你不照样也卖命？栽了算自己命不好，你看着办吧。”张向东道。

这是个死硬人物，老炮了，一横下心来就是光棍一条。大兵提醒另一位道：“嘿，那位，李鹏进？说句话啊，以前干什么的？咱们关系怎么样？”

“司机，以前你都不正眼看我一眼……再往以前，哥是蹲大狱的。顾总你够狠，我们认栽了，要怎么办给个痛快的。”司机道，梗着脖子，很招人打的德行。

这把大兵难住了。“派出来的都是知道得不多的”这句，是实话，绝对如假包换的实话，估计也是蜀中无大将，廖化当先锋，重金把这几位派出来了，而大兵真正想知道的事却还是一头雾水。

一位大货司机，一个押车人，还有他和郭金荣。而司机已经被灭口，他又险被灭口，那知情的只剩郭金荣和那个神秘的押车人了。

他默默地起身，踱了两步。张向东看他犯疑了，提醒道：“顾总，我不求饶，我们兄弟俩本来就是来收拾你的，落在你手里没二话，来个痛快的。”

“没问题，给你个绝对痛快的，让你们心服口服，等着吧，很快。”大兵踱着步到前面楼口了。阴暗的地方，烟头火花明灭的，正是忧心忡忡的卢刚，他起身小声道：“大兵，你这不是要……灭口吧？”

“要是灭口，你一定不惊讶吧？”大兵小声道。

“不惊讶，我给你开车，啥也别说，欠你这个人情，我提着脑袋也没二话。”卢刚道，想明白了，下决心了。

“你不惊讶多没意思，我得干点让你惊讶的事……卢哥啊，认识您真荣幸啊。”大兵道。

“说什么呢？没你我都没今天，这行当就是混个信义，那孙老板坑得我都快成光棍一条了……有时候拼命一回，就改命了，还真不能不信，咱们兄弟那一架打得真叫痛快，自那以后，连派出所也不来找我麻烦了，更别说周边这些地痞，到我这工地偷东西他们都不敢来……”卢刚道，那是一个逆天改命的日子，由落魄的民工改命成牛逼的工头了。大兵笑而不语，卢刚追问着：“对了，你说怎么弄呢？”

“看，来了……去堵住工棚，谁也别出来，谁也别吭声……什么也别问，我一会儿都告诉你。”大兵道。卢刚深一脚浅一脚地奔到工棚里，在他的视线之外，却泊了两辆车，一辆 SUV，另一辆却是明晃晃的警车。

不科学啊，那些警察也像做贼一样，悄无声息就上去了。

不合理呀，还和大兵在一块儿嘀咕什么呢！

眼见着那两位被穿警服的押上车，眼见着有人拖出来那辆作案车，分出一人开走，卢刚这回真的是惊讶了。

黑暗里，大兵把情况大致一说，尹白鸽质疑道：“怎么放了一个？”

“能拖一时算一时嘛，真要几小时联系不上，郭金荣溜了或者起疑了，会更麻烦。

追踪这个手机号，他肯定急于和郭金荣联系……对了，赶紧审郭金荣在什么地方，这两货嘴硬得很。”大兵道。

高铭接着道：“这个我们来……接下来怎么办？监控硬盘被他们毁了，藏货的地点我们刚才路上商量了，你未必知道啊，要是他们只是把你引到洛宁灭口，根本没带你去过藏货地点呢？”

“所以，拖一时算一时，我好好想想辙……来的是什么人？可靠吗？”大兵问。

“放心，家里过来的，没惊动地方上。”高铭道。

“那就好……你们赶紧走吧，对了，别给这儿留下后患。”大兵道。

“放心，有特警埋伏着，万一有事，他们应付得了。”尹白鸽道。

一切妥当，大兵却是再无赘言，从高铭手里接过了东西，朝着工棚方向去了。几人颇有深意地看了一眼，然后匆匆上车。

此时，出离惊讶的卢刚还痴痴地盯着那些警察，嘴张得好大合不拢，紧张道：“这……这……这……”

“这是个很长的故事，卢哥您要有兴趣，咱们边喝边聊？”大兵提手掂掂手里打包的菜和两瓶酒。

“你……到底是谁啊？”卢刚糊涂了。

“其实，我是警察……哎，别紧张，我说卢刚，我是逃犯你都不紧张，我是警察你怎么反而哆嗦了？”大兵赶紧扶着卢刚。卢刚一副悲喜交加的表情小声道：“也对，手这么黑，肯定是有执照的。”

“我要不够黑，不够狠，会给你留下后患的……现在放心吧，等他们出来已经人事全非了……来，卢哥，我给你讲个更黑的故事，您得给我想想辙啊，兄弟我快难死了。”大兵揽着卢刚，这哥俩凑到了一处凉快地儿，拉着电灯，搬着预制板，席地一坐，边喝边聊上了……

更震惊的是张向东、李鹏进两位，被警察带走就隐约明白怎么回事了，当坐在审讯室里的时候，震惊已经成了恐惧了。揣着枪来杀人的张向东都紧张到嘴唇哆嗦牙打战了，这算是栽澡堂子里了，谁身上可都瞄了个精光。

这两人被整得突破底线已经没有难度，高铭就一句：加上你们，他是第三次被灭口了，现在明白你们被坑得不轻了吧？

一句就突破了，那两位竹筒倒豆子，要来个痛快的了，外面那个落单的都斗不过，何况这个成组织的。

审讯在迅速地推进，嫌疑人、枪源、参与事件，渐渐把鑫众案子遗漏的地方补上了。接走蔡中兴的正是郭金荣，审讯室里的李鹏进，其时正扮着客车司机，正是他带着蔡中兴走出了监控密集的两公里，然后被余众接走，走出彭州不到二十公里，在高速路就换车接走了，下面的那一段是谁，又将是一个新的未解之谜。

“尹姐，现在该告诉我真相了吧？”一位女警站在刑警三中队的门口，轻声问了句低头出来的尹白鸽。尹白鸽笑笑道：“其实你已经猜到了。”

“他是警察。”邓燕平静地说道，不意外这个结果。

“对，特种警察训练基地出来的队员，代号大兵。虽然还在保密，恐怕这个身份废了。”尹白鸽道，欣赏地看着带着后续警力远道而来的邓燕。

废了，肯定废了，接触到这么多的嫌疑人，而且这种分裂的性格，恐怕不再适合这种职业了。邓燕随口问道：“那为什么还启用他？他回忆起来了？”

“没有，不用他又能用谁啊？现在只有他是对手还忌惮的威胁，我们都算不上。”尹白鸽道。

邓燕想想也是，彭州的专案组在嫌疑人和失踪资金里打转，像进了迷宫一时半会儿出不来，能接触到核心的也只有这么一位了。

“可这样做……岂不是很危险？”邓燕喃喃道，莫名地为大兵担忧了，彭州那位货车司机的死就是警兆。

“没有危险，那特勤存在的意义也就没有了，我知道你心里质疑组织上的做法，这个我不解释。不过可以告诉你，所有的特勤都是独狼，他们有自己的方式，没有和别人协作的习惯……还有问题吗？”尹白鸽道，那是一条不成文的准则，任务的结果，永远大于过程。

邓燕摇摇头，没有说话，似乎没有了，但似乎更多了。这个职业，她不懂的地方太多了，背负责任的人似乎都无从指责，不管是经侦的夜以继日，还是这些刑警的奔波忙碌，抑或是那些在隐蔽战线上的人。

“跟我来，对与错、功与过，是留给别人评说的，能留给我们的，永远是时间紧迫，永远是毁誉参半。一个合格警察的评判标准，不是他为维护正义做出了多少壮举，而是他为自己钟爱的职业付出了多少努力，哪怕很多努力都是徒劳的。”

尹白鸽带着邓燕踱进了灯火通明的刑警三队。这个夜深人静的时刻，所见处处是满脸疲惫的人，还有审讯室内，那些在较量、在抵赖的人，就像她平时的工作，辛苦是一个常态，而很多时候，却不知道辛苦的意义何在。

踱进了队长办，一位刑警把彭州传来的资料交给了尹白鸽，尹白鸽示意邓燕到电脑前，看着一屏追着被杀司机所驾货车的交通监控画面。谁也没想到，四月十四日在机场仓库查找证据，而证据就这样被一辆大货车堂而皇之地拉走了。

"前四后八货车，驾驶位置后有一个休息位置，这儿这一位，我们还没有找到是谁……目前所知的是，当天大兵被通知到高速路口和郭金荣一起出行，货车上除了司机王传兵，还有一位押车的。司机已经被灭口，那对大兵下手的，就在郭金荣和另一位押车的中间，或者是他们两人一起下的手。"尹白鸽判断道，把大兵放出来是招妙棋，一下子就把暗处的人惊出来了。

"我能做什么？"邓燕问。

"给我的脑子加点力，现在知道证据下落的人，有三个，大兵可能参与，也可能在参与前就被灭口。郭金荣是肯定知道的，但这个人是蔡中兴的死党，现在一直藏着，找到他可能得费点功夫，还有一位是谁，我们就无从知道了。"尹白鸽道。

邓燕皱起眉头，这可比寻找失踪人口更难，她道："不会藏在洛宁吧？"

"人不在，可东西在，王传兵的货车是四月十五日返程的，各处交通监控并没有发现他离开洛宁的迹象，所以，这些东西应该就在洛宁……你看车速，自彭州来时，车速是匀速六十，而回去的时候，速度就快多了，还有几次超车动作，这说明什么？"尹白鸽问。

"卸货了。"邓燕脱口道，她真的无法想象，得用多少警力才能把这些细枝末节变成翔实的参照数据。

"对，鑫众两年多的非法经营，形成的原始凭证是个天文数字，以他的狐疑性格，肯定谁也信不过，也肯定要亲自处理，而处理这一车体积至少有五十方大的东西是很麻烦的，总不能在陌生的地方随随便便点把火烧掉吧？就即便烧掉，也应该有残余吧，或者还有可能找到……这些东西是销毁了，还是藏在哪儿？这是整个案子定性，以及大批涉案人员定罪的关键。如果无法定性的话，我们可能连账上的非法资金都保不住……那些从普通投资人手里回来的钱，恐怕要被判决偿还欠债了……"尹白鸽道。

偿还给的，恐怕还是鑫众那些合作伙伴，而不是遭受损失的普通人，因为那些人是“买”产品，哪怕是高价，也是合法交易。

“可我……”邓燕为难地嗫嚅道，这么大的重任她根本不敢尝试。

“你是洛宁人，想想，怎么把这样一车东西藏起来不被怀疑，甚至没有目击，而且很难被人发现……这一层原始证据如果找不到，本案中大部分明知欺诈仍然参与的经销商，还有在回购里渔利的影子公司都将脱罪。”尹白鸽道，鑫众留下的烂摊子不是一般的难处理，而现在解决的焦点到了这些原始凭证上，偏偏这些东西的下落依旧云里雾里。

“我试试。”邓燕打开了电脑，警务图、行政区图，一页页摆在电脑屏上，开始陷入沉思。她知道自己被选中的原因了，寻访失踪人口、到各乡宣传警务、走街串巷登记外来人口，那些点滴汇聚的经验对于突破案情将是弥足珍贵的。

可惜到用的时候还是嫌少，她满脸愁云，一页一页回忆着道路、河流、滩涂，偶尔有疑惑的地方停一下，然后又否定，继续标注可疑地点。

尹白鸽悄悄离开了，她站在走廊里来回踱步，被焦虑的情绪困扰着，依然找不出头绪，就像这个漫长的夜，她真不知道什么时候才是尽头……

好汉多帮

“这就是……我的故事。”

大兵悠悠地抿了一口酒。酒在胸腔里热度会很快消散，他一直怀疑，可能是自己当过刽子手的缘故，大部分神经是麻木的，特别是感受刺激的那根神经。

不过这可刺激到卢刚了，这位满面风尘的老工头越听越瞠目，听到最后，嘴里的猪头肉都忘嚼了，一副目瞪口呆的样子看着大兵，仿佛初识一般。那个如煞神降临的大兵，那个心狠手辣的大兵，还有那个呵呵傻笑的大兵，包括现在，满脸愁容的大兵，这完全就是一个人啊。

“对不起啊卢哥，吓着您了？”大兵轻声道，往嘴里丢着花生米，菜就两样，猪头肉加花生米，又抗饿又下酒，是屌丝和土鳖的最爱。大兵又灌一口的时候，卢刚才省过神来，他担心地问着："搁你说，其实你是个警察……然后脑瓜不灵光的时候，把犯人当同伙放走了？"

"对。"大兵放下酒瓶，正色道。

"那你这个不好办了，好人将来不会容下你这号有毛病的，而坏人将来也会恨你入骨的，当什么下场都可能不好，但都没有当两面派下场更差。"卢刚严肃道。

"所以啊，我更喜欢这儿纯粹的简单生活，对了，八喜、九贵、大丫，我把他们安排去旅游了，就怕他们牵扯进来……对不起啊，卢哥，还是把你扯进来了。"大兵充满歉意地说，拿着酒瓶，卢刚也拎起来了，和他碰了个，就着几块油腻的猪头肉一股脑灌了下去。这位老工头不确定地问着："那……你没全想起来，咋个能把你放出来继续干呢？他们信你？"

"他们没有别的选择，毕竟我是离这个核心最近的人。"大兵道，对于自己出来的组织，说起来并不那么亲切。

卢刚这号人精眼光可不浅，他又问着："那你自己呢？心甘情愿？不怕你笑话，我也是党员，村党支部我是小组长，这里头的道道我是懂的，脑瓜里有那东西，可教不了你咋个去吃饱过好啊。"

这话让大兵寻思了片刻才听懂，他好奇地问："你是指，信仰和实际？"

"对，你就没想过，就即便能把这事办了，你能落个啥？"卢刚道，老人精直指要害了。

大兵笑了，他敬着酒道："卢哥，别怨我说话不好听，精明是天赋，不是人人都能有，善良是种选择，谁都可以有……其实成就你的不是精明，而是善良。我那时流落在洛宁，饥肠辘辘举目无亲的，如果不是八喜那盆饭，恐怕没有今天。你也是，如果你欠一屁股债跑路，而不是拼着命想给大伙讨回工钱来，也不会有今天吧？我听八喜说，现在跟着你走的工人比原来多了一倍。"

卢刚笑了，笑着长叹了一声。

大兵又道："有些事其实没有那么复杂，人这双脚该站在哪儿自己心里都清楚，只是有时候，可能受不了那些诱惑……真的，我不是跟你讲理论，其实我挺怀念当坏人的日子的，钱想花就花，女人想搞就搞，走到哪儿都是威风八面……可我在这个角色里并不舒坦，天天提心吊胆，到案发的时候，我和所有人的想法是一样的，自私、自保，自保不了就拼个鱼死网破……啧，看来还是人性本恶啊，我这个人格分裂，把当警察的那个我忘得一干二净啊。”

卢刚笑了，嚼着花生米，就着老白干，又是一敬，道：“也对，恶人总得有恶人磨，除恶就是积德……我就是担心你的去处啊。”

“谢谢卢哥，放不下啊。”大兵道。

“你放不下啥？还想当回警察？”卢刚问。

“你放得下这些工友啊？难道当工头就是为了多赚俩钱，没有其他意思？要依我看，你早该修栋房子养老了。”大兵笑道。

或许在这个糙汉的心里还真不仅仅是赚点钱，他笑而不语。

大兵也审视着他，笑着告诉他：“那个职业还真不至于放不下，可能放不下的是心理上的负担，在这里我是吃得好睡得香，自从换了顾总的身份，一切就都变了。你知道鑫众是怎么骗人的？搞消费养老、搞网上商城、搞保健、搞老年病义诊，其实就是觉得中老年这个群体好骗，从他们手里抠那点可怜的养老钱……蔓延到四个省啊，那种睡梦里都在恐惧的负担，让我成夜成夜失眠，而且在事发的时候，我是义无反顾地选择了拼命啊……如果我是骗子的身份，我得受到追责，如果我是警察的身份，那我更脱不了责，就所有的都脱得了，也逃不过良心的谴责。”

“呵呵……有良心不是啥好事，不过，值得我敬一杯。”卢刚呵呵地笑了，又和大兵灌了口，这对瓶吹得，一半下肚子了。酒意颇兴的卢刚好奇地问，“人不是抓着了吗？我看你作难啥呢？”

“抓了个屁，全是小角色，其实当警察比当个坏人要难多了，想抓人得有证据，而那些玩资本、玩弄法律条文的人，比这些玩枪耍刀的可难抓多了……你知道吗卢哥，那些被鑫众骗回来的钱很可能回不去失主手里，而是可能以欠债清算的方式回到那些投资公司手里，而那些公司，有很多本身就是鑫众的同伙。”大兵道，给卢刚解释着其中的蹊跷。

销售合同是合法的，赠送的原始股虽然涉嫌违法，但并不在合同标的里，所以现在账上的钱都可以视作销售收入。现在这部分被冻结的资金，如果依法判决清算，可作为鑫众的资产分割给他的债权人，也是合理合法的。

这法子听得卢刚勃然大怒道：“这群人根本就是一伙的，是想生吞硬啃了这笔钱。”

合法地让你家破人亡。大兵蓦地想起这句话，似乎现在这种做法，和他以前的并无二致，这笔界于合法和非法之间的资金，似乎像他起家的那片土地一样，要成为某些人的囊中之物了。

对呀，应该是这样，否则老蔡已经跑路，为什么还使劲捂着他没擦干净的烂事？理论应该是忙于自保才对。

想到这儿，大兵对这个糙人的眼光又高了几分，毕竟见多广识，和各色烂人都打过交道啊，一针就见血了。

“其实啊，这有些事不能太较真，商人的商字怎么写？中间张着一个大口；官员的官字怎么写，那张着两只大口啊，那张口张开，都是吃人不吐骨头啊……你说的这，我可咋帮你啊，我就是想帮，也是看着老娘们生娃娃，替不了啊。”卢刚有点懊恼地说道。

“说不定真能帮到……其实现在焦点在一辆消失的车上，如果找到这辆车上的东西，这局死棋就活了。如果找不到或者被销毁了，那这个局就是死局了，但是死局的话，就不可能有人追杀司机和我了……所以，我判断这辆车上消失的东西还在。”大兵道。

“啥东西？”卢刚好奇地问。

“凭证……也就是能界定鑫众和数个关联影子公司违法的证据，这个你不用考虑，我给你出一道题，前四后八，十六轮，高九点六米，宽二点三米，货栅二点六米，改装过的货栅四米左右，这辆车能拉多少东西？”

“嗯，五十方往上了。”卢刚直接算出来了，和这个运沙运料车差不多。

“现在，有五十方的违禁东西，让你藏到洛宁，要求是，一不能有目击。”

“半夜干。”

“二不能被人轻易发现。”

“找个没人去的地方。”

“但是干这事的不超过四个人。可奇怪的是，五十方的东西，可能在很短的时间就干完了，你说会是什么情况？”

“肯定找好地方了，就卸个货而已……可这个不能让人轻易发现就有点难度了。”

“对，而且干这事的几个人对洛宁这座小城市并不熟悉。”

“那就更难了……哎，那他得需要人干活啊，不管刨坑还是卸货，这都不是个小活啊。”

“呵呵……”

大兵笑了，不说话了，卢刚被自己的话愣到了，一下子明白了大兵的用意。如果要用人，那能找的人肯定与此事无关，而且最可能是民工、苦力、搬运一类的最底层人物，只要给钱什么活都干的一类。

想到此处，卢刚悻悻骂着：“这帮浑蛋，原来在算计这个。”

“猪头肉不能白吃啊，用八喜的话说，黄鼠狼瞄鸡窝，咋可能有好心呢，哈哈。”大兵笑道。

“这个倒是不难，我们这儿不搭零工有五十多号人，洛宁整个工地里有我们县里一千多号人，打听其他不好说，可只要是干过那活的应该没问题，你说咋问吧？”老卢道。

“都是这种亚克力塑封的箱子，量不小，但藏匿的地方我就说不来了，可能是仓库，可能是掩埋，也可能是集中到什么地方藏匿，方便带走或者销毁……不可能是收破烂的，那玩意儿太不安全，反正就是不见天日的那种。”大兵不确定地给着限定条件。

“这个好说。”卢刚掏着手机叫人了。大兵却卸着胳膊上的表、掏着口袋里的钱包——抢来的，全部堆到卢刚面前，直道：“这是个得花销的事，我身上就这些东西了。”

“咋，小看我是不是？”卢刚这回可是真的生气了。

“不是，反正我回去得上交国家，倒不如办点实在事。”大兵道。

卢刚呵呵地笑了，笑中有点涩涩的味道，他没有推拒，也不再客气了。

不一会儿，工棚里打牌喝酒的民工被召来十几个，方式果真是给钱就干，价格还不高，卢刚允诺，算加班费，一人二十，谁先打听到，明儿放假一天，工资照发。

哎哟，瞧把这些哥们兴奋的，拿着破手机屁颠屁颠地就开始联系了……

尹白鸽推门而入的时候，邓燕正画着一个大致的区域。这个专注的姑娘又一次赢得了尹白鸽的赞赏，她笑问着：“凡事就怕认真，你一定有发现。”

“我学的就是信息工程学，但和实际警务对接还是有差别的，我用三角定位做了一个区域，您看有没有用。”邓燕递着手绘的图。

对比着电脑上提供的海量地图数据、对货车行驶提取到的监控数据，连气候和水文都考虑进去了，尹白鸽越看心里越是豁然开朗。

“四月十四日晚上下雨，货车消失的时间是晚十时四十三分至次日凌晨四时三十分，顾从军那辆奥迪是和货车几乎同时下来的，与这个之前的拍摄不符，也就是说，小车应该等了大车一段时间，这段时间足够作案了。监控虽然拍不清，但车上下高速时，只能看到一个人，他们通过的地方，有一处正在洛河上，名字叫苇河桥，符合法医对落水时间的大致判断。”

邓燕道，抠起细节来了。

“对，我们判断，顾从军根本没有机会参与销毁证据，把他调出来就是为了灭口，可能四月十四日的行动，他被怀疑了。”尹白鸽道。

“我接着往下说，那这一行人的目的只有两个，第一个就是灭口顾从军，乘他不防备的时候，重击脑部，扔下正发大水的苇河桥。接下来，他们要办另一件事，那就是车上的东西，您确定他们不会销毁这些东西？”邓燕问。

“不会。”尹白鸽摇摇头道，“鑫众的违法事实很复杂，不是一个公司的事，那些在幕后渔利，而且和鑫众一起分赃的不在少数，撑这么几十亿的盘子，鑫众明显还太小……道理很简单，就像会计藏黑账一样，关键时候会拿出来保命，要是销毁，鑫众可就成唯一的涉案公司了。还有一个更直观的，如果销毁，大兵不管失忆与否都没有价值了，怎么可能被追杀？”

“好，假设它没有被销毁，那这辆货车的活动半径并不是很大，可能留下监控的地区肯定不会去；太偏僻的乡道肯定也不会走，那么在这个区域里，就只剩下两条省道可走了。我按它的行进时间算，不会超过五十公里。”邓燕道。

尹白鸽皱皱眉头道：“为什么不会是乡道？”

“因为天气，四月十四日下着大雨，几十吨的大货车没人敢考虑走那些随时可以坍掉一片的乡道。”邓燕道，她排着几处防洪指挥部划定的重点防范区域，巧合的是，535、洛秦两条省道之间的几地正在防洪区域里，之后有过数村受灾的报道。

“有道理，继续。”尹白鸽眼睛越来越亮。

“那么我们重点考虑的就剩下535、洛秦两条省道，半径不超过五十公里的区域，在这一片区域里，他们可以自由发挥……但问题在于，这些货由谁来卸？”邓燕又问。

“对啊，这些办黑事的，总不能自己卸一车货吧，累不死他们呢。”尹白鸽道。

“纠结的就在这儿了，既要有人干这种活，又要让干这些活的人不吭声，解决了这个思维症结就容易了，虽然区域很大，但我们完全可以定点找到。”邓燕道，大数据信息的威力就在于最大限度地减少成本，特别是警力，如果压缩到极致，那做起来就是事半功倍了。

但这个症结，往往是突破你思维极限的东西，不那么容易解决。尹白鸽踱了几步，猜测着什么样的人群，什么样的方式，才能达到如此保密的效果，其结果是头痛欲裂，仍然一筹莫展。

她干脆拍着照，输着信息，边发送边道：“干脆把这里的发现发给他，他也在找……但是，你觉得可能用民工吗？”

“我想来想去都想不出来，只要用人，就可能有风险，鬼鬼祟祟藏这么多东西，谁敢保证一点口风不漏？”邓燕道。

两人伏在案前，在放大的地形图上慢慢地找着可能惊鸿一现的灵感……

没有……没有……

还是没有……

一个接一个电话，一个接一个失望，坐在工地上的大兵和卢刚，渐渐地被越来越浓的失望包围着。往往就是这样，越是心系一件事，这件事就越没头没脑。

大兵的手机响起来了，他翻看了几眼，提醒卢刚道：“卢哥，别着急，这也不是一时半会儿的事。”

“我这不替你急嘛，就孙悟空七十二变，也不能把几十吨的东西变没了啊……你确定不会点把火烧了？”卢刚问。

“那天，就是我在洛河里的前一天，下着大雨呢……即便能浇汽油烧，那得多大动静啊。”大兵道，没有说其中的利害关系。

是啊，如果没有被烧，难道真是车上的三人一箱一箱给藏哪儿了？

大兵也在思考着，洛宁这个陌生的地方，对于初来的人都是对等的，除非他们在这里有预先的准备。如果有，那会是谁？会以什么样的方式？

好像不行啊，多一个知情的就要多份危险，以大兵了解的这些人诡秘的行事风格，不可能留下更多知情的人。好像死人最安全，可总不至于把卸货的藏东西的都灭口吧？

盯着尹白鸽发来的一副区域图，大兵陷在沉思里无法自拔了。

“嘿……大兵，嗯，给你……”

有人在捅他，大兵蓦地惊醒，却是三蛋和林子。三蛋正把一瓶酒递给他，酒菜都上二茬了，什么都没解决，大兵拿着酒喝得都没劲了。

“大兵，那是啥人追你呢？”林子问，话刚出口就被卢刚扇了一巴掌，那是你问的？

这就是教育方式，而且很有效果，吓得林子不敢吭声了。大兵不好意思地递酒给他道："有点私仇，我都放了，他们不敢来了，谢谢你们啊……哎你们怎么不到一品相府干活了？"

"干着呢，这儿同村人多，住得舒坦。"林子说完灌了一口酒。三蛋却是迫不及待地往嘴里塞猪头肉，他好奇地问："头啊，你找车干啥呢？还是俩仨月前的。"

"大兵在找，害大兵的人就在那车上。"卢刚如是道。

"找着非弄死他。"林子恶狠狠地说道，自打收回工钱，他已经视大兵为同乡同胞了。

"人不好找……主要是找东西，那东西很重要，真不知道这些人能藏哪儿去……卢哥，就在这么大的区域。"大兵递着手机。卢刚一瞄撇着嘴道："两头几十公里，几十个村镇，有的查了。"说完又转头问着三蛋："这不让你们办那事，谁卸过货干过活，你们一群吃货啥都打听不出来。"

"那不好打听，隔俩仨月了，谁能想起来，你说啥地方嘛。"三蛋问。

"知道地方还用问你，就是找地方呢。"卢刚道。

"不知道地方，不知道人，咋找呢？"三蛋飙上了。

"那是一车黑货，让人瞧见是要命的，去去去，吃完爬去睡吧。"卢刚烦躁地说道。林子上心了，压低声音问："头儿，啥黑货？值钱不？"

"是不是有毒的呢？不能随便扔的，要扔还得掏钱找关系呢。"三蛋道。

"啥有毒啊？"林子问。

"就那啥废料嘛，洋垃圾嘛，现在查得严了，都往乡下扔，一倒下去，地里连庄稼都不长了，水都不能喝了。"三蛋道。

"这帮浑蛋家伙。"林子骂道。

这时候，大兵和卢刚都石化了，两人相视间，似乎都抓到了灵感的小尾巴，然后慢慢地都带上了喜色，再然后，两人不约而同地伸着手，啪地击了一掌。

卢刚一把夺过手机，看着区域，指点着："叶子乡、马楼镇、张官营镇……535省道路上就在这一带，那地方专门加工废旧轮胎，还有塑料东西，污染的地里一根草都不长。洛宁附近的小化工厂都偷偷往那一带倒废料。"

"如果放这一带应该怎么做？"大兵道。

"谁都可以做，村里只要有个认识的，给钱你倒啥都没人管。"卢刚兴奋了。

大兵也兴奋了，喃喃道："对呀，如果就说是有毒废料的话，那儿都是这些东西已经习以为常了，谁会说出来呢。而且那玩意儿看都没人敢去看，自然就成了保密的事。”

“对……肯定是这样，这才叫大象无形，生生把一车货给变没了。”大兵拊掌道。

“而且很安全，有记者去采访黑加工厂，基本出来就是残废。”卢刚道。

两人相视间又惊愕了，兴奋之后又觉得这种兴奋不对味了，好像是痛处或者疮疤被揭的那种感觉，再也兴奋不起来了。

恰在这时，有位民工奔来了，气喘吁吁地喊着：“工头，工头，打听到了……”

“在哪儿？”卢刚问。

那民工换了口气道：“他不告诉我，说要五百块钱才能说呢。”

“啥人啊？”卢刚问。

“张官营那边来的一个工队上的，我在他们工地打过零工。”这位民工道。

“哈哈哈……这才叫天网恢恢疏而不漏啊……卢哥，咱们走一趟。”大兵兴奋地起身。卢刚顺手揪着那民工道：“你也跟着来，你个兔崽子，走狗屎运了……抽吧，明儿休息，双倍工钱。”

抽着工头的烟，一听又有双倍工钱，那哥们儿乐得早忘乎所以了。

三人快步出了工地，去找那个价值五百块钱的消息了……

殊死较量

晚十一时，位于彭州泉山区的武警招待所蠢蠢欲动了，厅楼的落闸刚打开，在岗哨外的一群家属便哄了上来，喜极而泣的、痛哭流涕的，还有一言不发匆匆走人的。

案发七十二小时后，在各方的压力下，专案组不得不分批释放被传唤的嫌疑人，其中包括原彭州鑫众的经理助理及运营总监万江华、原公关部经理张芬，以及原经理秘书刘茜等人。远在津门、淮西等地的专案组，也在同一时间释放部分涉案人员，仅采取监视居住。

二楼的窗户上，数月奋战的经侦排了一排在看，有点明月照沟渠的郁闷了。

三楼的窗户上，孙启同伫立着，从警岁月里不止一次看到类似的场景，都是这样，明知道违法，却潇洒地从警察眼前走过，而你毫无办法，因为你缺乏一样最重要的东西——证据。

他默默地放下了百叶帘子，坐到专案组的位置上，这个核心依旧，可寸步未进。马文平正翻检着报纸，孟子寒、巩广顺不敢吭声，知道这是最低谷的时候，送交的申请被检察院打回补充侦察，不予批捕。省厅又面临各方的压力，不得已，只能选择暂且放人。

“孙组长，消息就这些。”

马文平递了几张报纸，几处用黑笔画圈的是媒体的起底报道，但矛头指向似乎有点刻意，专门起底蔡中兴的发家史，而且质疑津门文化园的项目是市府圈定的重点项目，一笔一笔列出来的是他在津门的集资欠款，而变相发行原始股的违法事实却一笔带过。现在舆论的风向，都在真真假假起底蔡总有几个老婆，有多少房子，贿赂了多少贪官等，反而成千上万投资在原始股里的普通市民被无情地忽略了。

而更郁闷的是，那些陷入原始股投资的，还期待着鑫众平安无事，等着手里的股纸变现，于是舆论矛头齐齐指向警方了。

舆论，果真是以社会智商下限来决定的。

孙启同烦躁地扔过一边，他看看士气接近冰点的队伍，想设法打打气，可却无从开口。还是马文平知意，提醒道：“这也算一个转折吧，案子再差也不会比现在更差了。首先我希望，我们和省厅保持认识一致，蔡中兴猝然出逃，留下的烂摊子还真不是一天两天能厘清的，他在津门真真假假欠债总共八十七个亿，这里面可能水分不少，而且债权人里也不乏有头有脸的人物……小孟，你上午的设想很有道理，说说。”

像是要打破沉默，孟子寒理理思路道：“我们的批捕申请被打回，省厅也承受了很大压力，除了我们工作不得力，可能还有一层原因……那就是，有人试图在拖时间。”

这句话听得孙启同抬了抬眼皮，道了句：“继续，反正闲着也是闲着。”

“我先来吧。”巩广顺插进来了，汇报道，“以我们的经验看，蔡中兴猝然出逃，是把火力全部吸引到他身上了，他的家属也在码头登船，人走很容易，但要带走所有的钱就不容易了……一般情况下，他们会通过对外贸易、境外投资或者更直接的地下钱庄把钱洗走，但这么大的款项，又都是黑钱，不管他用哪一种方式都需要时间。即便在出逃前精心准备，难度也会很大，那些投资给他的人都是亦步亦趋地跟着，能玩什么花样大家都清楚，所以……”

“人先走，钱跟着走……还有人在替他办事？”孙启同道。

“对，而且这是最安全的方式。他最近拿到的一笔投资是在出逃前一天，八千万，这笔钱分流到艾思利华的账上当作加工成本，而成本根本没有这么多。而在艾思利华厂里的账上，原料收购、人工费用及差旅报销等疑似消化成本的假账，就有四千多万……如果一笔一笔核实，肯定能发现问题，可惜我们没有这么充裕的时间。”巩广顺道，这是一类大头小尾的作假手法，那些钱会被化整为零，之后再化零为整，消化在你很难一一查实的支出里。

“对，这是一个团骗，大家都拿好处，所以都不吱声，而找不到罪魁祸首，其他人都可以以受害者的面目出现。”孙启同道，滞留的鑫众人员像受过训练一样，全成受害者了。

孟子寒稍停片刻接着道：“如果我们没有证据，就无法界定原始股的诈骗，只能界定他在津门的非法集资。现在投资人都在不遗余力地使力，要求依法清算，其目的不言而喻，如果无法界定这个企业的经营违法，那所有封存的资产、资金，我们就没有主动权了……现在是各方逼着我们定性，我们定性非法集资加变相发行原始股诈骗肯定通不过，然后这些资产、资金，都可以由债权人申请强制执行……”

“那就成了一场洗劫了，赤裸裸地对中小投资者的一场洗劫。”马文平道，最倒霉的恐怕还是那些高价买回商品，捧着一堆原始股废纸的投资者，因为那就是赠送的，没人回购你活该。

“对，应该是这样。说不定这些所谓的债权人里就有不少蔡中兴的同伙。”孙启同道。

但那些在回购、在拆借、在斥资中牟利的影子公司，同样无法用完整的证据链界定他们违法，能查到的出入账大多是应付利息和借款，天知道他们是怎么密谋的。

“那么我们苦守在这里就没有什么意义了，他来彭州搞这么大的声势，唯一的目的就是趁乱出逃。”巩广顺道，委婉地提醒了一句，现在的重心应该放在津门。

马文平看着领导，其实孙组长的行事诡异更甚于那群骗子，这一天不闻不问，似乎都搁下了。孙启同笑笑道：“那你们说，现在重心应该在哪儿？”

“在没有出走的资金上。”巩广顺道。

“但你不知道他有多少人脉，有多少方式洗走钱，等你发现了，已经晚了。大部分经侦都不愿意办非法集资案，原因在于，所有的集资骗局，大部分都追不到人和钱，即便追到人，也追不到钱。”孙启同质疑一句，巩广顺瞬间闭口了，那个难度似乎更大。

“那我们应该盯住查封的资产，想办法捋清他在生意上有往来的各家商户。”孟子寒道，以他经侦的思维，总会有蛛丝马迹的。

这话太年轻了，孙启同笑着告诉他：“小伙子，你要再干十年就懂了，经济案件拖几年都是短的，那些神通广大的公司，你要不点中他的死穴，你连门都进不了。”

这就是所有经侦都不愿意办非法集资案件的原因，上级的话听得孟子寒脸红了一阵，知道上级所言不虚，那现在就是了，堂堂专案组依然要在舆论的压力下放人。一面是各方压力逼着定性，一面肯定又是拖而不决，只要找不到证据，抓不到主谋，那就避免不了资产被强制执行，中小投资被洗劫的后果。

“孙组长，那我们现在……好像没有重心了？”马文平道。

孙启同欠了欠身子，像是思忖是不是该交底，他看了看，看了两次，喃喃道：“谁说没有，特勤正在找藏匿的证据……我唯一不确定的是，你们说，这些证据会被销毁吗？”

“应该不会吧，如果销毁，那只能蔡中兴一家扛罪，对于共犯来说都不会这么大方。”孟子寒道。巩广顺也点点头道：“这应该是个保命符，如果销毁，现在该追杀蔡中兴了，他一死，没走的黑钱、拿不走的资产，可就正好换主了。”

“那就好，如果在，我们就有逆转乾坤的机会。”孙启同若有所思道。

“能找到吗？这是以货车司机的行车路线追踪，可区域那么大呢。”马文平道，然后又奇怪地说，“整整一车凭证啊，他们真敢藏起来？”

似乎更不科学，孙启同却驳斥道：“你觉得他们还有什么不敢的事？而且有哪一件不是突破你思维极限的事？为什么就不能藏起来？有这玩意儿在，现在他可就是大爷，可能津门很多人的生杀大权要掌握在他手里了。”

一室皆静，没想到貌似受挫的专案组还有着这一层部署，这像黑暗中的灯泡、三伏天的雪糕，甭提多来劲了，孟子寒和巩广顺相视间又重燃希望。马文平道：“要能找到，可能要比崩盘的地震还要大啊。”

“是啊，我好久没有这种心跳的感觉了，棋到凶险处，一着决生死啊。”孙启同道，现在在场的诸人才发现，他所有的话都像心不在焉说的。

马文平揣摩到什么了，颤声问着："孙组，不会是……有线索了吧？"

"他们已经在路上了，再过二十分钟就有视频接进来，我们这个专案组和所有嫌疑人的命运都掌握在他们手里……明天省厅将召开新闻发布会，现在都在等着这里的消息。"孙启同道，深呼吸了一口气，像是压抑不住激动的心情。

安静，替代了一切，静得能听到各自怦怦的心跳声……

嘀——嘀的信息声音在城市里昏暗街道上的一辆车里响起，驾驶位置的人打开了手机，看到了来自彭州的消息，是被释放的人员。在画面下，有一个醒目的号码，是境外的。

他看了几眼，拨通了这个号码。接通时，车窗随即摇上，就听他道："老蔡啊，国外舒服不？"

"还行，呵呵，谢谢王总。"

"你真不地道啊，跟我们玩这个。"

"您得理解啊王总，不留条后路我就死路一条了，再说咱们不是达成共识了，这玩意儿到您手里，可比到我手里值钱……您的人都跟着去了，您还耿耿于怀什么？"

这位王总似乎气不自胜了，但同样也无计可施。他道："那东西谁敢留，我还想多潇洒几年呢……我说老蔡，这次你要再玩花样，我可就当你逼我下狠手啊。"

"不会，绝对不会，自始至终，您都是得利的一方，我想有点小瑕疵您也能宽宏大量……对了，我托您办的另一件事怎么样了？我可是得见到我叔叔才能给你东西啊。听说他孤零零地在医院，我实在于心不忍啊，就一个人没跑出来，显得我多不孝顺……您想办法把他带出来就行，我的人会送他走。"

"已经去了，不过我也是不见东西不给人。"王总道。

"王总，我们应该彼此信任，您的人都跟着到现场了，还有什么不放心的，要不把人留下，您给养老……很快我们都能看到视频，一定会让您满意的。"

远在海外的蔡中兴挂了电话，这位王总枯坐在车里，思忖良久，他感受着加剧的心跳，似乎从没有这么紧张过……

注意力过于集中一点就难免疏忽。在彭州市华侨医院，301床病人突发癫痫，被匆匆赶来的医护发现，呼叫着急救，推着病车就走。这里的疏忽太大了，仅留了一位值勤的便衣，他仅仅是一打盹的工夫，便懵头懵脑跟着到急救室，等了好久才发现不对，那儿急救的似乎是位女患者。

情况迅速向专案组汇报，而汇报却石沉大海，没有回复……

在驶向彭州的列车上，一位民工装束的男子不断地拨着一个熟悉的号码，那个号码根本没人接听。

是马峰，从洛宁九死一生被放了，而现在却像丧家之犬，连汇报的地方都找不到了。他思忖着，两位同伴陷在洛宁，他又这么一身伤回去，别说领赏，小命还不知道能不能保得住呢。一头的郭哥阴险无比，另一头的顾总没想到也心狠手辣……我惹不起还躲不起？

如是思定，他直接扔了手机，在半路下车，不准备回去了……

线索或断或续，那些藏在阴暗深处的人，每每总是惊鸿一现，而后不知所终。远在津门的专案组却追踪着马峰的手机信号找到了那个号码的位置。

定位发送到了洛宁，这是唯一一条有价值的线索。

一辆疾驰的车上，尹白鸽从手机上看到这个定位时，长舒了一口气，递给高铭道："看来错不了了，马峰联系的号码正在张官营镇一带。"

那是一部被大兵收缴，又故意扔给他的手机，高铭看看吧唧着嘴道："厉害，我们这么多人，这么多设备，这么多大数据分析，还没有他找得快。"

"很正常，他毕竟是离核心最近的人。邓燕，通知后面的人，郭金荣可能也在现场……奇了怪了，他怎么也会在这儿？难道，要取走或者销毁……如果要销毁，那说明他达到目的了。"尹白鸽说道，自己却想不通了，看来两头几乎是同时进行的，一路去医院毁灭证据，一路去藏匿地做同样的事，只有这一种解释了。

邓燕给大兵的手机发了个信息，感觉怪怪的，现在两人倒成同事了。她旁边坐着的范承和问："邓燕，张官营是个什么地方？怎么都选这儿？"

"就快到了，你拉开车窗感觉一下。"邓燕道，范承和一拉头顶上的小窗，然后涌进来一股让人几欲作呕的味道，一下子憋得范承和这口气都喘不上来了。

"就开着吧，得习惯一下，否则比高原反应还厉害。"邓燕道，解释着这个奇怪的地方，"这儿有一个汽车坟场，后来有个轮胎加工厂吸引各地收破烂的送旧轮胎，加工塑料颗粒，演变多年后，就成了一个连锁产业。庄稼荒了，挣着钱的进城了，污染的地方没法住了，务农的也进城了，就只剩下搞加工的人了……也没人管，周边做化工处理的图省事，废水废料甚至国外的洋垃圾运进来都往这一带倒……而且，这也成了他们获利的一个途径。”

邓燕说着，声音越来越低，有点痛心，却无能为力。

“天然的藏污纳垢之地啊，都不需要伪装，扔这儿就是秘密，谁会来找？社会问题和犯罪问题是一对孪生兄弟啊，我们尽好自己的本职吧。”尹白鸽道。

此言之后，再无话音，因为导航显示已经接近目标地了。接到通知的大兵问那位举报人，让他看地方，那家伙摇头道：“不到不到，那不是一个味。”

“你都不看，闻闻就知道？”大兵愕然。

“这片是酸臭味，再往下走走，带着塑料的恶臭味出来，基本就到啦。”举报人道。这是位衣衫褴褛，连打零工也只能拣水泥袋的那种人，原因是肺尘病，走路呼吸像拉风箱，根本干不了重活。

“卢哥，再给他点钱。”大兵轻声道，卢刚应了声，又摸了两张塞给他。那人紧张了，不好意思地说：“呀呀，太多了……”

“拿着吧，我们也帮不了你多少……对了，这黑天半夜，你能认准地方吧？”大兵轻声问。

“能，就在路不远……就你手机上那号大车，我记不清车号，就是那种车，那个坑都挖好了，车上站人往下扔就得了……和我们干的不一样，倒那些东西啊，都得戴个防毒面罩，那天我看了，没啥，都是纸……”举报人纳闷道。这个好奇牵出来了幕后唯一的疏漏，估计他们无从想到，能用这种方式找到这一位被忽略的人。

沉默了片刻，那人深呼吸道：“快到了……”

话音落完不久，果真有刺鼻的恶臭味传来，前车已停，前后两车人一下车，被大兵接下车的人愣住了，根本不用找，他指着一处隆隆作响的地方道：“啊？怎么那儿还在挖……就，就那儿。”

离车停的方向不到两公里的废弃地，一辆小型挖掘机正在作业，旁边泊了一辆卡车，几乎都是下意识地，大兵奔着，高铭和范承和随后撒腿就跑，紧张了，这是要销毁还是带走？尹白鸽急急指着一位同来的特警道：“你，保护他们……你，跟我走……武器给我，别让他们靠近现场，可能有危险。”

留下的一位特警和邓燕迅速把三位带路的领到车上，从车侧面看，五个人影前后一线已经奔向现场。巨大的紧张、刺激袭来，邓燕有点兴奋，有点羡慕地看着尹白鸽的身影，甚至有点莫名地嫉妒。

砰……枪响了，是现场的人开的枪。

远远地，尹白鸽看到大兵应声而倒，惊得心一抽，腿下速度加快了，几步之后，她看到大兵像只狸猫一样，爬着走，速度飞快，走得还是“之”字形，绕着靠近，找一处凹处做掩护。反观后上的高铭和范承和就差了点，蒙着头往前冲，鸣枪示警，大喊着警察不许动，却不料招致更猛烈的开火，那位开枪的倚着挖掘机一人多高的大车轮掩护，砰砰砰一阵乱射，压制着高铭和范承和。

不对……有人奔向货车，急急地拉开车门上车了，一看到货车上的罐身，尹白鸽咬牙切齿发狂似的吼道：“快，打掉那辆车，他们准备销毁东西。分开走，我压制火力。”

这位训练有素的特警拔腿开跑，迂回奔向缓缓启动的车辆，拼命地拉近开枪距离。尹白鸽支着微冲，嗒嗒嗒几个点射，压得开枪的那位伸不出脑袋来。趁着这个空当，高铭和范承和飞快地奔上前和大兵会合，一卧倒高铭摁着大兵道：“退后，你浑身上下就裤裆里一杆枪，这场上管用啊？跑得倒快。”

“十五米外，手枪就没有什么准头了，他们四个人，车上两个，挖掘机后一个，坑里还有一个……是准备倾倒化学药剂销毁。”大兵露着头，已经看清了形势。

“快，拦住那辆车。他们要销毁。”尹白鸽吼着，点射着，像飞奔的小鹿，微冲虽然失了准头，可随时压制着两位持枪的，一直抬不起头来。

“我来……”范承和一跃而起，奔出了藏身地。大兵拦也不及，大喊着：“小心，坑里是个老手。”

晚了，砰的一枪，坑里的人一露头，一枪闪过，飞奔的范承和像断了线的风筝，一头栽倒在地上。高铭急红眼了，骂了句，跳起来就跑，边跑边开枪。大兵气急，欲哭无泪，骂了句猪队友，跳起来就打滚，连滚带爬，速度极快地扑向范承和。接着他的枪在手，单臂撑着匍匐向前，一瞬间像变了一个人一样，几个战术动作兔起鹘落，手里的枪口一直指着看不见人的坑口，而人一直在挪着位置，像一只扑向猎物的猛兽。

嗒嗒……微冲又是两个点射，然后哑了，弹尽。

在这个电光石火的间隙，挖掘机后的人探头开枪，高铭砰砰连续两枪，那人吃痛啊的一声缩了回去。这是个交叉火力，尹白鸽看到坑口惊恐地大喊小心，高铭浑身汗毛倒竖，回身枪口指向坑口，视线却已经看到了伸出来的枪口，而他已经来不及瞄准了。

砰……枪声在他背后响起，坑口向上冒了一缕血花，他趴下愕然侧眼，却看到开枪的大兵已经爬着跑向倒回来的货车了。这关键的一枪逆转了形势，另一位受伤的吓跑了，高铭爬过去趴到坑口往下一瞧，惊得头皮发麻，那一枪正中脑壳，汩汩流血，还没有死透，正在抽搐。

他不忍再看，回头时，尹白鸽正抱着范承和摇着，他心一凉，一股子巨大的悲愤袭来。他追在大兵的身后，直奔那辆货车……

凶神恶煞

不期而遇的较量一开始就进入了殊死模式……

坑口和拦截的失利，一名特警，加上大兵、高铭齐齐扑向倒车的重型卡车，特警在近处，嗒嗒两枪示警，大兵怒骂着："节省子弹，你这笨蛋。"

骂了句，他飞奔而上，刚用枪托一砸玻璃，却又飞身后跃，他离开的位置，砰的一枪从驾驶室里射出。高铭已经奔到了车不远处，没想到这拨人的火力这么强，他下意识地打了个翻滚，避开了车轮袭击，那辆货车狂飙着，似乎还准备殊死一搏。

"大兵，怎么办？"

隆隆车身，庞然大物，黑烟滚滚，高铭的吼声淹没其中。

没人说话，他却看到烟雾中有人影又蹿上了车，咚……一家伙砸了倒视镜，那位特警瞬间省悟，支着微冲，嗒嗒一个点射，敲掉了另一个倒视镜，车上的司机，瞎了。

"我才是脑残呢。"高铭郁闷道，这办法好，两眼一抹黑看他怎么开车。

办法立时见效，那车失去方向了，司机似乎在车里喊着什么，在斜对面的特警吼着："车上有人……小心。"

嗒嗒嗒……一串子弹射向驾驶位置，厚实的车前窗被洞穿了，低着头的司机把不住方向了。高铭一跃而起，攀住了车沿往车上爬，他一手吊着，一手拿枪指着。不料，刚上去，咣的一声响，他手一疼，倒栽下车了。车上藏的那位持着扳手，正拧着开口的螺丝。

拧出来了一半，汩汩的液体冒着白沫出来了，来不及接管了，也来不及倾倒进打好的坑眼里了，甚至来不及跑了。第二个螺丝帽刚拧一半，车停了，他吼了一声，却听不到司机回应，他下意识地扔下扳手，单手一支罐身，一下子扑到了罐体上，居高临下地瞄着。

“老五……老五……”他嚷着。

“哎……”司机一应声，不料嗒嗒两声点射就进来了，跟着有重物往车上扔，车前窗的玻璃碎了一半，他躲在驾驶室骂着：“不好了，今天老子要归位。”

“叫人了没有。”他再嚷。

“叫了，一下子来不了啊。”司机回应着，话音落时，啊的一声尖叫，像什么重物从破碎的前窗砸进驾驶室了，一刹那的失神真把他送归位了。那位特警像飞人一样，一下子跃起几米，单手悬挂一下子吊进车窗，枪口已经顶上了司机的脑袋。

“举手，再动打死你。”

“不动不动，我正投降呢。”

也在这一刹那，罐体上的人已经看清了远处的两辆警车和数人队伍，他从一侧飞跃而下，脚刚沾地，咚的一声……脑袋像撞上了汽车，眼冒金星，一下子歪歪地扑倒了，大兵正拿着一根碗口粗的断茬粗杠在冷笑，那笑，看得躲在车底下准备偷袭的高铭一阵抽搐。

这是他和特警已经预谋好的，石头往驾驶的位置砸，玻璃开口，接下来一蹲，同伴踩在他的背上，被他一个跃身，把人从前窗送进驾驶位置，再接下来，一根大棒等着车上那位呢。解决了这两位，尹白鸽喊时，高铭一看车缝里在漏的液体，这才想起要把驾驶室这位逼出来。车被大兵开出一公里多，那漏出来的液体不知道是什么东西，把黑乎乎的地皮都烧白了。

拖着个打昏的，铐了个吓破胆的，跑了个受伤的，不过好在把现场控制了。人交给特警，高铭这才匆匆奔向范承和，一看尹白鸽抱着的范承和还在呻吟，他这心才跳回肚子里了。腹部脐下中枪，坑里射出的，恰恰从防弹衣边沿上射入身体了。尹白鸽给他粗粗包扎着止血，找了个稍重的东西压着伤口。

“就这样躺着，别动……支援马上就到，我接到消息就呼叫了，没想到这么快。”尹白鸽慢慢放下他。高铭看着，惊魂方定，手还在疼，腿还在抖，这时候根本没有大难余生的欣喜，而是……而是吓得尿意甚浓。

“高……队，你这是准备跟我……跟我……诀别？”范承和虚弱地说着，勉力地笑了笑。

“还能说屁话，早着呢……别动，呵呵……你小子就是倒霉到家了，穿着防弹衣也能中了弹。”高铭不知道该哭该笑，似乎哪种表达都不合适。他俯下身，抚着同伴粗糙的脸，给他抹抹脸上的黑迹，不料却越抹越黑了。

“那是我运……气好，要不你中一弹看看……还……还能喘气不……”范承和吃力地说着，一笑，脸上却是痛苦之色。高铭轻轻摁着他：“别说话了……下回别抢在我前头啊，我多没面子。”

两人说着，心绪平缓时，范承和指指从远处来的大兵，还有蹲在坑口的尹白鸽，推着高铭走，不想成为拖累。高铭安抚他几句，把他交给奔上前来的几人手里，忙着跑去请示尹白鸽。尹白鸽知道他心焦什么，直接道：“他没有伤到要害，不用送了，车最多十五分钟就到……我们的任务是在这里设立警戒，以防意外。”

“好吧。”高铭看看范承和，无奈默认了，再回头看时，却见尹白鸽手机传输完现场的短视频，直接把手机固定在一个支架上，可以扫到全场。不远处的坑里，那位被击毙的已经气绝了，枪就在尹白鸽的脚下，一看那枪，高铭惊讶道：“大格洛克，比咱们的装备都精良。”

17 加 1 弹匣，近距离对战优势自不待言，欧美警用手枪，看得高铭一阵后怕，这跟他身上那部老出毛病的 64 式根本不在一个档次上。

“利器，也得看在谁手上。”尹白鸽不置可否地说了句。

于是高铭看向了大兵，刚刚一枪毙掉这位高手的大兵，此时正蹲在坑里看那个狰狞的尸体，平静得就像看什么风景一样。一大会儿高铭才发现，尹白鸽也在看他，两人相视一眼，高铭小声问着：“你说他现在是谁？”

“不管是谁，肯定不再是顾从军了。”尹白鸽道，欣赏地看了一眼。实战一场，优劣立现，只开一枪的大兵，战术素质可要比他们这些刑警、特警高出不少。

“还好，幸亏他不是……对了，这些是什么人啊，够黑的，我们还没鸣枪示警，他们倒先开枪了。”高铭道。

“其他人不知道，不过死的那个，知道。”尹白鸽道，“他，叫郭金荣。”

“啊？就是他？”高铭惊咦一声，瞪眼了，和大兵一起来这儿的人，不包括他三个人，现在已经死了两个，另一个是谁，怕是再无线索了。

“对，蔡中兴的贴身保镖，他们今天的计划应该是这样，一队人去医院销毁证据，而他带人趁夜到这里，只要挖开一米深度，化学液体灌下去，直接就销毁了……太险了，差一点点啊。”尹白鸽心有余悸道，怎么也判断不到会有这种惨烈的遭遇。

“尹指挥……快看！”

变生肘腋，邓燕喊了一声，顺着她指的视线，一片灯光漫来，哦，是一群摩托车、汽车组成的散漫队形，一看便知又是刁民突击队出来了。这当会儿哪经得起意外，尹白鸽大呼一声集合，迅速分配着任务，人铐在坑里，两人锁了三副铐子，连脚踝部也加铐了。余众排成一行戒备，那辆挖掘机被开过来了，横亘众人之后，实在是没人了，把卢刚和民工兄弟也拉上凑数了，那哥几个腿直哆嗦呢。

那一队越来越近，越看越清，带着安全帽的、扛着钢管撬棍的，当先是一辆老式北京吉普，簇拥着十几辆摩托车，纯粹就是一个斗殴队伍。吉普车在挖掘机前不远处刹停，一位锅盖头、拴狗链的彪形汉子从车上下来了，一掸花衬衫，满胸的毛，再看挡路的里头居然有女的，他愣了，喊道：“大黑天的，还来俩好妞？咋回事，我们的人呢？”

“警察，嘴巴放干净点。”尹白鸽斥了句。

那人微微一怔，然后一扭头看自己的人这么多，胆气又壮了，嚣张道：“大路朝天，各走一边，把我们的车、人还给我们，你爱干啥干啥。”

一死一昏抓一个还跑了一个，谁知道是哪个。高铭道：“我们正在执法，涉嫌违法的车和人都要暂扣。”

“执个屌，这地方老子才叫法……坑里人带走。”那人瞄到大坑里了。

“谁敢？”高铭拔着枪，砰，朝天一枪示警。

一般人也就镇住了，可谁知这里无法无天久了，土鳖也成精了。这锅盖头一点都不惧，往前一凑脑袋，高铭愤然拿枪指着他，他越指，这土鳖越往枪口上凑，叫嚣着：“开枪啊……开枪，爷皱下眉头，是你养的……开枪，不拔枪老子还不跟你飙呢……上，兄弟们，看看他们谁敢。”

一个土鳖发横，一群土鳖嗷嗷叫着，仗着人多就要冲开阻档，要去抢人，还有的已经爬上挖掘机驾驶室，特警要拽，被三五个人拉胳膊拽腿抱住了，这种情形下，他只能死死地护着武器。高铭几次发狠都不敢下手，一露怯相，这防线瞬间就溃了，倒成了一群人操着撬杠铁棍威胁他们了。

砰……一声枪响，划破了喧嚣。

啊……锅盖头像是折腿了，不，腿部中枪了，一屁股坐在地上，杀猪般地喊着，正殴得兴起的众土鳖惊得停手了。

“灭了这群人。啊……疼死我了。”锅盖头疯狂地大叫着。

砰……又是一枪，惨叫声再起，却是锅盖头捂着耳朵，一离手，血淋淋的，他不敢嚷了，而是惊恐地、像见鬼一样喊着，指着这行人的身后，所有的眼睛都看向那一边。

在阴晦的车灯光下，一个高大的人，肩上扛着一个人……或者是一具尸体，正一步一步向他们走来。右手拎的枪刚刚放下，灯光在他的身后拉了一个细长、扭曲、恐怖的人影，他像从地狱里走出来的一样，带着血腥和震人心魄的恐惧，一步，一步，走到这一堆失控的人面前。

嘭……他把肩膀上的人扔到了地上，那人的脑袋斜斜地翻了个个儿，扭过来，在吉普车灯下，失血的脸上，头盖骨赫然被掀了一块，露着红白的脑内容物。

抬头，那人脸色狰狞，不见悲怒，平静地看着这些持着棍棒的人。

哐啷，一根撬杠掉了，瞬间哐啷啷声音不绝，那种来自心底的恐惧，不可抑制地让这些围攻的人扔下武器，掉头连滚带爬就跑，连车也不要了，像被驱散的羊群，一个个豁了命地跑。

“别杀我，别杀我……爷爷啊……别杀我，就倒点废料赚点小钱，我没干伤天害理的事啊……别杀我……”

那位锅盖头心神失守了，恐惧到忘记伤口的疼痛了，只顾着五体投地地趴着求饶。

大兵静静地站着，自始至终未出一言。从嚣张到崩溃不过一刹那，被高铭铐上也没有再多反抗。一个人的精神强度实在不堪一击，此时他想起来了，自己在第一次执行任务时，也像这个土鳖一样，被死人吓得哆嗦发抖，然后被中队长一脚踹到了墙角。

“你是党员，你是战士，吓得像个娘儿们，老子都替你害臊……执行任务是光荣的事，那些罪大恶极的人个个死有余辜、死不足惜。”

中队长也是个土鳖，从来不知道心理问题为何物，所有胆怯的、紧张的、抗拒任务的，都会被他视作思想不合格，认识不到位，以及立场不坚定，会被他撵到后厨以及勤卫，干娘儿们才干的杂活，逼着他们知耻而后勇。

那么……我这算是勇敢吗？

大兵静静地站着，身心却深陷在迷茫中，无法言明，无法自拔。那些同来的同伴，有意识地躲着他，因为他身上仿佛散发着地狱的气息，让人恐惧。

远远的警车成队来了，首尾相接着不知道多少辆，车灯、红蓝警灯，像汇成了一条灯河，势不可当地汹涌而来……

抓获的嫌疑人，起获的枪支，作案车辆，一罐车的强酸，要是渗进这片土地，那一切就盖棺定论了。

挖掘机和人工做工同时开始，第一批起获的凭证在视频里闪过，尹白鸽的声音传来了，她道："就是这些东西，已经发现部分原始股样张，经销商和鑫众、华联、三洋等数家公司的结算凭证，都是手工记账……不知道还有多少。据举报人消息称，他们开挖了六米深的一个大坑，是以填埋化工废料的借口扔在这儿的，现在，我们苦苦寻找一年之久的原始证据，将要全部重见天日了……"

二楼，传来一阵经久不衰的掌声，那些在苦里、累里已经熬得没有日夜的经侦们，激动得手都拍麻了。

"……二十三时四十分到达这里的时候，我们遭遇了企图销毁证据的一伙持枪嫌疑人，我们的一位警员在枪战中受伤，正被送往医院……这些日子我知道大家过得都很难，要面对上级的压力，要面对舆论的指责，要面对群众的质问，每天我们都会觉得几乎到了崩溃的边缘，每天我们都想停下来喘口气。有很多次我都绝望了，这个庞大的骗局像一座大山，压得我都快放弃了……

"可是，不能……因为我们是警察。因为，无论谁试图践踏我们守护的正义和安宁，我们都责无旁贷，哪怕流血牺牲……后方的经侦兄弟姐妹们，这些用血换来的证据就交给你们了……"

回传的屏幕上，定格在一副担架上，数位警察肩扛着，匆匆运走受伤的警员。在二楼整个一层，默默流泪的经侦们，抹一把热泪，在这特殊的一刻，积聚的疲累一扫而空，个个悲愤地坐到了电脑前，准备开始又一场摧枯拉朽的决战。

此情此景，兴奋中居然多了一份感动，孙启同默默地拭了拭涩涩的眼角，长叹道："有些年没有这么激动的感觉了。"

"是啊，我们真的老了，都不知道这么难他们是怎么撑过来的。"马文平欣慰道。

“接下来该我们了，前方在流血，我们也不能闲着……小孟，接通SLC2232频道。”孙启同似乎就等着这一刻，他深呼吸了一口，像临危受命般严肃庄重。

频道接通了，是在津门、彭州两地的特警，已经在路上了。马文平惊讶道：“孙组长，这是……高厅亲自指挥的？”

“当然，不信抬头看，苍天饶过谁……哈哈……真不知道那些自以为聪明绝顶的人物，一个一个栽在一个脑残手里，会是一种什么样的可笑表情……”

孙启同仿佛颠狂一样，兴奋地自言自语着，在这个诡异的氛围中，巩广顺却奇怪地发现了，那命令直达的特警编队，是早就布置在彭州、津门等地的。应该就等着这一步走活，然后满盘逆转。

怨不得领导这么兴奋，他也跟着惊喜了，曾经对组织的那些小怨言瞬间化为乌有了，在这个艰难回转的骗局里，其实谁不期待一次酣畅淋漓的大快人心呢……

张官营镇，警车为屏，警员为障，一个方寸之地会聚了县市两个刑侦大队、半个公安支队，而且还在调人。那些亚克力箱成箱的凭证，居然神奇地防湿防潮，连表层都保存完好。开挖出来的地方一眼望去，密密匝匝地排着几十位警员，俯身就是凭证，一箱一箱地在手里传着往坑外清理。

击毙的、被抓的嫌疑人刚被刑警带走，详细的事发经过暂时来不及记录了，这些东西正在联系安放地和清理处，尹白鸽忙得电话不断。邓燕刚叫了辆警车把同来的卢刚等人送回，就见得参案的一位警员匆匆奔向她问：“那位大侠呢？”

“什么大侠？”邓燕愣了。

“就是……砰……爆头那个。”特警有些佩服地问。

“咦？刚送卢刚走，刚刚还在这儿。”邓燕四下看时却不见人了。那特警追问：“警姐，他是谁呀？那一枪真厉害，就冒了一下头，直接被他爆了，这水平放我们特警队也是一等一的。”

“不懂保密条例啊。”邓燕翻了个白眼道，“我找找去。”

“尹指挥找他啊，在现场。”特警提醒了句。

邓燕应了声，却往场外跑去，她看到了远处似乎有一点明灭的光，躲在路下的阴影里，匆匆走近，像心有灵犀一样，还真是大兵。他正蹲着，一大口一大口地抽着烟，似乎感觉到谁来了，他侧眼瞧瞧，没有说话。

“大兵……你，还好吧？”邓燕走近了些，关切地问。危难时，他像一位凶神，而正常时，他又像个委屈的孩子，那些表现，不是坚强，反而像无助。

“没事……你，你不怕我？”大兵嗫嚅道。

“我……为什么要怕你？”邓燕好奇了。

“刚才，他们就像见了鬼一样……我没办法，只能那么做，我们和民警受的训不一样，果断开枪，果断处置是原则，要乱起来就收拾不住了。”大兵轻声道。

“是啊，你做得很好……不过，是挺吓人的。”邓燕道，那种情形恐怕会成为很多人的噩梦，还好，没出大娄子，那位锅盖头是提供挖掘机的人，以为是派出所的要扣人扣机器，带着人就来拼了。

“我被训练得已经没有恐惧那根神经了，很奇怪啊，我们当时很多人都这样，其实在实战里，精神亢奋、判断准确、处置果断，根本没有什么恐惧感觉……可回到正常生活中，却会奇怪地这样那样发作，比如老做噩梦，甚至精神恍惚出现幻觉，我曾经读过关于战场综合征的书，就是那种感觉……”大兵轻声道，对邓燕几乎是毫无保留，似乎这位矜持的姑娘是最接近了解他的一位。

“我不知道怎么安慰你。”邓燕慢慢蹲下，轻声告诉他，“可我知道你在做正确的事，如果不击毙那个悍匪，那我们今天就要目睹同伴牺牲……警匪之间到白热化，只有一种方式：你死我活！”

大兵回头看看她，思忖了好久，这个简单的问题似乎都让他很难决断，然后犹豫地说了一声：“谢谢。”

“你想起自己的以前来了？”邓燕问。

“没有全部想起来，可有些事是忘不掉的，其实如果把精神也看作一个世界的话，那我们每个人都是灵魂在现实世界的投影。”大兵道。

突来一句复杂的理论，邓燕懵了，好奇地问：“什么意思？”

“你忘了，人格分裂，那意味着这个人的身体里，不止一个灵魂。”大兵道。

“你的意思是，其实几个角色，你都想得起来？”邓燕惊讶道。

“对，人为训练的后果。”大兵回头，愁云满面地告诉她，“那是最痛苦的事，因为有时候我会怀疑我自己究竟是谁。”

邓燕懵了，对着大兵的愁容，她油然而生一种深深的怜悯，谁能知道，那貌似凶神恶煞的背后，是一个多么脆弱的精神世界。

有人来了，是尹白鸽带着队，邓燕惶然起身，而大兵却懒洋洋地掐了烟头，头都懒得回。尹白鸽提醒道：“该走了，送你回去。”

好半天大兵才不情不愿地起身，尹白鸽跟着，示意两位特警退后，边走边道：“大兵，你的判断非常准确，时机也抓得非常准……现在就剩一件事了。”

“上官嫣红？”大兵问。

“对。”尹白鸽艰难地回答道，有点不敢面对大兵的眼光，她解释道，“上官知道的情况很多，也很重要，毕竟她跟蔡中兴的时间很长了，而她的下落只有你知道……别告诉我你不知道，四月十四日出事前，你就想提前通知她出逃，你敢保证在陷害你的事里，她没有参与？再问你一遍，知道不知道她藏在哪儿？”

“我……知道。”大兵道。

尹白鸽一喜问：“在哪儿？”

“不告诉你。”大兵无赖一般，呛了尹白鸽一句。

尹白鸽气得跺脚道：“你犯傻啊，你会因此坐牢的。”

“你拿这个吓唬个刽子手，不觉得可笑吗？”大兵扬长走了，头也不回。

尹白鸽郁闷地气在当地，算是没治了，只得事急从权，交付完现场，轻车简从，风驰电掣般赶回彭州。

因为，收网正在进行中，拨开黑幕的今夜，他们将无所遁形……

末路穷寇

在淮西，某个高档小区，燎原的火苗是先从这里开始的。

数辆警车泊在一幢楼下，拥挤的地方陈列着各色豪车。几小时前刚发生过一件很震惊的事，就是那位神通广大的王云龙居然高调地被放回来了，而几小时后的现在，据说来抓的还是他。

陆续亮起的灯光，陆续探头探脑的居民，再厚的钢筋水泥也挡不住八卦的焰火。

“三单元咋回事？抓谁？”

“王云龙啊，那货拽的。”

“不是刚放吗？”

“那没说不能抓啊？别问了，我睡觉呢……”

“就问一个问题……”

“什么问题？”

“是不是连他爹一块儿抓啊？”

“……”

羡慕嫉妒恨的、敢怒不敢言的，你暴富了、你牛了，总有很多眼红的人在盯着你，就像王云龙此时被挟着一样，从楼上下来，沿着楼道喊着：“哪位大哥大姐大叔大婶，给我爸打个电话啊……我谢谢您啦。”

没人理会，没开门的装睡了，开一条缝的直接关上了，而这一次却不像在温泉大酒店仅仅是个传唤，连手铐都给他戴上了。王云龙情绪激动地挣着，问着带走他的警察：“哥哥……这，这咋回事啊，我是受害者啊，我还投了几百万都没要回来呢。”

“王少啊，淮西不知道市长是谁的人有，可不知道你王少的还真不多，安生点。”后面的一位警察拍拍他说道。

“叔啊，叔啊，那到底咋回事，您让我死个明白啊？”王云龙回头求道。

“对不起，我也没弄明白。”后面的警察道，推着他催着，“不过看样子，上面弄明白了，要抓你肯定错不了。我妈都往家里搬了十几件酵素了，我说王总，坑那么多人就不怕有报应啊？”

“哎哟，你们这是公报私仇啊。那酵素真有保健疗效啊。”王云龙嚷着。

“是吗？我怎么见你家全是洋酒，不用酵素保健啊？”又一位警察道，这个嫌疑人有意思，警察上门抓他，他以为是去道歉去了，叫嚣着要告呢，一亮铐子又尿了，现在又开始歇斯底里了。

“诬蔑，我天天喝酵素呢，那洋酒是送人的。”王云龙嚷道。

“怪不得没心没肺了，喝出副作用来了吧……上车。”

下楼了，到车前了，王云龙好不扭捏，求着警察道：“你们不能剥夺我的全部权利吧，我给我爸打个电话成不？”

“你真是酵素喝脑残了，这是省厅的命令，别说你认识区长，就认识省长也保不了你。”那位警察笑着道，传说中的富豪，智商和情商都不怎么高嘛，这不，被挟上车，开始一把鼻涕一把泪地号叫了。

“嗷……我命苦啊，我真没挣多少……我都交出来还不行，我都上交国家成不？我也是社会主义接班人啊，你们不能这么对我……”

警笛鸣着，载走了这位不知道是真疯还是在装疯卖傻的一位……

“王云龙涉案较重，他父亲的问题已经提交当地市委研究处理了，估计天亮就有结果……”

淮西的抓捕是第一例，孙启同靠在椅子上道：“其实在洞悉人性的丑恶上，可能骗子要比我们高明。主要嫌疑人一溜，剩下的各自自保，转移赃款的、藏匿证据的、跑路的，肯定比比皆是，加上鑫众的局做得这么大，这个天然屏障有多少警力也不够用……比如，你们看得出，这个貌似蠢笨的王云龙，不但从销售里获利，而且还从回购里拿钱？他玩得是通吃。”

“既销售，又回购？那他好像也栽在里面了。”孟子寒道。

“对，大骗子把小骗子坑了，所以小骗子才觉得这么冤呢。”孙启同笑道。

巩广顺也接了句：“博傻游戏，关键在于找到最后一个接盘的傻瓜。”

“傻瓜我可没兴趣，今天要请的都是自作聪明的，呵呵……给你们十分钟时间，猜猜做局的是谁，现在开始，答案揭晓验证一下，猜对的，结案的评测报告里我给你们的表现打满分。”孙启同道，现在心情特好，又提醒马文平道，“老马，你也算一个，我虽然提拔不了你，可测评时我举手也算一票啊。”

纯粹玩笑，不过把这几位核心人员的兴趣激起来了。老马脱口道：“蔡中兴？！”不过他马上反口了，“不对，如果是，还用我猜？咦，这个问题……”

他看向了两位经侦属下。孟子寒道：“一定是一个更大的幕后，只要张官营的账目清理出来，我们一步一步完全可以圈住他。”

“那时候就误了，可能都过不了今夜，张官营的消息应该早传出去了，抓的可都是黑暗层面的核心人物。”孙启同道。

“击毙的郭金荣是蔡中兴的嫡系，其中还抓到一位叫薛诚的，是地产商王昊的手下，参加过武林散打比赛，请这样的人价格可不低……难道是地产商和蔡中兴有一腿？”巩广顺根据案情猜测道。

“偏题，只能给个友情分，不及格。”孙启同评价了一句。

余众面面相觑，按正常程序，应该依据凭证一步一步厘清鑫众合作商之间的经济往来，查清影子公司的实际控制人，可孙组长的话音似乎是他已经知道了。

“王昊实质上和王云龙差别不大，都是依附在祖上荫佑里的吸血虫，要真比起来，他离蔡中兴还差一截啊。”孙启同微笑着，听着指挥系统里的声音，然后所有的注意力都被吸引过来了，第二拨抓捕在汇报，看到目标了……

津门市，海露美厦区遥遥在望，两辆车刚从门口出来就被数辆警车围住了。

像是排查，全副武装的特警打着微光手电，照着车里的人。第一辆，四人，全是精壮男子，开路的，见这阵势，耀武扬威的气场全萎了，一个个乖乖拿着身份证送检。

第二辆，车后座一对惊恐的男女，女的挽着男的、男的扶着额头遮着半边脸。

“王总，下车吧。”特警请着。

“我要通知我的律师。”王昊道。

“我们的任务不包括通知你的律师，但包括搜查你的住宅。”特警不容分说，站在门口给他留了最后的情面。

王昊犹豫不决地下车了，车里的女人嘤咛一声，哭了。

“是不是搞错了？”王昊难堪道。

“张官营镇传的消息肯定没错，您这是……趁着混乱时候去机场吧？”特警道。

这位王总如遭雷击，再无赘言，老老实实地上车了。

车、人全部被滞留，住宅，开始搜查……

地产商王昊、零售业大亨叶仕飞先后被滞留，证券商里数人被传唤，这个十券九骗的行当里反而是最平静的，对于被抓一点都不意外。其实现在看来，抓这些人动用特警，有点大炮打蚊子了。

“这是一种震慑，要给所有不法商一个警钟……在之前我们内线的消息里，这个脉络我们已经摸得差不多了，可惜缺乏直接证据啊，再好的法制也挡不住习惯投机的奸商心态，唯一没想到的是，他们居然养虎成患，发展到财团雇杀手的黑社会模式。”孙启同幽幽评价着，这一次的大起底可能比崩盘的动静更大。

“主谋就在这些人里？”马文平问。

“你考我，还是我考你？”孙启同警惕道，没有漏嘴。

然后几位齐齐笑了。孟子寒脑子转得最快："这应该是团伙模式，相互掣肘，共同作案。蔡中兴拿走的钱全部算下来有八十亿，可事实上要少得多，因为会被正常支出、应付利息消耗掉很多，甚至于没有转走的钱，他们中应该有人知道下落。"

"接近及格，还差了点。"孙启同笑道。

所有集资诈骗都是拆东墙补西墙，而跑路时，肯定搬不走所有的墙砖，这是常识，马文平道："这一套他们中间谁都会玩啊。"

"找到玩得最好的那位，就是了。"孙启同道。

"那不还是蔡中兴吗？估计连这些人都有被他坑的。"马文平道。

"阅历决定一个人的城府，眼光决定一个人的成就……我问你，一个没上过几天学，连工厂招工都不要的蔡中兴，真能玩这么好？"孙启同问。

"可这是事实啊，谁也无法阻挡这类傻大粗黑的文盲暴富啊。"马文平道。

"他可是硕果仅存的暴发户了，我做过一个统计，十年前开始玩券炒股的人物，最低资本几千万，最高有数亿……其中最好的一个归宿是赔光隐退。"孙启同道。

这一点孟子寒可清楚，他数了几位风云一时的人物，或身陷囹圄、或散落各地、或远走避世，风光一时的结局都是珠玉泄地，连做回普通人的机会恐怕也没有了。

说到此处，巩广顺理出头绪了，他道："对啊，多少高人都栽倒一头不起了，这蔡中兴想想确实不简单啊……五纺厂重组，低价拍卖到厂地，这事查来查去就是没结果。招商引资他又拔了头筹，把外商引来了，然后又是稀释股份，又是转移资产，把外商挤对走了……那他最起码应该熟悉相关法律，否则刨不出这么大坑来，台商又不是傻瓜，不至于让法院都支持鑫众。"

对，他的履历似乎和水平不相配，最起码在政界畅行无阻，肯定不是一个没有一点底蕴的小商贩能达到的水平。马文平想到这儿，突然灵光一现道："哇，不会是……那个痴呆吧？"

"什么，蔡青？"孟子寒和巩广顺齐齐愕道。

"如果是他就说得通了，国企里浸淫了几十年，滑不溜丢的老泥鳅，侵吞资产、合同诈骗，再加上搞这种原始股……而且把蔡中兴这么一个高级傀儡放到总经理的位置上，谁能想到一个行将就木的老头是主谋，而且假如我就抓了这种人，浑身病得快要死的，你又能怎么样？"马文平道。

"对呀，如果谁都忽略了这个人，那就应该是最适合的隐藏方式了。"巩广顺道。

“他偏偏还在董事长的位置上，所有人的目光都被蔡中兴吸引走了，那他岂不是正好站到了灯下黑的位置？”马文平道。

“可他确实有点老年痴呆，而且并发癫痫。”孟子寒道。

这时候，众人都看向了孙启同。孙启同笑道：“老马，你及格了，看来你对官员的无耻和厚颜已经深有体会了。”

言罢，在另一屏的追捕车上零乱回传的话语中听出线索来了，那位从医院被接走的人已经跑上了京珠高速。

“孙组长，我得提意见了啊，怎么都瞒着我？”马文平故作气愤道。

“其实我根本没想到这一层，直到货车司机被杀，我才发现应该还有后手，还有没有完成的事，所以就放松了医院的警力……果不其然，他们在销毁证据的同时，要把这个人带走。”孙启同道。

“那下午和晚上的释放涉案人员？”巩广顺问。

“幌子而已，不让他们觉得我们抗不住压力放人，我们怎么可能抓到机会？”孙启同道。

“不对。”马文平反驳道，“您和我们坐在一起，消息哪儿来的？”

“内线消息。”孙启同道。

“内线消息我们都知道啊。”马文平道。

“问题是，还有你不知道的内线啊……你再猜，我打赌你猜不到，就放到你面前你都不相信。”孙启同笑眯眯地说道。

这回，真把几位经侦全部绕坑里了……

“接应的地方在哪儿？”男声。

“快到了，五岭县高速休息处，那儿是个小地方，一般没有车。”女声。

“噢，小蔡怎么样？”

“还好，早到新加坡了。”

“那就好……”

“到了。”

车灯下，休息处的路标指示着右行，车缓缓地驶向这个县级休息处。已经临近午夜，没有什么车和人了。不料车刚停稳，几处警报声就响起了，自路后疾驰而来的警车鸣着笛，像游鱼一般，堵路口的、塞车道的，前前后后十几辆，一眨眼把海阔天空堵成倚天绝壁了。

正装的两队特警包围上来，围着车敲着车窗，一次没开，嗒嗒嗒直接鸣枪示警，枪口旋即调向车窗。

车门终于开了，一脸煞白的女司机哆嗦着，正是下午刚刚释放的刘茜。追来的是专案组一位负责安保的特警队队长，他笑着问："刘秘书，看来您不像交代的那样什么都不知道啊。"

"我我……我，我是拉着蔡董去瞧病。"刘茜慌乱搪塞着。

车后座，那位行动迟缓的蔡董还在磨蹭，这位带队的道："蔡董，我们接到的命令是，不论你发痴呆还是发羊癫疯，都享受一级通缉要犯的待遇。"

形势严峻，这位老头终于现身了，发疏脸皱、眼神惊恐，不过勉强还能保持着过气国企领导的一点风度。他下车站定，主动交代："……我有罪，我有愧于组织和人民……我认罪，让她走吧……"

"呵呵……你还把自己当领导啊。"领队冷笑着，把两人铐回了警车里，指挥着人员在这辆逃跑车辆里搜查。

这是一次叹为观止的搜查，专案组判断在逃跑时这些人应该会带上藏匿的一部分东西，可没想到还是低估了这些人的贪婪程度。

几本伪造的护照，八十几粒钻石原石，四十块玉，一捆字画，一包现金，更离谱的是，刘茜的随身包里就带着个手抄的小本，写着三十几个网银账户及密码，估计是实在太多了怕记不清，都备份着呢……

"过去有个笑话是这样的，某地发大水了，一位富翁身上绑着黄金逃命，别人劝他扔了，他说我要变成穷光蛋可怎么活啊……结果，不想当穷光蛋的富人抱着黄金溺水了。"

孙启同笑了，看着执法仪回传屏上搜检出来的东西，笑着道："如果他躺在医院里不动，我还真是毫无办法，可惜呀，还是要自寻死路。"

一切都像尽在掌握之中，洛宁、彭州、津门，还有淮西数地，都是定点定人抓捕，特别是这位刘茜，在专案组里滞留了两天都毫无所获，她连原始股的生意都没有参与，一点都没有涉案，却不想是个高层人物。

马文平挠挠腮边，有点痒痒了，案情像越级一样，直接跨了一大截，这中间……

似乎他不知道的东西太多了，他问：“孙组长，刘茜和蔡青出逃是提前布控了吧？”

布控时间更早一些，否则没有这么利索，孙启同笑而不语。马文平道：“他们未必会认罪啊，能形成指控他们的证据链吗？”

“还差了链上最重要的一环，也是隐藏最深的一环。蔡青在医院、刘茜被滞留在专案组，蔡中兴仅限于远程指挥，那这个黑手是谁？能够灭口货车司机，能够到张官营销毁证据，这只黑手才是最有威胁的。”孙启同道。

“是郭金荣吗？被击毙的那位？他是蔡中兴的贴身保镖，干这种黑事没压力。”孟子寒问。

“如果郭金荣是黑手，死了固然好……那我问你，刘茜的车为什么莫名其妙在一个小县城的休息处停车？一老一女，就这么跑？”孙启同问。

“对了，应该有接应人。”巩广顺恍然大悟。

“对呀，顾从军刚跑，这儿就出事；顾从军到了洛宁，就在医院遭到袭击，监控被毁……那这个人应该知道张官营镇出事了，不是郭金荣，他们没有可能分身回来接应。”孟子寒道。

“对，这只隐藏最深的黑手才是本案的关键，找到这个人，一切就真相大白了。说不定还能找到不少没有来得及转走的资金。”孙启同道。

“您……”马文平苦着脸问，“不会连这种人也知道是谁吧？”

“你们也知道，但你们不会相信的。”孙启同笑道，他一伸臂膀，哈欠连天地说道，“抓这个人会很难，几位得等一等了，我给你们做夜宵去，慢慢想，猜对有奖啊。”

孙启同像大功告成一般，居然闲适地离座而去了。马文平看看时间，已经凌晨二时了，不知不觉间几小时过去了，他看看两位下属，问道：“你们说是谁？”

“上官嫣红。”

“上官嫣红。”

两人几乎异口同声，马文平摇摇头道：“好像……不对。”

“您说是谁？”孟子寒笑着问，猜不对倒也没压力，反正省厅的追捕肯定已经展开了。

“好像就是上官嫣红啊……这个女的毕竟进过监狱，可我又觉得不至于能达到杀人灭口的程度吧……算了，你们赶紧想，我陪孙组长做夜宵去。”马文平头大地出去透气了，留下一对属下相视懵然。

最后一位，到底是谁？

地不纳垢

一页……一页……又一页……

颗粒粗糙的画面，那是交通监控最高的分辨率，在大兵的手指下一页一页拨过。画面里一辆奥迪 A6，据说就是顾总在出事前驾驶的车，车里能模糊地辨认出两个人，可大部分交通监控都没有摄下完整的面部，因为，这两位像故意一样，一直放着遮阳板。

看了不知道多久，大兵轻轻地放下了，闭着眼睛想着，可记忆这东西真不好琢磨，仔细去想时，脑子里却成了一片空白，即便有什么东西，也走进岔道了。那一枪的惊险让大兵想起的不是卧底的经历，而是唤醒了他的另一重记忆。

武警、刑场、处决……越来越清晰的记忆告诉他，杀人这个职业给他心里留下了多重阴影，以至于在击毙郭金荣之后，他意外地感觉到一种快感，心平、人静，仿佛内心深处的某种渴望得到了满足一般。

“想起来了吗？”尹白鸽问。此时他们正坐在疾行的高铁上，乘警住的小间，算是特别待遇了。

大兵摇了摇头道：“岔了，想起的都是我服役时的经历，四月十四日发生的事我却一点也想不起来，顶多有个模糊的印象。”

尹白鸽凝视着他，不知该怎么诱导，就算能诱导了人，也诱导不了他的记忆啊。她拿起平板，翻回了开头说道：“这位是货车司机王传兵，被枪杀的那位……你‘逃走’的消息刚出来，他就被枪杀了，四月十四日，你应该见过他。”

是生前的照片和被枪杀的现场，大兵盯了几眼，摇了摇头，确实记不起来。

“这是郭金荣……我们通过猎头把你介绍给负责招聘的上官嫣红，然后你崭露头角，接引你的人就是他，这是曾经你在津门和他一起吃饭的照片……”尹白鸽又亮着一组照片，却是大兵和郭金荣几位保镖吃饭、喝酒、上健身房的照片。郭金荣短寸头，人格外剽悍，那组吃饭喝酒的照片让大兵嘘声吸气，尹白鸽喜色外露，问：“想起来了？”

“对，好像我和他一起 K 歌来着。”大兵脱口道。

尹白鸽脸拉长了，愤愤道：“怎么净想不着边的？还记得叫了几个小姐是不是？”

男人就喜欢那调调，尹白鸽怒了，不料大兵像是不谙人事一样，一伸手回答着："对，记得，三个人，叫了五个。"

尹白鸽气急反笑，重重地把平板扔桌上了，两位曾经的战友现在形同陌路了。瞪了片刻，尹白鸽冷冰冰地说："你如果放不下以前，可能就不会有以后了。"

可能大兵身上残留的不堪、无耻，有点刺激到尹白鸽了，大兵笑了笑道："你不觉得和我这样的人谈未来有点奢侈了？"

是啊，放下以前恐怕很难，但不会比开始以后更难。尹白鸽一念至此，微微叹气，却不料把脸上的失望表露出来了，她轻声道："对不起，我有点急了，现在到了关键时刻，王昊一行已经被滞留，蔡青和刘茜出逃，刚刚被抓到，这些人和刑事犯罪人不一样，想钉死他们并不容易……他们会否认认识郭金荣、否认认识在医院袭击你的杀手，甚至会把彭州的脏水泼回到你头上。"

谁身后有阴暗层面的人都不会公开承认的，哪怕警方也是如此。大兵思忖着，表情平静得像僵硬了。

这个表情让尹白鸽很难读懂，一点也不像在特种警察训练基地里。她知道，这是因为经历过社会大学洗礼，待得时间越久，察言观色对这种人越不起作用，于是她直接道："四月十四日，押车的人是谁？今天晚上，接应刘茜和蔡青的人是谁？操纵医院和张官营销毁证据的又是谁？是同一个人，还是不同的人？"

"你在担心什么？"大兵问。

"我担心你的判断失误。"尹白鸽道。

"我记忆丢了，纯洁丢了，可能良知也丢了。"大兵笑笑道，"可我自信并没有丢，相反，生活在尔虞我诈的环境里会有助于提高你的智商。"

"如果钉不住其中任何一个人，都可能留下后患。"尹白鸽道。

"不会的，警方没有掌握定罪证据，那他们的攻守同盟就破不了。而现在有了，那他们之间就要开启狗咬狗模式了，为了自保，做出什么事来都不稀罕。"大兵道，看着尹白鸽忧心忡忡，他反而宽慰道，"太看重一件事就会患得患失，我曾经也是如此，可当我放下一切，准备鱼死网破的时候，就觉得一切无所谓了，所以判断和眼光就清楚多了。"

"鱼死……网破？你又忘了自己的身份了。"尹白鸽斥道。

"噢，我是说顾从军。"大兵笑道，思维又回到了在想的事上，他点着郭金荣的照片道，“其实这个事想不想得起来，是一样的。”

“什么意思？”尹白鸽听着他的奇谈怪论，不理解了。

大兵数着指头道：“四月十四日行动失利，我想我的身份肯定被识破，就算不被识破也要被怀疑，唯一没有二次灭口的原因，应该有两个，一个是不需要，另一个或许是我被警察盯得很紧……这种情况蔡中兴不可能不知道，那对他来说，我是谁无所谓，反正他要走，不管我是警察的探子，还是被警察抓了，都无所谓，因为更高一层的设计我根本无从知道……也就是说，第四个人，我根本不知道是谁。”

“所以，这就是‘逃走’消息出来之后，能收效的原因？”尹白鸽道。

“对，我不知道他们怎么谋划，可他们也不知道我是不是真想起来了……即便我不知道第四个人是谁，那他肯定也坐不住了，医院的人全折了；张官营镇现在刨出来了，郭金荣的死讯还被捂着……你说要是你是那个隐藏最深的人，你还敢待着？我不知道他，可郭金荣肯定认识他。”大兵道。

“对啊……他不动，我们毫无办法，可他要动，那就好办了。”尹白鸽释然道。

“所以，等着见面吧，这个人一定会撞到枪口上的。”大兵道。

“这么确定？”尹白鸽问。

“当然，因为那种心态我经历过，失去一切的恐惧感会让人丧失理智的。”大兵幽幽地说，嘴角斜斜地撇着啧了声，那目光是如此忧郁，让尹白鸽把还想问的话都咽回去了。

窗外，列车在疾速地前行，黑沉沉的夜幕里究竟有着什么景色，依然无法看到。不过尹白鸽却觉得大兵的眼睛好像比曾经认识的更清明了一样，似乎能穿破这些黑暗，能看到……

最后的真相！

“睢溪段，2011 号公安检查站摄录……”

“丰田卡罗拉，车号 E23×××，套牌，刚驶过睢溪站。”

“……欣加欣小区，现在是凌晨三时，我们无法靠近……”

“用无人机拉近距离。”

“他离开了，一辆昌河，车号 32××。”

“睢溪北入口，通往京沪、京大、京珠高速，请求下一步指示。”

“换组，呼叫 B3 小组、C7 小组、A11 小组。”

“B3 组收到……”

“A11 收到，重复命令，原地待命，等待目标出现……”

“……”

屏幕是黑的，隔很久偶尔会传回一两句话，传回来的话勾勒着这个跨地区的追踪，从五岭县到睢溪市，停留四十分钟，又到淮南。车从一辆丰田换到了宏光，现在又换成了面包车，已经到淮南市了。

夜宵早已经吃完了，就这么枯坐等着，每每消息一来，几个人就竖着耳朵生怕漏了。好一会儿没再来消息，马文平起身到了地图前，顺着追踪的方向手指一划，惊讶道：“我明白了，这人很谨慎啊，绕了个大圈，而且在睢溪有窝，似乎还存了车以防急用，已经换第三辆了……不对呀，怎么越换越差了，都成面包车了。”

“太官僚了，不懂民情啊，在现在二三线城市，只有这种面包车才会在凌晨出来。”孙启同笑着道。

噢，也对，那些拉菜的、做小生意的、忙于奔波的，也顶多买得起这种车。马文平笑着问：“孙组长，我们猜得对不对啊？”

猜上官嫣红的、猜顾从军的、猜万江华的，孙启同都似笑非笑，不置可否，又问到了，他道：“那再简单一点，判断一下他的出行方式。”

“嗯，方向是荷东市，往那儿再有七十公里，有一个小型机场。”马文平道。

“不及格。”孙启同道。

孟子寒扑哧一声笑了，接着道：“坐高铁吧，荷东高铁站，再有半小时他就到了。”

“不及格。”孙启同道。

“那在荷东没准儿还有接应，还有窝点？”巩广顺道。

“树倒猢狲都散了，这么隐蔽的一个猢狲怎么可能让人接应？不及格。”孙启同道。

“孙组，那您说呢，会是什么方式？”马文平问。

“嗯，会是最不起眼的方式，会是最普通、平常的方式，会是人多眼杂不易排查的地方……这种地方就剩一个了，火车站。每天搁那儿排队，甚至过夜的不在少数啊，混迹到那里面应该非常容易。”孙启同道。

“这是个什么人啊？怎么突审都没结果？蔡青应该知道吧？”马文平问。

“这是些见了棺材都未必掉泪的，指望人家交底？没那么容易。至于刘茜嘛，恐怕她都不知道这个人的身份。”孙启同道。

十几分钟后，传来了新一期的监控汇报：“靠近市区，环城路上，方向似乎是火车站。”

啧，马文平大失所望了，居然让领导猜对了，几位经侦奇怪地看着，领导经侦出身，怎么成刑侦高手了？孙启同笑笑道：“不要太崇拜啊，我是有人告诉我的，比你们知道的多那么一点。”

“白鸽？”孟子寒脱口而出。

“又错了，还是不及格。”孙启同道，他笑了笑，又逗着几人，“不过白鸽正带着那个人来专案组，就快到了，你们见着千万别太惊讶啊。”

“谁啊，这么神秘？”马文平好奇地问。

“顾总，顾从军，也就是那个脑残的大兵。”孙启同道。

呃……几声轻轻的噎喉声音，余众几人面面相觑，对于这个震撼效果，孙启同非常满意……

一条淹没在黑暗里的公路，疾驰的车慢慢停下了，副驾上下来一位，驾驶位置上的人也下来了，他对着迎面来的大货车招着手，货车慢慢靠边停下，在车灯光线里，看得出来人是郭金荣、顾总。

蓦地，郭金荣打着信号，车灯一暗，正走向货车的顾从军一愣，后面的郭金荣突然出手了，棍影闪过，顾从军的脖子像断了一样，咕咚一声栽倒在地……郭金荣迅速把他拖到了大货车侧面，扔在轮右侧，遮挡住视线。

此时另一个黑影从车上跳下来，郭金荣抹着脸上的雨水道：“这人不好对付，不是这么大雨，我还得不了手呢。”

他俯身探了探鼻息，已经很弱了，他道：“弄死还是弄残，老板咋交代的？”

“扒光，扔河里，这么大水活不了，别留明伤。”黑影道。

“费那劲干吗？扔河里喂王八还那么多讲究？这么大水，活人下去都出不来。”郭金荣道。

“快点。他身上说不定有东西，来不及查了，万一是警察，咱们就死定了。”他叱道。

“好吧，你专业，听你的。”

郭金荣和他一起把这位可怜的顾总剥了个干净，又探了探渐弱的鼻息，然后搂胳膊抬腿，自桥上扔了下去。扔下去的时候，他支身往下看，一个白生生模糊的影子，轰的一声进入水里，转眼便被一片黑色吞没了。

“顾总，到了阴曹地府别记恨我们俩啊，你实在不该坏人财路。”郭金荣把甩棍往水里一扔，像在祈祷。

“你想得美，他没看到我，只会记恨你的……快走。”他斥了句，返身登上了车。

郭金荣抱着那堆衣服，等了一会儿才扔，然后匆匆上了前车，快速驶离……

下一幕却是郭金荣惊恐的声音：“哥……坏了，那个脑残带着警察来了……什么他不知道这儿，他就在我眼前，我看见他了……销毁？还销个屁，没听着微冲火力在压着我们……咱们玩完了，哥，我家小交给你了啊，今儿我走不出去了，早知道这样我就崩了他……”

说话间，郭金荣还在开枪，蓦地一声枪响特别清晰，之后就一切沉寂了，他分辨出来了，那是64式手枪的声音，子弹初速快，是近距离射击，噗……像洞穿了什么。

嘀……喇叭声响，沉浸在回忆里的他蓦地惊醒，然后看看红灯变绿，后面的车在催着。

他赶紧挂挡，加速，驶向那个已经能远远看到的地方：火车站。

拥挤的人群，大多数是背着大包小包的旅客，这里永远那么熙熙攘攘，拉客的出租车，乞讨的乞丐，还有两眼木然、不知道自己身处哪里的盲流。

他把车泊在路边，背着旅行包，一瘸一拐地走向车站，腿有点痛，不过还撑得住。这个脏乱的环境让他找到了安全感，汇在这种人群里，再也不用担惊受怕了。等上了车，等列车开动，等到了陌生的地方，就可以开始全新的生活了。

他几次回头，什么也没有发现，安全！

排队买票的时候，没人注意他，安全！

甚至他把身份证递进去的时候，心里还有点紧张，不过很安全，售票员打着哈欠盖着戳，连找零一块扔出来，看都没看他一眼，安全！

通过了安检……其实安检形同虚设，安检员伏在桌上打瞌睡。终于到了候车室，最接近出口的位置，他长舒了一口气，闭着眼，压抑着怦怦在跳的心。过了好一会儿，又不确定地四下张望，没事，很安全，现在是清晨五时，处处是昏昏欲睡的旅客……噢，不对，有一个奇怪的人出现了，个子很高，足有一米九开外，脑袋上缠着绷带，络腮胡子，像寻找猎物一样四下扫着。

“不是个好人。”

他暗暗道了句，鱼龙混杂的地方就不缺这种找生活的烂人，看那架势，不是拎包的就是明抢的。

不过这似乎不是他忌惮的事，可奇怪了，几个睡着的人，包就在脚下，那大个子没拎，反而落落大方地坐到了他身边，他下意识地把手放在自己的包上，没理会。

“哥们儿，去哪儿呢？”大个子好奇地问他。

“随便逛逛，怎么了？看我像个有钱人？”他睥睨道，准备拎包起身走人。

嘭，一只大手压到他包上了，那大个子眼如铜铃，人像见财起意了。他瞥眼道：“就一堆旧衣服，想拿你拿走吧。”

“呵呵，这堆衣服应该很值钱。”大个子嘿嘿笑了，笑得络腮胡子带着脸上的横肉在颤。他惊惧间，那大个子说道：“有人托我来给你送行。”

“谁？”他下意识地去摸腰间，却发现已经空了——踏进候车厅前，武器已经扔车上了。

“顾、从、军。”大个子笑了，手一挽，像变魔术一样，一只铐子已经铐住了他的手。他颓然而坐，眼神发滞地看着这个剽悍的大个子，不相信地说：“你……你居然是警察？”

“这句话应该我问你啊，你居然是警察？”大个子笑道，另一只手伸出来做握手状，“李振华是吧，我们追了你一夜了，给个评价，我们特种警察训练基地出来的水平怎么样？你一定没发现破绽，一定觉得安全了，才把武器卸了对吧？需要我点评一下你的破绽吗？其实真不好找，你这种特勤编制的，如果不是背着家当溜，我们还真没法抓你……哎，对了，去五岭县接应蔡青的是不是你？你半路知道张官营镇出事了，然后自己就溜了，真不地道，当警察你没忠诚，当坏人你又没义气……唉，我都替你惭愧啊……”

这个悍警没看出来还是个话痨，不过他可没有假扮，说话间，一队特警自出口处进来了，其间还有两位戴着白盔的督察，几个人挟着已经愧得不敢抬头的李振华匆匆而去……

是李振华？那位潜伏在鑫众，最后拼命拦下顾从军的内线？

专案组里，马文平几人被回传的画面惊得张大嘴合不拢了，可由不得他们不相信，这位逃命的随身旅行包里是成摞的银行卡和成扎的现金，连持有的身份证都是假的。

“到底怎么回事啊？”孟子寒咽着发干的喉咙，惊讶地问。

领导去接白鸽了，这个问题没人回答了。马文平瞅着随身搜查的物品道：“应该早点想到啊，能指挥郭金荣那号人的，除了老蔡，再有肯定不是普通人。能和我们当对手的，怕得是自己人。”

巩广顺笑了，这是马后炮。马文平斥着：“笑什么笑，想不出来很正常，就孙副厅他也想不到，肯定有内部消息。”

话音刚落，孙启同推门进来了，笑着对身后的尹白鸽道：“你们干得非常震撼，他们全部不及格。”

“是啊，我们的内线居然是内鬼？”马文平震惊道。

“那给你个更惊讶的，把嫌疑人变成自己人……大兵，进来。”孙启同道。

两人让开，一身便装的大兵有点羞赧地踏步进来了，专案组三位惊得离座而起。

“介绍一下，他是津门市特种警察训练基地出来的自己人……你们现在手里看到的嫌疑人信息，大部分都来自他，失忆前那个他……本来是保密的，可要全盘拿下李振华和蔡青少不了他，他暂时留在专案组，以嫌疑人的身份。”孙启同道。

介绍完，大兵像下意识一样，举手，敬礼，目光肃穆、礼姿标准，一看就是训练有素的警察风格。这可真把那三位都怔住了，好半天没回过神来，把回礼都忘得一干二净……

第二章
不如独归去

崩溃，不可抵挡的崩溃，让他面如死灰，他脸上的肌肉开始痉挛，额头的青筋像爬了几条毒虫在颤，颤抖到豆大的汗珠一颗一颗往下落，打湿了锃亮的手铐、打湿了他颤抖的指尖，他都浑然不觉……

疏而不漏

专案组一夜忙碌，到清晨的时候，进出的车辆才少了，最后一辆回来的车连续行驶了六个多小时，自洛宁解押了两名嫌疑人，千里迢迢回到案发地了。

嫌疑人被特警解送，临时的囚车就成了滞留地，跳下车去交证物的高铭疲惫地打了个哈欠，看看数辆警车都是泥迹斑斑，具体推进到什么地步他尚不知道。猛抽了两口烟，他匆匆奔进后楼岗哨三层的滞留地，把封存的证物扔在桌上。这边刚登记，一位出来的大汉说了声："手工不错啊？枪源哪儿的？"

"正在查，还有更厉害的，大格洛克，正宗的澳版，差点就回不来了。"高铭心有余悸地说了一句。

张如鹏教官拿起证物袋里的东西看了看，这把仿九二就差了点："潮汕的做工，一般化，弹簧软……高队啊，那个小范怎么样了？"

"在洛宁医院待着，挨了一枪。"高铭道。

张如鹏闻得此言，放下证物，无语地拍拍高铭的肩膀，像是安慰，不过也像是无奈，这职业就这样子，指不定什么时候不长眼的子弹就飞来了。高铭却拉着他，到了楼梯拐角，好奇地看着，像是用眼光在询问，张如鹏没说话，脸上笑着，就点了下头。

一切不言而喻了，高铭兴奋到直接擂了张教官一拳，张如鹏哈哈笑着一揽他道："这个人非常谨慎，你们在张官营镇一出手，他这边应该就收到消息了，根本没有去接应蔡青和那个小秘书，直接绕道就溜了。从五岭追到睢溪，又从睢溪追到荷东，这家伙扮得像个打工的，直接混进火车站了，要不是提前有消息，像这号的，根本抓不着。”

“他是彭州这边挑选的特勤，老把式了，要那么容易还用你张教官出手啊。”高铭不动声色地恭维了一句。张如鹏一听到这儿，却是抚抚脑袋上的伤口——还肿着，驻足一咬牙道：“我怎么觉得大兵这小子是故意整我……就演个假戏至于真把我撞昏吗？再重点我也成脑残了。”

高铭咧嘴笑了，这是当日商议好的，不过大兵更像公报私仇，借机把张如鹏狠狠揍了一顿，太逼真了，这不伤还没好呢。他笑道：“换个实战机会，受点伤也值得啊！交代了吗？”

一问这个，张如鹏鄙夷地摇摇头道：“不可能交代，一言不发，这也就是看得紧，要看不紧，得自杀去，哎……你说这叫什么事？很多案子查到最后都和咱们自己人有关系，二十多年的老同志了……哎，谁不痛心啊？就捞点钱都没机会花，图什么啊？”

“喂喂，别讨论这个。”高铭制止了这位直肠子的牢骚，问着大兵的情况。张如鹏挥手带着他，这牢骚更甚，直道：“还有这个货，有钱了，有女人了，就把组织和同事给忘得一干二净，这叫什么事嘛，饮水还思源呢，他就不想想自己这身本事哪儿来的？哦，不对，他失忆了，你们讲什么心理因素我不赞同啊，我觉得之所以选择忘记，那还是他把女人，把钱，把享受放在第一位，您说是不是？”

“对，所以他能当得了特勤，而您当不了。您视金钱为粪土，视美女如猛兽，和人家坏人成不了群啊。”高铭安慰道。

张如鹏愣了下，然后声音低了，小声道：“也不全是这样，咱本身质量不行啊，就我这样，别说美女，就丑女，甚至是个女的都得被吓跑，我寻思着，我要长成大兵这俊模样，没准儿我也得……抵挡不住诱惑？”

高铭眼睛瞟瞟，这位教官不但虎背熊腰，就脸蛋比狗熊也俊不了多少。此时征询高铭，仿佛是测试一下自己水平究竟如何一样。高铭严肃地告诉他：“别听他们胡说，您这样彻头彻尾的无产阶级战士，别说女的，就男的也不敢拿什么来诱惑您哪。”

他抬步走了，好一会儿张如鹏才咂摸出这话味道不对，指着高铭斥道：“嘿，你小子是话里带刺啊，什么无产阶级战士，是不是骂我穷呢？”

"何止穷逼啊，简直是穷逼里的VIP。"

一句冷冷的腔调给张如鹏盖棺定论了，这个人说话像有魔力一样，愣是把张如鹏噎住了。

此时大兵正躺在走廊尽头那个房间里的一张小床上，门开着，高铭笑着进来了，装着看窗户外头，不敢看张如鹏尴尬的样子。其实张教官这人挺不错的，就是耿直了点，或许以前对大兵要求太严了，于是成了大兵挥之不去的噩梦。

一进门，张如鹏瞅上瞅下，像在瞅个合适的地方给大兵来一家伙。大兵却是不屑了，懒洋洋地道："教官，你得谢谢我啊，要不是我，你窝在队里就知道冲沙袋出气，能有什么出息啊。"

这事仿佛让张如鹏挨了一顿揍还欠下了人情一样，他有点不领情道："顶多……扯平了。"

"成，我吃点亏，不跟你计较了。"大兵道。

"啊？你差点把我撞成脑震荡，怎么是你吃亏了？"张如鹏气着了。大兵无奈道："不是我非要撞你，我又打不过你，上级命令你这么干的是不是？你不服气，找孙副厅理论去。不能没本事冲我撒气是不是？"

张如鹏虽然话痨，可此时却显得嘴拙了，他一挥手道："好好，扯平，扯平，反正当队员时没少虐你，就当还回去了。"

"哎，这大人大量的，要不这样，教官，你再让我揍一顿，我再给你介绍个好活。"大兵笑着问。

张如鹏一摸脑袋，瞪着眼道："滚！"

两人三句不合，尿不到一壶里了。高铭忍着笑，把张教官揽了出来，耳语几句，不知道说了句什么，老张独自离开了，高铭回身轻轻地掩上了门。

床上的大兵却是幽幽地说道："你想找我谈话？"

"对。"高铭道。

"上官的事？你免开尊口。"大兵道。

一句就把路堵上了，正准备开口的高铭倒愣了："咦，我刚下车，你怎么知道找你谈？"

"尹白鸽和孙组长都找我谈过了，心理攻势还得来几拨，你一下车不去汇报就来我这儿，除了这事还能有什么？"大兵道。

准备谈话的倒无言以对了，高铭拉了张椅子坐着，瞅着床上躺着的，表情有点颓废的大兵，那懒洋洋的样子，实在不像昨夜开枪击毙歹徒的人。这不是一般的人，肯定不可能被一般的谈话劝服，或者，这位可能比嫌疑人还顽固。

他寻思片刻道："九点将要在津门召开新闻发布会，此案要有一个定论了，之前我们被群众质疑、被媒体指责、被舆论绑架的窝囊日子一去不复返了……这将是一个让同行瞩目的经典案例……"

"而现在，这个案子还有一个小小的瑕疵，补上就完美了……"大兵接着道，像已经知道了下文一样替高铭说着，"上官嫣红毕竟是在逃嫌疑人，而你，毕竟是人民警察，冰炭不能同炉，警匪岂能一家？你要认清鑫众对社会造成的危害，而她，无论个人多么美丽、善良，都无法改变已经违法犯罪的事实……"

大兵说着，坐起身来了，表情有点促狭地看着他。高铭倒被说愣了，瞠然半晌自打嘴巴道："对，我忘了，你就是去忽悠人的，我劝你不是找抽嘛。"

"那倒是，我毕竟曾经是顾总，有几百信徒……呵呵，白鸽说得可比你好多了，你不能比政治部出来的更懂思想政治工作吧？"大兵笑着。

高铭一声长叹，释然了，他问着："好，我不劝你，那告诉我，你准备怎么办？依我看来，你犯的这个小错误相比你给本案提供的信息，完全可以忽略掉……可是毕竟是个错误，毕竟是你亲手放走的上官嫣红，而她，也必须归案。"

问题就在这儿了，大兵咬咬下唇，难住了，在这种两难选择下，不会有两全其美的方式。

"高队，那您说呢？"大兵问，对这位老刑警，他尊敬多了。

"我不太了解你们的情况啊，据尹指挥讲，是通过联盟猎头把你介绍给上官嫣红的，尹指挥研究过这个女人，所以有针对性地投其所好，让你成功地被招聘到鑫众，之后从业务经理直接做到了彭州区的总经理……过程寥寥，不身处其中，我觉得我没发言权。"高铭道。

大兵感激地望了眼道："谢谢高队，我就知道咱们才是一路上的。"

"嘿，别套近乎……我们之所以还能坐在一起，那是因为我们还在同一个圈子里，但规则就是规则，就像对方发觉你可能泄密一样，采取的手段是毫不留情地灭口。"高铭道，话题一转又回来了，"我们代表的法律也是一种规则，这个规则就是违法必惩……不一定能全部做到，那是能力问题，但做与不做，可就成态度问题了。态度，可是要直接决定你是否还和我们同路。”

对，这是个严肃问题，不是高铭危言耸听，明目张胆地包庇嫌疑人是不可能被容忍的。

大兵撇着嘴道：“我错了，你比白鸽可厉害多了。”

“那是因为我太了解警察这个职业了，这个职业的危险不在于你可能面对多强大的敌人，而是有可能时刻触到红线……讲情面，那就不叫法律和制度，当然尽管它并不是很完善。”高铭道。

这一次，把大兵结结实实地逼到进退维谷的境地了，根本不可能像搪塞孙组长和尹白鸽那样，再装失忆和弄点小情绪了。大兵无语地起身，在斗室里来回踱步，相识的一幕幕真切到他不觉得是在演戏，最起码上官不是，最起码千里迢迢地去接他回来，那相见的挥泪是一点都没掺假的真挚。

“如果我保持沉默导致上官漏网，最差的结果会是什么？”大兵轻轻地问。

“可能会被问责，可能会负刑事责任，而且你的身份不会给你公开判决，会背上包庇罪名……最好的结果也是会被隔离几个月，等案子落定，清除出队伍。”高铭严肃道。

大兵回过头来了，半晌无语。高铭侧头看着他，说道：“你其实已经决定了。”

“对，我选最差的结果。”大兵道。

“能告诉我原因吗？”高铭微微好奇地问。

“很简单，她并没有骗过我，相反，她是我这段不堪记忆里唯一还值得回忆的人……流落在洛宁，她千里迢迢去接我，来回联系医院医生给我治病，她根本不知道我是谁，也根本不知道她自己是别人的一颗棋子……我知道你们眼中她和一个失足女差不多，可我眼中的她不是如此。理想和现实从来都是两张皮，就像择偶的时候，先选的不是人，而是有房有车一样，她不过是个为了衣食之谋的小女人，已经输干赔净了，难道我再去亲手把她铐起来，再扔进监狱？”大兵唉声叹气道。

“所以，你那天就引开我们，让她走？”高铭问。

“对，作为顾从军，那是一种救赎，能让我心里更坦荡一些。现在，我更希望留给她的是一个美好的记忆，而不是这个世界上所有的人都是彻头彻尾的骗子，包括我……这个最大的骗子。”大兵道，最后的决定恐怕是永远不要相见。

“那——”高铭盯着他，犹豫地问着，“看样子，你确实知道她会在哪儿？”

“她比现在这个职业给我的印象还要深。”大兵道，那无奈里带着几分决然，没有说知道，也没有说不知道，那漫长的一夜做出的选择可能是错的，但唯独这件事没有后悔过。

高铭慢慢地起身了，像是不准备再劝了。他拉开门将要出去的一刹那，大兵在他身后道：“对不起，高队，让你失望了。”

“作为同行确实很失望，不过，似乎我们可以做个朋友，你这人做朋友肯定不会让人失望。”高铭头也不回地走了。他关上门的一刹那，听到大兵在房间里说了句：“谢谢！”

放弃了，放弃了反而觉得很轻松，连高铭也有这种感觉。他寻思着自己的这种心态有点明悟了，似乎大兵这家伙是从放弃的那一刻开始高人一筹的。放弃了总经理的身份，放弃了既得的利益，所以看明白了蔡中兴的用心，所以看清楚了李振华的破绽；失忆，似乎连他身上的负担也消失了，不像警察这样，担心着职位，担心着期限，担心这样那样的事，反而还没有他做得好。

踱步下楼，张教官和尹白鸽已经在等他了。尹白鸽急切地问：“高队，怎么样？”

高铭正沉浸在他的思考里，闻言，惶然摇摇头。张如鹏失望道：“这家伙吃了秤砣铁了心了，这可咋弄啊？哎，尹指挥，这人可是我亲手交给您的，您可不能一点情面不留，给送号子里啊。”

张如鹏知道厉害，尹白鸽却是很难做了。她苦口婆心道：“张教官，您让我怎么办？他这任务报告怎么写？而且那天动用特警抓他，那场面多大，那人确实是他放走的，而且他是铁了心不准备把她的下落交出来……你觉得上级会顾忌他失忆不失忆？”

“那咋办？我可告诉你啊，郭金荣那悍匪都是大兵击毙的，要不是他，你们得折几个？”张如鹏犯愣劲了。尹白鸽没理他，白了他一眼，扭头就走，把张如鹏尴尬到当地了。他愣了半天回头看高铭，高铭提醒他道：“您犯原则性错误了，功是功、过是过，岂能混为一谈？”

“高队，那小子你看到了，不管战术素质还是个人水平，不低吧？您得想想辙拉他一把啊，不能看着他……就这么毁了吧？”张如鹏拍着巴掌道，看来这是最难的事。

“您这样想，他当特勤是优秀的，当顾总是出色的，甚至就连当民工都是出类拔萃的，你说对不对？”高铭问。张如鹏想想确实如此，于是高铭道：“那不就得了，他不管变成谁，不管是哪一重人格在支配，都比大多数人优秀，怎么叫毁了？和你一样再圈回训练基地，那才叫毁了。”

一言而走，张如鹏半晌才听明白，追着他嚷着：“高铭，你给我站住，嘴欠骂人上瘾是不是？信不信我揍你。”

高铭加快步子，往专案组主楼奔去了……

整九时，津门市，省厅所在地六一路警务大厦，以高厅为首的专案组一行人踏着准点的步伐走进发布会场，还没有就坐秩序就开始乱了。十几家传媒、网媒，加上电视台的都在关注本案进展，提问的已经嚷起来了，现在的警务一遇案情都是三缄其口，能把他们憋疯了。

停！为首的高厅做了个停的姿势，几位警中大员保持着站立的姿势，根本没准备坐下，人群渐渐安静时，长枪短炮已经对上来了。

“今天我只有五分钟时间，我不准备接受提问，也不准备发言……因为，不管我做出什么解释，都会被媒体猜测、描摹、臆想，然后变出无数种版本，所有的版本几乎都与事实大相径庭，而我们警察会被舆论推到风口浪尖，再然后就是一片指责。”高厅脸色严肃地说道，口气非常不善。刚有一家财经记者提问，据说警方今晨高调带走了天昊地产、荣兴证券的掌门人。

这位警中大员不客气地说道：“我在依法办事，没有义务对此做出解释。这位记者同志，你以质问的口气和我说话，我不知道你是基于你的媒体良心，还是基于事实。”

“是出于良心，并且尊重事实，鑫众非法集资案件已过数日，为什么没有给投资者一个像样的交代？我刚才所提的荣兴证券，他们也是投资者之一。”记者不管不顾，起身呛了一句。

全场鸦雀无声了，媒体无冕之王的权力被网络愈见放大，谁也不敢小觑，包括警察在内。这事闹得越大似乎对媒体越有利，已经有人在打腹稿了，用一个《警方发布会，主讲人恼羞成怒》，还是用一个《非法集资崩盘，投资者反被拘押》，反正不管有没有结果，肯定是一个抢眼球的大新闻。

沉默持续了几十秒，高厅像无计可施了，瞪了好久，就在都觉得冷场已成必然时，高厅却挥挥手，此时方见几位扛着投影仪进来的警务人员，架起了投影设备。高厅脸色肃穆道：“我此时心情很复杂，因为我要宣布一件事。经查，鑫众涉嫌的非法集资以及非法发行原始股，违法事实已经基本清楚，所谓的投资人有一部分也参与了这起案值金额八个亿的原始股诈骗案件，这是一宗案中案，两案均已立案。目前已经传唤、刑事拘留涉案人员46名，有两名主要嫌疑人在逃，蔡中兴、上官嫣红。”

哗……全场乱了，都齐齐地对准即将打开的屏幕，这个定性立案的消息恐怕将是一个震撼的新闻。某某和某某，再加上某某，许多富豪落马，再扒扒他们的隐私起底一下，那可比黑警察同志来劲多了。

“经查：蔡中兴、蔡青控制的鑫众和我市多家企业私下联合，变相发售原始股从中获利。我们警方经过长达一年的追踪，在千里之外的洛宁市张官营镇发现了蔡中兴藏匿的非法发售原始股，以及数家公司合谋的原始凭证……这些凭证垒起来有五十方大小，我们调了一个公安支队，从昨夜到今晨，清理出了不到三分之一……所以我不用发言，让事实说话，让证据说话。”

场面出来了，遍地的警车，围着大坑一箱一捆往上搬凭证的警员，从远景看，简直像一场足球赛的盛事，哪儿哪儿都是人。媒体的记者见猎心喜地摄录着，此时无人敢再质疑了，那几位肃穆站立着的警察像有了无形的威严一样，让人不由得肃然起敬。

“当昨晚我们的警员小组追踪到这里时，蔡中兴留下的余孽正准备销毁证据，为了掩盖他们的犯罪事实，他们不惜采取更黑、更恶的手段，你们现在看到的是他们的武器装备……警员和他们发生了交火，有一位刑警不幸中弹，幸运的是，这些违法证据被保护下来了……”

唏嘘一声，全场皆静，枪支、刀具、血染的警衣，触目惊心，哪怕是从屏幕上看也让人凛然生敬。

“……在舆论质疑我们不作为的时候，一线的公安干警几乎是用生命的代价把这些证据保护下来了，我们要做的，就是让一切违法者都得到应有的惩罚……我希望在座各位公正客观，不要再做亲者痛、仇者快的事，不要让我们警察的血白流……对不起，我要告辞了，在这个时候，我们应该站的地方是一线……谢谢大家。”

立正，一队五人，齐齐敬礼，肃穆而走，身后留下一片掌声。

从这一刻起，千人取证的场面成为本案的标志，在极短的时间里席卷了整个网络，映上了荧屏。与以往不同的是，舆论一片好评如潮……

言利舌毒

《鑫众非法集资案再曝秘辛，投资人亦是合伙人》；

《多名涉嫌鑫众集资案富商被警方高调带走》；

《淮西市扶贫办一主任跳楼自尽，据悉与鑫众集资案相关》；

《洛宁市张官营镇原始凭证大起底，重达五吨，清理文件箱能排出两公里》；

《目前已经被拘留的涉案人一览》；

《鑫众在逃美女经理，前身系信用卡诈骗嫌疑人》……

一只纤手轻轻地拨弄着手机，层出不穷的新闻、内幕、秘辛对她似乎没有什么吸引力，因为那是已经熟悉到不能再熟悉的人和事，只是已经物是人非。

在涉案人一幕上她停住了，蔡青、刘茜、万江华……还有一个让她刻骨铭心的名字：顾从军。

从军……从军……她默念着，两行泪不自然地盈出，滴在手机的屏幕上，像凸镜一样把那个小小的嵌入图片放大了，放得更清晰了。而她的脸上并不是十分悲戚的表情，反而是一种幸福的感觉。她持着手机，像看到了心上人一样，放在唇边轻轻地一吻。

就像在玫瑰餐厅的邀约，他给的那个法式吻手礼，戏谑又温馨。

亦如舞会休憩时的相遇，他拉着她霸道地强吻，甜蜜又刺激。

又如分别的那个湿吻，是她主动吻的，她其实感觉到了顾从军的木然，再也不像曾经抱着她时那么激动和炽热。她知道那是绝望的感觉，就像她不敢直视顾从军深邃的眼睛，因为他洞悉了一切，依然未改初衷，把她从旋涡里拉了出来，而自己却陷进去了。

她摩挲着手机，像抚着爱人的脸庞；她纵情地流着泪，像别后再见爱人的亲切；她拉着一直贴在胸口的坠饰，那只金百合依然那么美丽，却在她泪眼中渐渐模糊。

“从军……对不起，对不起……是我害了你。”

她喃喃着，抹着泪，忍不住痛泣，而她整个人像枯萎的百合，逃亡的日子，分分秒秒在汲取着她生命的光华，她甚至每天都在等着警察敲门，等着释然的那一刻。她甚至认为，哪怕被顾从军交给警察，那也是一种幸福，至少可以透过高墙和铁窗和他永远相望。

她枯坐着，又如往常一样，一任泪流。最恐惧的不是逃亡，而是孤苦伶仃，身后不再有牵挂，而前方也不再有期待。

她小心翼翼地收起了坠饰，起身，站在镜子前，看着镜子里苍老的自己。她仔细地把头发拢好，仔细地化了个妆，直到觉得勉强能够达到赴约的标准才作罢。她奇怪地在想，这个样子，从军不会嫌弃我吧？

行李已经准备好了，一个简单的旅行包而已，她拎了起来，像要出远门一样，开了门，留恋地看了这间温馨的小屋一眼。

“Aime-moi moins,aime-moi longtemps.”

“你真是个大傻瓜，我一直在骗你，你都没看出来。”

她喃喃地说着，站在这个海景小区的门口。近处人车稀落，远处海阔天高，一艘远洋的轮船和鸥鸟的翩翩影子装点其间，隔着千山万水的那一边，会有幸福吗？

她痴痴地站着，徘徊在门外、门里……

此时的专案组里，孙启同也徘徊在门外、门里……

抓到的嫌疑人层次越高，会越难往下审，这是共识，但昨夜拘留的这几个仍然出乎意料。没想到的是，刘茜居然是个难缠的主，哭闹耍泼全往蔡中兴身上推，一把鼻涕一把泪诉说自己被蔡中兴霸占肉体及精神的烂事。你说不清她是真不知道，还是装不知道，交代的东西仅限于搜查所得，对，那不是她的，是蔡青的，她只负责开车……账目？她不敢交啊，交了会被蔡中兴灭口的。

现在倒不用交了，全部查到了。可另外两个就难了，为了防止意外，连医护都准备好了，就防着蔡青突发什么病状。可还就发了，平均二十分钟抽搐一回，倒地不起、口吐白沫，医生也被吓住了，纳闷地告诉审讯的警察：癫痫属于疑难杂症一类，可也不能抽得频率这么高啊，平时这么抽，不得早抽死了？

耍无赖！

肯定是耍无赖，这位年过七旬的嫌疑人是不是真有痴呆和癫痫还得另说，不过冲他装病协助蔡中兴逃跑这一点就值得怀疑。可偏偏这种嫌疑人把预审给难住了，问到稍关键的问题就开始抽搐，像专业反审训训练出来的，这可怎么往下问啊？

至于另一位李振华，从被拘捕起就再没有开过口，就算认命了恐怕也未必认罪。

尹白鸽又一次匆匆出来了，孙启同迎上来问道："怎么样？"

尹白鸽懊丧地摇摇头，孙启同愤愤道："这不能连个刘茜也拿不下吧？"

"需要时间啊，这才几小时，没那么容易突破。"尹白鸽发愁道，这个层次的都不傻，多一句和少一句，都是几年刑期的差别，谁也不可能轻易开口。对于预审人员，也需要时间熟悉案情。

"我什么都可以申请到，就是申请不到时间，必须尽快拿下。"孙启同道，洛宁医院袭击大兵的李鹏进、张向东倒是交代得爽快，只是这两货层次太低，属于打手级别的。他找着路子又随口问道："那几个能指认李振华吗？"

尹白鸽摇头道："指认不了，他们只知道郭金荣和李振华关系不错，可李振华的身份就是司机，这点属于正常的接触……对了，逃跑的那个保镖马峰，刚刚被宣城警方抓到。"

"用处不大，都是雇的小卒子……看来李振华应该能判断出郭金荣已经死亡，这是抱着万一之想啊。"孙启同道，郭金荣的消息肯定直联李振华，那边交火，这边开溜几乎是同时发生的事。

难以取舍间，两人背后肯定联结的是津门的官场和金融界，谁也知道这是要命的事，肯定不会轻易撂出来。尹白鸽轻声提议道："要不，用他试试？"

这是不得已才会启用的方案，但现在才刚刚开始，还没有任何推进，似乎有点不妥，如果万一也审不下来，万一这几个嫌疑人也看出来大兵依旧在失忆中，那就更难办了。

最后一个撒手锏，孙启同却犹豫了，如果突破不了嫌疑人的心理防线，那又得落到挤牙膏的俗套，倒是不担心挤不出来，就是时间没有那么充分了。

"你觉得，是蔡中兴指挥李振华呢，还是这位蔡青？"孙启同疑惑地问。

"按大兵的判断，应该是这叔侄俩一起密谋，一狼一狈，年龄和患病是他天然的护身符，只要送走蔡中兴，把所有人的目光转移，然后他就可以趁人不备，轻松消失……做这事的是李振华，那李振华应该听命于他们俩人中的任何一位。”尹白鸽道。

“李振华的履历里能找出交叉点吗？”孙启同问。

“找不出来，彭州挑选特勤也是三查五审的，如果履历上有疑点是不会用在这个案子里的。他是以招聘形式进鑫众的，刘茜招的他，看来是有意为之，蔡中兴在上官嫣红和顾从军身边放了这么一颗最不起眼的棋子。”尹白鸽道，郁闷的是，这个棋子对于专案组是一步杀招，如果不是灭口失手的话，恐怕再没有机会揭开这张黑幕了。

“他二十四岁从警，今年四十四岁，二十年了，我是担心大兵根本镇不住他。”孙启同道。

这就是职务内犯罪给同行带来的痛感，愤恨有多甚，惋惜就有多甚。那些用以对付犯罪分子的各项技能被他们下意识地使用出来，成为顽抗到底的依仗，而恰恰是这种人，要比履历单一的警察心理素质更好，抵抗能力也更强。

又一拨人出来了，垂头丧气的样子，孙启同一咬牙道：“用吧。”

转身而走，再无赘言，看着领导出离愤怒地离去，尹白鸽长长一叹，叫着高铭，一起和她上楼去请撒手锏。

“等等……”

“怎么了？”

“高队，我有唯一一个问题。”

“您说。”

“您在基层待得久，这类人您肯定见过，您说，像李振华这样的，软肋会在什么地方？”

“这个……”

楼梯的中央，高铭迟疑了一下，想了想后他摇头道：“人各不同，不要期待能找到每一个人的软肋，那并不重要。比如大兵，在走投无路的时候，他也会下意识地选择拼命……比如抓李振华，是选在他卸掉武器准备登车时进行抓捕，如果我们拦路堵，他照样会拼死一搏的。”

“他是六年前离的婚，我想婚姻不幸是不是对他也有刺激，小孩今年该有十一岁了，像这种特勤工作可能是导致他们婚姻不幸的根源。”尹白鸽试探地问道。

高铭闻得此言却是瞪眼了，斥道：“不要在这个上面打主意，黑道都讲究祸不及妻儿呢，你要敢这么做，是把他往死里逼……他死不足惜，可我们不能不择手段，否则我们和嫌疑人又有什么区别？”

尹白鸽一下子愣了，没想到会被一位糙人当面斥责。高铭发现自己越界了，赶紧敬礼道：“对不起，我说话直接惯了，有时候免不了伤人。”

“没什么，你是对的。”尹白鸽转身上楼，却是不再问了，这些基层警察的心里有杆秤，只是他们有时候并不晓得轻重。

两人到了大兵的房间前，张教官像是生怕出事一样守在房门口。两人忍俊不禁了，高铭道：“张教官，您这是担心他再次脱逃？”

“我担心个屁，我都没心了，咋样？”张如鹏问，关心的自然是审讯进展，两人一摇头，这位教官也不傻，嘿嘿笑道，“来请神了吧，不是跟你吹牛，你们的审讯训练，到我们手里连入门级别也算不上。”

“也对啊，要不请张教官去，蔡青七十多岁了，浑身是病，还有李振华，前特勤编制，好像没有比张教官更合适的人选啊。”尹白鸽恍然大悟道。

这却是故意挤对的，一个老头一个刺头，谁敢上手？张如鹏赶紧做着请势道：“别价，打人叫我就行了，审人就算了。”

门开时，两人的笑凝结了，大兵就站在门口，面无表情地说了句：“走吧。”

“哎，还没跟你说要点呢。”尹白鸽提醒道。

“你的要点要管用，还用找我？”大兵头也不回地说道。

这一位也是干净利索，废话不多，下一层，在刘茜、蔡青、李振华这三位嫌疑人之间，仅仅犹豫了一秒钟，便指向了一个最难啃的：蔡青。

“你都不认识他。”尹白鸽奇怪道。

“但我最想认识的，就是他。”大兵道。

尹白鸽摆摆手，看守从门外拧着钥匙打开了门，里面的询问还在继续，蔡青刚服了两片药，旁边还有医护守着，瞧那样子，警察可比他难受多了。

一行人进来的时候，这位发疏脸皱的老头愣了下，眼神呆滞了，带上了些许惊恐，眼前人群里的顾从军……或者以前的顾从军，正不怀好意地看着他，蓦地，顾从军嘴翘眼眯，笑了笑……然后老头像受刺激了一样，蹬腿、起身，可是在戒具里起不来，拉得铐子当当直响。

什么人？把病人吓成这样？

不知道情况的预审和医护被屏退了，懵然无知地被挡在门外。大兵走近了几步，每近一步，蔡青的恐惧就深上一分，等到五十公分安全距离的时候，老头干脆头一歪，又开始抽了，口吐白沫，四肢痉挛，两眼翻白。尹白鸽吓得赶紧叫医护，高铭怕大兵气急真上手，一把把他拽过一边，大兵却伸手要了高铭一根烟，点着，像是一肚子气没地方发一样，狠抽了一口。

医护推着除颤器备用，掐着老头的人中，努力平息抽搐的频率，眼看着这家伙像个濒死的鱼一样翻着白眼，那瘦骨嶙峋的胳膊身架，实在是让警察无计可施了啊。

蓦地，一道弧线带着一个残影直袭蔡青……是大兵出手了，潇洒地一弹手上的半截烟，那烟像长了眼睛一样，从医护的脸前飞过，堪堪地直击被他扶着的蔡青，准确地从蔡青没系扣的领口，嗖的一声飞进去了。

啊！蔡青瞪着眼，被灼得痛叫了一声。

哎哟哟哟……他浑身在扭，估计烫得不轻，破口大骂道："我要告你们刑讯逼供……哎哟哟……"

大兵笑了，尹白鸽气得瞪眼了，先是气大兵胡来，一转眼，又看蔡青，一下子都明白了，这货彻头彻尾是在演戏。那医护也愣了，愤然道："哎你多大岁数了？装羊癫疯，我说怎么查不清。"

露馅了，蔡青翻了个白眼，悻悻然坐着，不吭声了，最实用的一层伪装被剥了，幸亏他脸皮厚点才不至于无地自容。

大兵大咧咧地坐下了，一伸胳膊，一提袖子，一跷二郎腿。恍然间似乎是在民工群里的那种坦荡感觉，一坐下歇着，来根烟，来碗酒，就着唾沫星子说两句黄色小调呢。

不对，阵仗不一样，他瞥了眼身边的人，一伸手，高铭赶紧地掏着烟，又给大兵点上一支，大兵叼在嘴上，此时轻松的心态似乎无形中契合了他当民工时候的状态。他干脆随意了，一口烟喷出来道："蔡老头，咱们不必介绍了，你现在这样子拜我所赐，我呢，在你手底也没少吃苦头啊……别躲啊，我给你说几句闲话，我当民工的时候学了句好听话，那话似乎就是送蔡董您的，想不想知道？"

明显好奇了，可蔡青没吭声，只是怨毒地盯着大兵。

"那句话叫寿星公耍流氓，老不要脸。哎呀，别提多适合您了。"大兵道。

高铭呃了一声，差点喷笑出来，有医护已经笑了，捂着脸躲开了，尹白鸽气得胸前起伏，一下子没明白怎么进岔道了。蔡青却是反应过来了，一伸脖子"呸"的一声一口唾沫吐向大兵，大兵一躲，尹白鸽猝不及防，直接吐她袖子上了。这回高铭真忍不住了，扑哧一声笑了。

“中气挺足的啊，老爷子，您这身体真不用装痴呆，咱们谈谈那个……”大兵说着，蔡青又扭过头了，大兵话锋一转问着，“女人，女人怎么样？”

“滚，老子就这样了，爱咋咋地，‘文革’批斗都没把我咋地，你省省吧。”蔡青怒了，估计也有忌惮的成分，根本不准备再和大兵说话。

“我就是说那时候的事呢。”大兵严肃道，众人懵然间，他突然出口一句，“据说那时候你把你嫂子睡了，然后你嫂子就怀上了蔡中兴……蔡总不是你侄子，是你儿子，对不对？”

这一句像打鸡血一样，把蔡青刺激得两眼凸出来了，血管暴出来了。大兵却是幽幽抽口烟道：“看来传言不假啊，肯定没错，刘茜告诉我的。”

“放屁。”蔡青怒斥道。

“刘茜还说你把她睡了……她说你根本起不来，就用手指戳呢。”大兵道。

“你……你……放屁……你。”蔡青上气不接下气地喘着，怒火中烧，像要吃人的样子，又唾一口。大兵迅速拿起记录本一挡，正好挡住，然后更恶心地告诉他：“据说你喜欢舔？哟，怪不得能唾这么远，嘴上功夫不错啊。”

“放……屁……老子还用手指，你才用呢，你全家都用。”蔡青拽得铐子当当直响，果真是寿星公开始耍流氓了，急切之下，脸什么的，都不要了。大兵紧接着道：“消消气，我跟您开玩笑呢，其实刘茜那妞有次跟我说过，您老那方面还是挺行的。”

“废话，当然行。”蔡青被搞得晕三倒四，发现自己失态，立马又斥着，“不可能。”

“怎么不可能？那娘儿们又骚又媚，您老肯定喜欢……除非你丫根本起不来。”大兵挖苦着。

“啊呸，你才起不来呢。”蔡青怒道。

“你看你这人，这么大火气，我知道你能起来，知道那个小护理没少被你祸害，我们其实挺佩服你的啊，好吃不过饺子，好骑不过嫂子，能上过嫂子的可真不多。”大兵道。

蔡青气得脸上青筋暴露，头咚咚地直磕桌子，不是在这场合，怕是得暴起了，偏偏大兵火上浇油似的告诉他：“我真不骗你啊，蔡董，咱们这个圈子关系你也知道有多乱……其实蔡总蔡中兴也上过刘茜，要这么算，您和您儿子，把兄弟啊……咱们仨，有同嫖之谊，不至于这么大动肝火吧？”

几盆子屎尿一扣，气急败坏的蔡青听到最后一句蓦地惊醒了，瞪着大兵道：“诈我？”一念至此，他笑了，一撇嘴冷笑道：“是又怎么样？花钱买几个贱货，有什么大不了的？”

那眼神有意无意地在瞟尹白鸽了，尹白鸽气得脸色铁青，没想到岔到这种地步。她刚要结束，大兵却是哈哈一笑，对着蔡青竖着大拇指道：“有种，这才像个坏种……很有领导魄力啊，怪不得当年五纺厂倒闭破产，穷庙就留下你这么个富方丈。”

“市场经济造成贫富不均，还要我负责怎的？改革开放让一部分人先富起来，那就意味着让更大一部分人先穷下去，你指责我？”蔡青梗着脖子，一句话把众人顶得哑口无言了。

老炮，老油条，以及老流氓结合在一起的怪胎，那曾经欺上瞒下、欺男霸女的气势一出来，端得是不可小觑，居然把大兵压下去了。

“唉……”大兵仰天一声长叹，就在高铭觉得无处使力时，大兵却是异样地兴奋了，一坐正，换了严肃的表情斥道，“蔡青，知道你疏漏在什么地方吗？这个致命的地方毁了你一世英明。”

“什么？”蔡青下意识地被大兵突然严肃的表情感染了。

“现在我不诈你，用事实说话……其实我不记得你，当我第一次见你的时候，看到一位漂亮的小护理搀着你，刘茜也搀着，您老呢，调戏似的一直撞人家姑娘的胸……啧，你要流氓吧可以理解，偏偏那俩妞还欲拒还迎，这就不好理解了，除了有奸情，我实在想不出其他事来。”大兵道。

“关你屁事。”蔡青骂了句。

“是不关我的事，可刘茜辛辛苦苦找了一坛壮阳酒，居然是给你送的……这就让我纳闷了，你知道我的意思吗？”大兵问。

蔡青不说话了，和小秘书的私情总归不是能说出口的事。

大兵却在喊着医护，门外笑着的医护露出脸。大兵问：“医生，问你个常识问题，如果一个人老年痴呆而且并发癫痫，是不是还能保持正常的性功能？”

医生憋着笑道：“性生活有助于预防老年痴呆……反过来讲，如果已经痴呆，理论上，不能。”

“就是嘛，从我看到那瓶壮阳酒时我就知道你是装病，所以从一开始我就知道你不简单……其实你输给了自己，如果你就这么病着，吃饭洒在衣服上，拉屎拉裤裆里，生活不能自理，那谁拿你也没办法……可惜啊，你还是要跑，你一跑，基本就一头栽坑里了，自作孽，不可活啊。”大兵依据医生给的科学道理，给蔡青下定义了。

此时没人笑了，医生听得凛然起敬，尹白鸽不由得刮目相看了，高铭兴奋得直想鼓掌。下半身的思维、直接连接案情的思维，从男女关系直接扯到了案情关联，这丝丝相扣的，把蔡青扯住了。蔡青瞠然看着大兵，眼睛里渐渐带上了懊悔和惊恐，这个错误犯得让他追悔莫及了。

这是……即将突破心理防线的迹象？

尹白鸽在背后轻咳了一声，提醒着大兵。

不过连蔡青也提醒了，他瞪着尹白鸽，还有那几位警察，小心翼翼地说着：“这是经济案件，我可以请律师，有证据我服从判决……你们可以查实一下，鑫众的具体经营我根本没有参与过。”

开口了，不过开启的还是抵赖模式，尹白鸽知道自己在这儿恐怕不行，不敢吭声了。大兵接着他的话头道：“蔡老头，我就问你一句话，你说，现在的法制健全吗？”

“你说呢，要健全我也不至于落到这一步啊。”蔡青反问了，好有黑色幽默的一句。

“好，法制治不了你，我也动不了你，你交代不交代我不管，无所谓，反正我又落不着一毛钱，我就告诉你接下来会发生什么，想听吗？”大兵道。

“不管你讹诈还是诱供，我一概不理，而且我保证翻供。”蔡青老头吹胡子瞪眼防备上了。

“我说的是另一个世界的事，可能那个世界的规则你早有耳闻……你的钱大部分都是通过地下钱庄转出去的吧？”大兵问，蔡青撇嘴不屑，大兵自顾自地说着，“收拾你一家其实可以兵不血刃，你应该懂这些规则，难道已经逃出海外的那些人就真的安全吗？”

大兵道，明显地看到蔡青脸上一抽，像紧张了。

“地下钱庄的运作模式很简单，叫对拆，这里收钱，海外同伙扣除佣金，给钱……让我告诉你，接下来怎么整你们。抓住一家两家地下钱庄，这个很容易，刘茜不是铁嘴一张，和你合伙的那些商户为了自保，肯定也会提供很多家……或许你要说没有证据，我们没治。但我们没有证据可以传唤，可以无休止地查，无休止地传唤，而且逼他们提供蔡中兴的线索……您说，在生意被毁以及人人自危的情况下，蔡中兴在海外会不会好过？再说了，那些地下钱庄的烂事可是一兜一箩筐，抓他们的小辫子太容易了，您说会不会有黑幕交易，有人把情况提供出来呢？”大兵问，这是蔡氏失势后的基本判断，字字诛心，深谙人心险恶的蔡青听得冷汗涔涔，这不是可能，而是肯定会发生的事。

“接下来再发展，就是更黑的了，蔡中兴在海外也是东躲西藏，只要被通缉的消息出去，他就成了丧家之犬，相信我，天下的黑社会都不讲什么情面的，你有钱有势他们给你当狗腿，你失势他们拿走你的钱敲断你的腿都是轻的……其实主动权现在已经掌握在我们手里了，这里对地下钱庄逼得有多狠，你亲儿子在海外过得就有多难，他的结果很简单，会被别人敲干榨净，成为穷光蛋，然后……你觉得哪个国家的警察会介意把个穷鬼遣送回来？你不会觉得你和你嫂子的孽种比闻名天下的赖总还厉害吧？赖总可也给撵回来了。”大兵道。

蔡青额上冒着汗，青筋暴露，不时地偷瞄大兵，那严肃的表情，以及他对此人的了解，知道此言不虚，而越相信，就让他越恐惧。

“至于你，就更简单，你自己都不会相信政府会给你养老吧……磨上你三年五载，财产一没收，等到病得不行，老得动不了，一定会送你出看守所的……您自己可以选择一个伸腿瞪眼的方式，饿毙，还是病殁？你真是傻得可以啊，把全家往国外送，那将来可连个收尸的都没有了……还想请律师，那是有钱人的口气啊，你现在还把自己当有钱人啊？自己想吧，爱交代不交代，人都快抓完了，还愁找不着线索？”

大兵厌恶似的一扔烟头，在脚下重重一踏，起身了，幽幽地又补充了一句：“现在消息还捂着，要知道你被抓了，有些人会想出一百种死法让你闭嘴，唯一不会的是正常死亡，你信不？你接着犯傻吧，不交代拉倒，送回津门。”

大兵说了句威胁话，头也不回地走了，尹白鸽和高铭使着眼色，两人刚踏出门，就听到了号啕声大起。回头时，蔡青已经崩溃了，费力地拉着手铐抹着鼻子嘴，一把鼻涕一把泪，哭得是伤心欲绝，像死了亲爹娘一样。

千言万语汇成一句话：呀，我不回去啊！

这对于审讯可是喜兆，两位预审坐进来，一位端水，一位递纸巾，情绪失控的时候恰恰是审讯最佳介入的时机，两人不失时机地说着政策：放心，放心，一定不回去……哎，您老人家这么大年纪了，至于吗？就有钱也没地方花啊！这么多非法资金便宜了别的奸商啊，您给我说说，绝对是立功表现……

尹白鸽轻轻地掩上了门，把这个不足为外人道的表演遮住了。门关上，她再也忍不住了，笑得眯起眼来，没想到是这个结果，高铭却是递着纸巾，示意着她胳膊上的唾沫，她擦完随口说道："非常之人得非常之法啊。"

高铭没说话，抬了抬胳膊示意，尹白鸽看到大兵已经跑出门外，对着阳光仰着头，像受不了这些阴暗，要晒晒太阳一样。尹白鸽扬头示意着大兵，又示意着李振华的房间，意思是，干脆一鼓作气，直接拿下。

高铭硬着头皮踱步上来，递给大兵一支烟，自己笑着点上赞道："厉害，一支烟工夫啊。"

"这个老家伙是首恶，鑫众的企业理念是：责任、使命、担当……这和五纺厂当年什么爱厂为家、无私奉献是一个道理，运作模式、机构设置、人员配备甚至他们推销的渠道，都带着计划经济时代的风格啊……专门拿责任、使命说话，把自己扮得高大上来骗人。"大兵道。

高铭笑不可抑，拍拍大兵肩膀道："所以我不服不行啊，从下三路到高大上，你是把他看透了。哎对了，蔡中兴真是蔡青的亲儿子？这种事你怎么能知道？"

"上官告诉我的，假不了，所以我告诉你们，盯着这条线，就跑不了……钉准了，说不定把跑了的还能扯回来。"大兵道。

"我看有戏。"高铭笑道，一笑又敛，提到了上官嫣红，大兵脸上的笑容也消失了，像是想到了什么愧疚的事一样，一副不足为外人道的表情。高铭劝着："别想了，都走到这份儿上了，只能硬着头皮往下了……我尽我所能，帮你争取一个最好的结果。"

"没必要了，那天你说为什么当警察，说得我很感动……其实我一直想问你一句，如果有下辈子，如果还能重新选择一次，你还会选择当警察吗？当这种随时可能遇险，随时可能过线，连劳动法都不保护你，连保险公司都不接你保单的刑警吗？"大兵正色看着高铭，那犀利的眼光让他无从造假。

"我错了大兵，你最厉害的不是枪法，而是嘴皮子，别逼我动摇，我自己都快受不了了。"高铭苦笑道。

"天天接触这些不干人事的，甚至有时候还得越界亲手做点，有一天你也会人格分裂的，做回普通人重新开始其实也没有什么不好……谢谢高队。"大兵笑着道，人却径直走向李振华的审讯房间。尹白鸽示意着，把门打开了，招手叫出了耗着的两位预审，她和大兵、高铭一起进了房间。

不料这一次却没有期待的奇迹，李振华仅仅是微微一怔，并没有太多的惊讶，而后又低着头，一言不发，脸色阴森得可怕。几分钟后，大兵示意尹白鸽和高铭出去，他一个人留着，门开着，就那么盯着李振华，然后两人开始对视。

谁也没想到是将遇良材、棋逢对手了，两人对视了一小时，愣是像两根木桩一样，一句话，甚至一个细微的动作都没有……

反客为主

从门口等到走廊，从走廊又等回监控室，尹白鸽三杯水都喝完了，高铭一盒烟去了一半，那边蔡青交代的都告一段落了，这头大兵和李振华依然相视无言，现在改直视了，你看我，我看你，没有任何表情动作，就那么看着。

“多长时间了？”尹白鸽从卫生间回来，又一次问。

焦灼的高铭看看表：“一小时四十三分。”

陪审录制审讯记录的打了个长长的哈欠，预计的精彩一点都没有，让他太失望了。他插了句道：“一对非正常人类啊，相互盯俩小时，愣是一句话没有……我数了下，连眨眼皮的动作几乎都没有。”

训练，两人都是通过极端训练出来的人物，现在可真是针尖对麦芒，而他们的较量方式，恐怕是谁也没有机会去了解的，更别提理解了。

一念至此，尹白鸽火速把张如鹏通知下来，安置了守监控的人一声，三个人搁外头咬耳朵。可不料这情况把张教官也听懵了，他抚着短短的寸头，迷糊道：“没有啊，顶多有个站姿坐姿训练，怎么可能有这种训练？我瞅瞅……”

这位傻大个瞄了几眼，伸出头来，寻思了半天，然后对期待的两人放雷语了：“我怎么觉得，两人像含情脉脉啊？”

尹白鸽气不自胜地说：“该把你弄回学校好好回炉训练。”

高铭在嘲笑，让这种拳脚教头去琢磨心理问题，怕是和对牛弹琴差不了多少，他随口问着：“尹指挥，您……自己不就学心理学的？”

“那不一样，想体会别人的心理，得有那种了解、理解以及与他经历相关的情境，我顶多看案卷坐办公室的水平，怎么可能理解他们的心态。”尹白鸽自省道。

张如鹏立马接上了：“你不还是他联系人呢吗？”

“那你还是他教官呢！”尹白鸽呛了句。

“您二位别争，要说起来，他们俩其实是一路……半黑半白，长年伪装，差不多都生活在那种没有自我的状态中，对，就像人格分裂患者，对自己的以前都会选择性忘记，我有些担心啊。”高铭道。张如鹏一翻白眼反驳着：“都铐住了还有什么担心的？”

“不是，他是说，两人彼此太过了解，可能谁也对付不了谁。”尹白鸽道。

“对。”高铭点头道，“相比之下，李振华反而还有微弱的优势，最起码他没失忆，而大兵就不一样了，可能从警这一块的很多经历他都没想全乎。”

“有个屁经历，参加工作一年多就给招进来了，原来干的活就一样，从看守所提人，到法院开庭，开完庭再把人送回看守所。”张如鹏道，正是因为法警接触人员少，社会关系简单，才作为优选人员跨警种招募进来的。

这样啊，高铭愣了下，尹白鸽补充着：“基本和张教官说的一样，像他这样转业回来的，在基层是没有什么出头之日的，我们招募时，他正在拼命补习文化课，想考公安大学镀镀金……也正是因为他形象好，而且有点外语底子，才最终入围了，他很有语言天赋，记忆力也好，参训几乎是事半功倍啊。”

“对，招回来的基层干警一多半是愣头青，文化还没我高呢，写个字他们自己都不认识。”张教官道。

这两人一起训练出来的？偏偏训练出来的，对被训练的反而不了解？

尹白鸽似乎看出了高铭的好奇，她解释着：“身体素质不用说，心理评估一旬一次，还请了两个大学的教授给他单独授课，评测你都看过了，相当完美，要不也不会被孙副厅点将了。”

“任务前期怎么样？有过什么异常吗？我们有时候也用短期卧底，情绪不稳是个大问题。”高铭问。

问及此事，张如鹏肯定不知道，尹白鸽发懵了。她踱步寻思着，喃喃道：“没什么问题啊，他直联我，一般通话叫我鸽子，称呼孙副厅老爷子，进入鑫众几乎一年的时间里，从没有出过纰漏……噢，不对，四月十四日出事前，他警示过上官嫣红，他对上官一直有好感。”

“啧，假戏真唱了。”高铭苦着脸道。

“难道症结在这个上面？”尹白鸽不解，思忖着这之间八竿子打不着的联系。高铭却说道：“我是这样想的，他现在觉得警察身份有没有无所谓，症结就在这儿……你剥掉他身上附加的任何一重人格，其实就是本性。就像在洛宁，那群民工对他好，他就挺身而出，在鑫众，上官对他好，那他也会拼了命护着她周全的。”

“可……你说的，和现在一对闷葫芦有什么关系？”张如鹏纳闷地问。

“眼神，是一种较量的方式。”高铭两指戳着自己的眼睛解释着，“他们俩是一对高明的伪装者，谁看到得更多谁就赢了，我刚参加工作的时候听我师傅说过一件事，我们有个队员扮买假发票的和团伙接头，刚一照面直接就被人捅了……后来我们抓到人审问，您猜犯人怎么说？他说咱们队员的眼神不对，一看就不是和他们同路的。”

“我明白了，你是说大兵其实还是嫩了点，拿不下来？”张如鹏道，高铭点点头。这时候连尹白鸽也倾向于高铭的观点了，她邀请道：“高队啊，回头我得去你们队里好好学习学习啊，再好的理论没有实践基础也只能是空中楼阁啊。”

“犯罪心理学你学得再好，也没有多和几个罪犯打交道来得快。”高铭道。

这时候，房间里的监控打着手势，有动静了，三人急急回去。这位警员调着声音放大了，然后看到大兵颓势显现出来了，而李振华依旧岿然不动，好半晌，大兵说道：“你输了。”

“你也没赢。”李振华面无表情道。

“难道你不想知道你是怎么输的？”大兵问。

“是你想赢个全盘吧？”李振华以问代问。

“你不觉得你已经没有机会了吗？”大兵问。

李振华面部表情僵着，淡淡地回应道：“你不也一样吗？”

输了，尹白鸽一握拳，明显地感觉到大兵的气势颓了，两人传达的信息很明显，坐在被审桌上没有机会了，但像大兵这个样子，李振华同样知道他也没有机会了……就凭放走上官嫣红的事，大兵也没有机会了。

“高队，你猜对了，大兵估计不是对手。”尹白鸽讪然道。张如鹏小声问道：“他很重要？还有什么秘密没刨出来？”

“地下钱庄、大兵被袭击，还有蔡中兴的黑事，可能没有人比他知道得更多。”高铭道。

“交给我。”张如鹏怒道，捋着袖子说着，“这号人就欠收拾。”高铭白了他一眼道：“你歇着吧，省厅的计划是以证（凭证）拉人，以人圈钱，那些非法资金现在还差得远呢，能让你上手？”

两人至此又沉默了，正说着，尹白鸽的手机响了。她匆匆一接，应了两声道：“撤出来吧，没机会了……高厅已经来了。”

高铭一个击掌，扼腕叹息，尹白鸽奔出去迎接了。他和张如鹏到了预审室前，敲着门，把大兵叫了出来，关上门的一刹那，大兵阴着脸，直接往楼上跑。

“大兵，我怎么看你情绪不对？”高铭追着道。

“没事，让别人审吧，我拿不下来。”大兵头也不回地走了，把高铭给尴尬得杵到当地了。

每个案子总会遭遇到很多不如意，高铭悄悄地奔出去，把这个失利告诉了陪同在一行警中大员中的尹白鸽，她皱了皱眉头，把信息传给了孙启同。孙启同同样皱皱眉，却是无暇顾及，陪同着高厅慰问二层驻守的经侦人员，挥舞着胳膊讲了一通再接再厉的话。在三层又和专案核心人物开了个短会，听取了汇报，就一个小小的短会，都有摄影随行，那随行谱大得紧，直接把高铭给轰一边去了。

不知道领导发哪根神经，或许又是拍脑袋决定了，保密规格很高的短会开完，要往楼后走。高铭悄悄串到队伍里拉拉尹白鸽，小声问：“这是干什么？”

“领导要见见……那个叛徒。”尹白鸽道。

“哪个？”高铭道。

尹白鸽剜了他一眼：“李振华。”

“千万别去，那种人心态比变态还难琢磨，要出笑话的。”高铭提醒着。

“你觉得我说话管用？”尹白鸽又白他一眼，跟着队伍走了。

哎……高铭重重握拳，气无处可泄了，这事整得恐怕要有副作用了。

另一头，已经有人打开了门，气宇轩昂的高厅屏退了多数随行，大大方方地坐到了椅子上，看了枯坐着的、老实巴交的李振华一眼，开腔了：“李振华吧，这是你的化名，真名我想你也不愿提及……需要我自我介绍一下吗？”

李振华瞄了眼肩上的警徽，戴这个警徽的根本没有任何自我介绍的意思，这身衣服已经说明一切了。高厅开口道：“政策你清楚，不用我跟你讲；犯罪事实也清楚，有人跟你讲；我来这儿，其实就是有一点好奇，是什么东西能让你放弃职责和信仰？你可是从警二十多年的老同志了啊。”

“您抓过几个坏人？”李振华意外地开口了。

“什么？”高厅愣了下。

“我问，您抓过几个坏人？”李振华重复道。

“这个……好像面前就算一个。”高厅不屑道。

“面前这位不是你能抓得到的……我从警二十年，最早在派出所，值勤的时候，一般案发都派我去，而查嫖抓赌都轮不到我，因为那活实惠很多……后来因为我胆子大总往前冲，就被调到了刑警队，抓过小偷、堵过持枪逃犯、茅厕里捡过尸块，即便这个活我也没有怨言。但我老婆受不了，嫌我穷，嫌我没本事，嫌我成天不着家，我儿子出生时，我正在外地追捕，等回来儿子满月都过了，我老岳父当着亲戚的面把我骂了个狗血淋头……后来就离婚了，法庭问我儿子跟爸爸还是跟妈妈时，您一定猜不到我儿子说什么……他说，他没爸爸。”李振华木讷地说着，再抬眼时，眼光犀利，盯着这位高不可攀的上级问着，“这位领导，您也有过我这样的经历吗？”

“这不能成为你背叛誓言、背叛职责和信仰的理由。”高厅声音低了。

“都没有经历过亲人陌路、战友倒下的惨痛，你又怎么可能理解什么是职责和信仰？比如我一眼就看得出，你连枪都没有握过，是文职吧？您的体重已经超标了，应酬很多吧？看，您脸上的肉在动了，向上抽，那是愤怒了……一定每天都在听着恭维，没有人敢忤逆您的意思吧？”李振华睥睨道，仿佛他才是大员一样，把高厅驳得脸上一阵红一阵白。

嘭……高厅拍桌子了，怒斥道：“落网的比你嚣张的有的是，有你哭的时候。”

“你会失望的，我这样背叛的人，从踏出第一步就没有回头路了，哭有什么用？”李振华淡淡道，“我想，该哭的是你，骗走的八十多亿回不来，你会被上级问责，那时候叫欲哭无泪；逃出海外的嫌疑人，以你的能力未必抓得回来，你同样会被问责，哭天天不应，说不定想想自己的仕途，你会躲在被窝里哭啊……将来还会有很多哭笑不得的事，钱退不回去，有人找你麻烦。很多警察也会陷在这场非法集资的故事里，你会被舆论质疑、绑架，会逼到你哭都没人同情……知道为什么吗？”

高厅气得直咽口水，平时长篇大论的讲话一句也用不上了。

“因为体制积弊，你无能为力，鑫众自蔡青一代起，就侵吞了国有资产，到现在还是他的私产，无人过问；因为你们尸位素餐，从不作为，鑫众开始设计原始股变相发售，距今已经两年之久，也是无人过问。满大街的私募、证券、小额信贷甚至包括银行都在捞钱，都在放贷，你作为警察的领头人，你干了些什么？是不是面对这个无法逆转的糟糕环境无能为力？作为坏人，我现在被抓已经解脱了……而你，没有当好人的本事，也没有当坏人的胆量，你不哭，谁来哭啊。”李振华睥睨一句，冷笑道。

高厅脸色已经铁青，重重一拍桌子，哼了两声，起身背着手就走。身后，李振华在哈哈地狂笑着，笑得开心到疯狂的境地……

乌龙了，高铭在监控室里教唆着不谙轻重的小警员，这段掐了啊，谁问也是没听见没看见。那警员紧张地点点头，高铭奔出来时，领导的随行都杵在院子里，匆匆而来的尹白鸽和他一照面，高铭一摊手道：“都说了，别安排这事。”

“废话不是，晚了……高厅发狠了，今天必须审下来。”尹白鸽道。

“你觉得可能吗？”高铭道。

“你觉得上级会在乎可能不可能？准备一下，预审轮班上。”尹白鸽道，匆匆地进后楼了。高铭气得发牢骚了，直搓手，我现在有点同情李振华了。

这句话没敢大声讲出来，几位预审一碰头，草拟了审讯方案，要是不开口没过心理期很难，但要开始说话了，那似乎就有办法了，不管他是想找存在感，还是发泄对社会和职业的不满，都有机会绕到案情上。

第一拨进去，半小时，没说话……

第二拨进去，一小时，没说话……

第三拨进去，估计是李振华有点同情前同行了，开始说话了。

“喂，领导逼得很急吧？”李振华如是问。

嗯？一句话把预审们问住了，那瞠然的表情，瞬间露馅了。

然后李振华哈哈大笑，直抱歉，对不住了各位。

“老李，你真同情我们就给点干货，让我好交差。”一位预审谈话似的说，放低身架了。

李振华一撇嘴不屑道：“一字进公门，九牛拉不出，我敢乱说话吗？”

要么不说话，要么就是调侃话，这个貌似忠厚的李振华，看来历练得超出一般人水平太多，很难对付。又一位预审道：“那说说已成事实的吧？你包里的钱，一共一百六十七万。”

“在交代来源和承受巨额财产来源不明罪之间，我觉得选择后者还是挺合适的，肯定是黑钱。”李振华道，不屑了。

“身份证呢？”另一位追问。

“一看你就是单位没出过门的，二百块一张，你要多少？”李振华道。

直接僵住，这家伙明显在调戏人呢，第三位有点怒容地刚要开口，李振华喊着：“停！”

三人自觉停下，瞪着他，李振华思忖片刻道：“挑个人来跟我说话怎么样？你们有点差，不怕告诉各位，彭州警方里有位很牛的审讯专家是我老师，我专程请教过他……咱们在一起可能得待好久了，有的是机会。”

预审回问他：“你想和谁说？”

李振华笑着道：“那个脑残……你们在发愣，呵呵，看来你们知道得太少，回去请示吧。”

果真是知道得少，三拨预审又被圈回去了，不一会儿，尹白鸽陪着已经睡了一觉的大兵揉着眼睛从楼上下来了。似乎还有点迷糊，搞不清为什么又被叫下来，进了房间，大兵打了个哈欠道：“李师傅啊，我已经放弃了，怎么着？你又想成全我？”

“不，我想坑死你。”李振华笑着，不过话和表情却不相符。

“是吗？您被铸在这儿，还有这个能耐？”大兵好奇地问。

“当然有，包括领导在内，所有人都在这儿受挫了，然后我只愿意和你说话，因为我们是同一类人，这样的话，同事会觉得你是个异类，而领导会把受挫的事怪罪到你头上……知道领导曾经羞处的人，会是什么下场？”李振华问。

“穿小鞋？坐冷板凳？”大兵脱口道，表情有点尴尬。

“你连坐冷板凳的机会都不会有，你在鑫众这个团伙里挥金如土、腐化堕落，肯定不是任务，而是你借机在藏私，甚至还准备勾搭上蔡总的女人一起私奔……我挺佩服你的，最起码你放走上官嫣红就让我觉得你是个爷们……可现在怎么又回来了？你不会真脑残吧，就你干的那事，这个团队还能容纳下你？”李振华问，脸上好奇怪，估计是消化不了大兵转折的原因。

哎……被坑死了，这明打明地给你说出来，录像在、观摩在，恐怕都要知道这个神秘人的身份了，大兵苦着脸，有点羞不自胜地掩了半边脸，实在无颜面对啊……

自取其辱

“还有，”李振华利眼如隼，盯着羞愧难当的大兵逼问着，“你在鑫众报销，少则几万，多则十几万；给鑫众的女下属送首饰送包，带鑫众的女职员开房，我觉乎着总有百八十万……小子，你还是个雏啊，组织的原则都是秋后算账啊，到拉清单的时候，你说得清吗？”

形势逆转了，仿佛坐在被审席上的李振华才是警察，而他面前的大兵已经无颜相对，头越来越低。

“所以，你完了。”李振华一欠身，这才发泄了些许怨气似的，盯着羞愧的大兵，他指摘着，“功是功，过是过，就算再大的功劳也改变不了你和我一样的下场，更何况这些功劳轮不到你这样躲在犄角旮旯的人……失忆可成不了你逃罪的理由啊，放走上官嫣红这一条就足够让你进来待上几年了。”

大兵颓废了，被击溃了，他咬着牙，等慢慢抬头时，脸上青筋暴露，神情可怖，一字一顿道：“咱们是私仇，你比我先死，我就觉得舒坦多了。”

“呵呵……会很难的，你的愿望可能没那么容易实现。”李振华说着，冷不丁表情一敛，盯着大兵突来一句，“郭金荣死了吧？你拿什么指证我？”

嗯？！大兵眼睛一凸，表情怔住了。

就四个人，货车司机被灭口，郭金荣被击毙，起码的目击者都没有了，难道还想到发过洪水的洛河里找凶器？

大兵慢慢平静了，像是很遗憾地道了句：“死了，这个我不用瞒你，我想他最后一通电话应该是请示你的吧？”

“你说，这种事我会承认吗？”李振华嘴角歪着，反问。

“不会，你这老家伙其实挺高明的，一直不声不响地在给蔡中兴办事，低调到谁都忽视你，了不起。”大兵道。

李振华笑笑道：“这个更没有可指责的，我是奉组织的命令潜伏的，和你不是一个组织，我隶属于彭州省厅指挥，咱们其实差不多，都在利用工作机会中饱私囊，你捞得不少吧……哎对了，你失忆了，你是不是连自己以前藏的几百万黑钱都想不起在哪儿了？真可怜。”

大兵气得直拍自己的额头，就这一句话，估计得写十几页情况报告，他向李振华竖着中指骂着：“孬种，怕老子比你好过了是不是？这场较量你没讨着便宜，想找回来啊？我打赌，你不知道自己哪儿露了馅。”

“露的馅很多吗？不就一百多万？我会认罪的，你放心，还会主动检举揭发你的犯罪事实。”李振华不屑道，他见大兵要开口，马上又堵了句，“别拿蔡青和刘茜吓唬我，我就是他们的司机怎么了？你还是刘茜的相好呢。”

大兵气得直磕自己的脑袋，磕了几下，脸上表情急剧变化着，凶狠、泄气、愤怒，交替变化着。而李振华就像看一只发怒的小宠物在表达无济于事的情感，他表示关切地说道：“你现在可以交代了，争取组织对你宽大处理。”

“嗯……嗯？”大兵被搞混了，他一停，像是思维跟不上动作，还得想想再说，想了一会儿道：“有两下啊，只想扛个财产来历不明罪……嘿，你想得美……我告诉你，其实从一开始，我就知道袭击我的有警察参与，你信不？”

“不信。”李振华不屑道。

“把我打昏是突然出手，这个我防不住，而剥光，肯定是担心我身上有定位，又来不及搜检了，而且怕有跟踪，人物一分离，扔到发大水的河里，就是捞上来，等发现发现，联系联系，核实核实，按正常的警务，后方找到停尸间里的我，恐怕也得几个月是吧？”大兵道，征询着李振华，李振华根本没理他，大兵继续道，“这不是江湖人的风格嘛，要是郭金荣办，怎么着也得脑袋上身上开几个窟窿，死相越惨才越解气嘛。”

“也对啊，可这事，”李振华好奇地问着，“我怎么没听郭金荣说起过？你们俩关系不是不错嘛。”

“你装啥呢装？张官营镇东西都起获了，那天你们雇了多少人呢，你敢打包票没人指认你到过现场？”大兵怒拍桌子吼道。

“是不是啊，这个名字很陌生啊。”李振华不以为然道，“要是没人指认呢？”

哎妈呀……大兵一愣，发现坏事了，这是个惯于幕后操纵的，要在现场没露面，没指认，那会更麻烦。好像也对，这种身份的人怎么能不知道那种事的轻重，而把体貌特征留在目击者的眼睛里呢？

李振华侧着头，严肃地看着大兵，然后脸上微微地蕴着笑容，反问着："注意你现在的位置，在体制里空口无凭乱讲话可不行……我倒是觉得蔡中兴临走前最后见的人是你，给你的好处应该不少吧，是不是很多藏匿资金的下落在你手里。"

"老娘儿们生孩子血口喷人是不是，我当时要钱够多我早溜了，那不一毛钱没落着吗？"大兵瞪着眼道。

李振华表情一敛，然后对着监控探头的位置哈哈大笑，被问出真实心态的大兵瞬间又糗了，直低着头抚额。几秒钟后，他像抓到救命稻草一样说道："医院……我被救回去，最关注死讯的只有凶手，谁出现在医院里二次补刀，就是谁。"

"有道理。"李振华道，反问大兵，"那你找到是谁了吗？"

"小马，李鹏进，都是郭金荣派去灭口的，不过被我反制了。"大兵道，"而销毁证据的当天，你们的设计应该是这样的，当我'逃走'的通缉令出来的时候，不知情的罢了，而知情的就坐不住了，因为这颗失忆的脑袋里没准儿能想起他们的黑事来……于是就有了接下来的安排，货车司机王传兵被灭口，凌晨的事，灭口的事做完，你们一路到洛宁医院伺机毁去监控，另一路和地产商王昊的人一起到张官营销毁原始凭证……这应该是最后一步了，销毁医院的证据是为了保证自己安全；而销毁张官营的凭证肯定是一个交换，让王昊想办法施加压力，而且做手脚把刘茜和蔡青接走……有凭证在，王昊不敢不听命于蔡中兴。"

"嗯，很合理。可这个事应该找蔡中兴或者王昊核实啊。"李振华不置可否道。

对啊，王昊可能未必知道李振华这步暗棋，而蔡中兴早跑海外去了。

一句把大兵问住了。大兵换着话题道："你也未见得就有多高明啊，我告诉你，你不动，谁拿你也没治，可你一动就露馅，懂不？你最终还是按捺不住动了，对吧？死扛有意义吗？真以为我没有证据是吧，我有很多很多证据。"

"你讲证据就证据，不要像兜售原始股行不行？"李振华笑了。

"证据，证据……"大兵慌乱了，迷茫了，疑惑了，在笃定的李振华面前，他像一个六神无主，被逼到进退维谷的嫌疑人，越来越急，开始急得反咬了，"我有很多。在鑫众里你最可疑，我查过，你没有买原始股，而没有买的只有你和刘茜，那说明你知情……枪杀王传兵，案发现场出现我的指纹，那是一个败笔，案发时间有特警保护着我去洛宁，你没想到吧？我的指纹，能取到的可没几个人，其中就包括你……我一直觉得有一只黑手在操纵我身边的一切，直到我发现你的身份，说实话，蔡中兴走那天，我把你诳走是想以血还血，弄死你这孙子呢。”

“呵呵，很可惜，最后一刻你害怕了，你不想死，千古艰难唯一死，谁到那个份儿上也会苟且的。”李振华道。

大兵问：“包括你吗？”

“当然。”李振华道，不屑地看着大兵，指摘道，“但是你不够格啊，你所说的这些都是猜测，总不能凭着你的猜测给我定罪吧？”

“你有种，我承认我小看你了。”大兵瞠然道，向李振华竖了竖大拇指，似乎震惊于人在绝地的反击信念。瞧吧，这个貌似忠厚、木讷的李振华，哪怕戴着手铐，依旧自信满满，仿佛他才是这里的主宰一样，仿佛面前的大兵才是砧板上的鱼肉等他下刀一样。

所有的，都算不上证据，正如特勤的风格，喜欢干留不下证据的事，哪怕留下，也会想办法销毁的。

大兵难堪了，滞滞地看着李振华，那眼光仿佛是乞怜，可却得不到哪怕一点同情，相反，会招来更多的嘲讽、挖苦……

监控室的门轻轻开了，正扼腕叹息的高铭瞠然发现，高厅、孙组长一行，轻轻地踱步进来了，两人一反威风八面的姿态，像做了亏心事一样站到了监控屏前。

“到哪一步了？”高厅问。

“僵持阶段。”尹白鸽不动声色道。

“快揭了？”高厅问。

“快了。”尹白鸽道。

咦，领导似乎运筹帷幄，高铭一愣，尹白鸽盯着屏幕嘘了声，示意别打断她的思路。她轻声道：“大兵出来就给我打电话了，和基地一样，来一场戏……这是审讯技巧上的一个设置心理陷阱的方式，混淆心理证据和客观证据，他快成功了。”

“这……这也是演戏？”高铭纳闷地问。

“当然，证据肯定有，但在他的心里，客观证据我们可没有，如果混淆这一块，那突破他的心理防线就有可能了……他现在已经确定我们没有掌握他的任何犯罪证据，他与所有的犯罪事实都没有关系，他在尽情地发泄他的不满，而且发泄到他的直接对手身上，现在的心理预期已经提到足够高的程度了，如果只是一百多万黑钱的问题，那对他来说完全在承受范围内。”尹白鸽轻声解释着。

“我还是没懂，这个戏究竟要达到什么效果？”高铭问。

“就是在他心理预期盲目地达到这个高点的时候，再把他领到坑里。掉在这种万念俱毁的陷阱里，心理证据和客观证据差别就不大了。当然，需要他思维和判断出现混乱。”尹白鸽道。

“应该差不多，连我都被骂得狗血淋头了。”高厅道，手指点点孙启同。孙启同不好意思道：“对不起啊，高厅。”

“审下来我一概不究，审不下来我真得给你穿小鞋。”高厅笑道。

“开始了，这一击才是致命的。”尹白鸽身一挺，紧张了。

此时看到屏幕上，大兵突然变脸了，颓废慢慢变得自信，佝偻着的腰慢慢坐直了，脸上的表情从张皇惊恐，慢慢地换回了微笑……

“老李啊，不管你真实姓名叫什么，先称呼你老李……其实你犯了个严重的错误，你没发现吗？”大兵问。

“是吗，我最大的错误就是不该当警察。”李振华淡淡道。

“不不不，我指的是，你这么确定地拿捏我，其实是犯了一个很低级的错误。”大兵道，李振华征询地看他时，大兵笑着反问，“咱们同在一个组织里，你难道就没想过，我连上官都放走了，要是没点像样的东西，组织还会相信我、接收我，把我放出来？你不会真以为，装个可怜、卖个乖就能博得组织的同情吧？”

嗞……李振华蓦地被震到了，他惊讶地看着大兵，这个简单的问题被他想当然地忽略了。

“你以为那几个蠢货真能替你毁掉证据吗？”大兵轻声道，淡淡地微笑着，他朝监控招招手，然后门应声而开，门口，一位警员推着移动桌慢慢进来了。让李振华惊恐的是，正播着的一组视频——洛宁医院的视频，门口、门厅、走廊几处监控，还有截取的侧面的图像——让他目瞪口呆。

“这是洛宁医院的监控录像，我离开医院的第一天，您意外地出现在监控里……其实我早拿走了，就等着你栽进这个自以为是的坑里。从回到鑫众开始，我就知道你是凶手，早就想弄死你，只不过后来又发现你居然是警察，我真的有点害怕……现在好了，我也是警察，你栽在同行手里不冤吧？”大兵恶恶地说道。

这算是兜头一棒，心窝一刀，把李振华敲得如遭雷击，他滞滞地看着监控里熟悉的自己，一下子万念俱毁了。

“咱们都是骗子，甚至是比骗子更高明的伪装者。”大兵笑着道，用促狭的表情对李振华说，“我现在再告诉你，郭金荣死了，被我一枪敲了脑壳子……你信吗？”

你信吗？你信吗？你信吗？

那个促狭的表情，带的是冷笑，大兵反客为主，又句句如刀、字字诛心道：“郭金荣去张官营镇没人知道，你猜我是怎么知道的？”

李振华的眼睛越来越惊恐，此时眼前的大兵，那犀利的眼光像两道剑光一样，可能把他窥个透彻。他战战兢兢，不敢稍动，因为最恐惧的后果恐怕要发生了。

“其实这是个死局，如果你不动，蔡青不动，谁都不动，那警察也动不了。这中间就需要一个契机，让这个幕后的策划动起来……不幸的是，我就是这个契机。”大兵一仰身子，轻松道，“仓促间，你们的手法太糙了，直接灭口货车司机王传兵，都没注意看看这个走黑路的司机也有防备？车上的行车记录把郭金荣摄下来了……至于用我的指纹貌似聪明，以你警察的思维考虑，哪怕不是我，估计也得查上很久；但你想过没有，伤敌一万自损八千啊，这么做岂不是把嫌疑目标缩小到一个很小的范围？”

“你在嫌疑越来越重的时候，犯的错误也越来越多，你归队就已经被纳入监视居住了，从你住宅出去的信号都被捕捉了……后来发现其实不用这么麻烦，有更直接的，在接蔡青和刘茜以前，你遥控指挥着张官营的销毁行动，最早得知消息的也是你……你一定不陌生技侦的手段吧？”大兵道。

身旁的录像里，播放着追踪的车辆，放大的画面里，车窗里伸出一只手，把一物扔了出来……然后是警员寻找的画面，带着泥迹的手机卡，已经破碎的手机屏面，被分解了。

“你太慌了，手机上的指纹都没有拭干净……其实从枪杀司机王传兵开始，郭金荣就已经被盯上了，他的死活真不那么重要，重要的是，这个藏匿原始凭证的地方实在是不好找……还好，在您的正确指挥下，我们找到了……现在，还有什么想刺激我的可以说说？对，我敢说在这些影子公司，还有查到的地下钱庄里，有能指证你的人，你信吗？”

大兵眉毛挑着，一字一句都在挑逗着李振华，从怒斥高厅开始，一步一步心理预期已经达到顶峰的李振华，猝然被这些真相重重地击回原地，甚至还有不如。

崩溃，不可抵挡的崩溃，让他面如死灰，他脸上的肌肉开始痉挛，额头的青筋像爬了几条毒虫在颤，颤抖到豆大的汗珠一颗一颗往下落，打湿了锃亮的手铐、打湿了他颤抖的指尖，他都浑然不觉……

蚌病成珠

“这么多证据？我怎么不知道？”高铭愣了。

“啊，也没那么多，医院的有，他潜逃时扔的手机倒是找到了，不过浸水了，老式按键手机，没存什么东西，SIM 卡晶座被咬碎了，还在恢复中。”尹白鸽讪笑道，表情很做作。

这种人如果作案，每一个细节肯定都精细地设计过，想找到他们的蛛丝马迹都不容易，何况证据？高铭回忆着，好奇地又问：“那……王传兵的车上有记录仪？我怎么不知道？”

“那个真没有。”尹白鸽道，她微微一笑反问着，“但是必须说有，只有是‘有’，才能证明我们早跟上了郭金荣，而不是第一个照面就被击毙了。”

“这……这……假的？”高铭瞠然道。

孙启同笑着道：“一个优秀的特勤本身就是一个高明的骗子，看来，他要得手了。”

省厅来的诸位这才恍然大悟，本来见领导受挫个个战战兢兢汗不敢出，现在看来，居然是一场精妙的心理战，于是这溢美之词就不绝于耳了，听得高铭很别扭，好像在场的都已经知道结果了似的。

“哦，我们早到了他们的上层了啊？”

“怪不得信息这么翔实。”

“那……基地‘逃跑’的应该也是这位吧？”

讨论间，孙启同插了句话：“基地的事是经过高厅批准的，他归队后提供了李振华到医院的监控，我们当时觉得事态比想象中的严重，所以就来了这么一出惊蛇出洞。”

“有点可惜啊，这个案子结束，他也就结束了，啧。”高厅惋惜道，似乎觉得这位大兵还能发挥更大的效力。孙启同适时说道：“他的情况，我正想详细给您做一个汇报。”

“抽时间吧……”高厅不置可否地说道。

一行人兴奋地讨论间，高铭微微不适，瞟了尹白鸽一眼，而此时的尹白鸽正兴奋地看着两人的较量，一张一弛，都是源自心底的较量，在她看来，比任何教科书都精彩。

“看，他的判断动摇了，肯定不敢相信大兵所说的郭金荣的死讯……”

“看，他紧张了，皮肤表情变化，每一平方厘米的皮肤，纤维神经长度一千米，能拉到纤维神经，那意味着他的心理变化非常剧烈……”

“他输了……”

尹白鸽浑然不顾形象，打了个响指。

期待看到结果的众人赶忙观摩。屏幕上，李振华低着头，大手擦了一把直流的汗迹，那是从惊恐中开始回过神来了，此时，两位预审已经就位，等着审讯的开始了……

一把汗迹擦完，李振华抬头，看着端坐的大兵，他怨毒地说着：“陷阱，你玩的是心理陷阱……审讯和反审讯训练我都经历过，你的话里，掺有私货。”

当然有，还不少呢，大兵一笑道：“可惜你只有两种选择，信，或者不信。两种选择都只有一个结果，输掉你的一切。”

结果是一样的，李振华嘴唇翕合着，却没有说出话来，不过那渐渐决然的目光，似乎是不准备让大兵得逞。

比想象中难斗，两位预审瞥眼看着大兵，大兵收敛起了笑容，坐正了，掏着烟，点上，然后把点燃的烟递给了钢网后的李振华。李振华迟疑了下，伸头，叼上，重重一口，几乎吸掉了一半，然后烟雾像消失了，在他的鼻子里出来时，已经成了淡淡青烟。

“其实，结果已经注定了，你明白，我也明白，所有的人都明白。你学过审讯和反审讯，那你就应该知道，从理论上讲，没有审不下来的人。一个人精神和肉体都有极限，我们离那些宗教狂信徒、恶贯满盈的嫌疑人可差远了，哪怕再高估自己的意志力，可能也会失望的。所差不过是时间的长短而已。”大兵道。

李振华第二口烟吸得少了，没有说话，那是思维被触动了。

“不但结果已经注定，其实过程也已经注定，这些精研审讯心理学的高手，会把自己学过的逐一在你身上尝试。可能是对付那些杀人犯的办法，也可能是对付那些强奸犯的办法，当警察没有人权，当罪犯也别想得到尊严……不但是你的尊严，恐怕与你相关的人，也逃不过去。”大兵道。

“我没有什么牵挂了。”李振华长舒一口气道。

“假话，既然我早知道凶手是你，怎么可能不做手脚。”大兵道，眼睛一瞪，表情里的阴损与狡黠让人心悸。

李振华一惊，大兵提醒着：“别忘了上官的车可有定位，我发现你数次泊在六一路，我以为是个接头的地方，后来我被抓了才知道，那是你儿子上学的地方，你是在那儿……躲起来看看他？”

李振华愣了，估计没想到这层隐私也被人窥到了。

“放心，没人准备去打扰他们的安静生活，这种事谁要敢做，会遭天谴的。”大兵道。

“谢谢。”李振华道。一句出口，他蓦地后悔了，一个人的心理弱势完完整整地呈现在别人眼前了。

每个人都有精神和肉体的极限，同样每个人都有心理和道德的底线，而这个极限和底线，都被对方触摸到了。李振华颓然低眉，知道自己已经彻底地输了。

“不客气……其实我们是同一类人，用另一种身份活在一个陌生的环境里，活在一个我们厌恶的环境里，为了所谓崇高的任务，我们做着违心背愿的事，甚至是挑战自己良心的事……有时候做多了，反而觉得理所当然了，有时候踏错一步，就跟着步步都开始错了，直到错得无法回头……就像现在，其实所有的挣扎和狡辩都是徒劳的，在庞大的国家机器面前，我们太渺小了。”大兵语重心长地说道，是自己的感悟，而这种感悟，他相信彼此是共通的。

果不其然，李振华扔了烟头，失魂落魄地说道：“对！”

“我不知道你是被什么收买了，但我理解这种心态，我在回到鑫众后，同样无法拒绝那种诱惑。花不完的钱，各种各样的女人，从头到脚的名牌和走到哪里都有的尊重，没错，那都是一个人梦寐以求的东西，我得到了……可我并不是心安理得，我成夜成夜地失眠，焦虑，心里像火烧一样，抓挠得我惶惶不安，每天都靠服药才能睡着。我想，你的情况可能比我更严重，一面是警察，一面是罪人，两个冲突的身份要同时费力地表演，那种感觉像被生扯成两半一样，很多时候，你都分不清自己是谁。”

大兵轻声道，那也是自己的感觉，格外清晰，仿佛从李振华身上，能看到没有失忆前的自己。他提醒着：“你的车里有一股淡淡的味道，是药味，我对那种药很熟悉。”

“对，舒必利、阿普唑仑，其实没什么用，抑郁药治不好心病。”李振华幽幽地说道，像一口浊气吐出来了。

“那是因为，这种心因无药可治。我被抓后回忆起了一部分从警的记忆，都是不堪的记忆，艰苦、贫穷，还有那些糟糕的境遇给我们带来的偏执、愤怒、戾气，离团伙里挥金如土的生活实在相差甚远。可有一点我无法拒绝，活得心安，穷得坦荡，苦得自豪。你一定有那种时候吧？”大兵道，他的声音莫名地激动了，唏嘘一声道。

轻轻一问，李振华不知道什么时候痴了，他下意识地点点头道：“对！”

“这就是我选择站在警察行列的原因，也正如你所说，可能此事之后，我将无法被容纳，这个我不在乎，哪怕等待我的是深牢大狱我也不在乎……这一点上，我们仍然是一致的，我相信，你的良知还在，你曾经含辛茹苦保存的一个警察、一个男人、一个父亲的尊严还在，哪怕你堕落到不可救药，也不想放下……哪怕身毁人亡，也不想它被践踏。我说得对吗？”大兵轻声问，像诉说着自己的身世。

而闻者却产生了共鸣，李振华点点头又道：“对！”

不知道什么时候，涔涔的冷汗消失了，取而代之的，是眼睛里沁出的两行泪。

“谢谢。”大兵轻轻起身，唏嘘一声，在李振华已经失控的泪眼里，他慢慢地，做了一个不该做的动作，向这位嫌疑人敬了一个礼。然后他很难堪地说道：“我用我本人曾经的警察身份，向您致敬……不是向李振华，而是向你身上另一重人格致敬……他是一位优秀的人民警察！”

几声唏嘘，李振华蓦地低头，脸凑在被铐的手臂上，拭着眼泪，他极力地压制着，像窒息一样，却控制不住奔涌的泪水，不是为自己，而是为了……那个丢失的自我，那个曾经的自己，是一个风华正茂，是一个疾恶如仇，是一个骄傲无比的警察啊。

大兵慢慢地放下手臂，怜悯地看了这位一眼，扭头走了。他觉得自己身上的精气神仿佛被抽干了一样，这个走向落幕的表演，他不想再留下记忆，因为，这会是一个无法逆转的悲剧结局。

“大兵，等等。”

身后有人在叫，大兵回头，木讷的李振华此时两眼发红，整个人像被泪洗尽了铅华，曾经没有任何变化的表情此时说多复杂就有多复杂，他使劲地，像是用尽全身力气才说了一句话：“对不起……一起到洛宁销毁证据的四个人里，有我。袭击你的人是郭金荣，他受我指挥……蔡中兴办事很小心，他对你的背景做过调查，疑点很多，那些原始凭证其实早就装车准备好了藏匿地点，在彭州现身是为了测试一下你……结果，你露馅了，所以只能带着你走，异地灭口……”

恐怕他能活下来的原因是因为失忆。大兵慢慢地转过身，轻轻地掩上门，淡淡地留了一句：“这是李振华做的，不是你做的，你可以救更多的人，包括你自己！”

门掩上了，悄然而去的大兵走后，这里留下的，似乎是另一个人，一个在懊悔、在悲痛中不可自制的人，他似乎不是李振华了……

抹着泪，说着话，偶尔会思索一下，不过接着会是更详细地交代。那种不求脱罪，但求速死的交代，听得监控室里一行人毛骨悚然，开口就是郭金荣和张向东居然还有一起命案，几个人合伙把鑫众的前总会计师灭口了。

此时这些人的心情却也走上岔道了，一点突破嫌疑人心理防线的兴奋也没有，仿佛都被大兵那番貌似心里话的独白感染了，被他那个不应该的致敬惊到了。这位人格分裂的大兵，看到了嫌疑人身上另一层分裂的人格，那层依旧被深藏着，在寻找机会支配着他的人格。

“同志们，什么感觉啊？我觉得我自己有点脑残啊，他毕竟是个警察，我们只看到了他知法犯法，罪不可赦，而没有看到他走到这一步的原因，更没有看到他身上的闪光点。我们总是用信仰、用纪律来约束一个人，却忽视了一个个体的切身感受……我们给予他的关心，相比于他为职业的付出，太少了。”高厅喃喃道。

“可他毕竟背叛了誓言，这也是他的选择。”孙启同道。

哎……高厅叹了口气，摇着头，背着手离开了，再往下就是一个背叛者最后的归宿，由法律决定，他将再无选择。

突破了，人走完了，只剩下高铭、尹白鸽两位，两人此时奇怪地没有听案情的心思了，不约而同地离开，出门又不约而同地看向楼上。然后尹白鸽问高铭道："他刚才的讯问，是人格倾向攻击的标准范本，审讯心理教科书里很高深的东西，很少有人能读懂，更别说实验了……你觉得他现在是谁？"

"一个新的自己。"高铭道。

"什么意思？"尹白鸽好奇地问。

"意思是，不是顾从军，因为他厌恶骗子；不是警察南征，因为他放下羁绊了……我觉得倒是那个很单纯的民工大兵，本心善良，思维单纯，而且待人以诚。"高铭道。

"别忘了，这个惊蛇出洞的计划是他提出来的；藏匿证据的地点也是他最先找到的；匪首郭金荣是他亲手击毙的……还忘了告诉你，刚刚这个心理陷阱的设计，也是他告诉我的。我是请示了孙组长才冒险按这个方式尝试的，我们只有医院的监控记录，以及捡回手机的监控，那部手机其实没有提取到指纹……两样证据其实说明不了什么问题。"尹白鸽心有余悸地说道，这是一个精妙的讹诈行为，把李振华确实干过的"心理证据"，变成现在的口供，成为"客观证据"了。

这是从"疑罪"走到"定罪"的关键一步，是所有参研审讯人士梦寐以求的结果。她反问着："你用善良、单纯来定义这样的人？"

"我说的是本心，可能只有这种人格分裂的人，才有回归本心的机会，我们嘛，不可能了。"高铭摇头道。

"好像是……穿着这身警服，放不下的事太多。"尹白鸽自嘲了一句，兜里的手机又在嗡嗡地震动了。她看着两地案情的实时通报消息，然后在这一瞬间脸上自嘲的笑容消失了，拿着手机，惊在当地了。

"还会有什么案情把你惊成这样？"高铭凑上来了，尹白鸽举着手机，亮到他的眼前，他一眼扫过，惊得一哆嗦道，"啊，上官嫣红投案自首了？！"

"对，二十分钟前，向津门经侦支队投案自首。"尹白鸽莫名地有点小兴奋，自言自语道，"这个心结啊，没想到自己打开了……还好，这一下子等于救了大兵啊。"

"恰恰相反，是大兵救了她。"高铭笑道，转身上楼了，这位老刑警释然道，"我开始相信他们俩之间的这份感情了啊，一个不愿说出她的下落，一个却自己走出来，人与人之间总还是有感情的，哪怕一对都不是什么好人。”

尹白鸽不服气地在背后说：“至于嘛，不就点奸情吗？说得这么高尚。”

“我虽然是个粗人啊，可我知道千古传诵的《长恨歌》不也是奸情吗？上升到一定层次，到了一定的深度，都应该得到尊重。”高铭以过来人的口吻幽幽地说道。

“快算了，有本事你把这消息，现在当面告诉他去。”尹白鸽刺激道。

“哦哟，坏了，他想做回普通人都消停不了了，这事得让他愧疚一辈子，终究是他骗了上官，而不是上官负了他。”高铭驻足，担心道。

“那还是算了，我不去了。”尹白鸽说完，掉头就走。

“哎，你别走，那我说还是不说？”高铭追问着。

“我只管案情，不管私情。”尹白鸽头也不回地走了。

独留下高铭一个人郁闷，他在走廊里梭巡了良久，都下不了决心……

无声怵目

豪车为马，别墅做家，转眼间牢笼为房，人因阶下。

一笑倾城，雍容奢华，转眼间枝枯瓣落，命如桃花。

镜头里，警服背影再向前，隔着安全网后的隔间，自首的上官嫣红素颜囚服，再不复昔日鑫众副总的风华。这位昔日在津门、彭州有名的证券场上的交际花，随着鑫众案件的落幕，亦如昙花一现。

忽然间，她抬起头来了，在即将结束例行的询问时，她嗫嚅着问讯问的警员：“我能见……见他吗？”

这一刻，她眼中绽放的光华全然不似一位负案的嫌疑人，那种期待、那种希冀、那种紧张都写在她失神的脸上，仿佛在那一刻，曾经的妖娆红妆又回到了脸上，她看上去是那么美丽，哪怕穿着剪裁并不合身的囚装。

“你指谁？”警员问。

“顾……从军。”她轻声道，似乎字有千钧，让她说出来是那么难。

一位警员离开去打电话，片刻后回来告诉她：“顾从军涉嫌鑫众非法集资及原始股诈骗案件，正在异地关押……我请示了彭州的专案组，无法满足你这个要求。介于你的自首表现，如果是正常的家属会面，我们可以安排。”

“那算了，我家也没什么人了，上次进监狱，我父亲就一病不起了，等我出来，他已经去世了。”上官嫣红幽幽地说道，这个回绝似乎打破了她最后的希望。

“不要想太多，好好反省，认真改造，早日出狱，会有见面机会的……对了，彭州专案组负责这个案子的同志有交代，如果你有什么话，他可以代为转告，写信也可以。”这位警员道。

想了很久，从希望到失望，从忐忑到平静，上官嫣红唏嘘间，像羞于见人一样，拢着额前的乱发，而被铐住的手，只能双手一起动，纤纤手腕上，是锃亮的手铐戒具。很久她才像下了决心一样说道：“算了，相见倒不如不见，我也没脸见他，我和蔡中兴商量的，本来就是把他扔下背这个黑锅，反正他失忆了，也说不清鑫众的经营细节……可是我没想到，他把什么都忘了，唯独没忘的，是我们之间的事。”

“想开点，你勇敢地走出这一步，对他也是个挽救。”警员道。

“不，是他救了我。”上官嫣红眼波流转着，带着幸福和释然轻声道，“我一直想过上有钱有地位有名望的生活，当我不惜一切代价得到的时候，却发现那些东西给我的幸福和满足，并不像想象中那么多……特别是，这些用不光彩手段得到的富贵，都是镜花水月，转眼间就无影无踪了……我骗了很多人，包括很多朋友、闺密，骗得他们一无所有了，最终我也上当受骗了，就像报应一样。而他不一样，他一直在劝我收手，劝我不要陷得太深，他一直在拽着我、拉着我，最后还推了我一把，可却让他自己陷到无法自拔了……我骗了他，可他却救了我。”

幽幽的叹息声音，两颗明亮的泪珠在镜头的光线里一闪而逝，泪光里的上官嫣红依然惹人爱怜，依然美丽如初。

“法律会给他一个公正判决的。”警员轻声道。

“谢谢你们……我说完了。”上官嫣红道。

警员挥挥手，一位女警上来了，带着她离开了讯问的隔间，在铁门开合间，那个倩影消失了，留下的，只有冰冷的铁门水泥墙的影子……

嘀……嘀……

录像播放结束，屏幕上成了一片黑暗，屏幕前的尹白鸽脚搭在桌上，无聊地又把这段录像翻看了一遍。看完后她的第一评价是一句酸酸的：

“狐狸精。”

案情的推进还在继续，仅仅是起获的凭证就足足清理了两个月之久，这份证据的震慑远远超乎想象，先后有十数家投资公司、私募、地产商主动到经侦大队自首，说明情况，接受处理。专案组从苦于线索不足的阶段，一下跨越式地推进到追赃拿人阶段，加上蔡青、刘茜、李振华的交代，连蔡中兴背后的数位资金掮客也刨出来了。

有时候只能以赖对赖，以损制损，有证据就搜查封杀，没证据就传唤，无休止地传唤。其中有数位资金掮客在两周之内连续到经侦大队报到后，终于羞答答地开口了，把几处蔡中兴藏匿的资金交代出来了，还没有转走。那些证据的现身，让所有资金掮客都停止了动作，谁也怕牵扯到自己身上。

于是又出现了一个怪象，津门市经侦总队几乎每天都在接待涉案人，以前是来要钱的，后来又多了一拨，来交钱的。包括做对外经贸的、做通关中介的、做海外置业的，林林总总，总有十几个类别的商人，信誓旦旦地向经侦交代：这是蔡中兴托我们转到海外某某账户的钱，我们一想这肯定是非法资金，这得上交国家啊，否则是违法的啊……我们公司和他有业务往来，什么往来？就收了点原始股嘛，其实是他收，我们就赚了点提成，没多少，十几万……哦，我再想想，好像是几十万，我记错了……

证据的比对还没有开始，而非法资金已经开始回来了，少则百万、千万，多则上亿，上亿的公司老总让下属去交的钱，而自己躲在海外根本没敢回国。两个月的时间陆续查缴的非法资金，已经逾十五亿之多。

对了，资产……鑫众的那块场地本来是争夺焦点，可惜债权人入狱，又逢一个月前市府一位书记大员被省纪委高调宣布查处，这事又挂起来了。这位大员的落马和蔡青有关，十数年前他还是五纺厂的一位副书记，国有资产流失不过是他贪污、腐败、通奸等斑斑劣迹中最不起眼的一桩。

于是这个事情更好办了，市府要收回，估计得重新卖，就是不知道到时还有没有人敢接盘。

官场的腐败往往一拉就是一串、一查就是一批，谁也没想到市府大员的落马，牵扯出来了市政法委的一位，一转眼，屎尿盆子又倒扣回来了。

尘埃尚未落定，案情已经乱得像电脑里的文件夹，理都理不出头绪来。玩了一会儿电脑的尹白鸽看看时间，已经上午九点了，正准备催一下时，电话来了，她匆匆起身拎着公文包，像有未竟之事一样出行了。

走廊里永远是匆匆的脚步声，楼梯上下，偶尔碰面的同事，总是有很多陌生的面孔，在省厅这幢大楼里，远没有在专案组里找到存在感容易。回归本职月余，尹白鸽竟然有点怀念专案组的日子了。

来接她的是高铭、范承和，握到范承和的手，尹白鸽关切地问："伤怎么样？"

"早好了，本来就有胃溃疡，正好顺便做了个手术。"范承和憨憨一笑。

"那也得注意保养，看你这样，已经上班了？"尹白鸽又问。

"上了，坐不住啊，天生贱骨头。"范承和笑道。高铭一揽他肩膀道："这小子骨头确实贱，子弹都咬不住，你瞧，屁事没有。"

"快算了，瞧你这队长当的。"尹白鸽斥了句，嫌这俩糙了。

两人哈哈一笑，次第上车。范承和驾着车，出了省厅大门，高铭回头问："尹指挥，这都一个多月没见了，您还好吧？"

"能不好吗？一车证据，惊得嫌疑人排队自首，那钱可是哗哗地往经侦支队回流，钱多得把经侦都看傻眼了，我心情想坏也难啊……哎对了，再告诉你们一个好消息，蔡中兴现在躲在新加坡，咱们省厅外事部正通过部里设法遣返他……人跑了，钱没跟上，困住了。"尹白鸽笑着道。

"那肯定的，一出事还不都咬他。"范承和道。

"好好的商人不当，非要玩黑社会，我估计呀，他也被盘剥成穷光蛋了，最终都是这下场，真想不通为什么那么多人往国外跑，离开国门，就算再有钱你也是二等公民啊。"高铭道。

"所以还是咱这号穷人好，咱爱不着钱，可以爱国啊。"范承和道。

尹白鸽哈哈一笑，别提多开怀了，在基层就这点好，可以有无数个自嘲的乐子。高铭也乐了，直说这是心里话，思想认识堪虞，别想提干了。

说着说着就回到了相处的日子。高铭却是想起一件事来，回头向尹白鸽汇报着，洛宁那位邓燕可不止一次问大兵的情况了，好像，好像……在糙爷们看起来，好像有那么点意思。

"你瞎猜什么呢？别毁人家姑娘清白啊。"尹白鸽斥了句。范承和却是就坡下驴地问："尹指挥，怎么一点消息没有啊？不见人，不见处理结果，我打电话问张教官，那家伙嘴还挺牢的，居然说他没见过人。"

"基地里面的保密意识可比你们强多了。"尹白鸽道。

此时高铭又回过头来，期待地问："那情况到底怎么样？"

扯了半天，恐怕这才是他们最关心的事。尹白鸽不置可否地说道："叫你们一起去，不就是看看结果……说不定还要对你们来个询问啊，毕竟你们和他接触得比较多。"

"那还用问吗，肯定是个好胚子。高队不说了，后来审讯才发现，郭金荣几人还专门到过乌克兰，就为了摸枪练手，花钱喂子弹……我那枪挨得不冤，绝对是个高手。"范承和道，言下之意，能击毙高手的，自然是高手中的高手了。

"执法素质和枪法的关系可真不大。"尹白鸽道。

"那他其他方面也不差啊，我觉得我们要纠结于他放跑上官嫣红的事，而放弃这么一位同志，实在是太可惜了。每年考公务员排队进警察队伍的人还真不缺，但要找几个真刀真枪拼命的，还真没几个。"高铭道。

尹白鸽剜他一眼驳斥道："看守所真刀真枪敢拼的多着呢，你怎么不去招募几个？"

"哎，这不能抬杠不是？"高铭笑了。

"这不是抬杠，心理素质不稳的，你们都未必敢用，何况人格分裂的？基地正在对他的情况做评估，在这件事上，你们千万不要意气用事，别忘了，他在另一重人格支配的时候，会不客气地一脚把你踹进湖里。"尹白鸽道。

提起这等糗事，高铭讪讪地闭嘴了，看来，只能听天由命了。

负责评估的是石景春，后来高铭才知道这也算是一位大人物，省厅的公共安全专家，专事研究警察职务犯罪的人。警队，特别是刑警队很多条条框框就是他参与制定的，那毕竟是最容易踩线的地方。

三人直奔办公主楼，接到消息的石处长已经迎在楼门口了，对于三人那次设计的"脱逃"估计还是心有余悸，指头点点尹白鸽，那句郁闷的话却是没憋出来。

"石处长，那是高厅首肯、孙副厅同意的实施方案，不是我不提前告诉您，告诉您，您演不像了啊。"尹白鸽笑道。石景春带点余怒道："你演一出不要紧，坏了我们基地的名声啊，不知情的到现在还以为我们私自放人呢？”

“好好，我们道歉，下回一定把您算进去。”尹白鸽笑着道。

石景春一扭头切了声：“还想有下回？甭指望以后再有合作了。”

三人不敢反犟，偷笑着跟在背后。范承和脸皮厚，追着问：“领导，领导，大兵怎么样？怎么没见着人？”

“在后勤，这个点拉给养去了。”石景春道。

“后……后勤？”高铭吃了一惊。

“那怎么着？还把他放到领导岗位啊？后勤上缺人，就把人顶上了。”石景春道，他解释了几句，正常是训练加学习，可非集训期间总不能给他单独集训吧，于是就成了训练加自习，再加后勤。

尹白鸽出声问道：“训练和学习情况怎么样？”

“哎呀，这个就一言难尽了，来吧，正好你们也观摩一下，这家伙让我很头疼啊，我都不知道该怎么写评估报告。”石景春道。

高铭心一凉，接了句：“完了，是不是身份转换不过来？”

其他人跟着心也一凉，这可真是完了。

可不料大反转等着呢，石景春回头瞟了眼道：“你们太小瞧人格分裂了，有时候，苦难是个礼物说得真没错，上帝关上一扇门，往往会打开一扇窗啊。”

“什么意思？”尹白鸽吃惊道，不知道又有什么变故了。

“意思是……上帝给他开了好几扇窗。”石景春瞠然看看众人，说出答案来了，“我根本分不清他是谁。”

那三位愣了，怎么可能出现这种情况？石景春对几人说：“今天中午不请你们吃饭，让你们吃惊得了。”

直驱他的办公室，一桌前悬了四台显示器，连接的是全基地的监控，给三人播放的是训练资料，而让众人奇怪的是，晨练、跑步、攀墙、俯卧撑等常规训练科目，比石景春给出的他以前的训练成绩足足高出一大截。

放到学习的镜头时，众人开始吃惊了。大兵正襟危坐，正滔滔不绝地背诵什么，声音放开之后，背的却是《刑法》，放了好一会儿没停，石景春关掉这一屏告诉大家：“他快能背下来了。”

“啊？不是脑袋受伤成超人了吧？”范承和哑然失笑道。

“还真说不准……你们看这个测谎训练。”石景春换着播放文件，一屏是信号监视图，一个小屏是大兵作为“嫌疑人”在交代自己的情况。

“这是……”高铭好奇地问。

“人说谎的时候，心电、肤下都会有反应，这是监测心理波动，一平方厘米的皮肤，神经纤维有一千米长，说谎会导致心电波动，心电稍有波动，就会牵扯神经纤维开始动……波动越小，那说明真实的程度越高，训练会故意用很难扮演的角色让实验者适应……”尹白鸽说着，声音慢慢小了。

几人开始吃惊了，连续数次的监测，曲线波动都是一个正常的曲线，看不出明显的变化，而大兵已经换了数个角色，杀人犯、强奸犯，以及一个黑社会成员。

“您确定仪器没问题？”尹白鸽惊讶道。

石景春呵呵一笑道：“我也怀疑仪器有问题，还贴我身上试了试……给你看个更猛的，我把他的角色性别、案情全换成最不可能的，你们看……”

一屏开始播放，大兵面无表情地坐着：

有人问：“姓名？”

大兵答：“宋小红。”

问：“性别？”

答：“女。”

问：“知道自己犯什么事了吗？”

答：“卖淫。”

问：“一次收多少钱？”

答：“快餐 300，包夜 500。”

问：“以下回答是，或者不是，是和不是交错回答，明白了吗？”

答：“是。”

问：“你是卖淫女吗？”

答：“不是。”

问：“你卖淫了吗？”

答：“是。”

尹白鸽、高铭、范承和三位，张着的嘴已经合不拢了，因为不管回答是或不是，曲线都没有波动，那意味着，他说的都是实话，真实的程度很高，可恰恰都是错得离谱的回答。

石景春关上屏幕，很满意地看着三人吃惊的表情，笑着问了句："有意思吧？"

"这……什么情况？"尹白鸽苦着脸问。现在想起来，最让人吃惊的不是嫌疑人，而是这位自己人。

"人格分裂的心因在于身份识别的障碍，也就是说，他会忘记自己的身份。我们训练特勤，有一层用意就是打破身份识别的障碍，所以就人为地让实验体忘记自己，接受一个新的身份……简单讲，我们在培训高明的伪装者。"石景春道。

尹白鸽接着说："这就是特勤心理疾病的诱因，长时间在紧张、焦虑，甚至自责的心理状态下，有时候即便归队，也走不出阴影。"

"你说的是正常情况，他是个特例。"石景春道。

"意思是，他可以在不同身份间自然地转换，很自然地忘记自己真实的身份？"尹白鸽吃惊道，她不知道这是不是礼物，如果是，一定是上帝恶作剧才给他这种礼物的。

"很不幸，你答对了，到现在案情中有关上官的问题他一概表示记不起来了……所以，他说的所有话，你都可以当作谎话。这不仅仅是心理问题了，人格的问题，我都不知道该怎么下手。他自从归队，所有的一切都按部就班，每天像钟表一样准时，所有的心得体会、学习笔记都在这儿，你们可以看看，像强迫症一样，一个错字都没有，都是在机械地抄内容，一点自己的想法都没有……你问他，他会告诉你就是这样想的，会给你背上一小时不重样。"石景春拿着厚厚的一摞稿纸，啪地一扔。

尹白鸽翻了几页，高铭看了几眼，果真是工工整整，像练字帖子一样的正楷，一笔一画，一丝不苟。本来让人羡慕，可听这话，似乎更应该担忧了。

"可这……"高铭紧张地看看两位上级，脱口道，"岂不是扮谁像谁？哄神骗鬼都没问题？"

"对啊，如果他连你也骗呢？反正没人分辨得出来。"石景春反问，这一问让高铭怔住了。曾经的那位大兵，那位顾总，那位战友，三个身份，似乎都没有违和感，他不知道从什么时候开始，已经接受这位战友了。

范承和心思相同，他为难地挠挠耳边，这场合都不知道该说什么，憋了半天来了句："那也得看怎么用人是吧？"

"是啊，你们还用嫌疑人呢，但能相信吗？"石景春又问。

其意很明，无法被信任的人，是无法为我所用的，特别是涉及保密及重大任务。高铭和范承和不敢吭声了，尹白鸽好半天弱弱地问了句：“那您的评测意见是？”

“以不适合任务为由，退回原单位……不在涉密岗位上使用。”石景春看三人都有点不忍，他起身给了个无可奈何的表情道，“这是我的职责，我必须对我的工作负责……我知道你们对他有点感情，可工作就是工作，而且，还保留着一份工作，恐怕对他而言是一个相当不错的结果了。”

他轻轻地离开了，留下这三位乘兴而来的人，你看看我，我看看你，都无言以对。大兵一直带给他们意外，连最后这个结果也是个意外，说不上好，也说不出坏的意外……

栖身何处

国庆前夕，九月三十日。

这是一个喜庆的日子，经侦总队披红挂彩，欢迎载誉归来的203专案组参案人员。自支队以上，市局、省厅主要领导齐齐出席，集中表彰了三十余位表现突出的个人，整个大会场几乎被鲜花和掌声淹没了。孟子寒、巩广顺，成了全场瞩目的明星，至于荣立个人一等功的范承和，更是被众星捧月地簇到主席台做英模报告，这位大老粗对着讲话稿念都结结巴巴，实在憋不下去了，干脆脱稿说了句：

“这功劳我拿得有点不好意思啊，牛我也吹不下去……我就挨了一枪躺下了，后来那么多嫌疑人怎么抓到的、那么多钱怎么找回来的，我到现在都没弄明白……啥也不说了，我给大家敬礼，给领导、给幕后的战友、给在座的同志，敬礼！只要有危险，只要有召唤，我们刑警，时刻准备着！”

哄笑声中，掌声却是更热烈了几分，越是憨傻直爽一点的人，在这个队伍似乎越能博得欢迎，连高铭也觉得这小子上道了，远远地在座位上直给他竖大拇指。

颁奖结束，高厅的讲话，孙副厅的述职汇报，同样赢来了一波又一波的掌声，难得地两小时会议全程无尿点，一点也不拖沓冗长，特别是省厅拨发的二十万奖金到位时，更是把全场气氛烘托到了高潮。

会餐完毕，办案继续，从彭州移送回来的案卷拉了一车，三个会议室，分门别类放进去，基本就只剩下人行的甬道了。孙启同、马文平一行陪同省厅领导看了一圈，心情大好的高厅一路握手慰问，别提多意气风发了。

快到结束的时候，马文平接了一个电话，悄悄地和孙启同打手势，示意着他的口袋。一摸，关着静音，已经有许多未接来电了，其中有一个是尹白鸽打来的，没接着，短信已经发过来了，这条信息让他皱了皱眉头，回复一句，紧紧跟上了省厅一行的队伍。

从警员们敬礼列队的通道离开，坐在车上的高厅心情格外好，他笑着对同车的孙启同和马文平提醒道："一会儿市府、省府的专员来，这几个月的案情推进情况就由你们俩汇报，我唱红脸，你们俩唱白脸。"

这是讲下面的依法办事，上面的勉强通融，细节就不去那么深究了，但大体上得过得去。比如，银行里出了问题、原国企的问题、涉及津门官场的某些问题，肯定要斟酌言辞，否则会让很多人颜面无存的。

此时孙启同补充道："高厅长，我们专案组还有一个提议。"

"好啊，有意见是好事。"高厅不置可否道。

"就是启动对蔡中兴的追逃和遣返工作，我们觉得还是有机会的。根据我们测算，他带走的非法资金不到两个亿，余下都被我们截住了，现在我市的地下钱庄被集中查处了这么多家，我们判断，他在境外的日子不好过，那点钱根本不够他挥霍……如果能对他遣返成功的话，那就可以作为将来同类型案件的一个标杆。"孙启同汇报着，笑着看了马文平一眼。

这果真是个相当好的提议，高厅拊掌大乐道："好，宜将剩勇追穷寇，要能抓回来，可以大大震慑那些不法商人的侥幸心态……好，着手办吧，需要什么配合直接报厅里。"

"是，我们马上办。"两位大员在车里敬礼道。

不多会儿驶回省厅，进楼门时，等在那儿的尹白鸽塞给了孙启同一个档案袋子，孙启同挥挥手，把尹白鸽屏退了。他拿着这份东西，追进了高厅的电梯里，下电梯时，高厅似乎发现了什么，叫着他道："来我办公室吧，离会议还有四十分钟……马局，你看下会场布置。"

“好的。”马文平匆匆地去了，不过看那蓝封的档案就知道是什么东西。

上面有两个蓝字：绝密。

这封档案传递到了高厅的手里，能接触到特勤档案的人屈指可数，除了具体指挥员，就剩保密部门的了，而这一封，因为工作原因搁置很久了，而且孙启同一直拿不定意见。

是大兵的档案，厚厚的一摞履历，各类训练评测、心理评估、参与案情等，高厅跳着页看过，不时地努努嘴，那也是一种犹豫难决的表情。如果处理个违法犯罪的倒也简单，痛心疾首一回，也就过去了。可偏偏是这种当了一回嫌疑人，又当回自己人……从弥天大谎到弥天大功，实在让人拿捏不准轻重啊。

“顾从军这个身份是怎么处理的？”高厅问。

“这个身份我们是借用的，他本身就是存在的，因为重度抑郁导致精神分裂，长年住在精神病医院。”孙启同道。标准的处理方式是，最终鑫众的“顾从军”也进入精神病医院，过一段时间就销声匿迹了，没人会深究这种事。

“这个小家伙是异类啊。”高厅道，对于审讯李振华恐怕还记忆犹新，两个重量级人物，一天之内拿下，试问省厅的专家也未必能达到这种水平。

“所以，很难把控……关键的问题还在于他自身。”孙启同道，想想曾经到基地招募时的情景，已经是判若两人了。

“石景春给的这份评估报告……嗯，你怎么看？人格分裂倾向严重，危险等级为8，大部分特勤这个等级在3和4左右，就是涉毒的办案人员，危险等级也不超过6啊……反向性身份识别障碍，该怎么理解？”高厅道，这份评估打消了他最后的一点希望，危险等级越高的人，意味着思想情绪越不稳定，那是执行任务的大忌。

“一般人格分裂是想不起自己的另一重身份。而反向识别障碍的意思是，他能想起多重身份来，受多重人格支配……您看他的测谎训练。”孙启同提醒着。

“啊？这我倒头回见，没有明显的缺陷？”高厅傻眼了。

“对，无论说什么谎，对他来说都没有什么难度，他可以轻松代入任何一个身份……甚至连性别差异也模糊了。更夸张的是，他瞟一眼资料就能代入其他人的身份，可偏偏想不完整自己的家庭情况，连自己原来的家庭住址也记不清。”孙启同道。

这话听得高厅长叹一声，放下了案卷。之于警察这个职业的牺牲，真不知道会有多少，当然，也包括这一种。

“我们的职业就是这样，理解也好，不理解也罢，只能按特勤工作条例处理，他已经不适合这份工作了。”孙启同轻声道。

“石景春建议发回原单位……你的意思呢？”高厅问。

“我同意。”孙启同道，这种人可以放弃，但不可能放任。他看领导犹豫，轻声说着：“去年全国牺牲了四百多名民警，这其中并不包括在隐蔽战线上的同志，很多特勤伤亡是无法公开的，他们中有的甚至连一个像样的追悼会也没有得到……在我看来，能全身而退，还保留着一份工作回到正常生活中，对他未必不是一件幸事。”

思忖良久，高厅又拿起了档案，带着一份严肃的表情摩挲了良久，然后拿起笔来，看了孙启同一眼道：“我记得他说这份职业是这样讲的，活得心安，穷得坦荡，苦得自豪。说得很好，很多特勤都无法回到正常的工作和生活中，希望他……能找到丢失的自己。”

高厅龙飞凤舞签上了两个大字：

同意！

档案传给了尹白鸽，送交了保密局，专人通知基地，数小时后，最终的执行者垂头丧气地从石处长的办公室出来了。他病恹恹地去了后勤，在窗口看了看，大兵正清理着灶火，仔细地擦着炉台和火眼。

“嘿，大兵，出来。”张教官道。

奔出来的大兵在张如鹏面前站定，敬礼，喊话：“报告教官，正在打扫厨房，请指示。”

一切按当年集训的纪律来，张如鹏道：“稍息吧……看看这个。”

一纸通知递到了大兵手上，他草草扫完，又放下了，保持着稍息的姿势，严肃的表情。

“少给我装，想打人我陪你，想骂娘随便，就是别跟个死人一样，屁都不会放一个。”张如鹏愤然道，这几个月大兵愣是没有跟他正常地说一句话。

“服从组织安排。”大兵挺身道。

“算了，别跟我说了，反正你要滚蛋了……纪律即时解除，跟我走，收拾东西。”张如鹏道，前行几步之后回头看，大兵面无表情，他气愤道，“都解除了，你还拉个脸干吗？”

“那您需要什么表情？”大兵问。

“好歹笑笑啊。”张如鹏怒道。

大兵脸一抽，微笑出来了，好温馨的微笑，吓了张如鹏一跳。

“再开心一点。”张如鹏故意了。

脸再抽，笑的幅度更大了。

“再开怀一点。”张如鹏不服了。

大兵仰头，哈哈哈，兴高采烈地来了几下，那真的不像掺假，笑得满脸开花，笑得两眼放光，像中了五百万彩票大奖一样。

“你要能马上哭出来我才服你。”张如鹏气愤道。

却不料大兵一抹脸，瞬间变得悲不自胜，呜呜地开始哭了，边哭边抹着泪说道：“报告，我们教官张如鹏不幸牺牲了，还没娶媳妇呢，就伸腿瞪眼了。”

这说哭就哭，把张如鹏吓住了，一听这话却是怒了，举着拳头就追，大兵撒腿就跑。张如鹏在背后追着骂：“就知道你在装。”

“现在才看出来，真是傻了。”前面的大兵跑着，绕了一圈，突然间站定，一副严肃而凛然的表情，怒容满面地吼了一句：“站住，张如鹏……你有没有个教官样子？就是这么以身作则的？看看你像个什么样子？”

张如鹏像条件反射一样站定了，换成立正的姿势，然后他发现不对了，不知道自己怎么回事，再然后才明白了，这是活脱脱的总队长口吻，学得惟妙惟肖，连表情也如出一辙，一个不防，把他平时习惯性的老实给吓出来了。

被吓了一跳，张如鹏这回可是真怒了，迈步上前，怒容满面，揪着大兵就要擂几拳。大兵不动声色地看着他道：“教官，您生什么气啊？这里头出去的兄弟，牺牲的都有，我这算什么？”

就像被窥到心思一样，张如鹏一下子萎了，表情难堪，手松开了大兵，给他整整衣领，不无落寞地说道：“我就是心里难受……兄弟们出生入死，等有天归队，还有人嫌他们浑身毛病？那能没毛病吗，也不看他们和什么人打交道……看看你，原来多好个小伙，快成走江湖的骗子了。”

“诬蔑，我什么时候骗过人了。”大兵笑着道。

“少装，你是根本不想待了。”张如鹏黯然道。

“绝对没有，不信你用测谎仪器试试。”大兵道。

“拉倒吧，那些坐办公室的能对付得了你？……走吧，我送送你。”张如鹏没理会大兵的解释，似乎在他看来，能够全身而退，也未必就是一件坏事。他且走且道：“哎，对了，你到底记得不记得你家在哪儿？”

“这个不是装，是真记不得。”大兵道。

张如鹏看了他一眼，然后郁闷道：“也对，又是当兵，又是当特勤，能记得家才见鬼呢，我都快把我家忘了……真不知道你咋过啊，家都不记得，妈都不认得了……唉……”

这话说得，真把大兵听得装不下去了，他默然无声地跟着进了队部，从紧锁的一间小柜子里拿出来他封存的个人物品。钱包，十几块钱的地摊货，里头的钱也就勉强能买几件地摊货；身份证，姓名：南征，家庭住址：岚海市日照区向阳路向阳小区九幢 201 号。

陌生到极致的地名让他抓耳挠腮了，教官苦着脸问：“一点都记不得？”

“真记不得，这和咱们的条例有关，我第一天到这儿报到时，你、总队长，还有石处，你就像训孙子一样说，从踏进这个门槛，你们首先要做的是忘了自己的一切，因为你即将从事极度危险的任务，忘得越彻底，你们的亲人朋友就会越安全……”大兵学着张如鹏的口吻，然后一摊手道，“我看来是真的全忘了。”

“说得好像是我作孽了似的。”张如鹏悻然道。东西给完，他说着组织的安排：“户口得重新上，组织关系和工作关系随后转到地方，你务必在一个月内到原单位报到，当然，薪酬卡还是有的。”张如鹏把银行卡递到大兵手里，千叮万嘱道：“密码是你的编号，101110，别忘了啊。”

大兵哭笑不得：“大哥，这么白痴的也叫密码？简直是拿我逗乐子。”

“噢，也对，你连《刑法》都背得下来。”张如鹏揽着他走，一走又想起一事，好奇地问，“也不对啊，你咋能背下那玩意儿来？摞起来比沙袋还厚。”

大兵比他还奇怪，气不自胜地斥着：“这儿能看的书，除了《刑法》就是条例，电视都不让看，你让我背什么？”

“你说你好好学习我不反对，可我怎么听说，人家都说你人格分裂，变态呢，危险程度 8 级。”张如鹏道，一握拳头又怒道，“太不给面子了，我这么凶猛，危险程度评估是零。”

“那意思是，我可能危害到自己人。”大兵悻然道。

“不能吧，这不挺正常的……哎那测谎呢？你咋办到的，你大老爷们说自己是女的，还卖淫，机器居然没反应？”张如鹏的好奇越来越多。

“队里经费不足，那机器早该修了，没看不集训的时候，伙食都差一大截。”大兵迅速找到了一个无懈可击的理由。张如鹏一点头道：“对，我说呢，你也不能变态到那份儿上……嗯，这儿，这儿，我开车送你……对不起了啊，大兵，所有特勤不管出行还是归队，都不会有欢迎或者欢送，低调是我们的存在方式，一切为安全考虑。”

“走吧，还是自己走心里宽松，免得熟人见了又不好意思。”大兵道。

换了便装，脱下了这里的作训服，在自己居住的小隔间待了一会儿，临走时，大兵向叠得整整齐齐的作训服敬了一个礼。下楼，向这个印象里似乎是魔窟的地方，敬了一个礼。留恋地看了几眼，上了车，两人绝尘而去。

高铭和范承和迟了一天才知道消息，当他们来看望时，人已经走了，什么都没有留下。曾经一起并肩的教官也形同陌路，懒得理会他们；至于大兵的去向住址，他们只得到一句冷冷的官话：

保密！

悄无声息消失的参案人员保密，而他参案的鑫众大案却在慢慢解密。数月后，潜逃海外的蔡中兴出现在津门机场，是回来自首的，而且是被当地驱逐出境自己回来的，正应了大兵当初的判断，境内的抓得越急，境外的逼得就越狠，他被敲干榨光，整日东躲西藏，连回来的机票都是大使馆给买的。

可这时候形势已经变化很大了，他的自首顶多够格上了下地方日报，因为临近年关，沿海数省连连曝出集资崩盘跑路的事件，金额标的从几亿到十几亿、从十几亿到几十亿，甚至上百亿、几百亿，不断地刷新着纪录。相比之下，不过腾挪走几十亿，还被经侦追回大部分钱的蔡老板，已经跌下骗子的神坛，从神话沦为笑话了。

不过不是笑话的是，坏人依旧在前仆后继。不论是犯罪，还是打击犯罪，都永远在路上……

第三章
故乡再相逢

母子俩相视间，思念、怨愁、忐忑，甚至像陌生人一样，近在咫尺，却不敢相认。大兵看着，想着爸爸，想着蜷缩在泥浆里、再也醒不来的爸爸，他未语泪先流，怯生生地叫了一声：“妈，我是大兵，我回来了。”

故乡他乡

呜……嗡……

低沉悠扬、空旷遥远的汽笛声，让人有回家的感觉。站在码头极目远眺，海天一线的地方，船影、鸥鸟、飘在天际的白云、起伏的浊浪，都如同展现在眼前的一幅画卷，把岚海这座滨海小城装点得风致独特。

“汽笛两长，要求靠泊。”

临海而立的大兵，在记忆里翻腾出来这么一条经验，那些熟稔到已经忘记的东西，总会有什么情形唤起它，而一旦苏醒，可能会牵扯着许许多多的乡愁旅思。

是啊，想起了很多，小时候海岸边的嬉戏，拿着窗纱做的网捞鱼摸虾，光着屁股在沙滩疯玩。那时候近岸的海水还不像现在这么脏，清凌凌的，能看到成群的鱼虾出没。不像现在，脏兮兮的处处漂着垃圾，不断扩建的楼厦，已经看不到夕阳下闪着粼粼光芒的沙滩了。

“于磊……”

他喃喃着第一个名字，这是张如鹏告诉他的，在特勤的遗书里，大兵留下的紧急联系人居然不是父母，而是这个在他记忆里已经没有踪影的名字。后来张如鹏查到了，此人是他参军的同期战友，当年一个街道出了三位参军走的，南征、于磊、马良臣。

可惜，全部没有记忆，仅能通过公安的户籍系统查到。更让大兵意外的是，在问及父母情况时，张如鹏啥也没说，只告诉他回去就知道了……而这种口吻，明显意味着可能会有什么事。

于是大兵在回家的三天里，在小区外徘徊了三天，在能望见自己家门的地方溜达了三天，不但没有见到他留着照片的母亲，甚至连一个认识他的人都没碰到。这个故乡，成了他举步难行的他乡。

“哎哟，这怎么回去啊？”

他摩挲着手机，查到妈妈的号码了，可不知道什么狐疑在作祟，愣是没勇气打。后来寻思明白了，当兵三年加上离乡又是三年，不陌生才怪。他真想象不出，儿子杳无音信，父母是怎么熬过来的。

“不能就这么回去啊，要知道我连家也忘了，还没准儿怎么伤心呢……对，先找这个于磊。”

他终于思定了，失忆，失去家庭的记忆，可能痛苦的不是失忆者，而是他们的亲人。这份痛大兵可舍不得带给亲人，哪怕就是伪装，也得装得正常点啊；哪怕就是过得再差，也得装得很牛地回去啊。

他边想边走着，步行过了两条街，在城市一处标着“特马德汽车文化园”的地方停下来。这名字也真奇葩，就叫特马德，真不知道哪个脑残想出来的。

又看了几眼张如鹏提供的户籍资料，很认真地记清那张叫于磊的脸，是个圆脸，嘴角很不和谐地长了颗媒婆痣，应该很好认。

踱步进园，不是什么文化园，就是个卖车的地方，平行车进口，可能要比内陆城市便宜不少。数位穿着亮丽的姑娘正陪着客户看车，有服务员瞟了大兵一眼，却没有人来招呼他。

这个不意外，大兵现在已经换上了普通而又普通的短衫加长裤，再加上那双地摊上随便买来的运动鞋，就算气质再佳也逃不过这些推销的利眼……这号穷鬼顶多骑俩轱辘的自行车。

嗯，看见了……胖了一圈的于磊，要不是媒婆痣还在，怕是得认岔了。他腆着肚子陪着一位客户从财务那儿出来，把人往一辆车上请。这人不知道是眼拙还是根本眼瞎，直接把大兵忽略了。大兵耐心地等着，直等着于磊办完事，一摇三晃地进来，然后他要说话，于磊表情不怎么热情地向他招招手：

“来吧……我以为你死外面了，这么多年都没音信。”

嗯，这口吻，应该是死党了。大兵亦步亦趋地跟着他，进了会客的玻璃隔间。于磊大大咧咧地坐下，还没等大兵开口就道：“说吧，啥事？只要不过分，还是可以满足你的。”

“什么过分？满足？”大兵愣了下。

“嘿，你以为我傻啊，多年不见的朋友突然上门了，就两件事，第一件，借钱；第二件，要结婚，就算不借钱也要掏钱，你属于哪一种？”于磊道，这表情让大兵觉得莫名地可恶，想摁住揍他一顿。

他耐着性子道：“我不借钱，也不结婚，我就找你来了。”

“当年那事我还没找你算账呢，你居然来找我？”于磊拍着桌子怒目而视，惊到外面了。他起身关起了门，站在比他高一头的大兵面前，愤然地肩膀一靠，把大兵靠过一边，气咻咻地，像随时要发作一样。

坏了，我当年……难道做过什么天怒人怨的事？可不对啊，我为什么还在特勤遗书里留他的名字？那是出任务前的一项事务，是预防有意外后，会有人给你来处理后事。

“不管你为什么来了，想要我帮你，哥扔给你俩钱……要求我原谅，趁早滚蛋。”于磊下逐客令了。

大兵更蒙了，真想不起来啊。他不好意思道：“其实……我是失忆了。”

“看得出来啊，你要是得意了，还会来找我？”于磊撇嘴不屑道。

“我是想不起以前的事了。”大兵提醒着。

“是啊，你也没脸想啊。”于磊挖苦道。

“我跟你说，我是脑袋受伤了，有问题了。”大兵解释着。

“你不光脑袋有问题，你这心里也有问题知道不？狼心狗肺。”于磊拍着桌子发泄道。

哎哟……大兵快气哭了，怎么这么个简单问题就解释不通呢？他不解释了，掏着自己的资料，那是一份医疗证明，拍到了于磊面前：“我是失忆，人格分裂，身份识别障碍。”

这下于磊总算明白了，拿着诊断书细细看过好几遍，然后瞪着大兵问：“玩我是吧？失忆了还记得我？”

“不是，我是通过户籍查的，我们……应该是战友，对吧？”大兵道。

“哦，当警察的有这方便啊，怎么失忆的？”于磊问。

“这儿……”大兵指指自己的脑后，“挨了一甩棍，又掉河里，差点没活过来。”

于磊表情肃穆，瞪着大兵看了许久，当他发现大兵的眼神确实不像记忆中那样，然后开始慢慢相信了，掩饰不住地惊讶。大兵道：“我什么都忘了……也不好意思回家，就来找你了……你……”

哈哈哈哈……于磊突然爆出来了一阵狂笑，笑得脸贴桌子，手拍脚跺，别提多兴奋了，比一下子把车场的车都卖了还兴奋似的，笑了几分钟都停不下来。

“至于吗？我失忆，把你高兴成这样？”大兵问。

“报应……报应啊，哈哈。”于磊好不容易才停下来，不过却是幸灾乐祸地看着大兵，像是在寻找以前那位战友的影子。

“那个……我们之间发生了什么事啊？怎么看你像和我有仇似的？”大兵好奇地问。

“嘿，你个孙子，你忘得可真彻底，记得咱们复员回来吗？我家里好不容易给我介绍了个对象，我相亲心里没底，就带你去了，让你吹捧吹捧我呢……你忘了？”于磊气咻咻地问。

“我真忘了，难道我没吹捧你，就恨我恨成这样？”大兵不解道。

“吹你倒吹了，问题是，回头就吹成你女朋友了……嘿，我说你这人真不算人，你撬走就撬走了，回头又来个始乱终弃，一眨眼找不着人了，隔了几年又冒出来说，你失忆了，你把以前的事全忘了。嘿，我说，事情要都这么办，那可容易多了啊。”于磊愤然道。

本来大兵很生气，一下子全成羞愧了。他难堪地扶着额头，就算当过骗子，也嘴拙了，嗫嚅半天才憋了句：“真对不起……我，我不辩解啊，我就坐这儿，让您出出气，等出够了，再告诉我些过去的事就成了。”

“骂两句能解气啊？我恨不得揍你一顿。”于磊怒道。

“那也成，反正解气就行。”大兵道。

话到这份儿上了，却是把于磊给将住了。他气了半天，长长一叹，起身了，大兵以为他要走，却不料他只是起身给大兵倒了一杯水，放到他面前，然后拿出手机来拨着，拨通了，叫了一声："老马，中午来我这儿，大兵回来了……哪个大兵？能有几个，南征呗……能怎么样？脑残了，正坐这儿呢。"

"你……也知道我叫大兵？"大兵愣着道。

"你考我啊，你脑残了，是不是就巴着别人都脑残啊？你光屁股时就叫大兵。"于磊装起手机，翻了他一眼。

训练营的代号是自选的，很多人会选一个易记的，可能……大兵在想，自己选了一个乳名吧。每个人都有一个特定的符号，"大兵"这个符号，看来跟得自己够久了，久到成为仅存的记忆。

那么对面的这一位呢？大兵看到了余怒未消，看到了心有不忍，看到了唉声叹气，于是他就像回忆起警察的身份之后变得难堪和尴尬一样，在警察身份之外，似乎还有过一个让他尴尬、让人不齿的大兵，最起码，撬走哥们儿女友的事，就让他觉得抬不起头来。

"你……能告诉我点什么吗？"大兵小心翼翼地问。

"想知道什么？小学开始我们就同病相怜，你被你爸皮带抽，我被我妈笤帚揍，初高中吧，咱们同流合污，你比我强，好歹上了三年专科，我在家待业，后来就一块儿当兵去了，部队上认识的老马。"于磊轻描淡写几句，就把前半生说完了。

"在部队……你是？"大兵小心翼翼又问，自己是行刑枪手，那这位？

于磊一听这个警惕了，制止道："别提你干的事啊，瘆人……我能干什么，每天扛杆枪，傻呵呵地对着摄像头杵根杆……哎对了，你能想起你干的事来？"

"你指行刑？"大兵道。

"噢，也对，那事就算伸腿瞪眼也不应该忘了……算了，不提了，咱们那年命不好，全轮着当武警守监狱，比坐监狱的还没出息……噢，噢，我忘了……大兵，你突然离开是不是有任务？听老马说好像你被招募了？"这位车商看大兵这样子，突来这么一问。

看来瞒不过战友，也不用瞒，大兵点点头，没说话。

"这就对了，我说不能无缘无故消失吧。"于磊仿佛释然了，有点可怜地看着大兵，吧唧了好几次嘴才道，"不是我说你啊，大兵，你这人就是太想出人头地了，结果吧唧摔地上了，这可真是头着地了，脑残了……得到什么了？抚恤金？够买辆车吗？荣誉？能当房子住吗？任务我就不问也知道，又是去抓什么坏人了吧？"

大兵眼睛瞪圆了，刚要发作，又一位急匆匆地奔进来了，远远嚷着，于磊起身迎着，这位也是红光满面的，留着个平头，一身薄夹克，肚子凸着，那拉链肯定是系不住。那位上得前来，一把抱住大兵，来了个重重的拥抱，那肚子顶得大兵老难受了，不过这热情可假不了，绝对是……必须是……战友加基友的那种。

“别假迷三道的好不好。”于磊泼凉水了。马良臣剜了于磊一眼斥道：“去去去，你个奸商，别记着那些鸡毛蒜皮的旧事啊，哎大兵，他说你什么失忆……到底怎么回事？”

于磊一把拿起诊断书扬着道：“脑袋瓜被人敲了。”

“哦。”马良臣吓了一跳，细细一看，就在大兵觉得被人怜悯很不舒服时，马良臣却是安慰着：“这是因公负伤，医药费全免，能在单位坐吃到老了……哎呀，国家的人了啊，这辈子算是养定你了。”

这话怎么听着味道不对？大兵苦着脸，都不知道该怎么回应了。

于磊却是笑着告诉他：“想起来了吗？马哥已经从司机晋升为区政府机关事务管理局车队队长，专门给领导跑腿卖嘴，也算干部编制了……哎马哥，你们单位车保今年不能给别人啊。”

“知道知道，我敢不照顾你吗？哎，怎么站着，坐坐……磊子你忙吧，我订了桌饭，就咱们仨战友，一会儿你开车啊，现在公务员查得严，中午都不怎么敢出去……”马良臣说着，于磊出去忙店里的事了。这时候，终于有大兵说话的机会了，他思忖道：“马哥，我其实想知道点……”

还没说完，马良臣的电话响了，他不好意思地说了个对不起，走到一边去接电话了，安排了三分钟，说完了，看着大兵，等着他说。

“我其实是……想不起我家里的情况了，我想……”大兵嗫嚅道。

没承想啥还没说，电话又来了，马良臣一瞧，不好意思道，领导的不敢不接。赶紧接，要车，好的，马上安排某某司机，到某某地点等着。安排五分钟，完了，又看着大兵。

大兵几次想说，不自然地看着马良臣手里的手机，还好，没响。他理理思路，将要开口时，那手机恶作剧一般，又响了。马良臣一瞧，呀，老婆的，更不敢不接。

再一次接完看着大兵，大兵这回就算不失忆也把自己想问的忘了。他咬着下唇，哭笑不得地看着。马良臣不好意思道：“哎呀，看我现在成什么德行了。”

“没事，马哥，身不由己，我理解。”大兵道。

“哟……哟……这和以前比，变化挺大的啊。”马良臣似乎发现大兵什么了。

“马哥，您在部队是干什么来着？”大兵好奇地问，似乎潜意识里想找到一个和自己一样的。

嚓嚓嚓，马良臣虎着脸做了个切割动作。大兵一兴奋，却不料马良臣一摆手道：“别误会，你那活我可不敢干，我在后勤，炊事班呢。”

“啊，大师傅？”大兵被逗乐了。

“嘴馋人懒嘛，当大师傅正合适，就我那厨艺，出来都差点去开饭店去……大兵啊，你这又是执行任务受的伤？”马良臣后半句放低了声音。

外界不可能知道，哪怕就是登报的照片肯定也进行过巧妙的修饰，大兵点点头，没往下说。

“哎，我说你人聪明是聪明，可就是经常聪明反被聪明误。你跟我说过招募的事，我一想就不对劲，跟你说，你又不信。”马良臣懊恼地道。

“招募这种事，我能告诉你？”大兵不信了。

“具体我不知道，你当时说招募志愿者，又是省厅直接招募，而且又跨警种，而且又提干，授衔也升级……我就想，有问题了。”马良臣的声音更低了。

“什么问题？”大兵问。

“跟咱们在部队一样，改善伙食，发补助，评优秀……那接下来肯定就是去出危险任务啊。”马良臣小声道。

这个思维是怎么转过来的，大兵一下子蒙了，他道了句：“这其中有必然联系？”

“你说能没有啊，没背景没靠山没钱没门路，凭什么让你上个层次啊？特别是你们那行，没爹没钱可拼的，就得拼命……比我们还强点，我们是拼命都没机会。”马良臣说着，把于磊给大兵倒的水一饮而尽。大兵懵懵懂懂地瞧着，有种奇怪的感觉，那就是，似乎和曾经熟悉的环境有点格格不入。

瞧吧，那位昔日的战友，刚才和他怒目相对的于磊，现在正点头哈腰陪着两位年轻人看车，部队训练出来的标挺身姿，已经佝了。

瞧吧，这位混进区政府当差的战友，一接电话又是习惯性地佝腰，像随时准备屈膝的样子，连大师傅的气度都没了，像个大茶壶。

回忆着在档案里看过的两人照片，莫名地一股浓浓的伤感袭来，让大兵无可名状地感到一阵失望。

是为自己，还是为战友？或者是为这个自己已经陌生的故乡？

他说不清。不过还好，总算有两位认识他的人了，就算千错万错曾经有过多少错，都抵挡不过重逢的兴奋。到了中午，于磊驾车载着两位直奔饭店了……

旧事话长

如果说女人的兴奋地在商场，那男人的兴奋地就在酒场了。

一个做生意的，一个陪领导的，喝酒的水平怕是想低都难。啤酒基本是三杯一瓶，菜没上已经去了半箱，开吃时一箱已尽。那其实才是热身，接下来是白的，马良臣说了，都是酒精考验的战士，不用那么拘束，一人来两瓶慢慢喝。

大兵却是意外地对这话有了记忆，像手榴弹杵的酒瓶、一筷子下去就七零八落的桌子、流星赶月往嘴里夹菜的动作，还有稍晕了点，混七杂八的糗相……对，当年退伍时就是这样，一群喝疯的兄弟又号又哭，像群魔乱舞，在他的记忆里发芽了。

男人酒间的话题没甚区别，不开心的吐一槽，不爽利的骂一通，愤恨全憋在酒里，一口气灌肚子里，然后上趟厕所全排泄出来，就像发泄一样舒服了。

不过大兵可舒服不起来，这哥俩的口吻怎么听着快赶上反社会人格了？处处不如意、件件想骂娘，听到老马又在牢骚上个副科多少钱，转个正科再加多少的时候，明显看到那怨恨的表情是拿不出钱来，他按捺不住了，劝慰道："至于吗？你俩都挺不错的，一个有生意，一个有身份，挣得比上不足，可比下有余啊，怎么看你们过得都苦大仇深的？"

"我们追求的不是飞黄腾达，不公平啊，你是不知道，刚提的副区长跟我一般大，好歹咱还当过几年兵呢，人家有什么？就有个学历还不知道是不是真的。"马良臣道。

"那也不能苦大仇深成这样啊！没学历补一个嘛，没资历熬几年嘛，咱们当兵也不是为了出来当官吧？"大兵脱口道，道理很浅显地在他脑子里形成了。

可这个简单的道理却把马良臣噎住了，他瞪着眼瞅了大兵半天，凛然看向于磊道："哎呀，坏了，这是真失忆了。"

"洗脑了，甭理他。"于磊道。

"我没被洗脑，只是忘了一部分而已，哎对了，我……我以前，是个什么样子？和现在差别很大吗？"大兵问。

"呵呵，大了去了，简直就不是一个人了。"马良臣笑着道。

"好，换换话题，你们俩怎么都不跟我说我以前的事。"大兵放下筷子期待地问。

似乎有事，于磊小心翼翼地瞧着他问："你觉得你以前是个什么样子？"

"应该很上进吧，我毕竟上大学了。"大兵道，看着两人怀疑的眼光，他提醒着，"别想蒙我，我可以查到我的学历，省经贸大学。"

"啊呸……还好意思说，那是三本，一年学费两万多呢，我家是没钱，不是上不了。"于磊恶心了他一句。

似乎是真相，大兵瞠然看看二位，又道："那当兵呢，总能说明我……不至于很差吧？"

"呵呵……你爸是人武部副部长，负责征兵的。"马良臣笑道。

"当年是你爸给我走的后门……要不是看在这个份儿上，这顿饭我都不请你。"于磊道。

"啊……那我执行任务呢？"大兵想起被中队长踹一脚的记忆，在那之前自己应该还是个纯真无邪的青年。

"那是你想入党。"马良臣道。

"那我训练科目呢？这个没假吧，我看过。"大兵道。

"那是你想提干，每天玩命地练。"于磊吃着、嚼着，就像在挖苦大兵的过程中可以找到快感一样补充道，"最后想留部队也没留了，和我们一起退伍了，傻了。"

马良臣看大兵表情肃穆，筷子敲敲盘子提醒着："磊子，你别打击大兵，还能有点战友情分吗？不能这么势利吧？"

"哎哟，他以前什么样子你不知道？高干子弟啊，进部队就咱们仨同乡，嘿，就他玩高冷酷……要不是他爸那事照顾他进法院，就他这样，回来也无业游民。"于磊道。

这话让大兵注意了，他好奇地问着："我爸什么事？"

马良臣一翻白眼，于磊省得失言了，怔了片刻后道："马哥，人都这样了，能瞒得住？”

啪……大兵把筷子放下了，瞪着两人，不客气地说道：“这顿我埋单，我记不起以前的事来不等于我就是个白痴了，你们从见我就遮遮掩掩的，有意思吗？”

“没意思，可我们没法说啊。这是你的家事。”马良臣道。

“到底什么事啊？”大兵几乎怒了。

“你真记不起来？你爸没了，都好几年了。”于磊怜悯地看着他。

啊？大兵一下子由怒而悲，怔住了。

“你在部队的时候就没了，要不你也不至于混这么惨，想留部队没门，想考军校没路，回到地方也无处可去，只能凭着照顾去干法警……要是你爸在，还至于你自己拼命往上爬吗，早给你安排好了。”于磊道，说这些的时候，那份愤意却已经没了。

“我……我……我都记不起来我爸的样子了，我……我……”大兵蓦地悲从中来，两滴豆大的泪扑簌簌掉了下来。

却不料还有更猛的，马良臣道：“他走了，你根本没回来，你们父子关系不怎么好……你老埋怨他没什么本事，大学出来也给你安排不了工作，还得撵去当兵。那时候中队长让写请战书，你其实是破罐子破摔就去了，结果执行任务后，吓得好几天睡不着觉。”

“我……我爸，他是个……什么样子？你，你告诉我……”大兵流着泪，拉着于磊的胳膊。

“和你差不多，又倔，脾气又臭，老把你吊门框上拿皮带抽……反正小时候打完架，只要找你家去，接着就是你爸开打。”于磊道。

那些不重要，一点也不重要。大兵抹了把泪，哑声问着：“他……他是怎么死的？我怎么可能不回来奔丧啊……我真不是人啊……”

他悲怒地、狠狠地扇着自己的耳光，于磊和马良臣赶紧劝着、拉着。马良臣道：“大兵啊，你别这样……你以前提起他来都是咬牙切齿，我们不敢跟你说啊。”

“就是啊，这咋成了这样？”于磊道。

失控的大兵拽着于磊：“你告诉我，到底怎么回事啊，我怎么会那样……我爸啊，我能有几个亲人啊……”

看得连于磊眼睛也红了，他搀着大兵：“你一查就知道，他叫南骁勇，在咱们市是个名人……曾经的名人，你入伍第二年，岚海台风，人武部组织抢险救灾，半路上遇上泥石流，就那么没了。”

“后来追认烈士了。”马良臣一副无语的表情道，“真不是我们说难听话啊，大兵，你这人也确实太寡情薄义了，队里让你回家奔丧，你还装模作样表现，要舍小家为国家……反正大家都觉得你装得很恶心。”

“我……我真的，是那样吗？”大兵抹着鼻涕眼泪，心痛道。

“其实是心里有怨气，你爸和你妈关系也不好，经常因为你干仗，还闹过离婚。”于磊一副欲说还休的样子，摆摆手。

“你能不能一次说完？”大兵气得一掌拍得桌子嗡嗡直响，杯盘乱晃。

“剩最后一件就完了，你确定要我说出来？”于磊表情很怪异。

大兵喘着气，像无法承受其重一样，愤然道：“难道还会有比这更差的事？”

“有，你不是奇怪你家里没人吗？”于磊道，看着大兵哭红的眼睛，下狠心了，直说道，“那是因为你妈妈去年改嫁了。”

大兵的眼睛慢慢盯向于磊，那个丑脸，那颗媒婆痣，怎么会看上去如此令人生厌？包括这位马良臣，那眼里流露出来的怜悯，怎么如此让他不舒服？

不过他知道，这应该就是实情，他在这个瞬间找到了自己要加入招募的原因，也找到了自己曾经浑身戾气的原因。

什么职责，什么信仰，什么忠诚，都应该是他的面具，摘下这个面具之后，是一个写满自私、功利、薄情等字眼的丑陋灵魂，所谓的奋不顾身，所谓的勇敢，都是怨气和逃避！

良久的沉默之后，大兵默默地抹了一把泪轻声问着：“她过得好吗？我指……我妈。”

“还好，如果你不打扰，她会更好一点。”于磊不客气道。

马良臣看看大兵慢慢平静的脸色，也开口说道：“咱们是战友也是朋友，我就向着你，也说不出什么来……你爸脾气暴，家庭本来就不怎么和睦，他走了，你也不回来，你妈妈她一个妇道人家，你觉得能好过吗？咱们退伍回来，反正我是见你不止一次和你妈怄气，想调工作没门路，就是处个对象到关键时候一看你家庭，基本就吹了，活得处处不如人……可这不是她的错啊，你要还有点良心，就别去打扰她了。就一套值俩钱的房子还留给你了，你还要让她怎么样？”

唏嘘一声，发呆的大兵刚止住了泪，又蓦地流出来了。他倾着酒，满满的一大茶杯，端起来一饮而尽，火辣辣的感觉从喉咙直下胸腹，他像无法承受其痛一样，紧紧地一闭眼，两行泪像断线的珠子一样掉着，又被他大手一抹，消灭了个干净。

“谢谢……谢谢……谢谢你们。”

他喃喃地说着，反而让那两位揭疮疤的不好意思了。两人狐疑地相视，瞠目间心思相通了：这失忆的，倒像换了一个人似的，比记忆中的南征还真强了不少……

这顿饭结束后，回暖的战友之情浓浓酽酽，大兵甚至死活拽住于磊，不让他开车，哪怕路程就几公里。无奈之下，于磊叫了公司的人来接，把两人放到人武部大门口，这才回返公司去上班。

“马哥，你别送我，我又不是小孩了。”大兵劝着。马良臣盯着他，生怕他出事似的说道：“你看我都来了。”

“我真的心领了，我就想来看看……您回去上您的班。”大兵强拗着，拦了辆车，把马良臣往车上推。老马拗不过他，千叮万嘱道：“有事一定告诉我啊……大兵，酒桌上的话就当我没说啊，你爸是烈士，我这嘴欠的，给他抹黑了……我……”

“没事，我比你了解。”大兵开着车门，把马良臣请上了车。

“咦？你都想不起来，你了解什么？”马良臣在车里伸脖子喊，却不料大兵已经进去了。

这同样是一个陌生的地方，大兵不知道自己为什么要来，可是按捺不住心里的冲动，他无法原谅自己的记忆中居然没有留下这个亲人的影子。父亲之于儿子，那种血浓于水的亲情，应该是没齿难忘的啊。

走了几步，在这个空荡荡、没有警卫的大院里，他又踌躇了。马良臣告诉他很多传闻，这位脾气暴躁的父亲风评并不怎么好，闹离婚的原因是有了外遇，不但有外遇，而且酗酒。这两点大兵深信不疑，自己身上的遗传基因能证明。他隐隐觉得，父亲应该不是个居家的良善之辈，只不过一死遮百丑，才有了一个完美的盖棺定论。

“套路……完美的套路。”

他喃喃道，父子的境遇何其相似也。他在想，如果自己淹死在洛河里，也会得到这样一个结果。

不知道是悲愤，还是思念的驱动，他慢慢地走进楼宇，在听党指挥的大标语下，找着可能问话的地方。一位军装男子喊住他，让他登记，指指军事重地的标志，这把大兵难住了，直道：“我不知道该找谁。”

“你不知道找谁你来这儿？”那位军人斥道。

“我……叫南征……我父亲是，南骁勇。”大兵愣着道，那位军人的眼光一直，然后触电似的站了起来，大兵不好意思道，“我没别的意思，就想来看看。”

那位军人迅速地站军姿、整军容，一个响亮的立正动作，嘴里喊着敬礼，向大兵来了个致敬。

“别……您别这样。”大兵惶恐了。

“请稍等……我通知一下我们部长。”军人拨着电话，言语间仿佛还带着兴奋，放下电话，又向大兵敬礼。

“您真别这样，让我多不好意思。”大兵无语道。

“您父亲是烈士，是我们的骄傲……请节哀。我听说，您在警队里？”那位军人目光崇敬地问道。

大兵点点头：“嗯，在！”

尴尬持续了不久，一队匆匆而来的军装男子从楼梯上奔下来了。一队人向着大兵敬礼，然后当头的一位上前，握着大兵的手道：“孩子，你可来了……有些年没见着你了。”

一边安抚大兵，一边给别人介绍这是南骁勇的大小子，那些当兵的依次握手、敬礼，让大兵猝不及防地在过度的礼遇中显得很不自然。这位自称宋部长的亲亲热热地拉着大兵往楼上走，大兵听得话音好像不对，好奇地问了句：“宋部长，您……好像知道我要来？”

“当然，我知道得稍多点，你们省厅政治部有位同志和我通过话，她说你可能来。”宋部长道。

尹白鸽……大兵机械地猜到了是谁，然后明白了尹白鸽、张如鹏这一对坑货为什么一问到家庭情况就转移话题，敢情是根本不想告诉他。

“套路……”大兵喃喃了句，有点无语。历史清白、烈士遗孤、退役武警，别提多么适合招募走了。

“你说什么？”宋部长好奇地问。大兵笑笑道：“没什么，那您应该知道我失忆了，其实不用这么多欢迎套路，我就是想来看看我爸待过的地方。”

“如果你叫套路，那就叫套路吧……你父亲是因公殉职，这可不是什么人都敢选的套路，你家的情况我了解一点，不管你父子之间有什么芥蒂，都这么多年了，你还放不下吗？”宋部长道。

他侧头看着大兵，大兵也正巧看着他，两人眼光相触间，隐隐地有种熟悉的感觉。那种坚定的、没有多少感情色彩的眼光，似乎也是套路，是军人的那种套路。

“我不是放不下，我是想不起来……其实我很感谢这次失忆，让我有机会重新审视一次自己。”大兵道，盯着宋部长的眼光，他意外地从这眼光里读到了很多东西，他追问着，“您好像认识我，而且……似乎并不是很喜欢我。”

“当然不喜欢，包括你爸也没几个人喜欢……不过这并不妨碍我们对他的尊重，跟我来，你们这对父子冤家，真是让人一言难尽啊。”

宋部长前行着，把大兵带进了一处满是奖状、锦旗，以及各类奖杯的房间。在墙上居中的地方，镌着一张军人的肖像，那肖像威武、肃穆，如同冥冥中某种心电感应一样，牵扯着大兵的记忆，从迷茫慢慢回到清醒。

“大兵，起床！”

“大兵，出来！”

“大兵，又和谁打架了？”

“大兵……”

回忆里，是恐惧、是愤怒、是他在瑟瑟发抖……大兵明白了，他冤枉张如鹏了，曾经最恐怖的挨揍、被关押、被殴打的记忆，和张如鹏无关，施虐者是他最不愿意忆起的人，是现在已经天人相隔的父亲：

南骁勇。

家国情伤

“我是指挥部，呼叫先遣车队，呼叫先遣车队……”

“我是先遣车队，听到，重复一遍，听到，我是先遣车队。”

“报告你们的情况。”

“我们正行进在平度山区公路上，十七号路段，距离大店乡还有二十公里。”

“加快行进速度，天亮之前务必赶到受灾村，务必以最快的速度把灾情汇总上报。”

“是，保证完成任务。”

“……”

嗞嗞的电流和干扰声音充斥在一个狭小的车内空间，南骁勇挂起了通信步话，发愁地看着前方缓慢行进的清障车，抬腕看看表，已经到凌晨四时了，离昨晚接到灾情通报已经过了六小时，受灾的大店乡坪凹村现在已经是断电、断通信，成为与世隔绝的绝地。

“南指挥……根本赶不到啊。”一位穿军装的司机提醒道。

“就二十公里了，爬也得爬过去。”南骁勇恶言恶声地骂了句。

不骂还好，一骂，车停了，前方的清障车亮着警示灯，路又毁了。

此时的车外，从海面上刮来的风裹挟着雨水，像倾泻一样往下泼洒，路基处处见毁，十七号段沿途的树木，现在躺满了路面成了残枝断丫。南骁勇跳下车，打着强光电筒看着，是一处坍毁的路面。他爬上了清障车驾驶室，鼓着中气喊着：“怎么样？得多长时间？”

“有四十多方，清出来得一个多小时……光机械不行，让工兵上。”司机伸出脖子吼着。

“来不及了，你等会儿。”南骁勇跳下车，在车前空地上，用强光手电打着旗语，吼着集合。随行的十辆军卡纷纷打开门，跳下来披着厚重雨衣的战士，迅速向他面前集合。

“我们经过五小时的急行，离受灾地只有不到二十公里了，前面路基已经毁了，短时间通不过去……现在我需要十名志愿者，徒步赶到大店乡坪凹村，把最需要的食品、药品背过去，把灾情汇报回指挥部……愿意接受这个任务的，出列。”

南骁勇吼着，抹了一把脸上的雨水，二十几人的队伍，齐刷刷站出来两行。

“你……司机留下。”

“你……留下，医护兵，你跟队。”

“打包行李，除了应急装备、净水管，全部背成压缩饼干和药品。”

一行人迅速爬上车，打着装备，南骁勇吼着：“其余人，工兵带队全部上，清理路面。”

另一行人从驾驶室里抽着工兵铲、撬杠，在应急灯的照明下纷纷奔向被堵的路面，协同履带式清障车开始清路。

片刻后，十名志愿者队伍集合了，大雨衣扔下了，换成了单雨披，每个人的背后都是鼓鼓囊囊半人高的大包．南骁勇喊了声：“通信员，卫星电话拿来。”

扔下工兵铲的通信员飞奔而来，把一部砖头大的卫星通信手机递上来，南骁勇接过，郑重地塞到了领队手里道：“沿途路况逐一汇报，灾情在天亮前必须报回指挥部……早一分钟赶到，说不定就能多救几条命，明白吗？”

“明白，保证完成任务。”领队郑重地收起了这部联系后方的通信工具。

“同志们，养兵千日，用兵一时，今天这个时刻到了。我不是政工干部，思想动员的那些话我就不说了，但我要告诉你们，不管你们平时是多废物的孬兵，在大灾大难的时候，再不愿意也得挡在老百姓面前，因为我们是人民子弟兵……准备好了吗？”南骁勇咆哮道，那声音盖过雨声、风声。

更大的声音吼着：“时刻准备着！”

这声音穿云破雾，铿锵如雷，负重的战士挺着腰杆，齐齐在吼。

“出发！”南骁勇吼着。

“跑步前进。”领队喊着。

这一行救援队迎着风、冒着雨，踏在泥里、石上，那一盏盏头灯，在漆黑的夜里，在瓢泼的雨中，像一道明亮的闪电——一道不会熄灭的闪电，照亮着前方，连接着通往灾区的生命线。

十五分钟后，先行队伍汇报，前方还有一处障碍。

这里加快了清障的速度，履带式清障车连挖带铲，司机、工兵、通信员、指挥员都在肩扛手推，把更大的石块撬松，撬下路沿，眼看着一条可容军卡通过的路就要出来了。

“报告南指挥，他们已经接近大店乡。”通信员汇报道。

“好……同志们，加把劲，就快开了。”南骁勇嚷着。

“这块石头不行，清障用不上力，推不动。”

“撬杠……上撬扛。”

“再来两根……”

“拖车绳拉过来。”

困境有狠办法，肩不行，撬杠上；撬杠不行，拖车上。一块足有小轿车大小的石块拦在路中央，底下的泥石被刨了，撬杠撬松了，拖车绳拉过来了，南骁勇指挥着挂绳，打着电筒，喊着号子：

“一、二、三……起！”

“再来……一、二、三……起！”

他呼着号子，石后撬，石前拉，那块石头终于被撬拉晃了。而此时，坐在清障车驾驶位置的司机却听到了风雨声中不和谐的轰轰声，他下意识地看向路上的坡面，当射过去的灯光扫过一棵活动的树时，他一下明白了，头伸出窗外喊着：“快闪开……泥石流……南指挥，泥石流……”

边喊边打着电筒示警，石后的战士省悟了，回头被隆隆的声音吓坏了，扔下家伙往一边撒腿就跑。南骁勇发现了，起身欲跑时，却瞟到了通信员好死不死地从车里下来了，正懵然喊着：“怎么不撬啦？”他在清障车后，轰轰的车声中根本没有发现危险，南骁勇在这一刹那做了一个他自己也不相信的动作，回头，奔向指挥车，像疯了一样指着通信员身后，喊着，快跑……快跑……泥石流……

两下示意，通信员看到危险了，往外跑着，那一刹那，清障车的司机看到了让他一生都难忘的画面，像千军万马奔涌而来的泥石流，一瞬间掀翻了清障车、一眨眼卷走了指挥车，也在这一瞬间，南指挥所站的位置，头灯一闪而逝，蓦地被吞没了……

时间，定格在200×年6月7日，凌晨四时五十分。

一个多小时后，灾情准时回传到了指挥部，而困在十七号路段的车队却失去了联系……

“这是记录救灾仪器保存下来的珍贵资料……那场台风暴雨灾害，引发的泥石流冲毁了几个村，受灾人口四万，我部奉军区命令参与救灾，你父亲是当时救灾指挥部成员，就是这样牺牲的……他的遗体是四天后才被找到的，被泥石流冲走了几公里……”

宋部长轻轻拭着几滴老泪，目不转睛地看着影像资料，缅怀着战友。

寻找的现场，雨停了，处处是泥泞，军人、民兵、群众，几乎是拉着散兵线在寻找，找到地是五公里外的一处凹地，南骁勇蜷曲着，像一尊泥塑，被哭着、同样是一身泥泞的战友抱出来，背起来，还有在哭着、喊着他名字的战友，在徒劳地想唤醒他。

大兵静静地看着，看着父亲的遗体，看着泥泞的军装，看着他已经辨不清面目的脸庞，两行热泪慢慢地流下来，他不由自主地抽泣了一声，那种浑身像燃烧的感觉，烧得他难受、难堪，难以自制。

他抚着额头，不愿意再往下看追悼会的场景，因为他没有出现在追悼会上，他不知道自己当时是一种什么样的心态，可他知道，那个错误会让他内疚到下辈子。

"……孩子啊，你也当过兵，也从过警，我想你应该最理解你的父亲。坦白地讲，他不像宣传里那么高大上，相反，很差劲，爱喝酒，爱跟别人吹胡子瞪眼，爱骂人，单位人缘也不怎么好，训练上作风粗暴，甚至私生活可能还不检点……"宋部长说着，话锋一转却是评判道，"可他依旧是位值得尊敬、值得缅怀的战友，大灾大难，挺身而出，为国捐躯，虽死犹荣……你觉得这也是套路吗？或者把你放到他的位置，你的选择和他会有区别吗？"

大兵慢慢地抬起头，在父亲的遗像下，挂着一面地方送来的锦旗，上书十六字：生为家国，以国为家；死为国家，先国后家。

"没有区别，我会和他一样的。"大兵道，他的眼睛模糊了，喃喃地像是诅咒着不公平的世界道，"只是，为什么是我父亲……为什么……为什么……我曾经根本不理解他……"

"你的事我听说过一点，大学毕业回来参与过几次公考都落榜，你父亲嫌你没出息，你嫌你父亲没本事，爷俩从冷战到嘴仗打得很凶，后来你父亲才想了折中的办法，让你去当兵……想磨磨你的性子，对他而言，当了一辈子兵，顶多了解军营。"宋部长道。

"可能全岔了，我在部队是武警行刑枪手，他在救人，而我在杀人……他是满腹怨气，我是满身戾气，可能谁也无法理解彼此在做什么。"大兵轻声道，两人殊途同归，却有着截然不同的心态。

"那现在呢？"宋部长问。

大兵此时方抬头，却看到了同来的数位军人，刚刚抹完泪，眼睛还红着，宋部长胸前起伏着，仿佛又经历了一次惨痛一样无法自制。大兵慢慢起身，向宋部长敬礼，表情复杂地说道："谢谢您，让我有机会重新认识我的父亲。"

宋部长抬手，把大兵敬礼的手放下，数位军人，向着这位烈士的遗孤，庄严地敬了一个军礼。

礼毕，宋部长道："有什么困难，可以向组织提……我们尽力帮你，你以前很孤僻，不爱和人说话，复员后安排到市中院，可能干得不怎么舒服，如果你愿意的话，我们人武部可以出面协调一下，帮你调个单位……"

"我以前提过要求吗？"大兵问。

"没有，你很怨恨你的父亲，从来都不愿提起他。"宋部长道。

大兵微微被刺了一下，抿抿嘴道："如果以前是出于怨恨而没有提要求，那现在，我仍然不会提什么要求。"

"为什么？"宋部长怔了下。

"如果生前，我让他的脸面蒙羞；那身后，我怎么能让他的荣誉蒙尘。"大兵说出来时，一阵释然。

宋部长叹了口气道："你长大了，变得快和你父亲一样了，固执……小陈，把东西给他。"

其中的一位军人，从这些荣誉堆里郑重地取出了一个绒布的盒子，递到了大兵的面前，打开了，是一枚勋章，他抽泣了一声道："南征哥，我是你父亲的通信员，陈向东……南副部长，是因为救我才被泥石流冲走的。"

大兵目不转睛地盯着勋章。却像无法承受之重一样，不敢去接。宋部长道："非金非银，不值几个钱，留个念想吧……可在军人眼里，荣誉却是视如生命的。"

"他属于这儿，那就让他留在这儿吧。我都没有来得及让他看过我的。"大兵默默地掏着口袋，他有两枚立功奖章，而且有一枚是部颁的个人二等功。那熠熠生辉的奖章，背后能有多少故事，宋部长的眼神不禁滞了一下。

大兵却把三枚奖章都轻轻地放在盒子里，他奇怪地笑了笑，没有说什么，转身轻轻地离开了。

"你们……收起吧，别跟来了。"宋部长追着大兵的脚步，和他并肩走着，他好奇地看了大兵几眼，这与印象中实在出入太大了。大兵似乎窥到了他的心思，问道："宋部长，是不是觉得我很陌生？"

"对，简直换了个人，到底发生了什么事，你变了。"宋部长好奇了。

"我没变以前，是个什么样子？"大兵问。

“比你爸脾气还坏，估计是从小揍得太厉害了，逆反心理很强，你爸牺牲部队通知了你，你都没回来。”宋部长道。

“可能那时候，我巴不得他死了呢，我现在还记得，他往死里揍我。”大兵道。宋部长道：“那真不能怨你爸，原来老武装部大院里的小孩，基本被你打遍了，后来你就成队长了，带着他们组团出去打，没少头破血流啊。”

大兵羞赧地笑了笑。宋部长道：“都是行伍出身的，最好的教育方式就是揍一顿；揍一顿不行，就多揍几顿……老子打儿子，我们这些粗人看来是天经地义，这个难道你也介怀？”

“不是，但那个年纪恐怕理解不了。”大兵道。

“还好，你也长大了，要是老南能看到这一天多好，你可没少让他操心，父望子成龙，子将父作马啊，天下的父母心，都是一样的。”宋部长道。

这时候，大兵驻足停下了，诧异地看着宋部长，轻声问着：“那我妈妈呢？我听说他有外遇，而且在闹离婚。”

咝……这个事让宋部长皱眉头了，似乎不想往英雄脸上抹黑一样。

“我也当过英雄，所以对英雄的了解不比您少。所谓英雄，可能是比别人更冷血、更无情，相对于普通人而言，在某些方面可能更不堪。”大兵肃穆道，像在追究一个被雪藏的真相。

“好吧，希望你不要把这看成诋毁。我们是地方武装，和地方干部差不多，免不了应酬什么的。你父亲有位红颜知己，在市总工会，具体情况我不清楚，你妈妈来单位闹过两回，闹得满城风雨的，你爸也是个倔性子，越闹他还越坚持要离……是你当兵走的那一年，我想你应该也知道，说不定不回来，也有这层原因在内。”宋部长轻声道。

大兵舒着气，像是气不自胜，不过基于他对男人劣根性的了解，倒不觉得十分意外。

宋部长小心翼翼地说道：“结果还没来得及离，他就出事了。我还是那句话，作为父亲，作为丈夫，他可能不合格，但作为军人，他是楷模。”

“我也会把事物分成两面来看，可你想过我妈妈的感受吗？我想……她肯定对我们父子俩都绝望了。”大兵难堪道，报国为家，报到有家难回的份儿上，肯定是始料未及的。

这句话却是让宋部长放心了似的，他说道："所以现在好了，你能理解了。"

"我妈妈……她还好吗？"大兵嗫嚅地问。

"还好，她很坚强，当过随军医生，比你想象中坚强……你爸去了之后，你也一直不如意，后来有个机会招募走了，又是两三年没消息，所以……"宋部长道，吞吞吐吐。

"改嫁了？"大兵问。

"你要觉得难堪……就，不要去打扰好吗？那幢房子她留给你了，她什么也没有带走，还有你父亲的抚恤，都留着，给你成家……她不止一次来我这儿，托我打听你的消息，可惜你们警察方面保密，我什么也打听不到。"宋部长犹豫道，小心翼翼地观察着大兵的脸色。

脸色很好，他放心了，只是他不知道，怎么会像变了一个人一样。

"我没准备去打扰，不过……我就这么一个亲人了，我可放不下。谢谢您，宋叔叔。"大兵礼貌地向宋部长鞠了一躬，客气地劝着他别送了。

直到人走了，宋部长还在原地发呆，这……好像与预料的完全不同，省厅政治部给的消息是，这位有人格分裂倾向，可能会被旧事刺激，让他们注意方式方法。但这结果，却让宋部长觉得有亏欠和羞愧一样，实在是于心难安哪！

这一天是大兵生活的转折点，而且好像是回归正常生活的转折点。他去了市医院外科，在那里见到了魂牵梦萦的女人，哪怕头上已经多了几丝白发，却还像照片里那么漂亮，而且在记忆里变得清晰了，是他唯一的亲人——母亲！

母子俩相视间，思念、怨愁、忐忑，甚至像陌生人一样，近在咫尺，却不敢相认。大兵看着，想着爸爸，想着蜷缩在泥浆里、再也醒不来的爸爸，他未语泪先流，怯生生地叫了一声："妈，我是大兵，我回来了。"

妈妈号啕大哭，扑上来，搂着儿子，一遍一遍看，一把一把抹泪。从走廊哭到办公室，在办公室又哭了很久，可出来时，那擦干眼泪的脸上，已经带上了幸福和温馨的笑容，哪怕偶尔笑里还有泪。

这一天，在夕阳的余晖下，在岚海市北郊的烈士陵园，一对母子身影，相携站在一处碑前，待了很久。他们相携离开后，那碑身前放了好大一束鲜花，在锦簇的花团之上，镌刻着一位逝者的名字：

南骁勇　烈士之墓。

幸福时光

“潘主任，您的电话响呢！”

一位护士嚷着，人在前台，手已经指向会诊室。

“哎……来了，瞧我这记性。”潘云璇大夫笑着奔出来了，匆匆赶去会诊室，那脸上红光满面的样子，让小护士都嫉妒了几分——都年过五十的人了，头发一染、面膜一敷，你不细看，可比小护士们还漂亮。而且据说喜事连连，二嫁不久，亲儿子也回来了，那天见着的小护士都在疯传是个长腿欧巴，老帅了，私下里都嚼着舌根，是不是去勾搭一下这位主任的公子呢。

是个熟悉的电话，潘云璇看了眼，直接回过去了，人武部老宋打的，一接通，她问着：“宋部长，什么事？”

“哦……我没事，我是想问问……你有什么事吗？”老宋小心翼翼的声音。

听这话潘云璇瞬间就明白了，她笑道：“你是担心，我那个倒霉儿子回来了吧？”

“可不，他没去找你吧？”老宋问。

“找了，都好几天了，你才反应过来？”潘云璇故意道。

“啊？找了……那……你没发现什么变化？”老宋结舌了。

“没有啊。”潘云璇道。

“不能啊……大兵以前什么样？现在什么样？哎，把我给纳闷的，怎么跟重捏了一回一样。”老宋道。

潘云璇对老宋这份震惊很是受用，她笑道：“我说老宋，怎么我儿子变样了，你倒不乐意了似的？”

“不不不，我有点心虚啊。小潘，咱们认识二十几年了，别怪我说难听话……那个，当时招募他走，按照组织上的条条框框，肯定是冲着他的身份和履历来的，从事的任务我不知道，但是肯定受了伤……”

“脑枕骨部位以下，受到钝器打击。”

“哦，对，你是医生……脑伤导致失忆，而且有人格分裂倾向，这好像是……”

“精神类疾病。”

“哦，对，你是医生……啊？这不对啊，你都替我说了。”

电话里老宋说不下去了，潘云璇笑道：“你净瞎操心，别说养个儿子，我就养个猫儿狗儿它也不会咬我啊……不是我说你们啊老宋，他这人格分裂的精神类问题，都是你们那套训练给整出来的，从道德的角度看，你们的人为训练都是不人道的。”

“好好，你别指责我了……你没事就好，真没事吧？你……和老陈……他没说什么吧？”宋部长担心道。

这事却是让潘云璇又笑了，她幸福地说：“我实在不想告诉你啊，否则你会妒忌。我儿子给我买了一堆衣服、化妆品，还给老陈挑了一身冬装……宋部长，要不你也考虑一下二婚？”

“得了得了，拿我这老头子开涮了……那就这样，没事就好，孩子工作的事……”

“我要替他开口，他会小看我的，你省省吧啊。”潘云璇没接这茬，回绝了。

扣了电话，心情是无比之好，她看看时间已经临近中午，拨着电话，通了，听到一声“妈妈”的称呼，那份激动还是无法平复下来。她在电话上甜蜜地告诉儿子：

“等着妈啊，今儿中午给你做顿好吃的。”

放下电话，尹白鸽傻眼了，她挪了挪办公椅，椅子滑向书柜，那儿一柜子心理学、变态心理学、警察心理学，以及犯罪心理学的书籍，她又抽出来几本，铺在桌上看，找着有关人格分裂、人格识别性障碍之类的目录，想从理论以及案例里寻找答案。

“怎么回事啊？！居然挺好，情绪稳定。”

“如果受到刺激，再回忆起以前的履历，会让他的心态发生剧变啊，怎么说得跟没事人一样，而且还……”

“莫非他根本就是在伪装？！”

蓦地，尹白鸽想起了这种可能性，这个发现让她兴奋了，搬出来大兵的评测资料，视频，文字影像，再加上刚刚和宋部长通话得到的消息，她在还原着这样一个轨迹：特勤……任务……厌恶任务……然后在评测里伪装，或者不用伪装，只要努力达到一个让人不敢相信的水平，那结果就明了了，不是被清除出队伍，就是被扔到队伍的最后一排……然后，就可以全身而退。

是这样吗？

可是，即便是这样，当面对父亲烈士、母亲改嫁的原家庭，还会好吗？反正尹白鸽觉得如果这种事摊在自己头上，那恐怕整个人都不会好了，可偏偏大兵又给了他一个惊奇。

“怎么样？”

有人说话了，是一直静等着消息的石景春。对于退出的特勤，是要有追踪报告的，这种受过训练的人如果脱出监管，那危险程度有时候比犯罪分子还要高。

“我没法写啊，宋部长说他去他父亲的旧单位看了一眼，把自己的奖章都留下了，对了，和他父亲的留在一起了……嗯，还有件事是，他和改嫁的母亲相处得很好，据说，给他母亲买了一堆衣服，包括那位继父，也给买了一身……我怎么觉得不像大兵啊。”尹白鸽狐疑道，她所见过的，是大兵的凶悍果敢，嘴利言损，怎么可能还有乖宝宝的一面啊。

“或者他代入了另一重支配人格？！”石景春如是道。

这评判让尹白鸽像吃了只苍蝇似的反驳着：“你别老拿人格说事行不行？他归队你给下的结论就是形成了反社会人格，结果呢？203大案全靠他的消息逆转的。好不容易又归队，你又给下了人格倾向不稳定的结论，打回原籍了。我们培养一个出类拔萃的特勤，你觉得很容易啊？”

石景春被训得瞪眼了。训完了尹白鸽才发现自己训了位级别比自己高的，她补充了一句：“对不起。”

“别客气，我为我的职责负责，不稳定就是不稳定，如果知道自己曾经是这种情况，正常人能像他一样安之若素吗？”石景春反问道。

“我觉得应该有另一层可能。”尹白鸽一边写着报告，一边头也不抬地说道，“经历过背叛、死亡，从九死一生的危险线上回来的人，对生命、对生活，应该有着一种与普通人不同的看法……我目睹过，也和开过枪的警察谈过，所以我对你的结论依然保留意见。”

尹白鸽把报告递过去了，除了一切正常之外，加了一句：建议随时召回。

“那你同样犯了一个错误，如果以你的理论，他是不会回头的。”石景春不客气地拿起报告，辩驳了一句。

"相信我，会的……我给不出你支持的理由，但我感觉会的。这个世界平庸的人太多，包括你我，而有些人是注定不会平庸的，因为平庸对于他们的生活，是一种侮辱。"尹白鸽对着即将出门的石处长道。

石景春脸上红一阵白一阵，嘭的一声摔门而走，留了一句："我已经受到侮辱了。"

哦，也对，尹白鸽这才省得话味错了，她瞠目片刻，检视着自己为何如此心理失衡，似乎是不想失去这位特勤，抑或是……不想失去这个人？

她痴痴地想着，沉浸在回忆中，那初见时的朦胧，大兵在一队汉子里向他微笑，吹口哨；就像冥冥中注定一样，发现他履历时的惊喜，几乎是一眼就挑中了他。在漫长的卧底岁月，她每天就像这样枯坐着，等着大兵的消息，等着那一句痞痞的调侃："鸽子……老爷子在不在？"

"有话快说，有什么快放，老爷子不在你想干什么？"

"看来是不在，那就先调两句情嘛，你理论水平不错，教教我，如果想挑逗一位女士的情欲，用触摸的方式，你觉得应该是哪个部位？"

"不一样，有的在耳垂上，有的是眼睛，有的是胸部……当然，大多数都在唇上。"

"哦，那你呢？"

"滚蛋，没事我挂了……"

"等等……有事，我应该被派到彭州了，如果判断不错的话，彭州这个大本营是蔡中兴的要害。告诉你，我会是总经理级别的啊，不要太羡慕啊，我现在签字能报销十几万了……要不送你个包包，古奇限量版的怎么样？"

"你能不能别废话啊。"

"最后一句废话，你的G点在耳垂上，因为你在说这个部位的时候，我听到了语气稍重，语意明晰，其他的，都是掩饰……对吗？"

"那你的G点肯定在脸上，欠抽。"

莫名的回忆让她笑了，那仅存不多的调情成为她枯燥日子的唯一点缀，记得格外清楚，甚至有时候会被大兵离奇的准确判断吓一跳，不知道是心动，还是惊动，反正是吓一跳。

可郁闷的是，我没忘，他给全忘了！

更郁闷的是，他宁愿为一个女嫌疑人身败名裂，却把他曾经的战友拒之于千里之外。

尹白鸽重重地把书摔在角落里，莫名的烦躁袭来，让她坐卧难安……

和煦的阳光悄悄地从窗户上爬进来，照在一丛吊兰上，沿着曲曲弯弯的枝丫，投射在一位宁静的男子身上。他穿着居家休闲装，套着浅色的棉拖，正坐在躺椅上，一页一页翻着旧相册。身旁的茶几上，几本书摞着，伸手可及的位置放着一杯浓浓酽酽的茶水，似乎忘记喝了，绿油油的茶叶静静地悬浮在水中。

是大兵，他又一次笑了，看着小学毕业照，一眼认出了于磊，那家伙唇边的媒婆痣实在太惹眼了。

好几大本照片，小学的、中学的、参军的，不过他最喜欢的还是其中一张全家福，爸爸、妈妈，还有他。他不知道那是多大时的照片，扛着一支玩具枪，坐在爸爸的臂弯上，穿的是开裆裤，正威武地扮着酷相。

或许每个人都至少有两重人格，一面是社会的，一面是家庭的，就像从这些旧照中，他找到了那位英雄、那位烈士的另一面，肯定也纯真过、懵懂过、慈爱过……当然，可能表现方式激烈了一点，给儿子的成长造成了一点阴影。

可意外的是，那点阴影不知道什么时候已经消弭得无影无踪，是看到父亲在咆哮着下命令，还是看到父亲一身泥泞地被找到？反正是没了，一点也没有，他甚至有点期待，想重新感受一次皮带落在身上的感觉，想看看气得暴跳如雷的父亲，是多么可爱。

可这一页已经翻过去了。大兵默默地合上相册，在缅怀中，心绪如麻。越来越多的记忆碎片像拼图一样渐渐完整，曾经是这样一种生活：调皮捣蛋、厌学逆反，好容易上了个专科，出来却就业无门，于是怨天尤人、恨爸怨妈，于是逆反又成了偏执，像所有屌丝一样常常会恨自己没含着金勺子出生。

再接下来是当兵，那个残酷的环境可不会考虑你的个性。他估计自己是在偏执和愤恨的支配下，去接行刑这种特殊任务的，可杀人的戾气不是那么容易消化的，只会让积怨更重。而退伍后又面临着诸多的不如意，小法警、低工资、忙得像条狗、累得像骡子，于是又拼命地学习，想跳出这个圈子，想上个台阶，想告别屌丝的不如意生活……再然后，选择了省厅的招募，期待着改变命运。

对，这就是正确的答案，曾经那个自私的、虚伪的、功利的、冷血的大兵，连发小也看不顺眼，连战友也颇有微词。

“对不起，爸爸……我和妈妈都原谅你了，你却没有机会原谅儿子的不懂事了。真可惜，其实咱们父子俩一样，都糊里糊涂做了英雄。”

他欠着身子，像和父亲攀谈一样，轻轻地放下相册，扫了眼这个家，是人武部的老家属院子，阳台还是旧式铝合金封的，地面已经斑驳，墙上却还贴着不知道多少年的奖状……没有父亲的，全是儿子的，都是校运会体育奖状，当年学习肯定不咋地，能拿出来的恐怕就这些，全部被爸妈保存下来了。

他随手又拿起了一本《走进人格分裂》，搬开书签，翻看着。这是一本精神类的书籍，权威级别的，不过在他看来有点妖魔化人格分裂了。其实一个分裂的人格，哪怕是彻头彻尾的另一人又有什么关系？每个人的人性里都有自私、贪婪、欲望，同样也有善良、慷慨，以及无私的成分，区别在于，他处在什么样的环境罢了。

其实分裂着就挺好，要是一点都没分裂，那才叫倒霉呢。

大兵如是想着，像看笑话一样看着理论，如果真没有这次失忆，真还和以前一样蝇营狗苟，一心想着往上爬，那恐怕带给家人的会是灾难，而不是像现在这样简单的幸福。

门响了，大兵笑了，幸福来了。

他匆匆起身，奔过来时，老妈已经把门打开了，进门换鞋，提着菜篮一个转身问着儿子：“好看吗？”

“太漂亮了，我都不敢跟您走一块儿了，这出门别人不得把您当成我女朋友？”大兵笑道。

“臭小子，嘴甜，和你爸当年哄我一样……把菜择了。”老妈递着菜篮子。大兵忙着把青菜择了，把虾线挑了，放进了洗菜池子，他随口问着：“妈，陈叔叔来不？”

“没让他来，我和儿子的独处时间。”老妈在穿衣镜前徜徉着，那顾盼自怜的样子实在够呛。大兵笑笑表示理解，女人爱美这毛病，从十八活到八十都改不了。

洗菜间，老妈悄悄地踱进厨房了，大兵听到了，故作不知，然后被老妈在背后猛地一吓，他故作惊讶道：“怎么了，妈？你好像要给我惊喜？”

“这都被你猜到了？那你再猜是什么惊喜？”老妈笑着问，手藏在背后。

“嗯……礼物。”大兵道。

“沾点边，再猜。”老妈道。

“嗯……猜不着。”大兵讪笑了。你就算能猜到嫌疑人的心思，也未必能猜到女人的心思，特别是这种和你最亲的，越亲越难猜。

“当当当……看看，喜欢哪个？”老妈拿着一摞照片。

“呃……”大兵傻眼了，全是医院里护士、医师的照片，又来了，这才几天，开始逼婚了。

“这个，医科大毕业的，刚分配到医院，人挺漂亮……这个，实习的，肯定能进医院，她妈妈是妇联的，我认识，家教不错……这个，瓜子脸，瞧模样多俊，虽然比妈差点，可也够漂亮了……你看这个，旺夫相啊，家里老有钱了，自己开车都是马六……唉，傻儿子你说句话啊，都快三十了，不让我操心，谁还给你操心啊？”老妈催着，仿佛要马上定下来一样。

大兵开始牙疼了，他看着老妈这八卦样子，有点理解婚姻的恐怖之处了。他揣起来道：“妈，我得细细看。这不但是长相的问题，得心灵美，最起码得和您一样。”

“那是……得慎重，看上哪个，告诉妈，妈给你牵线，风风光光地给你娶回来。”老妈捋着袖子开始做菜了，干着活嘴也不闲，回头问着儿子，“大兵，你到底咋受的伤啊？”

“妈，有纪律，不能告诉你。”大兵笑道。

“算了，不问了，你和你爸一个德行，唉，献了青春献一生，献了一生献子孙，我们这一代最可怜啊，都不知道什么叫享受生活。你那个死鬼爸，把自己填进去不说，还把儿子送进去了……那年我就不同意去当兵，你瞧瞧，磊子那傻小子，自己都当经理了……你同学里，不如你的，现在都有在政府当官的了……”老妈牢骚开始了，一数落就是两代。

大兵在沙发上笑着问：“哎妈，你还恨我爸啊？”

潘云璇手停了一下，而后叹了口气，涮涮洗洗着，安静了片刻，就在大兵觉得这个心结难解时，老妈说了：“还恨什么啊？人都没了……要恨就恨那个狐狸精，勾引哪个年轻的不行，非勾引你爸个半拉老头，把你爸迷得神魂颠倒的……唉，我就不该去他单位闹啊，闹得他走时肯定都不安生啊……”

絮絮叨叨，开始自责了，好容易片刻安宁，老妈又问了："哎，兵啊……妈跟你说什么呢？工作怎么安排的？还回中院？那工资什么时候转过来？组织关系过来了吗？你整理整理，不行就去省城一趟，一次都办喽……不行妈陪你去……"

"嗯，知道了……"大兵听得耳朵发痒，有气无力地应着。

老妈又在说："兵啊，咱这旧家得装修一下啊，要觉得不好，凑巴凑巴买个新房吧，贷点款慢慢还，妈也能替你还点……"

"嗯，知道了……"大兵头歪了，没脾气了。

老妈又想起个事来："兵啊，回法院别干法警了，最好到民事上啊，调解调解、说道说道，反正就磨磨嘴皮子，也没啥大事，法警天天押解嫌疑人呢，多危险……你宋叔叔想帮帮你，我寻思着，你这臭脾气，肯定不愿意落人情，那个，你想啥你跟妈说啊，别跟以前一样，老像个闷葫芦不会吭声……"

"嗯，知道了……谢谢亲爱的妈妈。"大兵苦着脸，快哭了，这千头万绪的，该干哪一件啊，怎么老妈比省厅还麻烦。

还有更麻烦的，老妈又偷瞄了一眼，一看大兵没按照命令行事，不客气地提醒着："嘿，嘿，你别发呆，赶紧看看照片，相中哪个得赶快下手，迟了就轮不着你了，快三十的人了，自己找个对象都不会，还得妈替你操心……以前不这样啊，在外面勾三搭四的，脚踩好几只船呢……妈跟你说啊，那事可不行啊，看上哪个姑娘就得跟人家诚心诚意，朝三暮四可不行……现在的年轻人太随便了，同时谈好几个，那像什么话啊？兵啊，以后你可不能这样。"

"嗯，我知道了……"

大兵痛不欲生，一头栽倒在沙发上，在唠叨里，在油烟味里，在陋室破家的幸福味道里，他开始怀念在基地被禁足的日子了，那时候耳根子最起码是清静的，不像家里这幸福，片刻不得安宁啊……

屌丝难当

一辆火红的MINI车穿过马路，疾速地拐进岚海广场，一个漂亮的漂移入位，正进车位。

司机下车，蓬蓬头，长风衣，那身材可比车型惹眼多了，偶尔一回眸，哦哟，车靓人美啊，不知道这是谁的妞，这么拉风。

坐在广场健身架不远处长椅上的大兵，也看到这位拉风而来的，他做着准备工作，一朵玫瑰持在手中，准备开始第十三次……相亲。

长腿、细尖的高跟鞋、米黄色的风衣，蓬头有点嚣张，不过散发着一股子野性的美，像朵带刺的野玫瑰，不由得让大兵有点奇怪。这和前几位羞答答的护士、医生，包括实习生都不相同，天知道老妈从哪儿给他介绍过来这么一位。

那位女士走近了，扫了大兵一眼，普通的网球鞋、普通的运动装，人很精神，就是有点寒酸了。这身装束已经谈崩几个了，大兵一摊手，像是让姑娘看个完整，然后举着玫瑰，笑了。

“你是……南征？”姑娘问。

“接头暗号，一朵玫瑰。你是姜佩佩？”南征听得对方毫不客气，也如法回敬。

“对，我爸让我来相亲。”姜佩佩有点不情愿地坐下了，一把夺过大兵的玫瑰，随手向后一扔，“扔了吧扔了吧，让别人看见笑话呢……你别多心啊，我就是应付趟差事，我都相亲三十几回了，早麻木到没感觉了。”

“哦，居然有个比我还惨的，我离你还差点，十几次。那，统一一下口径？”大兵直入主题道。

“你是指……回去汇报为什么没谈成？”姜佩佩愣了下，没想到这么直接。

“对呀，你随便找个理由……嗯，我就不能随便找理由了，说你不漂亮吧，没人相信；说你家境不好吧，肯定不对。这样，我就说你根本看不上我吧。”大兵笑着道。

这个意外让姜佩佩哈哈大笑了，笑得好不开心，点点头道：“不错，这个理由不错，不过，我怕宋叔叔见怪啊，他和我爸是老朋友了，唉呀，都把你夸天上去了，我要说看不上，我妈又得唠叨了……再想想，给我个好主意。”

大兵也笑了，没想到相亲演变成串通回去骗父母，他想想道：“你说吧，什么理由可以交代得了。”

“很简单，你的问题，就没我的事了。”姜佩佩笑道，莫名地对这位穿着一般、长相挺帅的有好感了。

“我的问题就多了，你可以随便找啊，就说谈吐粗俗，要不尖刻小气，要不……反正什么都行，那个，姜女士，咱们省点时间，各忙各的啊，回去就说见过了。”大兵说着就要起身。

这一起身，那姑娘不乐意了，拽了他一把，不客气道：“嘿，相亲来了，一句话都没说完，你起身走是什么意思？有没有点礼貌，好歹也得女士优先啊。”

“好好，您先请。”大兵做着请势。

姜佩佩呵呵一笑，脸成一朵花了，告诉他道：“本来准备打个招呼就走，可突然发现你挺有意思的，不想走了……都来了，相相呗，我看不上你不打紧，大不了我给你介绍个姐妹。”

“己所不欲，勿施于人啊，你看不上别坑别人去啊……随你吧，反正我闲着也是闲着，不耽误你的时间就成。”大兵笑道，以前数位，都是用这种轻描淡写的态度给回绝了。

姜佩佩印象中，死缠烂打的、追着表白的、可了劲送东西的什么人都见过，就没见过这种淡定的，她狐疑地瞅了片刻道：“宋叔叔说你是警察？”

“嗯，正在等待报到上班，小法警，月薪三千四百五，不计养老公积金等各项扣除。”大兵严肃道。

“哈哈……我知道为什么都吹了，这薪水相亲确实有困难啊，房子呢？”姜佩佩笑着问。

“有一幢，不足百平，人武部老家属楼，括弧备注：小产权。”大兵告诉她。

姜佩佩笑得花枝乱颤，又问着：“不至于这么差吧，你妈妈不是医院外科主任么？”

“她刚提没多久，而且已经改嫁了。”大兵道。

“还有，男人怎么能没辆车呢？你不会坐公交来的吧？”姜佩佩关心地问。

“我有车……那不是吗，和你的车一种颜色，红的。”大兵道，指指远处。

姜佩佩定睛一看，一根灯柱边上靠了一辆破山地车，红色的。她回头白了大兵一眼，猛地笑喷了，笑得直拍腿叫着：“你这人太幽默了，相什么亲啊，去演屌丝男吧，没准儿能火呢，你演都不用化装。”

大兵陪着她呵呵傻笑，等姜佩佩笑停了，他还在呵呵傻笑。这笑惊了姜佩佩一下，她紧张地问道：“哟，你怎么听不懂好赖话，不会是宋叔叔瞒着我什么吧？”

“他肯定瞒你了，我脑袋受过伤，没告诉过你吧？”大兵撒手锏出来了。

“啊？脑残？太过分了。”姜佩佩怒了，觉得自己被骗了，不过她马上瞪着大兵问着，“逗我？脑残的能这么幽默？”

“真的……你看。”大兵掏出医院的诊断递给姜佩佩，这道撒手锏，已经成功谈崩了任何抱着希望的女方。果不其然，姜佩佩眼神复杂地看着大兵。大兵道：“我其实工作已经调到津门了，一受伤，不适合原岗位了，所以又给打发回来了，就准备报到上班，坐吃养老。”

“失忆啊，人格分裂倾向……好恐怖哦，就像……沉默的羔羊。”姜佩佩严肃地说。

“对。有时候我会变成另一个人。”大兵严肃道。

本准备吓跑，却不料起反作用了，姜佩佩一拍手兴奋道：“耶，我最喜欢看恐怖片了，哎你跟我说说，人格分裂什么感觉？能变成变态杀手那样的吗？”

“哦哟……来了个比我妈还难缠的。”大兵耐心快没了，他正色告诉这妞道，“佩佩，我跟你说，这个病不像你想象中那么严重，可也不是一点事没有，失忆有时候会发作，会回忆不起原来的生活环境以及熟悉的人，不至于到变态杀手那一步……那个，咱们该说再见了吧，认识你很高兴。”

大兵伸着手，要自己的诊断书，捎带着握手告别，可不料姜佩佩像生气一样把诊断书扔给他道：“切，一看就是装的。”

“哦，这都看出来了？”大兵装着自己的诊断书。姜佩佩却道：“当然看得出来，你以为我傻瓜啊，一般情况下见了姐不腿软的，还真不多，你算一个，也正因为你算一个，我才多和你说几句话，其他人，直接PASS了。”

“好荣幸……那改日再……”大兵起身，不料一只手一拽，又把他拽坐下了。姜佩佩粉面含霜地问道：“我有那么难看吗？多坐一会儿也不行？”

“没有没有，我是……我真有失忆症，我一不小心就忘了自己干什么来了。”大兵搪塞道。

“能不能别装？”姜佩佩怒道。

“好，不装……哎不对啊，我装不装都没机会啊。”大兵笑道。

“没准儿有哦，我发现你这人挺有意思的。”姜佩佩笑眯眯地回着，话说女人就是天生的人格分裂，前一刻粉面含霜，后一刻已经笑靥如花了。

如果在以前，可能心动，可能挑逗，可能勾搭，可在曾经沧海之后，那股子欲望却是淡了很多，就算有也不是面前这位能勾引起来的。急于结束纠缠的大兵突然来了一句：“但你的意思还差点啊。”

“什么？”姜佩佩笑容一敛，愠怒了。

“我也教教你，时尚的核心是一种自信和从容，过度的装扮反而会适得其反……比如你这发型就不太适合你，肯定是小店忽悠你做的杀马特吧？衣服倒是凑合，但搭配太差啊，胸前垫那么高吸引眼球啊？这是流行风格吗，简直是流氓风格。”大兵悠悠道。

姜佩佩嘴一努，眼睛冒火，要发飙了。

“昨晚喝酒了吧？又泡吧疯去了？你真以为咱们这三线城市里的酒吧，也能给你提供出像样的有品位的红酒？那玩意儿很伤身的。别问我是怎么知道的，你黑眼圈都出来了，眼睛里还有血丝，常熬夜吧，那会影响你健康的。”大兵道。

姜佩佩倒吸凉气，不知道该怎么办了。

“鞋也不对，红棕色高跟长靴和你的搭配反差太明显，养眼变成刺眼了。本来身材不错一美女，硬被你打扮成乡下丫头了，知道你这打扮叫啥吗？二胡配架子鼓，不搭调啊。回见啊，出于礼貌，叫你一声美女。”大兵悠悠起身，一招奏效，把姜佩佩驳得体无完肤，走了。

好一会儿大兵才听到背后骂了声：“变态！神经病！”

回头看时，那妞已经气咻咻地跑了，估计是真受刺激了。

大兵有点歉意，毒舌有点损，回头肯定又得受老妈的教育了。不过现在不担心这个，他脑子里蒙蒙的，想着曾经的岁月，驾着豪车，潇洒地飙在路上；西装革履，帅气地徜徉在莺莺燕燕间；含情脉脉，揽着上官在纵情地舒展着舞姿。

晃悠悠的自行车驶进了特马德汽车文化园，大兵敲了敲车窗，然后迎来笑得直弯腰的于磊。他看着大兵这样子，笑不自胜道：“哟，健身呢？现在可是有钱人都买自行车，穷人才买汽车……你丫这不对啊，上学时候的破车还在？”

“嗯，扔在地下室，我换了条轮胎，以后就靠它上班了。”大兵道，支起了自行车。于磊问：“哟，工作定了？”

“可不，今天报到最后一天，我想卡着点去，顺便来看看你。”大兵道。

于磊纳闷道：“你看我啥意思？定车不？公务员能贷款，我给你办个分期？”

“滚一边去，你都卖的进口车，死贵死贵的，我那点工资够加油吗？”大兵道。

“也是，有置换的二手的，我给你瞅辆啊。”于磊关心道。

大兵接着：“嗯，好，最好是不掏钱的。”

“哎，这是恢复了啊。”于磊惊讶道，“以前就这么坑，一点亏吃不得。”

“前事已忘，不过还是后事之师啊。磊子，我今天来，是道个歉，为以前的我道歉，中午叫上老马吃顿饭，我得请请你们，下午我去报到，回归正常生活。”

提及这事，于磊却是已经释然了，摆手道：“得了得了，气不在那上头，我是气你一走两年多，连个电话都没有，谁知道你成这样了……前面不提了，以后有啥事找我。”

大兵笑了，在特勤遗书上留这个名字是明智的，穿开裆裤的交情总还是靠得住的。谈兴正浓，他好奇地问道：“对了，磊子，以前我撬你那女朋友叫啥？我想了很久，好像没印象啊。”

“嫁人了，别想了……我后来都没见着，好像嫁给个海员了。其实就那么回事啊，咱们在部队给憋得，出来见着女的就眼红。这几年过来，见着女的就怵，这不单是脱裤子办事啊，捎带着把你口袋也得掏干净。”于磊感慨道，不复纯情的眼神里，色迷迷地瞧着车展大厅里几位穿工装的妞。

“那个，臀翘的……那个，坐收银台的，你上过。”大兵突然灵机一动，指着两位妞道。这一下子把于磊吓住了，他惊讶地看着大兵，有点恐惧地问着：“你变态得够厉害啊？”

“傻瓜，表情语言，你下意识看时，眼珠子停留了零点几秒，完全不是正常的表情，坐收银台那个，我第一天就发现了……她向你暧昧地瞟了几眼，很关心的那种，奸情直接写脸上了……别惊讶啊，审讯心理学，我毕竟当过警察嘛，专揪人的黑事。”大兵笑着道。

于磊仿佛又看到了当年那个奇损奇坑的大兵了，这个发现让他紧张了，他做着暂停的手势，示意着不敢讨论这个问题了。

“咱们应该多交流交流，说不定我还能帮上其他忙呢。比如我就能看得出，站在

GMC车前那个男的，要掏腰包了，但他喜欢的是那辆JEEP大切，只是暂时拿不定主意……你现在打电话告诉导购，让她大声说，有人预订JEEP，让她故意对这位顾客稍微冷淡一点……最好抱歉地告诉他，JEEP有人预订，如果要GMC的话，我们可以优惠……快点，你当奸商这么多年，不至于这个戏都不会演吧？”大兵轻声催着。

于磊被大兵的严肃吓到了，不过奸商反应快，急急拿起电话给导购拨着，然后跑到了外面通话，其实隔着玻璃就能看到。那女导购肯定也是个小人精，迅速领会意图，然后摊手给顾客说着什么，那顾客有点愤意了，指责了两句，再然后，指着JEEP，重重点着，那表情、那口吻是……就这辆了！小看谁呢，我还就马上开走呢。

轮着经理出面了，赶紧绕了个圈回来，给生气的顾客鞠躬，好说歹说，得嘞，非要不可，那只能把预订取消了。不过等那顾客刷了卡，坐等提车的时候，那满脸歉意的导购和磊胖子，心里早不知道乐成什么样了。

茶水泡了两道，这辆新车拴着红布条就卖出去了，等到送顾客去隔间办保险拿手续时，于磊再坐回来，已经是惊讶得合不拢嘴了，看着大兵，脸上多了一层崇拜的成分。

“脖子粗、腰粗、腿粗，手指也是又肥又粗，绝对是大款不是伙夫。越缺乏运动的人，就越喜欢运动越野类的车型，空间大不憋，驾驶位置大，方向盘不顶肚子……这号人不缺恭维巴结，缺刺激，你得给人家甩脸子摆谱装大爷的机会不是？都装孙子一样伺候着，挑谁的不是挑，多没成就感？”大兵笑道，这些在骗子窝里形成的观念已经潜移默化，开始有意无意地活学活用了。

“我错了，我真的错了，我还可怜你脑残呢……看来咱们的差距不是缩小了，而是更大了，有兴趣常来指导指导？”于磊亮着眼睛问。

“当然，我怎么会介意帮你。我还指着在哪挣点外快呢……靠工资重新开始生活的压力可是不小啊。”大兵笑着道。

于磊有点明白了，悻然道：“大兵，你入错行了，你要是当奸商，应该早富得流油了。”

“你又怎么知道我没富过？不过是从头来而已。”大兵笑着如是道，笑得有点苦涩，毕竟重新开始一个自己，不是那么容易的事。

报到期限的最后一天就这样浑浑噩噩地过去了，相了一回亲、卖了一辆车、请了一顿酒，到下午快下班的时候，大兵才晃悠悠地骑着自行车到了单位：岚海市中级人民法院。

门房居然认识他，可惜他不认识对方。悬着国徽的门后头，那个曾经待过的环境还是有些许记忆的。他记得有一辆标着“法院”的押解车，定制的，前面两个座位，后面是钢筋焊的笼子。他的职责就是从这里出发，到看守所提嫌疑人，拉到法庭，开庭，庭审结束，再押解回去……那辆车居然还没换，都破成那样了，轮毂都锈了。

他又往里走了走，一庭、二庭、三四五六庭，有民事，有刑事，在庭审间后、走廊底，也有钢筋焊的铁门，那个小间他记得，是把嫌疑人押解到庭时的暂休地方。他特意上前看了眼，记忆犹新哪，黑咕隆咚的小隔间一股臊臭味、脚臭味、体臭味合成的臭味，都不知道关过多少形形色色的嫌疑人了，有些家伙尿急，就直接在小号子里处理了，久而久之，这里成了一个谁也不愿意来的绝地。

而他的工作有一项就是：站在这个臭气熏天的地方，等着带人上庭。

神奇的地方，往往有神奇的效果，在这里居然唤回了他一部分记忆。他记得自己的生活像这个小隔间一样，是阴暗色调的；记得每天有气无力地、极度厌恶地来回奔波在押解的路上；更记得自己是那么麻木地，把一个一个猥琐的、剽悍的、气质不凡的，以及獐头鼠目的家伙，带上庭，然后再扔回看守所。

他慢慢地走着，慢慢地回味着曾经的法警工作、生活，曾经在麻木、厌恶、怨天尤人中的生活。而现在的心境却不同了，怎么看也像是一个简单的重复工作，不必再迎着明枪暗箭、不必再目睹生离死别，也不必再陷进尔虞我诈……押解罪犯，总比自己差点成了罪犯强啊。

爽朗、豁达的心态不知道在什么时候形成了，他信步上了二楼，敲开一扇门问着人事部门所在，一位麻木的法院工作人员头也不抬地指了指三层。他再上一层，找到人事部房间，敲门而入，一位戴着眼镜、身材发福的男子，正和一位满脸褶子的大婶聊天，那位大婶一笑就露着一口牙，龅牙，往外飘。

“我叫南征，我来报到。”

大兵对着两位介绍自己。那两位似乎认识他，似乎认识的表情里还有点没说出来的潜台词。男子叫他坐下，登记，拿了组织关系交上去，龅牙婶刷刷写着，那男子语重心长道：

“南征啊，你的情况院里已经知道了，就等着你来报到上班……咱们人事上安排讨论了一下，本来准备给你安排到档案上，可是档案上超编啊。也考虑过民调上，可那儿也超编，还考虑过办公室……可办公室超编得更厉害，一个主任，三个副主任，还有四个副主任科员，实在安排不下啊。”

“什……什么意思？难道让我光领工资，不用来上班？”大兵好奇地问。

龅牙婶笑了，直说这小子把自己当院长亲戚了，净想好事。

那安排接收的男子笑了笑，摇摇头，告诉大兵：“你是转业回来的，要不还干你的老本行吧，法警，没意见吧……这是暂时的，咱们院向来开放接纳人才，你可以参加司法考试，竞聘法官嘛……那就这样了，老吴啊，上编、工资造表别忘了啊……别客气，我们也是竭尽全力了，希望你理解……”

就是有意见，也没机会说出来的。大兵是在懵然中出来的，一堆东西交上去，基本就完事了，依然是国家的人。他礼貌地鞠躬离开，在掩上门的一刹那，听到了里面那位主任的牢骚：

“哦哟，又来个养老的，心比天高，命比纸薄啊……还省厅招募走的呢，瞧吧，退回来了吧，萝卜拔出来晒一圈，还得栽那个坑里，做人得踏实啊，不能太好高骛远。”

“这位好像是南骁勇那儿子吧，就那年抢险牺牲的。”

“可不……要不是咱们当时还不接收呢，现在这编制多紧张呢，多少专业对口的大学生想来都没门。”

“哦，应该是照顾进来的……那帮退伍的，素质都不怎么高。”

听到背后咬耳朵的闲话，大兵对自己的前身认识又深刻了一层，就这个没人愿意干的工作，还是照顾的，可想而知，以前得背到什么程度啊！

但更背的是，想跳没跳出去，又回到背地方了。法警科在楼后面，被楼堵得死死的，一个白天也得开灯的地方。坐着的是满脸愁苦的干警，话都懒得多说几句，对于大兵的回归连点惊讶都没有，大兵进去报到，领了一身衣服就下班了。

从这一刻开始，法警南征报到了、上岗了、开始上班了、回到原来的岗位上了……

重装上岗

唰……一股白练似的清水，冲向临时的羁押间，洗洁精冲起的泡沫鼓了一堆，在水龙头的冲刷下，渐渐看到了水泥的原色，泛黄的尿渍被冲了个七七八八。干这活的大兵倒没觉得什么，可却让中院瞅着、瞄到，以及路过偶尔搭讪的同事吃了一惊。

“咦？那不南征吗？怎么又回来了？”

“省里退回来了，没准儿犯什么错误了。”

“不可能吧，咱们这行要犯错误，那得是大错。”

“怎么不可能，总不成回来还是法警吧？瞧瞧，洗上厕所了……”

“哎……哎……这太、太过分了吧，南骁勇可是烈士。”

“人家自觉干的，要不说烈士家庭觉悟高呢，把清洁工都不愿意干的活抢着全干了。”

“不是……我听说他是受伤了，脑袋受伤了。”

“哦……看样倒是像啊……”

叹息的、可怜的，甚至幸灾乐祸的，执法群体也是人，少不了那些羡慕嫉妒恨，以及眼红、八婆加势利的因素在作祟，对于这位曾经高调调走的法警，大多数的评价并不怎么好。

一位穿着制服的男子匆匆地从门厅奔过来了，阔额、国字脸，就身材微微发福，也被制服的标准给掩盖住了，他奔到了大兵近侧叫着：“嘿、嘿，南征，这是干什么呢？”

“洗洗这个羁押间，经常用呢，比卫生间味儿还冲。”大兵道，回头看了一眼，是科长王文纪，据说是他的前同事里唯一还干着法警职业的，不过已经提拔了，现在成他的上司了。

王文纪撇嘴了，这就是个临时羁押开庭人犯的地方，但凡与嫌疑人有关的，在法警看来都是有某种晦气的，监狱、牢笼、戒具……不管是他们的物品还是他们待的地方，清洁工都不愿意碰的，反正都是人渣，他们都不在乎是什么地方，谁还关心这事。他拉了大兵一把道：“哎，算了，让人看见笑话呢……想表现也不是这个办法啊。”

“那你说什么办法？”大兵笑道。

“一个院长三个副院长，多走动走动就行了。”王文纪道。

大兵回看了一眼，这位权当是新认识的同事，他笑道：“我们天天押犯人呢，这么晦气，院长不嫌弃啊。”

“晦气你还往这地方来？”王文纪不屑道，押解的法警，是永远不靠近嫌疑人，更不愿靠近这个肮脏地方的，就算看押也是坐得远远的。

理由嘛，很简单，大兵苦着脸道：“太脏了，嫌疑人也是人嘛，不能把人家关在畜生的地方啊。”

“确实不能当畜生。”王文纪道，“不过他们中绝大多数，连畜生都不如。”

这话让大兵懵然看了和他年龄相仿的科长一眼，有点难以消化，李振华、上官嫣红、刘茜……那一位一位已经变成嫌疑人的故人，浮现在他眼前，让他轻叹了一声。

“行了，走吧，今天有开庭的，给你安排活了。”王文纪远远站着，大兵默默收了水管子，用拖布把里面拖了一遍，大致干净了，这才转身奔上来，跟上科长的身影。

一切从头来了，就像刚进单位的毛头小伙一样，王文纪边走边问着他：“南征，我怎么觉得你像变了一个人？”

“脑袋受了点伤，有点失忆、健忘。嗯，训练受伤。”大兵怕追问，搪塞道。

王文纪吓了一跳：“行不行？你可别健忘得把嫌疑人给丢了啊，这可是细活，押解人一道一道手续，档案得保存好呢，真出点岔子，你得去跟他们做伴了。”

“不会不会，又不是一个人干，再不行，我可以开车嘛。”大兵道。

“哦……”王文纪扭头了，命令前同事稍有不适，不过很快消失了，“你适应适应吧，这活嘛责任大是大，可也不算重，就是得天天接触嫌疑人，一般没人愿意干啊。大部分都是退伍回来临时当个跳板，干不了两年都想办法出去了。”

“那是为什么呢？”大兵糊里糊涂的，这行规，他却是没机会体会到。

“你说为什么？天天看着抢劫的、杀人的、强奸的、入户盗窃的，形形色色各种各样的坏人，时间一长，整个人都不好了，也就神经大条的才能干这活。”王文纪道，回头瞄了眼，看大兵脸上没啥反应，这倒是好事，他回身拍拍大兵的肩膀，揽着道，“南征，辛苦你了，要是能调配开，我尽量给你少安排……咱们以前都是同事，你说让我领导你，我怎么觉得不太舒服啊。”

“没觉得啊，这不各尽其职吗？我要是领导，我也安排你干活去啊。”大兵道。

王文纪没想到客气了句，被这么不客气地噎了下，他尴尬地笑笑：“对，你这觉悟确实高。来吧，时间快到了。”

楼后法警科，两辆车整装待发，押解的时间、路线都是不固定的，押解的人员是出车前才会递给你档案的，保留着基本的保密原则，毕竟工作的性质不同。

两组，第一组封刚、丁晓波。大兵刚认识，也是招聘进来的新人，退伍人员，刚转正。

第二组：庄海峰、南征。理论上庄海峰的资历没有南征老，可南征现在要忝列他的助手了，是位壮壮的小伙子，和庭审的交接完档案，一屁股坐副驾上挥手：开车。

这就上路了，方向是岚海市第一看守所，在临海区原新垦农场的位置，距离法院十九点九公里，需要在一小时内把人带来，然后九点半至十点庭审，再然后，把人送回看守所就 OK 了。

除了觉得这辆押解车实在难开之外，大兵倒没有特别的感觉，王文纪科长提醒过了，刹车硬，得提前踩，挂挡费劲，多挂两次。换车？就接个犯人，咋地，还配辆大奔？

被无情拒绝之后，类似合情却不合理的建议大兵不敢再提了，而且他开始小心了，因为他总觉得自己说话，有时候会莫名其妙地让别人反感。他后来想想，估计是自己离开体制太久的缘故，沾惹了很多所谓的“不良习气”，于是回到体制里反而格格不入了。

那些无形的规则是很多的，比如前天组织捐款，给残疾人捐，一把手五百、二三四把手三百，科级二百，普通职工一百就行。大兵实在看不懂，捐款怎么搞得像摊派，他倒不介意，可是别人就很介意了，这个夯货捐了五百，于是大兵像打扫羁押间一样，收获了无数白眼加戳脊梁骨。

“哎……南征，我怎么听说你以前就在中院？又回来了？”同伴庄海峰问。

“嗯。训练受伤，不适合新岗位，就回来了。”大兵顺口诌了句，瞟了庄海峰一眼，这位让他多有好感，人黑黝黝的，坐姿是端坐，额上的压痕还在，那都是部队训练的结果，一眼扫过，他随口问了句：“装甲兵？”

“嗯。”庄海峰随口应道，然后一奇怪，反问着，“咦？你怎么知道？”

“活重伙食好，一出来都是手厚皮糙，小臂肌肉发达。”大兵笑道。

“可不，抬弹药箱就练出来了，哎你是什么兵种？”庄海峰好奇地问。

“武警。”大兵道。

“武警不行，太松垮了，我们那训练真叫苦，新兵连就开始扛着弹药箱越野，我去过你们武警部队，那训练跟玩一样。”庄海峰极力贬低着大兵曾经的职业。

大兵笑了笑，没做解释，也不好做解释，他转着话题问：“今天押解的什么人？”

“一个入户盗窃的，还有一做假护照的，不是什么重刑人员。”庄海峰合起押解文件，不自然地牢骚就来了，而且果真是整个人都不好了的那种，这家伙保留着部队的悍兵风格，“他娘的，你是不知道这些人有多坑啊，假护照做出国际水平来了，还净给蛇头做，在国外用呢！前两天还带了个七十二岁的，你猜什么罪？一定猜不着，居然是猥亵幼女，庭上家长气得都快昏了，我瞅着都想把那老流氓掐死得了！咱们这叫什么工作啊？简直就是垃圾桶，社会上容不下的垃圾，都得咱们倒。”

“总得有人倒啊，要不留社会上，难受的人不更多。”大兵幽幽道。

觉悟这么高？庄海峰愣了下，瞅瞅大兵，好半晌才奇怪地问着：“南征，我听说你是脑袋受伤了？”

“对啊。”大兵道。

“怪不得呢，我不是笑话你啊，好歹咱们都是当兵的出身，兄弟给你说句心里话啊，窝屈，真的很窝屈。”庄海峰道，大兵不解，于是这位干了一年多的老法警，开始把垃圾往外倒了。

“论待遇，咱们比人家招进来的大学生差一截；论实惠吧，人家走后门也是找法官，不会找法警；论责任吧，咱们的责任比谁的都大，嫌疑人出来自己磕下碰下，都是咱们的问题，我照顾我爸都没这么上心过，只怕哪个蠢货想不开，拿脑袋乱撞呢。千言万语汇成一句话：咱们够窝屈了，你可别犯傻啊。”

“我……我犯傻了吗？”大兵瞠然问，从来想不到，以自己的智商换个地方，居然会犯傻。

“啧，也就咱自己人我跟你说，捐款你和领导捐一样多干什么？人家捐五百，你也捐五百，好像你觉悟已经赶上领导了似的……即便你觉悟赶上领导了，那不是显得其他人觉悟都比你低了？还有啊，早晨来了就冲那羁押间干吗，那地方比厕所还晦气，好死不死的什么犯人都从那儿过呢。”庄海峰拉着脸道，面相愁苦，眼神暗淡，果真是整个人很不好了。

“您说得对……我，我这不是新来吗？您得让我适应一下，这样，您就把我当新兵得了。”大兵委婉道，不忍拂了这位同事的好意。

“不用我教你，干这活，用不了多长时间，再阳光的人也得悲观厌世。”庄海峰道。这话大兵不同意了，直道：“人家嫌疑人都不悲观呢，咱们厌什么世？”

“这你就不懂了，嫌疑人只要不是死刑，他有盼头，咱们这……没盼头。”庄海峰道，他掰着指头数了，法警最好的归宿，是累积几年资历就换岗位，顶多也就是后勤、庭警或者其他非技术岗位，没有出头之日的。说白了就像看守所号子里那些最底层的犯人一样，是被吆来喝去的一类，没人拿你当根葱。

浓浓的愤世嫉俗，大兵不止在一个人身上看到，这点让他很迷茫，总是试图回忆起，是不是曾经的自己也是这样？但他回忆不起来，特勤的经历相较于此时的工作，是一种悠然和惬意，是他最神往的心安归处……可现在却有点糊涂了，怎么好像又错了？如果没错，那为什么这么多的不如意？

大兵不知道该怎么安慰这位同事，可能从部队那个大熔炉回到地方这个大杂烩的环境里，还真是很难适应。那个简单、强调共性的地方，你适应规则会很容易地按部就班来，而在杂七杂八的社会环境里，谁能数得清，有多少在明里暗里起效的规则及潜规则？

到了第一看守所，庄海峰都懒得下车了，站在车后，打开车后厢——那间小笼子隔间，把押解文件扔给大兵。大兵整整法警制服，进了两道门，文件验明，过了一会儿，才见管教带着嫌疑人从号子里出来，出最后一道门，打上手铐，签字，这才交给大兵。

两个，一个发疏獐头尖下巴的中年人，老佝着腰，另一位居然是个胖子，看守所的低劣伙食居然没把他饿瘦，一摇一晃地迈着公鸭步子，这位不用佝腰，想弯腰都不容易。

待遇很直观，庄海峰站在押解车前厌恶地一指车里：上去！

两人上去，拍好门，上锁，验过文件，出看守所，原路回返，这个感觉让人怪怪的，而且有嫌疑人在场，法警都会虎着脸，保持着自然的沉默，一直回到中院都没有说一句话。

两人被带进了已经打扫干净的隔间，先提审的是那个胖子，没承想居然是位做假护照的好把式，他被庄海峰带到庭上，那儿有法官、书记员、公诉人，庄海峰顶多站在门口等着结束。到时候，恐怕还得那个叫大兵的法警去看守所交给嫌疑人。

“大哥，大哥……”

一个不和谐的声音响起，大兵侧头，是那位佝腰的，正贼头贼脑小声试图跟他说话。按照纪律，是不能和嫌疑人接触的，大兵没吭声，那位哀求道：“给支烟吧，这里面憋得好难受。”

“装吧，你根本不抽烟，看守所里就算能抽烟，也轮不到你吧？”大兵道，作为曾经的特勤，有一点长处保留下来了，那就是眼光。他没有闻到明显的烟味，而且这个佝腰的在正常的认知里，也属于号子里的最底层。

“哎呀，这您都知道……不瞒您说啊，大哥，给我几个烟头就行，我们出来提审开庭都有任务的，一个烟头也拾不着，回去得挨揍啊。”那位嫌疑人哀求着，而且早瞄上了，手在羁押间指指不远处，“那儿，那儿……就有。”

指向处是垃圾桶，桶上凹盖里有几个或长或短的烟蒂，大兵纳闷了，忍着笑问：“你们这号子里，居然还有目标考核？”

“可不，牢头管得严着呢，捡不着好烟头，挨揍呢。”嫌疑人道。

“怎么？看着我好说话？会给你捡烟头？”大兵瞪着眼道。

“不是，看您……像好人。”那位嫌疑人抬头了，期待地看着大兵。大兵蓦地省悟了，也许是特殊境遇的原因，可能自己的眼光中缺少了法警惯有的厌恶、嫌恶，以及避而远之，才让嫌疑人视作好人。

这个省悟让他哭笑不得了，瞅瞅这位身瘦骨细的毛贼，他拉着脸道：“知道里面不舒服还不干好事，犯什么事进去的？”

“没……没犯什么事，就回家拿了点东西……就被抓进来了。”嫌疑人嗫嚅地说着，仿佛也是位心理大师在察言观色。

“撒谎是吧？能让中院判你，能是就回家拿了点东西？”大兵道。

“嗯，我是去别人家拿的。”嫌疑人犹犹豫豫道，在这一刹那，他看到了法警的嘴角上翘，然后大兵这位法警出糗了。侧头看，那货正笑眯眯地向他示好，而且愣是用这句话，逗出大兵的笑容来了。

“哎大哥，就俩……给俩烟头，我念着您的好呢。”嫌疑人顺杆往上爬了。

“不行啊，帅哥，我在监控探头下，是不能和你接触的……对不起了。”大兵道，拒绝了，拒绝时，明显看到嫌疑人身形萎缩，眼光黯然，靠着铁门，像被人奸殴一通一样，垂头丧气的。

不知道触到了大兵的哪根神经，哪怕是目睹死亡已经冷血，哪怕是身处敌对的位置，也莫名地让他有点怜悯。他不知道这种怜悯来自何处，似乎不是他这种人应该有的，就有，似乎也不应该给笼子里关的这种人。

“你家里，还有什么人？”大兵轻声问，保持着警戒的姿势未动。

“有老婆，肯定早跟别人过上了……有娃，出去肯定不认识我这个爹了。”这位年纪已经不小的嫌疑人，忧伤地看着号子里的水泥顶，那神情好不落寞。

“你不是一进宫了，这么油滑，而且敢撩法警，应该是个老油条了，第几次了？”大兵问。

“不算派出所的，第三回了，这回惨了，摸了对镯子居然是玉的，居然值十几万……哎，让我两千块钱给卖了，没文化真可怕啊，坐牢都坐得糊里糊涂的。”嫌疑人感慨道，话里带着浓浓的忧伤和后悔，是实打实不掺假的。

不是后悔干了，而是后悔没文化地干，实在冤枉。

这就是可怜之人，必有可恨、可恶之处了。大兵有点纠结，被关进笼子里的坏人，你说应该关注他的可怜之处呢，还是多想想他的可恶、可恨之处呢？

庄海峰打着手势，叫着大兵，大兵开着铁门，押着这位嫌疑人，出门时他做了一个意外的动作，把这货往垃圾桶边带，然后故意在垃圾桶边上停留了一秒钟。这个毛贼手快得很，等离开时，那里面的几个烟头都被他捞得干干净净了，而且这毛贼回头朝着大兵感激地一瞥，轻声说了句谢谢。

大兵表情严肃，一言未发，带着他上庭了。像什么也没有发生过一样。

不过他的心态放松了。每个人都要选择自己的站位，或站在悲观里、或站在乐观里、或站在希望里、或站在绝望里。可事实并没有那么单纯，站在悲观的角度，你肯定要丢掉乐观；站在绝望的角度，哪怕有希望也会被你忽略，就像这个可恨又可怜的毛贼一样，你恨他，他不会更差；你可怜他，他也不会更好，恰恰相反的是，你选择对他的方式，影响的是你的心境。

所以，在这个本来就歇斯底里的世界，那些形形色色的罪犯又何曾有过一时消停，你一个小法警的感受谁又会在乎？整个人就算再不好，也是自找没趣。

一念至此，大兵微笑地看着同伴庄海峰，对比鲜明的是，庄海峰一脸恶相，苦大仇深地盯着那位做假护照的胖子。他慢慢踱步上前，那位刚从庭上下来的胖子豆大的汗滴还在，不知道是憋的，还是紧张的，反正吭哧吭哧直喘气，他警惕地看着两位法警，像随时准备起身脱逃一样，这紧张的架势让庄海峰也戒备了。

“把他放出来吧，让他上个厕所。”大兵道。

“啊？”庄海峰吓了一跳。

“我来。”大兵拿着钥匙开门，示意着庄海峰去看着庭门。当的一声打开门，那胖子紧张地看着大兵，大兵扶着门道：“出来吧，去上个厕所，洗把脸……是不是喉咙发干，那儿有水。”

哦哦哦……这胖子惶恐地一点头，这才跟着大兵出来，进了斜对面的卫生间，又翘屁股又挺胯，终于憋出尿来了。这头放完，那头就着水龙头冲脸冲头，咕嘟咕嘟直灌，片刻一仰头，哎呀，那舒爽得一呼气，爽歪了。再看大兵时那眼神里可都成了感激，直鞠躬点头谢着：“感谢政府，感谢警察……太感谢了，哎呀，快把我憋死了……”

“出来吧，时间就快了，这个庭开完就能回去了。”大兵站在门口，那胖子千恩万谢，晃晃悠悠进羁押间了，不等大兵动手，自己就把门锁上了。

“胖子，你得减减肥了啊。”大兵随口道着。

“哎，您说得对，我这不正减着呢吗？每回抓进来关几年，基本就相当于减肥呢。”胖子受教道。

“太给国家狱政管理增加负担了啊。”大兵道。

“没增加。”胖子严肃地纠正，“我就想多吃，政府也不给啊。”

“不给是考虑你的健康无法承受，判决下来，去监狱好好改造啊，人不能一辈子老干坏事，将来出来换个活法啊，别让我再碰见你，还拉你上庭。”大兵道。

“哦，应该的……警哥，谢谢啊，谢谢。”胖子前口应着，后声就不对味了，他道着，“将来再犯事碰到你就好了啊。”

大兵愕然侧眼，那胖子省得话不对了，不过廉耻之于他基本属于可忽略的成分，他呵呵地傻笑着。

想指望这号人改过自新恐怕有点难度，大兵也无语地笑了。

这一天的庭审，法官有点奇怪，出奇地顺利，嫌疑人不像平时那么梗着脖子仇视加胡搅蛮缠；庄海峰也有点奇怪，笼里子关的俩货送回看守所时，一路谈兴颇浓，还互相交流呢：老贼说了，胖子，我出去给你介绍个好活，包你减肥；胖子不屑反驳，哥是高智商人才，当贼多没技术含量。两人打屁一路，送回看守所，连管教都在奇怪，这对货不像去接受审判了，倒像去旅游了一圈，轻轻松松回来了，以往审判归来，可是一个比一个哭丧。

没人注意到这些细微的变化原因何在，就连大兵也没有注意到，他能毫无滞碍地和这些形形色色的嫌疑人交流……

有美成双

11 月 16 日，一驾波音飞机缓缓降落在津门机场。这架飞机载回了一位特殊的旅客，因为这位旅客，省厅派出的侦查员在境外就登机随行了，航班落地，数辆警车已经泊到了舷梯的位置，接送大巴载走旅客之后，这位神秘的旅客终于现身了。

蔡中兴！

津门、彭州数地原始股诈骗案、非法集资案重点嫌疑人蔡中兴，自境外回国投案自首。

像生怕自己遭受不测似的，他一现身就掏出一张纸，写着自己的大名，对着远去的旅客大喊着："我是蔡中兴，我回来投案自首……我是蔡中兴！"

"走吧，谁还记得你啊。"一位侦查员在背后催道。

下舷梯，戴上了铐子，高铭仔细看看这位面目愁苦、变得消瘦的嫌疑人，随口道了句："蔡老板，看来境外过得很不如意啊。"

"我是投案自首，你们不能这么对待我。"蔡中兴有气无力地道了句，看这场面，两辆警车，规格太低了。

"你快算了啊，要不是钱没走，你能回来？"范承和挖苦了一句，押着人上车。蔡中兴气愤地喊着："我要见我叔叔，我要见你们领导。"

"等服刑期满，会见着的。"范承和把人带上了车，瞅了眼，悻悻地骂了句，"那晚要得挺聪明啊，坐旅游大巴溜了……早知如此，何必当初啊，蔡老板。”

“好像当初我站你面前，你敢抓我似的！”蔡总余威犹在，反驳了范承和一句。

“也是，赶紧想好坦白交代啊，你叔叔都交代完了，连他是你亲爸都交代了。”范承和损了一句，嘭的一声关上了后备厢，任凭蔡中兴在车里咆哮失色。他挥挥手，这辆押解车先行，回身他登上了另一辆车，旋即跟在押解车后。

开车的是尹白鸽，她是插到今天的押解任务里来的，或许是某种心结未了，总有看看坏人下场的那种冲动作祟吧。这场正义哪怕迟到得有点太久了，好歹也找到了点大快人心的感觉。

高铭有点兴奋，直说着那件旧案的惊心动魄，范承和这个跟屁虫不时附和，兴奋了一通，又开始牢骚了。津门及周边省市，临近年关又曝出了几起非法集资案件，而之后的案件，却没有蔡中兴一案顺当了，少了翔实的消息来源，大多数都是崩盘后才发现问题，到发现问题时，已经是无法挽回了。

于是高铭哀叹了句：“执法环境在恶化啊，民间的戾气越来越重，警察越来越不好当了。”

“队长，这不属于您的职权范围吧？”范承和笑着问。

“滚蛋，你懂个屁……别走到哪儿都嘴欠啊，没准儿哪回说不对话，让你吃不了兜着走，没见网曝的，警车停饭店门口吃顿饭，就被无数公知指责了。”高铭牢骚道。

尹白鸽笑笑，悠悠道：“权力被监督那是好事啊，不过要过度了，只能证明，普通市民的安全感越来越低了啊。经济发展、犯罪率增长，不管你承认不承认，是一对正比关系，就海洋另一岸公知吹捧的美利坚合众国，20 世纪五六十年代经济发展的黄金时期，恰恰也是社会治安最差、犯罪率最高的一段时期。”

“哎呀，怎么什么坏事让您一说，还就成好事了。”高铭辩不过了。范承和又嘴长了，问着：“尹指挥，什么是公知啊？”

“我这样解释，学经济的很头疼，因为每派的经济学家都有不同的理论和答案，公知精英们就不同了，他们会告诉经济学家，来做公知吧，对于公知而言，不管什么问题，都是体制问题。”尹白鸽笑着道。

“哦，我明白了，就是网上瞎聊的那些货吧。”范承和极度不屑道。

尹白鸽扑哧一笑，直赞形容准确。高铭笑道：“您别介意啊，尹指挥，咱们队里多数都是这号直爽性子。”

“怎么可能介意，范大可是英模人物。”尹白鸽笑道。一提这事，范承和直摆手说：“快算了，就两千块奖金，都被兄弟们吃得超支了，以后评优什么的，我是死活不当啊，按我队里谁评上谁请客的规矩，指定得赔钱呢。”

这话引得两人又是一阵好笑，在那个雄性激素过盛的集体里，总会发生些让人啼笑皆非的故事，集体抓大头吃大户，算是最轻的一种了。

押解车是直接朝看守所去的，拐下机场高速时，高铭偷偷瞄了尹白鸽一眼，觉得地心情颇好，终于小心翼翼地把心里话问出来了：“尹指挥，我能问个事吗？”

“想问……大兵在哪儿？”尹白鸽学着他的犹豫口吻，像调侃。

“那我还是不问了。”高铭失望道。

“你可以问的，但我不能告诉你，告诉你违反纪律啊。他这样的人，回到普通、正常、安宁的生活中，难道你们很介意吗？”尹白鸽反问。

“那倒不是，我们也想啊。”高铭道。

“哎，尹指挥，他能行吗？其实我们知道他的名字，也知道他当过法警，很好查的。”范承和小心翼翼道。

尹白鸽头也不回地提醒着：“那你们准备好啊，万一有事，先揪的就是你们，知道他去向的人不多，那个名字，你们最好忘了。”

对于特勤人员，除了尊重，还有一层是讳莫如深，两人知道轻重，不多言了。可此时却听得尹白鸽幽幽地叹了声道：“其实可以更好一点的，他这么回到地方，比打回原形了还不如，就即便留在基地也行啊，可偏偏是出过这么一趟重大任务，按特勤条例，是必须离开案发地的。”

这是预防有纠葛，或者有什么不可测知的危险，毕竟从事的工作特殊。高铭表示理解地说道：“其实，我就是担心，这回去能适应吗？要想不起来还好说，要都想起来，那不更难过……哎对了，他家里情况……还行吧？”

“告诉你也无所谓，他的家庭有点特殊，父亲是个烈士……”尹白鸽幽幽地说道，把大兵的家庭情况简略地告诉了两人。

没想到是这种情况，高铭有点难堪，范承和却是脸色铁青，愤然道：“那就更不应该这样对他了，这不找着让人说卸磨杀驴吗？”

“你小子会不会说话？”高铭斥了句。

“我就这样，看不惯把我嘴缝上啊，我到现在都没想明白，组织上出于什么心态，把人给扔回原籍，别给我提什么人格分裂，咱们这行，有几个不分裂的？不信把队里的人拉出去，放在他的环境里试试，不黑化变质才见鬼呢。”范承和气愤道。

“你少说两句行不行？”高铭斥声弱了，看着尹白鸽的脸色。

“呵呵，我很赞同你的意见。”尹白鸽讪笑道，“其实孙副厅也是一片好心，真留下，再出什么任务，那出去有个三长两短……你觉得那种情况下，会比现在更好？不要那么多牢骚，特勤的工作性质你们也知道点，有些可能一个任务都做不到就废了，有些连废的机会都没有，要是能有一个回归正常生活的机会，何尝不是一件幸事。”

言已至此，唉声叹气间，高铭和范承和默认了。

其实最难说服的不是别人，而是自己。当看守所大门开合时，当威武的警员身穿着警服，头顶着国徽，庄严地把嫌疑人押解、移交时，那一幕场景莫名地让尹白鸽有一种错觉，仿佛其中的一位，是南征，是代号大兵的战友，是他亲自把这位作奸犯科的嫌疑人，押进了他最终的归宿。

一桩心愿，随着蔡中兴的入狱，终于了了，可是又一桩，却悄无声息地发芽了，滋长了，蔓延了。尹白鸽匆匆赶回厅里，行至途中才猛然想起，今天是周六了，根本不上班，而她所在的政治部，更多时候在别人看来，上班和不上班没有什么区别……成天在文山会海中度过，时间过得越久，人越会觉得麻木。

她驾着车，漫无目标地走着，不知道是在什么东西的驱使下，她在手机导航里输入了“岚海市”三个字，看看 200 公里的距离，做了一个决定：转向，去岚海市。

纠结了几个月，而这个说走就走的决定，只用了一秒钟……

“一颗呀小白杨，长在哨所旁。”

“风儿吹，雨儿长，和我一起守边防。”

鬼哭狼嚎的歌声回荡在楼道里，潘云璇一听就发牢骚了，这几个臭小子，把我家当成文娱活动室了。她蹬蹬蹬加快了步子，掏着钥匙开门，一开门就看到，儿子弹着吉他，于磊、马良臣跟着哼哼，桌上杯盘狼藉，酒瓶子都扔了好几个了。

“哟，阿姨，您回来了。”于磊兴冲冲地起身了。

“咦？妈，你怎么来了？”大兵惊讶了声。

潘云璇发愣了，似乎不知道该怎么处理了。马良臣道：“阿姨，我们实在没事，这不仨战友凑一块儿瞎乐呵乐呵……您吃饭了吗？要不我给您做去。”

嗯？怎么了？好像老妈脸色不对，大兵好奇地凑过来，小心翼翼地问着：“妈，您怎么了？”

“没事，没事，我还以为你一个人在家，准备给你介绍个……对象呢。”潘云璇慢慢地笑了，笑里又有点尴尬，大兵一听拉脸了。于磊和马良臣哈哈一笑，于磊道：“阿姨，谁呀，先让我们瞧瞧？”

“去去，你什么眼光。”潘云璇斥了句。

老马道：“阿姨，您那眼光不行，大兵见过世面的，咱们小地方这些姑娘，肯定不入眼了。”

“别胡说啊，什么小地方不行，哎我说你们……”潘云璇指着，这肯定是要下逐客令了。大兵赶紧拦着：“妈，妈，您别，我明天一定去相亲，您说跟谁相，我就跟谁相，成不？今天我们好容易聚聚，刚喝高兴了呢。”

“喝酒重要，还是相亲重要？”潘云璇愤然问。

“相亲重要，绝对是相亲重要……那我们正喝着呢。”大兵道。

却不料这个借口也不行了，老妈一笑道：“知道就行，我把人都带来了……佩佩，进来啊。”

呃……大兵一个酒嗝，吓了一跳。

呃、呃……于磊和马良臣接连两个酒嗝，丑态毕露。

只见得门外，千呼万唤方出来一位，好温婉的姑娘，长发如墨、风衣似火、白里透红的脸蛋俏生生欲说还休地站在门口。

大兵惊得直挠脖子，这不那位剽悍的姜佩佩吗，怎么一转眼变成这样了？马良臣和于磊却是惊讶于潘医生比他儿子还能耐，居然带回位极品来，相亲相到家里了。

“愣着干什么？散了散了，下顿就是喜酒了，有你们喝的。”潘云璇逐客了。

于磊恍然起身，披着衣服道：“对，对，我喝多了……我先走了啊，大兵。”

“我也是，我喝好了……阿姨，我们走了……”马良臣笑眯眯地起身，知趣地离开了。

两人和姜佩佩打了个招呼，有点艳羡地又瞅瞅大兵，给了鼓励的手势。这两个灯泡一走，潘云璇可是不客气了，拉着姜佩佩给儿子介绍着：“这是佩佩，妈跟你说啊，这可是你宋叔叔战友的女儿，还到国外读过书，现在在咱们市里搞广告策划……工作肯定比你强多了啊……佩佩，这是我儿子，南征……你们上次不是已经见过了？”

“妈，我们……”大兵指着姜佩佩，要揭底，却不料姜佩佩道：“我们肯定谈得来的，阿姨您放心。”

“我就是担心你看不上我这傻儿子。”潘云璇不好意思道。

姜佩佩得意地瞟了大兵一眼，却是委婉道：“怎么会啊，阿姨，我从小的梦想就是嫁个警察。”

“那太好了，我儿子就是警察。”潘云璇乐了，大兵急了：“妈，我们上次……”

“谈得挺好，就是担心怕您接受不了我，所以我才去找您的。”姜佩佩又抢话了，委婉、娇嗔，像自家姑娘一样，恰到好处，把大兵的话给挡住了。心花怒放的潘云璇拉着佩佩的小手，乐道：“怎么可能？打着灯笼也难找啊……哎，你们坐，我给你们做饭……”

“啊，要不，我们……自己去吃。”姜佩佩刻意地做了个尴尬的动作。

然后潘云璇恍然大悟道：“对对对，你们年轻人，还是自己出去吃……大兵，妈收拾家，你别管了，你去吧……”

老妈求之不得地给两人提供方便了，把有点不情愿的儿子从门里推到门外，嘭的一声把门关上了。

门关上的那一刹那，已经走出几步的姜佩佩得意地回头，扑哧一声笑了。

大兵怒容满面地追上来，愤然道：“喂喂，你这什么意思？咱们不当场吹了吗？怎么去找我妈去了？”

“我又想和你谈谈不行啊？”姜佩佩针锋相对，得意地笑道。

“谈什么？你是想看叫花子唱大戏，穷开心是吧？”大兵急切之下，跟着八喜学的顺口溜出来了。姜佩佩听得一愣，然后咯咯直笑：“就知道你这人可有意思了，那开心不行啊？”

“好好，对那天的事，我郑重道歉行了吧，我妈快急得恨不得给我拉郎配了，您别去逗她成不？”大兵客气地道歉了。

“那没问题，可这来都来了，好歹让我宰你一顿消消气啊。我可是头回被人给甩了脸子。”姜佩佩不客气道，先是笑容满面，瞬间又是粉面含霜。

“哦，好吧，惹不起你，我认输……别宰太狠啊。”大兵低声下气道了句，不无愁苦地往自己窗户上瞄了一眼，这时候，老妈肯定在偷看呢，而他，哪怕再委屈，也舍不得让老妈失望啊。

这时候，一只纤手挽上了他的胳膊，大兵一愣，却见得姜佩佩朝他做着鬼脸："给你个面子，别当真啊，看得出来你在乎你妈妈的感受。"

"谢谢。"大兵道。

"不客气，我正寻思着，是不是把你带回家让我爸瞧瞧。"姜佩佩侧头审视着大兵，像在看是不是货能对版。

"什么意思？咱们合伙去骗我妈，再骗你爸？"大兵瞠然道。

错了，姜佩佩摇头道："你这傻样恐怕骗不了我爸，可我又不想假戏真唱，你说我该怎么办？"

"你的事你问我怎么办？那赶紧找个对象呗……哦，看你这样是不想找，不会是性取向有偏差吧？"大兵直接问。姜佩佩拧他一把放开了，直斥道："啊呸，你才有偏差呢，姐是独身主义者。"

"那咱们信仰不一样，我是马克思主义者，和你谈不来的。"大兵摇头道，这话听得姜佩佩又是笑得花枝乱颤，不知不觉地又挽上了大兵的胳膊，直说没见过这么幽默的。

两人你说我驳，辩得激烈，可在外人看来，似乎很亲密，而且还是挽着胳膊到车前的。这情景看得潘云璇激动了，摁着扑通扑通跳的心想着：怪不得我儿子瞧不上医院那些，敢情是钓上了个白富美啊，这下我可放心了。

心情大好之下，她开始收拾家里，哼着小调，刷锅洗碗，还把地给仔仔细细地拖了一遍，这旧家陋室终于有点生气了，不像以前，每每到家，只能看着儿子的照片落泪。

笃、笃、笃。

轻轻的敲门声响，她赶紧起身匆匆去开门，喃喃道："这么快就回来啦？"一开门，不对，不认识，是一位高个子的姑娘，眼睛特别大，水灵灵的。潘云璇狐疑地问："您找谁？"

"这是南征家吗？"来者是尹白鸽，两小时疾驰，终于找到这个保密的地方了。

"对呀，您是？"潘云璇好奇地问着，这姑娘，好严肃，像有什么事。

尹白鸽递着名片，潘云璇一瞅，省厅政治部心理研究员，她不知道这是什么来头，好奇地问着："找他有公务？"

"不，私事，您是潘阿姨吧，大兵经常提起你，他在钱夹里放了一张您年轻时的照片。”尹白鸽笑着说。潘云璇愣了下，然后热情地把这位远道而来的姑娘请进家里坐下，可回过头烧水时她心里嘀咕了：

“哎呀，这臭小子，在外面有勾搭的也不跟我说，居然还勾搭个当官的。”

忐忑间又有点心花怒放，要勾搭个官，似乎也能接受，比医院里的小护士强多了。她端着热水放下，小心翼翼地打量着尹白鸽，尹白鸽几次被看得不好意思了，问道：“阿姨，他……人呢？”

“哦，和朋友出去吃饭了，那我……”潘云璇一句话出口，心里暗道坏了，儿子还和佩佩相着呢，这又来了一位可咋办？

“不用麻烦，今天周六，我也没事，我等等他吧。”尹白鸽客气道。

“那好……那您稍坐，看会儿电视，我去买点水果饮料，就在楼下……”潘云璇聪明了一回，编着谎话出门了，一出门赶紧给儿子打电话：

“兵啊，你在外面有女朋友咋不告诉妈？什么？没有？没有都找上门啦！可不就在家里坐着呢……哎我跟你说啊，你自己决定啊，妈不干涉你……要妈说，还是佩佩靠谱，外面找的这个，你将来两地分居，那工作调不到一块儿还不净是麻烦……喂、喂……”

这臭小子，居然把电话挂了，潘云璇又待再拨，一想两人正相着呢，还是放弃了，在楼下提了一兜水果饮料，忙着回来照应家里这一位了。

就是嘛，万一佩佩谈不成，这个也不错嘛，万一成了，将来孙子都是高干子女呢……

俱是失望

大兵扣了老妈的电话，踱回了西餐厅。拿着刀叉，仅仅是浅尝的姜佩佩，正复杂地看着他。

虽然穿着显得有点寒酸，不过却也不觉得违和，仿佛他天生属于这个环境一样。挥手叫侍应彬彬有礼，点菜点饮料行云流水，哪怕穿着和这个环境反差很大的衣服，也没人觉得刺眼，相反，似乎他身上有某种气质契合了这里。

轻轻坐回原位，大兵笑了笑，端起了饮料，浅尝、轻放。而放的时候，大兵蓦地发现，曾经训练过的言行举止还在他的身上起效，是优雅地放下了，而不是跟哥们对瓶吹一样，握着顿在桌上。

或许是……想到了尹白鸽的原因？他不知道，对于那位，是一种欲说还休的心情。

“她漂亮吗？”姜佩佩突然问。

“谁？！”大兵笑了。

“明知道我问谁。”姜佩佩嘟着嘴，似乎怏怏不乐了。

“你要指刚才打电话的，是我妈。你要指我心里的，有一个，确实很漂亮。”大兵轻声道，眼里闪过的，却是一位触不可及的佳人，到现在为止，判决还没有下来，而且即便下来了，他也不知道怎么去面对。

那双忧郁、清澈的眼睛落在姜佩佩眼中，却有点误解：“我怎么觉得你对女人有恐惧感？不会是你取向有问题吧？要不，我发展你当我闺蜜？”

大兵脸拉长了，就那么郁郁地看着她。姜佩佩一笑，没发声，可两肩直耸，然后捂着脸，似乎不相信自己能说出这么污的话来。

这是个女奇葩。大兵心里暗道，没想到才时隔两周，她一下大变样了，披肩发，文静淑女那种，披纱、V领的毛衣、深色的裙裤，色调偏暗，不过却显得妩媚内敛，更添风致，就像从一个太妹一下子变成邻家小妹一样让人很难接受，偏偏还突兀地出现在他的家门口。

“你一定在奇怪，我为什么变成这个样子？”姜佩佩得意道。

“你是在故意搅了相亲。遇上个太正统的男人，他一定接受不了你上次见我那身装扮，要被吓走。遇上个不正经的男的呢，你正好借题发挥，把他吓跑，而你家里介绍的，肯定是正统居多，所以你吓跑他们很容易。”大兵微笑道，女孩的小心思被他揣摩到了。

姜佩佩竖了个大拇指道：“对头，我已经吓跑一个排了，但你不在这两种人之间，那我就免不了好奇了。”

“所以，就去勾搭我妈了？”大兵哭笑不得地问。

“嗯，想给你个惊喜以及教训，忽略美女的存在是要付出代价的。”姜佩佩威胁道，不过威胁更像是在撒娇，她得意地笑着看着大兵，可惜了，这家伙像不谙风情一样，好像没有什么反应，一转眼，姜佩佩又咧着嘴问：“给点表情啊，帅哥，你怎么像木头人一样？”

“都说像木头人了，还想要什么表情？快吃啊，不掏钱一定很美味。”大兵道。

“哎，没劲。”姜佩佩一缩身，靠椅子上了，像是很失望。

“对不起，让你没劲了。我……可能无法满足你的虚荣、任性，其实我是个很无趣的人。”大兵轻声道，像身上贴着贴片，在对测谎机说话。

刺激到对面那台漂亮机器了，姜佩佩怒容满面，瞪着眼，要不是这个高雅的环境，怕是得发飙了。

“你是想说，给脸不要脸？”大兵道。

姜佩佩一噎，憋住了，对面那位就像会读心术一样，准确地读出了她想喷出来的话。

“你现在，不知道该怎么办。”大兵好奇地说着，像冥冥中能读懂姜佩佩想说什么话一样……对了，表情语言，这是尹白鸽曾经教他的，通过一个人的表情去读懂他的内心，就像现在姜佩佩脸上的犹豫、复杂、不忍又不甘一样，他说道：“因为，你也不知道自己在做什么，或者，为什么这么做？”

姜佩佩表情变得惊恐了，她眨着美目，狐疑地看着大兵，问了句：“你是当法警的，还是当巫婆的？”

“呵呵……一样啊，两种职业都能看到一个人的负面心理，佩佩，我现在给你说正经话，你能听进去吗？”大兵道。

“教育我？”姜佩佩警惕道。

“其实你需要的不是一场相亲，而是亲情，被宠爱得久了，会忽略身边的亲情，不失去不知道它的珍贵。你需要的也不是一场恋爱，而是学会去爱你身边的人，任性得久了，有一天会伤到身边的亲人、朋友的。你别误会，我不是教育你，而是在反省自己。”大兵轻轻说着，脸上是一种自责的表情，接着又幽幽地说道：

“你应该知道我爸的事，他去世我都没有回来，这次回来，我发现了没失忆之前的自己，很不堪，连最亲的战友都看不惯我，都觉得我很装；连父母我都理解不了，就觉得他们太要脸面，太没本事，连儿子的工作都解决不了……可当有一天，我再也见不到他，我却发现我是那么想他，哪怕他曾经教育我很暴力，我也一点都不介意，因为，再没有人在乎你是好是坏了，哪怕是很粗暴的方式。”

姜佩佩痴痴地听着，像是触动了她心里的哪根弦，她不得不又一次审视南征，这个帅气阳光，却偶尔忧郁的男子，她感觉到了，是他身上的那股子坚忍和成熟，让她微微地动心了。

“谢谢你，我也不知道我是怎么了。”姜佩佩嗫嚅道。

“其实是……身在福中不知福，对幸福的感觉麻木了。我是不是不应该这么诚实地打击你，毕竟，我们连朋友也算不上。”大兵微微不好意思了，看出姜佩佩的难堪了。

“也是，现在咱们两清了，那么……”姜佩佩斜斜地觑着大兵，想绝情一句，可却莫名地犹豫了，这位本应根本不入眼的屌丝，怎么可以给她这种奇怪的感觉，她思忖片刻道，“你说怎么办？”

“什么怎么办？你不是说两清了。”大兵道。

“哦，也是，我，我为什么觉得有点尴尬呢。”姜佩佩直抒胸臆，放弃了娇嗔的小动作，那样太肤浅了，会被对方一眼看穿的，而到这步境地她才发现，自己办了件蠢事，和太过聪明、太过理性的男人打交道，本身就不会是件快乐的事。

“这样吧，我教你一招骗人的……专骗老头老太太，想学吗？”大兵灵机一动，笑着问。

“我就是骗个帅哥也不是问题啊，骗老头干什么？”姜佩佩哭丧着脸，对面这家伙越来越像非人类。

大兵一笑道：“我指你家里的……嗯，测试一下，你爸喜欢什么？”

“抽烟，喝酒，还能有什么。”姜佩佩百无聊赖地回答道。

“你妈妈呢？”大兵又问。

“买菜、做饭、打麻将，然后给我找对象。”姜佩佩摊手无奈道。

“你教你玩个游戏，效果就用在你爸你妈身上，保证他们兴趣转移。不过你得保证，别来骚扰我家，特别是我妈，你骚扰我倒无所谓，但你让我妈期待太高啊，还以为她儿子多能耐，勾搭上白富美了。”大兵道。

姜佩佩一怔，乐了，点点头：“这个很容易办到，你什么意思？怎么用我爸我妈身上？”

“你换一重人格去对付他们……别紧张，不是让你人格分裂，而是让你用一种截然不同的方式去对待他们，绝对有奇效。”大兵道。

“什么办法？”姜佩佩上心了。

“这样，你下午把你妈约出来，陪她逛个街、做个美容，给她来个改头换面，听你这话好像是主妇，很简单啊，把她变成贵妇，让她找回点那种……红颜未老、青春依旧的感觉。”大兵严肃道。

姜佩佩听得合不拢嘴了，来了句：“你变着法玩我啊？多大的人了，让我把我妈领时装店出洋相啊？”

“那你认为，她的生活就应该在锅前灶后？就应该给你无私服务？就应该放弃自己的一切，全部奉献给家庭、儿女，连一点自我都不要了？如果有一天，你的婚姻也变成这样，你自己满意吗？”大兵反问。

姜佩佩一怔，好像在理，可她面露难色，分不清大兵这是什么用意了。

“放心吧，女人从十八到八十都一个样，爱臭美，我妈就那样，你妈也差不到哪儿……还有你爸，不烟酒都沾吗，那更好办了，去找做外贸商品的，搞几个上档次的手卷烟器，还有高档烟丝，抽烟就变成一种玩和乐趣了，他肯定喜欢……你怎么这么笨呢？给他俩转移转移兴趣，也省得唠叨你啊！就看你这样，和你爸你妈没少吵吧？”大兵教唆着，句句在理，头头是道，听得姜佩佩直眨巴眼，似乎很可行。

好像还不行，姜佩佩道：“我和我妈正逼着他戒烟呢，你让我给他找卷烟器去？”

“不会烟和酒，白来世上走啊，真没点嗜好，那生活多没乐趣……年纪大了，吃不多了，喝得也少了，床上那事也干不动了，你让他干什么？”大兵道，说到此处姜佩佩听得面红耳赤，扑哧一笑。大兵顺手一个响指，叫着服务生结了账，邀着姜佩佩起身教着：“相信我，很容易搞定的。我先走了，不用送我了，赶紧照我说的办。”

“我怎么觉得你根本信不过啊，你行你怎么搞不定你妈呢？”姜佩佩怀疑道。

“两回事，良医也不医自身病啊，情况不一样。”大兵说着，礼貌地给姜佩佩开门，扬手拦着车。姜佩佩随口问了句：“什么事啊你急着走？你妈妈电话里……”

“这不排着队相亲嘛，家里还等着一个呢，我走了啊。”大兵说着，从路口直接上出租车。

“啊？！”姜佩佩刚反应过来，那点不适的感觉袭来，即上即走的出租车，已经拉着大兵走了，把她搞得好没成就感地傻站在当地了。

她悻悻然朝车的方向走着，好无聊、好失落的感觉，被人忽略的滋味难堪到不知道该怎么说出来，坐到车里的时候，一个奇怪的问题从她心里冒出来了：

咦？我只告诉他我爸妈的爱好，他就说了这么多。

对呀，这真是奇怪的地方，她一直觉得自己很渊博、很有主见，而且也不缺乏判断力，怎么会稀里糊涂被他忽悠得哑口无言，还全盘相信了呢？

好奇，在姜佩佩心里发芽了、蔓延了，她甚至思忖着要验证一下，是不是可以改善一下她和父母之间那么紧张的关系了……

“宋部长，留步……留步，休息日打扰您，太不好意思了。”

尹白鸽从宋部长家里出来，老宋带上门客气地请着：“我送送你，这大老远来了，也不留下吃顿饭，实在是过意不去啊。”

“您老别客气，我就是顺路来看看，还得赶回去呢。”尹白鸽笑道。

宋部长掏着电话摁着键道：“大兵这小子，不知道来了没有。”

“没事，回头我联系他吧。”尹白鸽道。

“哦，也行。”老宋想想，又装起手机了，他狐疑地看了尹白鸽一眼，那眼神中蕴含的东西太多。尹白鸽笑笑解释着：“纯粹私事，您真别担心。”

“那我就放心了，小尹啊，我说句不中听的话啊，我当一辈子兵了，见过的生生死死也多了，多到麻木了，有时候站在个人情感上看啊，咱们多少也得考虑考虑同志们的实际困难啊，就比如南骁勇，他倒是生为家国、死为国家了，烈士的精神长存我不否认，可烈士身后能留下什么？”宋部长问。

留下的是发妻改嫁、儿女伶仃，尹白鸽抿抿嘴，无言以对。

“我老了，思想也落后了，孔曰成仁，孟曰取义，每逢在大灾大难面前，总会有奋不顾身、舍生取义的人，这种人越来越少了。”宋部长慨叹道。

尹白鸽讪笑道：“您是担心，组织上又把他招走？”

“是啊，越能干就越让你干，越敢干就越用你干，自古如此，反而那些平平庸庸、碌碌无为的人，能享受简单的幸福。”宋部长道。

“那您可以放心，真不是，我只是担心他回归后的生活，不过听您介绍的，他好像很快乐，我怎么可能忍心破坏呢？”尹白鸽笑道。

“那就好，其实经历过苦难的人，才更懂幸福是什么滋味。现在的年轻人，离挫折可是太远了。这叫吃亏长记性啊，原来南家这大小子浑蛋得很，跟他爸顶牛，跟他妈犟嘴，脾气怪得谁的话也听不进去……瞧瞧，吃回亏变化多大？知道心疼妈了，知道他爸以前不容易了……呵呵，虽然有点晚，可总比到死的时候才后悔强。”宋部长絮絮叨叨地说着，已经出了楼门。

尹白鸽回身，握手再见，有点巴不得早点离开，上了年纪的老头和老太太爱好是相同的，唠叨起来没完，光担心就不知道表达了多少次了。她匆匆而走几步后怔了下，然后看到南征已经倚在她的车旁，正笑着招手打招呼。

“哟，恢复得不错啊。”尹白鸽脸上覆霜，保持着威严。

“没有，没有，我还在失忆中。”大兵正色道。尹白鸽摁着车钥匙指指：“上车吧，陪我看看岚海风景，一会儿我还得赶回去。”

“你是私自出行吧？”大兵开着车门问。

“你看呢？”尹白鸽发动着车，表情不耐烦地问。

“你这是违反条例的啊，除了归队期间，你和我这类的特勤不能有私下接触，我也不能和案情相关的人接触。”大兵道。

“都会挑我毛病了，看来你恢复了。”尹白鸽发动着车，驶出了小区，补充道，“我还没联系你，你都找到我车周围了。”

“很难吗？你跟我妈说去找宋部长，就在隔壁不到三公里。”大兵道。

“你妈……好像在张罗你的事？”尹白鸽犹豫了一下问道。

“啊，相亲啊，平均一周最少给我安排三个，医生、护士、税务干部、政府公务员、老师……我现在都算不清自己已经见过多少适婚美女了。”大兵笑道。

尹白鸽被逗笑了，她懒懒地问着：“那有中意的吗？”

“不好讲啊，都挑花眼了。”大兵笑道。

“别忘了，你结婚也得通知组织上，对配偶要进行政治审查……所以，别忘了告诉我啊，到时候我还得给你签字呢。”尹白鸽提醒了句，对于出行过秘密任务的警员，保密期未过，所有的事都要按条例办。

这事让大兵微微不爽，回敬了句：“个人感情乱掺和什么，那直接给发个媳妇不更好？就跟我爸我妈一样，组织介绍，认识三天集体婚礼然后进洞房，吵了一辈子。”

尹白鸽笑了声，又咬着下唇憋着，刺激他道：“你可想得美，能给你发工资就不错了，还想给你发老婆……单位工作怎么样？”

“能怎么样？押解、开庭、开完庭再送回看守所，不算复杂。”大兵道。

意外地没有听到怨言，让尹白鸽有点心软了："有什么要求，可以提提，职权范围内，我向上面申请，可以调调。"

"不不不，挺好。"大兵摆手道。

"挺好？！"尹白鸽不信了，那个最底层的工作，简单烦琐的押解，实在想不出有什么地方挺好的。

"真的挺好，我现在看嫌疑人比自己人亲啊。"大兵笑道。

尹白鸽头大了，瞟了他一眼问着："什么意思？"

"很简单啊，自己人，板着脸、瞪着眼，严肃到没表情，几乎一模一样，个个都是苦大仇深的。"大兵说着，回味着自己的所见，更大的兴趣在于那些嫌疑人，他总结着，"反观嫌疑人就不一样了，凶狠的、贱损的、猥琐的、狡诈的……很多你从他的眼光里就感觉得到，有让你恶心的、有让你惊惧的、有让你同情的，还有让你痛恨的，反正那儿才是一个更精彩的世界，全是人类最真实、最原始、最赤裸的感情……当然，都是负面的。"

饶是尹白鸽心理学造诣不浅，一下子也没搞清大兵用轻松的口吻说这种事，是属于哪个类型，她随口道："那你什么感觉？"

"不早说了，挺好。"大兵道。

"警察心理学……一个个体在目睹罪行、目睹罪犯、目睹案发过程及结果之后，会带来某种心理上的负面效应，可能是厌恶、可能是焦虑、可能是轻度抑郁，这是警察职业病的源头……我怎么看你好像觉得挺好玩的。"尹白鸽不解地问，车已经驶出小区，到了海边路，她泊在路边，嗒的一声打开门，瞅着大兵乐滋滋的表情，不解了。

大兵开门，跳下车，懒洋洋地往栏边一靠，笑道："那这样假设，用一种厌恶的心态和一种喜欢的心态，两种不同的心态当法警，你说对于犯罪分子和犯罪率，有没有影响？"

"那怎么可能有影响。"尹白鸽道。

"对于罪犯呢？"大兵问。

"也不会有，罪犯的平均心理素质，要远远大于执法者的心理素质。"尹白鸽道。

"那不就对了，其实心理问题是自己的问题，而不是别人给你的问题。就像看山是山和看山不是山一样，取决于观者怎么看，而不是山会不会变。"大兵道，警察怎么样看，人家罪犯才不在乎呢。

这个理论似乎是反教科书的，环境对于心态的影响是已经有定论的，尹白鸽好奇地看着大兵，恍若初识，可这个变化似乎大了点。一个人的精神拔高到某种程度，结果有两个，一个是疯了，一个是成了哲学家，尹白鸽在审视着大兵究竟是哪一种。

“你一直对我有愧疚？”大兵突然转移话题问道。

尹白鸽心里咯噔一下，愣了。

这就是真相了，大兵无所谓地说：“其实没必要，不是我，也要有其他人去……就像我爸当了英雄一样，其实他只是下意识地想警示他的通信员……我们都没有那么高尚，我用另一重身份进入鑫众，可能更多的是在想怎么享受，怎么消费，怎么把憋屈生活的委屈补回来。”

“你在安慰我？”尹白鸽讪笑着问，告诉大兵，“我接受你的安慰，但你也没必要用抹黑自己的方式啊。”

“不，那恰恰是一个真实的我，人性的源头，是欲望。”大兵笑道。

尹白鸽反问：“那现在呢？你又是谁？”

“不知道，但应该是一个该是的样子。”大兵道，想想老妈、战友、同事，他补充道，“一个让周围人可以接受的样子，你觉得还能是什么？”

“你的脑伤？”尹白鸽示意着脑袋，最担心的是他的伤。

“记忆仍在，可惜打乱重组了。”大兵笑道。

“什么意思？”尹白鸽偏偏搞不懂大兵变幻莫测的心理。

“我不知道是脑子有问题，还是心理有问题。我想起了我爸以前把我往死里抽，可现在觉得一点都不介意；我还想起了以前很厌恶我的职业，可现在觉得很有意思；还能想起来，我宣誓加入特种警察训练的时候……但是现在我觉得我宣誓的时候心里肯定在撒谎，肯定没有为祖国、为人民牺牲一切的想法，肯定是在想捞点资本，然后授个什么衔，评个什么级，当个什么官来着。”大兵犹犹豫豫地把回忆简要地摘出来了，让人分不清他是失忆，还是变异了。

尹白鸽就那么呆呆地看着他，仿佛他揭的不是自己的丑事一般。大兵不舒服了：“我向组织宣假誓，都相信……我说真话，怎么没人相信了？”

“那你说句真话，还记得我吗？我指，在长达一年多的任务里，我可是你的直接联系人。”尹白鸽不客气地问。

“记得，老在电话里调情来着……不过，你身上的政治味道这么浓，肯定是自找没趣。”大兵道，这是一个必需的结果，有些女人总喜欢高高在上的姿态，面前这位就是了。

更难堪的是尹白鸽，她看着大兵诚实到痴呆的表情，实在分不清他话里的真假，她头一侧，像是放弃了，然后突然回头道：“组织上有任务交给你。”

不料这一惊一乍根本不管用，大兵在摸着鼻子，笑吟吟地看着她。她一下子抿起嘴了，省悟到一个研究心理问题的，可未必真能和有心理问题的搭上调。

“好吧，看来你真是废了。”尹白鸽失望道。

“我可不想光荣地接受你最后一个敬礼，回去吧，鸽子，你越界了。”大兵轻声道，眼光示意着海边公路的去向，不再往下讲了。

私下接触非解密身份的人，肯定是越界行为，尹白鸽反被大兵斥得无言以对了。她幽幽一叹，然后蓦地惊省，“鸽子”那声称呼好亲切，好熟悉，然后这让她意识到破绽了，她吃惊地看着大兵说：“你肯定完全恢复了。”

“呵呵，上学时学过一个蝙蝠的故事，我当笑话看，说是鸟类和走兽大战，蝙蝠有翅膀又有牙齿，天生的两面派，走兽快赢了，它就加入走兽的行列，而鸟类快赢了，它又当间谍加入鸟类的行列。这么一来，上帝给它的礼物就成了致命的了，然后它不容于两派，被驱逐了，只能栖身在阴暗的山洞里，白天不敢出门。”大兵笑着讲着这个不知道谁编的故事。

“你有怨气，这不是驱逐，是保护。”尹白鸽听懂弦外之音了。

“我们看问题的角度不一样，我不是在意被驱逐，而是不想再生活在阴暗的角落里。”大兵道，扭过了身，远眺着让他心胸开阔的海面，若有所思地补充道，“鸽子，组织的决定是明智的，你不应该质疑，理想和信念动摇过的人，是不可信的，比如我们这个层次。工作中的个人感情，是要不得的，比如你们那个层次。我知道你来没有坏心恶意，可这些都是原则问题，你在犯错误啊同志。”

他回头瞥眼瞧了瞧，然后犹豫了片刻，仅仅是片刻的留恋，再然后形同陌路一样，踯躅地、慢慢地踱步离开了，尹白鸽痴痴地看他，没有出声阻止，也没有起身离开。她知道，大兵是对的，一直都是对的，不管对嫌疑人，还是自己人，直到现在，他仍然是对的。

是揭开了伪装面具之后的真容，抑或是他升华的另一重人格？

尹白鸽无从判断，只是从未见过他这样子，变得谨慎、小心、睿智，而且那么不近人情。

看着大兵潇洒地离去，渐渐消失在视线中，这里恢复了海边的景象，海水、鸥鸟、轮渡和空荡荡的观景公路，在落霞的余晖下，是一种无法形容的静谧和壮美。

这是警察守护着的幸福与安宁。过了很久，尹白鸽悄然离开了，她心里打定主意，不准备再打扰这位已经回归到幸福与安宁中的战友，因为，她读懂了大兵眼中的眷恋，每一颗伤痕累累的心，渴望回归、渴望得到的又何尝不是这种……简单的，幸福与安宁。

第四章 子承遗父志

咚的一声巨响，大兵的拳头重重地砸在桌上，震得笔筒翻了个身，啪的一声摔到地上了。一瞬间，大兵被刺激得热血贲涌、怒发冲冠，他一下子明白了，自己没有找到的秘密，根本就是公开的秘密。

狱中百相

破警车吱吱呀呀地响着，开上八十迈就开始嘶吼，车晃，囚笼叮当直响，所过之处，老旧的发动机总会留下一溜黑烟。其实根本不用保密，这破车已经超期服役了，连街上最早坐进这辆押解车的小浑球儿，现在都脱胎换骨娶妻生子了，这车愣是还没有换过。

周日，早七时，法警科派活了，这个点不容易找人，一般是新手上路，于是大兵很光荣地把活接了下来。

什么活呢？都搁在副驾上呢，一摞判决书。按正常程序，这些是要庭上宣读的，但架不住经费紧张、案件众多，很多小案小件都是开庭之后凑上这么一摞，让法警直接到看守所送达嫌疑人，省时省力省经费，已经成为工作中的一项了。

电话又来了，这个点，除了亲妈没人骚扰你，大兵开着车随手摁着接听道："妈，怎么啦？"

"今天周日……"

"妈，你再逼我相亲，我住单位不回去了。"

"啊？你威胁妈啊。"

"绝对不是威胁，我说办到绝对办到。"

大兵口气硬了，实在是不胜其烦了，要不是怕相亲，没准儿还不接这活呢，巴不得在单位待着，有借口推托呢。他话一出口，又觉得重了："妈，你生气了？我不是威胁你，我今天加班有事，到看守所送判决书，送一份，还要给嫌疑人家里寄一份，我没时间啊。再说妈，你让我考虑好成不，太着急了……"

委婉一说，不料那头老妈咯咯地笑着问道："哟，还瞒着妈啊，这么坚决地不相亲，是不是有中意的了？"

"没有啊，有我能不告诉您？"大兵道，不知道老妈又要唱哪出。

"真的吗？我怎么听说，你和姜佩佩谈得不错啊？"老妈问。

又是那位阴魂不散的，大兵紧张地问道："听谁说的？我都一周没见她了。"

"你宋叔叔说的。他说佩佩爸妈专门到人武部打听你的情况了，本来也是抱着试试的心态给牵了个线不是，这老两口还真有那么点意思了。"老妈兴奋道。

大兵听得一头雾水，迷糊地问："不可能吧？我都没见过，就有意思了？"

"哎，还真是，你骗妈吧，妈能骗你。你宋叔叔说，那老两口可激动了，就说自打跟你相亲见面后，佩佩像换了个人似的，知道心疼人了，回家还干家务，也不跟她爸妈拌嘴了……把他爸感动的，还就想见见你呢。"老妈兴奋到无以复加了。

大兵瞠目结舌，暗道坏了，不过是想脱身出了馊主意让姜佩佩回家哄哄爸妈去，谁承想副作用这么大，没感动姑娘也罢了，把姑娘他爸妈给感动了，这叫什么事啊。

"妈，我跟她不合适，人家留学回来的，我留级出来的；人家家里是当老板的，咱们是当老百姓的。阶层差别大了，将来会产生阶级斗争的。"大兵停下车，忙不迭地解释道。

老妈那头怒了："嘿，嘿，你扯什么呢？部队都把你训练傻了是不是？快三十的人了，你不找个人过，准备跟嫌疑人过一辈子啊。"

"妈，婚姻是爱情的坟墓啊，我就连爱情都没有好好享受过呢，你逼着直接到婚姻，我能接受吗？"大兵道，现在快到爆发的时候了，老顺着躲着真不是回事，岚海就这么大，钻哪儿喝酒打牌都能被老妈给揪住。

不但行动准确，而且理论支持无可辩驳，老妈斥道："你才多大，还讲婚姻是坟墓，就假设坟墓存在，那你不结婚知道什么结果吗，连坟墓都没有，死无葬身之地……中午去你宋叔叔家报到，反了你了。"

吧唧，扣电话了，这比省厅直属的命令还霸道，大兵悻悻地装起手机，只能服从了，谁让摊上这么个霸道老妈呢。

重新上路，大兵数数回来的日子，就像苍蝇掉酱盆里，糊里糊涂的，单位、家里，再加上数不清地点的相亲，海边、公园、广场、咖啡屋，哎呀，快把岚海能谈恋爱的地方逛遍了，就是没正经八百谈场恋爱。

哦对了，大兵一直找不到自己心里纠结在什么地方，对于私生活并不检点的他，曾经的那些事，他都可以说服自己没有愧意，毕竟都是成人，毕竟都从中找到了欢愉，可偏偏……有点放不下上官嫣红。他不知道她现在怎么样了，不知道她关在什么地方，不知道会被判多少年，一切就像冥冥中自有注定一样，让她在监狱里度日如年，却让自己在高墙外日夜相望。

在两人的世界里，骗子是自己，而不是她。

大兵心绪难平地舒了一口气，把解不开的疙瘩放下了，眼前出现了看守所的轮廓，该到处理公务的时候了。数月后的今天，他不知道自己的失忆症是不是还在作祟，也不知道自己的人格是不是还在分裂着，更不知道，是不是因为曾经周围的那一群人齐齐进了监狱，而让他对看守所有了一种莫名的亲切感。

不敢告诉别人，否则会被认为是变态的。因为在这个地方，不论是看守的狱警、送羁押的刑警，抑或是检察、法院来的法警，面无表情就是标准的表情，说话不客气就是标准的说话，这是一个没有感情色彩的地方，大兵实在想不通自己的感情怎么会倾注到这里。

登记，缴证，扫描……送判决书是要进入监区的，比机场的安检不遑多让，过两道铁门才能进入监区，而监区是一座像地堡一样的水泥钢筋建筑，里面被钢筋铁门分成了若干区、仓，每一个铁门进去，都是齐刷刷十个暗灰色的监仓。

要见的人就在这些仓号里，其实判决很大程度上对嫌疑人也是一种解脱，可以不在这个狭小的地方耗了，换个地方，去监狱耗吧，那叫：劳动改造。

B1 区，林管教提着一根警棍，背着手，带着大兵进甬道，比对着花名册，然后在某间仓门前停下了。警棍在铁门上咚咚地猛敲几下，稍等片刻后，才咕咚一声打开门，门开，里面大铺上，齐刷刷坐着四排光头男，比小学生的坐姿还标准，都是目视前方、手背身后，横成行，竖成列。

“芮二娃，出来。”管教吼着。

一位囚衣光头出来了，出门就老老实实地蹲在门边，林管教锁上门，示意着开始。

宣读判决，大兵扫了这人一眼，是位前额高下巴窄两颧宽的男子，两湖口音，抢劫惯犯。宣读完犯罪事实，他瞄到了这货游移的眼光，在“判决如下”读出口时，他意外地停顿了一下，问着：“二娃，抢个包捅了个人，幸亏没捅死……觉得会判你几年？”

嫌疑人抬眼瞄着大兵，语气平稳、面相善良，对于后天已经磨炼出警惕性的嫌疑人，意外地没有恶感，他懊丧道：“得十年八年吧。”

“那今天给你一个惊喜啊，一定要高兴啊。”大兵笑道，旋即整肃地念着，“判决如下，被告人芮二娃犯抢劫罪、故意伤害罪，判处有期徒刑六年零六个月，刑期自羁押日开始计起……如不服本判决，可在判决书送达第二日起十日内提出上诉……签字。”

嫌疑人一抽搭难受了，大兵递着本子道：“哎，你想坐十年八年，这才判你六年半，好好改造，争取减刑，有个四年多差不多就出来了……这大喜事，难受啥呢？”

“就抢了几百块钱，我冤死了。”嫌疑人签着字，拿住了判决书。

“确实冤，可要不判你，那失主丢了包还挨一刀，不更冤嘛，想开点，回去吧。”大兵道。

管教开门，这货意外地好像觉得不怎么冤了，还给大兵鞠了个躬，佝着腰进去了。

咣的一声门锁上了，开始找下一位了。林管教瞅瞅大兵，不屑道：“跟他们还用那么多废话？”

“废话有时候还是有点用处的，否则逆反心理会更强，本来想着十年八年，哟，换个角度想，兴许三五年就行了，这不是惊喜是什么？”大兵笑道。

林管教的脸像是已经僵了，不会笑了，他直说：“没用，出去还得干。”

“也不一定吧，总是会有悔改的吧。”大兵尽量地，不确定地往好的方向想。

“幻想很美好，可架不住现实残酷啊，自己看。”林管教在一处仓门前停下来，示意着大兵从观察孔看，大兵凑上眼睛，然后看到了好惊奇的一幕。

一仓十几人，分成几拨，一拨在马池边干活，角落里一对低着头，像在下棋，离门最近的应该是高层，两位眉目清秀的正在给一位大汉揉肩膀，剩下的几位像在教育新人，新人正站着马步，嘴巴吧嗒吧嗒不停地讲着什么，整个仓俨然一个阶层分明的小社会，玩得不亦乐乎。

“还能下棋？”大兵好奇地问。

“牙刷磨尖，把肥皂雕一下，手工漂亮着呢。”管教道，“我们隔一周就得查仓，就算看这么紧，你都想象不出他们能把什么东西藏进来，有时候甚至是铁器。”

“那正说明懂得苦中作乐嘛，闲着不也闲着。”大兵笑道。

“这份儿上还能苦中作乐，你觉得他们把犯罪真当回事？”林管教道，咚咚地开始敲门了，一敲再一开，景象已经截然不同了。刚刚玩得不亦乐乎的一仓，现在整整齐齐出现在通铺上，目视前方，手背身后，在一位带头的带领下，齐齐喊了声：管教好。

好个屁，管教根本不理会这茬，直吼着：“1432，赵玉泉，出来。”

第二位嫌疑人，弓着身出门，蹲在门口，这是训练成习惯了，不过还是把大兵吓了一跳，居然是位老人，他现在才注意到，年龄已经六十五岁了，而真人更震撼，脸削身薄，瘦骨嶙峋的，而且犯的居然是抢劫罪，抢就抢吧，还持刀。

这是开过庭的，大兵在念犯罪事实时，那老头眉毛都不抬一下。念到“判决如下”，这老头才抬眼，期待地看着大兵，见大兵停了，他问着：“判几年？”

“你觉得应该判几年？”大兵问。

“八年往上？”老头正色问。

“恭喜你，今天喜事上门了。”大兵接着往下念，“判决如下：被告人赵玉泉犯抢劫罪，判处有期徒刑三年，刑期自羁押日计起……签字吧。”

大兵道，递着本子，那老头却像傻眼一样看着他。大兵于心不忍了，轻声道：“三年会很快的，已经过去四个月了。”

“太过分了，怎么才三年，最少得判十年。”老头气愤道。

“啊？”大兵愣了，看管教，管教面无表情，没理会。

“我无家无业，无儿无女，我亲人可都在这里头呢，出去谁给养老啊，不还得进来。”老头怒道，拿起笔，又扔下了，怒视大兵道，“我不认字。”

“啊？”大兵出离惊讶了。管教这时候开口了：“画押。”

那老头画了个圆圈，圆圈都没画圆，还在唠叨着判得太轻，出去没地方吃住，没地方养老可咋整，林管教却是吼了句，这老家伙才乖乖钻进了仓里。仓门闭上的一刹那，大兵看见这货捶着大腿号丧呢：亏了亏了，该多抢两把，国家才养活我三年啊。

闭上仓门的一刹那，林管教看着大兵，像是很享受他的惊讶。话说大兵哪怕是蹚过水里火里的，依然是惊讶到无以复加，真有这号进来就冲着吃皇粮养老的，那他的思路可就全错了，想给嫌疑人点轻松，还真办不到了。

“看懂了吧，他们可不需要你的同情。”林管教幽幽道，指着方向，找着下一位。

这个意外让大兵很是懊丧，他自以为已经洞悉所有的表情语言，可没想到，还会有错得离谱的时候，他问道：“林管教，我只是听说过，还以为是个例。”

“多着呢，有些就想进来养老，有些待出感情来了，进来时兴高采烈，要走反而一把鼻涕一把泪，看守所不同于监狱，羁押期间，不用干活啊。”管教道。

好逸恶劳到这种程度，让大兵皱眉头了，他思忖着，像是自言自语一样道：“能把坐监当成终身制职业的，这算是一种什么心态啊？就是宗教洗脑到这水平都有难度啊！”

“他们那脑袋还用洗吗，装的全是‘米田共’，还用考虑心态吗？这里头遮风挡雨管吃管住的，比外面没家没业可强多了。”林管教带着大兵出一道门，又进另一道，在第二个门口停下，好像等着满足一下大兵的好奇心一样。大兵凑到观察孔上瞧着，哦哟，这里面组成了一个幸福的小世界啊，唱歌的、穿着裤衩裸舞的、支着胳膊倒立健身的，要是声像能全部拍出来，估计得是一部惊世骇俗的群魔乱舞。

咚咚一敲，那些人兔起鹘落，迅速连滚带爬到通铺上，坐好，背手，目视前方，一个接受判决的人被吼出来了，大兵眼睛一直，居然是那位上班头天见过的老贼。

“……判决如下：”大兵念着作案经过，看这位老家伙浑身哆嗦了一下，知道他紧张了，他狠狠心，没有再放松一句，直接宣读着，“嫌疑人苟三斤犯盗窃罪，金额特别巨大，判处有期徒刑八年，刑期自羁押日起计，如不服本判决，可在送达次日起十日内提起上诉……签字。”

一纸朱红大印的判决书，交给了这个捡烟头的老贼，老贼面如死灰，手在哆嗦，写出来的笔画都在抖。大兵拿走签本时，他抬头，乞怜地看了大兵一眼，大兵面无表情道：“苟三斤，好好改造，出来还有机会见到老婆孩子。回去吧。”

林管教一吼，这位抹着眼泪，佝着腰，进仓里了，铁门锁上了，大兵道：“像这样的，似乎还有救啊。”

“嗯，偷不动了，自然就不偷了。”林管教背着手，无动于衷地说道。

很冷漠，可惜大兵找不出第二种更适合这里的方式，当社会上全部的渣滓、垃圾都堆在一个地方，难道可能是欢呼雀跃的事？

不是，肯定不是！也不可能是！

又一位，诈骗惯犯，这货的判决书有六页，犯罪事实让你啧啧称奇，他是专司搞演出的，一到某地就扯着某某和某某明星的大旗搞演出，拉赞助、预售门票，然后捞一笔就跑。直到后来越干越胆大，打扮了几个假明星来演唱，给识破了。

数额特别巨大，十年。

再一位，贩毒，已经超期羁押了，从抓捕到羁押，再到庭审，各方对于这种重刑肯定是慎之又慎。不过大兵发现似乎根本没必要，这个留着胡子的西北汉子，像只冷血动物一样，听到自己的刑期连眼珠子都没有动一下。你说不清是冷漠还是麻木，哪怕你用心理学也无法解释他们的心态。

判决是死刑，缓期两年执行。

毒贩回仓了，拿着签本的大兵还愣着。林管教走了两步，又好奇地回头，没有说话，似乎在等着大兵消化惊讶。半晌大兵才省过神来，他说不清为什么自己总是恍惚，又莫名地忆起了刑场，可却找不出那种紧张、刺激、浑身血脉贲张的感觉了。

其实那种感觉很好，最起码不像现在，找不到自己的存在感。

“你刚来？”林管教好奇地问。

“对。”大兵道。

“时间长了就习惯了，这里面的人，没有最坏，只有更坏。”林管教道。此时，一行狱警已经匆匆来了，大兵知道他们所为何来，判决死刑的人，会享受到特殊待遇的，包括死缓。他看到那位接受判决的犯人被带了出来，打上了戒具，抱着一个小包袱，那可能是所有的家当了，被狱警带着，要换去一个单独看押的地方了。林管教好奇地问他：“什么感觉？”

“没什么感觉，现在对于死刑的判决太过谨慎了，应该多处决几个这样的。”大兵道。

一面是看得见的同情，一面又是看得清的冷血，林管教倒看不懂大兵了，他前行着道：“看来你能接受，那就好……很多法警都嫌我们这儿晦气，进都不愿意进来，以前送判决书都是我们代劳的。”

“挺有意思的，在这里能看到人性的挣扎。”大兵道。

“你确定你在这里能看到人性？这可都是些没人性的货色。”管教道。

“多少还是有点的，当他真走上刑场的一刹那，会有无限留恋的，恐惧、紧张、痉挛、情绪失控，甚至大小便失禁，这恰恰能证明，他们不是无知无觉的。”大兵道，林管教身形一滞，好奇地看了大兵一眼，大兵省得失言了，他转着话题道，“我业余

时间学犯罪心理学，对死刑有自己的看法。”

“那恭喜你，犯罪和研究犯罪，都容易让人沉迷，法律底线、道德底线、心理底线……所有的底线都会突破，这是正常社会独一无二的事。”林管教道。

“看样子，你好像也在学？”大兵问。

前行的林管教却是没有回答，答非所问地说道：“下一位……是董魁强？”

大兵拿着最后一份判决书，扫了眼，果真是董魁强，不出示管教是不可能知道的，他好奇地问着：“是啊，你怎么知道？”

“董魁强就关在B113仓，判决都等了两个月了。”林管教头也不回地说道。

“又是一个奇人？”大兵拿起判决书看看，伤害罪，判处一年零六个月，而羁押时间已经一年零五个月了，早超得不像样了，他纳闷地问着，“这是怎么回事？”

“你们法院判的，你问我？”林管教不屑地回了一句，轻蔑，似乎是对大兵身上制服的轻蔑，轻蔑到他都懒得再说话了。

仓前，敲门，开门时，董魁强就坐在第一排，那属于监狱里犯人群体“领导班子”的位置，而居中的，肯定是一把手。出来时穿着皮棉拖，一身西装，那扮相让大兵愣了下，居然是一身金利来，这牌子不算顶级，可也不是大多数工薪阶层能奢侈消费的。

出来，蹲下，他的蹲姿和畏缩的、恐惧的、梗脖子的、仇视的以及谄媚的都不一样……对，那是轻松的，轻松到根本不怎么在乎，看大兵的眼神就像一位普普通通的人。

大兵狐疑地念起判决书，案情并不复杂，因为栗某某欠债，于是嫌疑人董魁强纠集了一帮社会闲散人员，对栗某某实施非法拘禁、殴打，伤情鉴定为轻伤二级，鉴于案发后董魁强有自首情节，并积极交代犯罪事实，且对受害人进行赔偿，合议庭经庭审，判决如下……

大兵停住了，在这一刹那，语音撩拨着的心态应该是抬眼，期待揭晓的答案，而董魁强却没有动，是不在乎，或者是，根本就已经知道结果了。

“结果你知道了，签字吧。”大兵不念结果了，直接递给嫌疑人，董魁强笑笑，接到手里，签了字，笑着递给大兵，好像是真的知道了，他看都没看判决书。

这一刹那的眼神交流，大兵甚至对这位国字脸、浓眉大眼的男子产生了好感，他不知道哪根神经错乱了，笑着告诉对方：“我们院里有位姓王的领导，专门安排我来送判决书……外面一切安好，就等您出来。”

董魁强微微一怔，不过马上笑了，点头示意道：“谢谢。”

“回去吧。”林管教喝了一声，这位嫌疑人懒洋洋地起身回去了，门闭的一刹那，还向着大兵招手，送给他一个飞吻，那微笑，似乎对大兵也同样有好感了。

黑幕……有黑幕，林管教怒容满面地瞪着大兵。

黑幕……有黑幕，大兵同样怒容满面地瞪着林管教。

有黑幕又能如何？瞪着眼的两人，突然间又同时收回目光了，气泄了。

疾恶如仇和明哲保身的本能几乎在同时起效，这是体制内人的通病，总是在小心翼翼地遵守规则，避开潜规则，而且忽略那些凌驾于规则之上的人和事。

“你不是新来的。”出了铁门，林管教面如覆霜道。

“你也不像表面上这么冷。”大兵道。

“这个判决，你们会被戳脊梁骨的。”林管教怒道。

“那又如何？如果知道他在号子里是这种待遇，你们也会被戳脊梁骨的。”大兵道。

“请吧，不送。”林管教带到监区门口，厌恶地看了一眼，径自走了。

“别客气，我会找你的。”大兵道。

不过再没有回音了，林管教重重地关上铁门，头也不回地走了，那种愤怒，那种被压抑着的愤怒，全化作已经形同陌路的回头一瞥。

呸！林管教重重地朝着大兵唾了一口。

“不能这样吧？我又不是法官。”大兵郁闷道，他心事重重地往外走着，不知道什么东西在莫名地牵动着他慵懒的心思、迟钝的感觉，让那位刚刚见面的人如此清晰地展现在他的眼前：皮棉拖、高档西服、牢头待遇，在这个特殊的环境里，可不是简单的有经济实力就能达到的层面。

眼光微笑、表情亲和、手形宽大、保养良好……这不是一个耍勇斗狠的货色，以他的经验看，文身的、带伤的、指节粗糙变形干过活的、见人就凶相外露的，其实都不足惧。真正狠辣的、能做大事的，都是些根本不显山不露水的。

“难道这会是条大鱼？！”

他拿起了签本，看了看这个龙飞凤舞、霸气测漏的名字：董魁强。

这个名字让他莫名地有点兴奋，定论的判决、极轻的量刑、与事实相反的表象，这一切合乎程序却不合乎情理的事让他兴奋了……

假戏真唱

“这个人有问题啊？”大兵交回了送达签本，随口问了科长王文纪一句。

“哪个？”王文纪好奇地问，看大兵表情郑重，他吓了一跳，“怎么了？不会是看守所出事了吧？”

“没事，我是问那个董魁强。”大兵道。

王文纪眉头一皱，像是警惕地问道：“你问他干什么？”

“很牛气啊，蹲号子里还是老大，一身行头得几万，不是个简单人物啊。”大兵道。

王文纪一听，笑道：“法律又不剥夺人家炫富的权利嘛。”

“炫富我管不着，不过我觉得不是个简单人物啊，超期羁押一年零五个月，等判决下来，就剩一个月出看守所了，都不用去监狱了，我觉着这人不会是那么个简单的罪名啊。”大兵道，想起了狱警林管教那愤怒的表情，潜台词太多了。

也像王文纪此时欲说还休的表情，他讪笑着，收起了签本，对拿了一摞将寄出邮件的大兵说：“南征，你记得你是谁吗？”

没想到这么一问，大兵愣了，看看臂章，臊眉耷眼了。

“咱们以前是同事，难听话我就不说了啊，检察院没来挑毛病，你倒挑毛病了，别说不一定有问题，就算有问题，那家丑还不外扬呢，你这是准备把咱们院给吊打一通？当警察办事，首先你得程序合法，这是你掺和的事吗？”王文纪瞪着眼道。

大兵糗了，糊里糊涂想了一路，才省得自己这是狗拿耗子多管闲事了，他拿起邮寄的信件道：“王科，您说得对。”

“当然对，那是为你好。”王文纪不客气地道了句。

大兵悻悻出门，人一走，王文纪的表情这才放松了，却不料他一放松，大兵的脑袋又从门外伸进来了，戏谑地看着他。他瞪眼，大兵笑道：“别吓唬我，您的态度已经告诉我……有问题了。”

“嘿，你站住。”王文纪气得吧唧一拍桌子嚷着。

不料这个人可真不好领导，早溜了，等他出来，骑着自行车的大兵早拐过弯出大门了。

这个无法解决的问题，像毒草一样蔓延在大兵的心里，那张微笑的脸庞，那个董魁强的名字，还有所见不合情理却合乎程序的判决，让他前后所想无法衔接，不止一次告诫自己也许是多疑了，可也不止一次，那股子怪异的念头又再冒出来。

林教官的愤怒，王科长的诲言，这份怀疑愈加重了。

咚咚两脚一踹车轮，汽车报警叽叽乱响，大兵骑着车飞快驶过，然后车主听到声音往外跑，正好迎接大兵到来了。

来战友这块了，特马德汽车文化园。于磊一瞅是大兵来了，气愤道：“来就来，你踹我车干吗？”

“不提醒，你还趴在桌上和那个妞聊呢，顾得上看谁来了……哎你这名字谁起的？特马德汽车文化园，这怎么每回想起来都让我牙痒痒。”大兵随口问着。

于磊带着他进店，笑道：“店名店名，首先你得出名，就这特马德名字，谁看着一回，想忘都难，哈哈，又像洋文又像骂人，有才吧……你猜是谁起的？”

“你不应该有这本事啊？”大兵好奇地问。

“狗眼看人低，还就是我起的，到现在已经成岚海的牌子了……哎你什么事？又躲相亲？”于磊好奇地问，这地方成了大兵躲相亲的最后去处了，那位彪悍老娘一找不着儿子，就找他。

“不是，不是……我问你个事。”大兵小声道。于磊一看他郑重的表情，马上警惕道：“啥意思？想借钱不能超过三位数啊。”

“嘿，你个奸商，知道你光缺德不缺钱行了吧……我要跟你说什么来着……”大兵思维被打乱了。偏偏这货很忙，一位店员上来咨询，他安排了几句，嬉皮笑脸着道：“继续，到底什么事？”

大兵还没想好怎么开口，于磊嘴快，提醒他道：“大兵，上回那个妞，姜佩佩，我给你打听了一下，哎我的爷啊，你小子交上狗屎运了，知道她是谁吗？哦，你肯定知道，姜天伟家的闺女，家里生意都在津门，连我们这些平行车进口，都走的是他公司的货轮……哎呀，金龟婿啊，要车不？厅里的随便开走，帮我引见一下她爸。”

“我不知道，我也不认识。”大兵愣了，没想到来头这么大。

于磊瞬间怒了，一指他骂着：“就知道你没把我当兄弟。”

“这和当不当兄弟有什么关系？你觉得她能看上我？顶多闲着没事找找刺激。要我爸在，现在当个人武部部长，升个正团副师级的，说不定还凑合，你觉得现在可能吗？”大兵反问着。

以正常思路看，答案肯定是不可能，于磊想想点头道：“也对，你已经从官家坏种堕落成屌丝纯种了，确实有难度啊。”

大兵气得翻白眼了，不料更狠的还在后头，于磊压低声教唆着：“那也有办法啊，先睡了再说嘛。有多少钱、有多厚家世、有多大背景，这些条件都不重要，如果她女儿肚子里有你的种了，其他人就自动 OUT 了……傻瞪什么？先把她肚子搞大啊，你不会失忆得连怎么搞女人也忘了吧？”

“你才忘了呢！”大兵瞪着眼，回敬了一句。

不料于磊就坡下驴了：“那赶紧搞啊，这个女的搞上，就相当于把个大公司搞到手了。”

“啊呸！”大兵气得唾了口，然后一摆手，“停停停，别说这事了，我来找你有正事。”

“啥事？你都不帮我，指望我帮你？”于磊太失望了。

“就问你个事……董魁强认识不？”大兵道。

于磊的表情一敛，滞了，不解地看着大兵问：“你问他干什么？不在大狱蹲着呢吗？”

“什么意思？很出名？你居然认识。”大兵问，本来是抱着试试的心态，却不料还真如所料，看来是个很出名的人物。

“岚海不认识的还真不多，哪个地方的特产里，都少不了地痞。怎么着，你和他接上火了？魁五可不是善主啊。”于磊道。

大兵随口说着：“没接火，我是今天送判决书，觉得这人很不一般，在号子里是牢头，那待遇比外头估计差不了多少……魁五？他诨号？比咱们年龄大不了几岁啊。”

“呵呵，有志不在年高嘛，听说这货好像以前跑海路的，不知道搞什么就发了，咱们近海能有什么，一大半是走私。那谱可真大，来过我这儿，那叫一个豪爽啊，光在我这儿，牧马人就开走三辆。”于磊眉飞色舞道，但凡这号主，买东西总是豪爽到可爱的程度，肯定让商家喜欢得紧。

“那也一般化吧，四十来万的车。”大兵愣愣道，似乎离以前认识的剽悍土豪，还是有点差距。

“呵呵。”于磊嘿嘿一笑，告诉他，“他是给他小弟买……很一般吗？”

呃……大兵一缩脖子，噎了下，最终还是被震惊到了。于磊告诉他这个魁五哥的故事了：“手下几个兄弟，过生日玩的就是这个，买辆新车，车上再载几个漂亮妞，一起送给兄弟……哎，以前我这儿还有个导购妞，也被他们勾搭走了，就那妞，随随便便出去跟人搞两炮，都比在这儿辛辛苦苦干活强……你还别不信，真的，现在姑娘们也开放了，能躺着拿钱，干吗非站着挣钱，我们这儿应聘来的，其实很多就是冲着能钓土豪来了。”

奢靡的生活大兵是享受过的，而且莫名地勾起了他隐藏的记忆，香车、美女、挥金如土、纸醉金迷，那背后肯定有一个不为人知的黑金渠道，这肯定不是好事，断人财路如杀人父母，谁断肯定跟谁拼命，此时此刻的心境竟然有了很大的变化，他莫名地胆怯了。

对，胆怯！

林管教的愤怒、王科长的诲言，再加上战友的绘声绘色，他再笨也听得出，这是地方上一手遮天的人物，如果还没有被打黑除恶干掉，那只能说明两件事：一件是他犯的事不够大；另一件是他的幕后足够大。

大兵深深地吸一口凉气，压抑着的冲动在渐渐变凉。对，自己一个小法警，除了押解人员根本没有执法权，又何必蹚这浑水，就算真有问题又如何？一念变凉，又一念炽热……公检法都蹚过去了，如果真是个为非作歹的，这得多大能量？难道是自己搞错了？

他回忆着案情，可惜的是判决书上能看到的，都是笼统的叙述，连受害人的姓名也屏掉了，叫栗某某，而大兵法警的身份，是不可能跨界去查询案情资料的。

“你怎么了？又犯病了？”于磊关切地问，看大兵发呆了。

“啊？啊……你说哪儿了？”大兵懵然问道。

气得于磊吧唧一拍大腿嚷着：“嘿，我这儿磨嘴皮子，你根本没听啊。”

“我……听了。”大兵不好意思道。

“那就竖着耳朵听好，这号人别去惹，巴结都来不及呢，别以为还跟咱们在学校一样，瞅谁不顺眼，结伙揍一顿，没事咱们讨便宜，出事有你爸扛着。”于磊教育道，那神色，端的是无比郑重。

“说什么呢？”大兵苦着脸道，“我就问一嘴，我连你都惹不起，我敢去惹这种人？”

“少扯淡，以前我给你当跟屁的你都爱理不理。”于磊怒道。大兵瞠然而视，实话实说道：“就你这张媒婆脸，想说爱你是真不容易啊。”

“损我是吧？我爸说了，我这是颗富贵痣，不是媒婆痣。”于磊手指着自己嘴边的那颗痣，严肃地纠正道。无意中这话喊声大了，几位导购听得不禁莞尔，于磊有点悻然地看着大兵，哪怕身份已经变换了，可每每在大兵面前，总还是避免不了出丑。

正准备挥手撵走这个倒霉货，电话响了，于磊掏着两部手机，一看一瞅麻利一接，刚说喂您好，对面就吼过来了：“磊子，大兵是不是在你那儿？”

“对啊，阿姨，怎么啦？”于磊习惯性地、和颜悦色地捂着传音筒悄声告诉大兵，“你妈，你妈。”

每次躲相亲都躲这里，就像小时候怕挨打钻于磊家床底，派着于磊圆谎一般。

圆不了了，潘云璇在电话里吼着：“……什么怎么了？让他赶紧滚回来，到他宋叔家去……磊胖子，我告诉你啊，再和大兵串通起来骗我，信不信我抽你啊……你可是从小就不学好啊，现在有钱了拽了，想学好也不可能了，别把我家大兵带坏了……人在不在？”

“在，在……”

“让他滚回来。”

“好，没问题，以后他再来，我马上通知您。”

“这还差不多。”

于磊低声下气地挂了电话，拿着电话，瞪着快凸出来的眼珠子，指点着大兵。大兵恍然大悟一摸脑袋，哎呀，把这事忘了，我走了。

跑了两步又回头道：“我回头找你啊。”

“我妈都没这么训过我，以后少来我这儿。”于磊气急败坏地拍着大腿吼着。

不管用啊，大兵充耳不闻，早骑着自行车飞驰而去了，那笑眯眯挥手的样子，和小时候一样，一点都不介意兄弟代他受过……

接下来这个特殊的见面，可能比大兵记忆中所有的任务都让他忐忑，他一路都在奇怪自己这种忐忑心态的由来，在奇怪听到于磊说董魁强的事迹时那股子怯意的由来。当他看到老妈守在小区门口，心急如焚地四下张望时，他一下子明白了自己这种心态的来源了。

对，在妈妈身上，就像小时候调皮贪玩误了回家，老妈在门口焦急地等着；就像被打了被揍了吓跑了，老妈背着暴怒的父亲，跑出来四下找儿子一样，一遍一遍、一家一家找着，不是躲在磊胖子家就是钻在海边礁石后的儿子……这么多年过去了，那份牵挂一点都没有变。

“妈，妈……我回来了。”大兵急急蹬着自行车，咯吱一声腿支定了。潘云璇气得一巴掌拍在儿子肩上，又赶紧给儿子整着衣服。大兵笑着问：“妈，您不去？”

“等八字那一撇补上，下回就该妈去了……儿子，加油。”

大兵嗯了声，掉转车头，直趋宋叔叔所在的小区。几次回头间，看着老妈那么期待，越看越不是滋味。

想着想着，短短的路程一蹴而就，上楼叩门，开门的谢阿姨热热情情把大兵请进来，拉着大兵往客厅一推道：“来了……哈哈，老姜，我这个媒人可是管人管饭都管到家了啊……大兵啊，这是佩佩爸爸。”

“姜叔叔好。”

“这是佩佩妈妈。”

“阿姨好。”

大兵简单问好，沙发上端坐着一男一女，女的眉目间能看到佩佩的影子，大兵估计是自己那个馊主意起效了，半老太太做了个烫头，乌黑乌黑的头发，脸上皮肤发亮，肯定是美肤了。而那位男子就庄重多了，保持着挺身直腰的坐姿，长脸，不怒自威，像等着训子女的家长式人物。

还是当妈的好说话，拍拍身边的位置叫着大兵：“坐啊，孩子。”

“哎。”大兵讪笑着，战战兢兢地坐到了这位笑眯眯瞅他的阿姨身侧。

厨房里，宋部长两口子正在忙活，餐厅那儿，几盘子菜已经上桌，趁着等菜的工夫拉拉家常，就是相女婿的最佳时机了。阿姨好奇地瞧了半天，大兵浑身不自在地坐着，然后这询问就开始了：“孩子，你啥学历来着？”

“专科……三本，我小时候有点淘，学习不好。”大兵道，突然发现一个让他不心慌的办法，实话实说，反正不期待。

“哦……学历有点差啊。”阿姨瞧瞧当家的，那位居高临下瞥了眼，像是轻蔑一样，没吱声。

“那现在工作呢？”阿姨又问。

“中院，当法警……嗯，那个，没级别。”大兵道。

“那走动走动啊，这都快三十了，好歹上个科级啊。”阿姨喃喃道，又看了当家的一眼。

大兵讪笑道：“阿姨，我是当兵出身，那个专业……不怎么对口，可能一时半会儿上不去。”

阿姨的脸好像又拉长了一分，轻哎了声，又好奇地问着：“那……我听老宋说，你受过伤？”

“对，训练受伤，伤在脑部，有过一段失忆经历，现在……还没有完全恢复。对不起阿姨，我没有故意瞒着佩佩，第一次见面就告诉她了。”大兵轻声道，然后发现阿姨脸上的笑容，就那么轻轻地消失了。

这时候，他的心也跟着一轻，放松了。

他看到了阿姨的小动作，手肘碰碰老伴，似乎是让老伴开问。那位一直拿着张报纸在装相，仿佛这时候才发现大兵的存在一样，瞥了眼，淡淡地问：“当的什么兵种啊？”

“武警。”大兵道。

“立过功啊。”老头口气听不出是肯定还是疑问。

“嗯。立过。”大兵道。

那淡如轻风的样子，不知道是对功劳的不屑，还是对老爷子的不屑。这位老爷子不算老，最起码身材保持得很好，一点都没有发福，就是那眼光大兵受不了，像看叫花子一样看着他，似乎在审视是不是值得施舍。

“党员？”老头问，脸上没有任何表情了。

“当然。”大兵道。

“立过功，又是党员，还被招聘到省城，理论上你是没有机会回地方的。回来了，还是原职原位，那应该是发生过不如意的事吧？”姜老头道，这份犀利与他的年龄不太匹配，让大兵想到了新兵连那个浑蛋连长的训话，咄咄逼人。

“当然，犯过点小错误，所以没有上升的机会了。”大兵笑道。

“但也没有达到清除出队伍的标准？”姜老头问，表情缓和了。

“当然，否则就不会还穿着这身制服了。”大兵道。

几句话给他的压力很大，这世上总有邪门人物，能看到、能猜到、能想到那些隐藏在表象之后的事，身旁无疑就是一位了。此时大兵不敢小觑来人了，偷偷侧眼打量，这姜老头不像老头，倒像是年龄更小一点的中年人，那种对世事洞若观火的。

“我没有让你难堪吧？”姜老头和蔼地问。

大兵不好意思地笑笑，摇摇头，话意却相反道：“有点，但没有我现在的境遇难堪。”

“呵呵，有意思。”老头欠欠身，“那接下来可能要更难堪一点，你千万别误会，其实我和佩佩妈妈没别的意思，就是想来看看，是个什么样的人，居然把我女儿的性子给改了这么多。”

“那……您见到了，就这么个人。”大兵摊手，就这样了。

“你好像下的功夫不小，佩佩可不是随便能左右她主见的人，能告诉我你的真实想法吗？”老头客气地问，不过内容可一点也不客气，就像担心闺女被个小流氓拐走一样。

大兵这时候才侧过头，正色地、郑重地看了姜老头一眼，心平气和道：“我的客气只给予对我客气的人，您确定要听听我不客气的想法？”

“嗯？好啊，我就喜欢这样真实的。”老头一愣，老太太脸拉下来了。

“首先，我们第一次见面就挑明了，她在应付你们，我在应付我妈，做个样子就完事；第二，可能您女儿实在是有钱兼有闲阶级，闲来无事，觉得自己被忽视了，就去找到我妈，扮得很乖巧，让我妈误认为她儿子的魅力值很高；第三，我们第二次见面依然是什么也没有谈，我见她情绪很不好，估计她的任性让你们很难受，而且她也不好受，所以我就告诉她，让她换一种方式去对待父母，说白了就是哄爸妈高兴高兴，省得一天老纠结在一件事，搞得大家心情都不好……就这些。”大兵道，干脆直说了，潜台词很明确，我对你们女儿没想法，别给我甩脸子。

阿姨愣了，抿抿嘴喃喃了句：“哦，我说呢，这死丫头。”

老头却是眼睛眯出笑容来了。他掏着烟盒，是一个精致的黄铜色的盒子，一掀，黄澄澄的烟丝，他饶有兴致地卷了一支，等卷完，老伴却瞪着他，他悻悻收起，笑着对大兵道："谢谢你，为我争取了一点权利。我可以嗅一嗅，缅怀一下年轻时的岁月了。"

"不客气。"大兵道，这句是真客气了。

"那小伙子啊，你不能教我闺女回来骗我们老两口啊，尽管是好心，但这方式，还是有问题的。"老头评判道。

"不不，其实那是我的真实想法，我想那样做，可惜没机会了。如果我爸爸还在的话，我一定会想办法哄他高兴，不像以前那样，老惹他生气。"大兵轻声道，不好意思地看了两位老人一眼。那两位知道他的身世，轻轻一叹，无语了，大兵嗫嚅地道了句："对不起。"

"哎……说什么呢，节哀，生老病死，四个坎，谁也得过。"阿姨道。

"来，吃饭吧。"姜老头默然起身，再无赘言。

这顿饭吃得不咸不淡，菜不咸不淡，话也是不咸不淡，就算宋部长席间极度热情，也没怎么挑起气氛来。饭毕，大兵礼貌地告辞，逃也似的离开了这个让他尴尬的地方……

午后，准确地说是半小时后，宋部长就匆匆奔着南家来了，楼梯是一路奔上去的，站到南家门口已经气喘吁吁了，缓了口气就咚咚地敲门，边敲边喊着小潘的名字。

门一开，他倒愣了，潘云璇阴着脸，大兵枯坐在沙发上，像犯了错误一样低着头，老宋一愣脱口问到："咦呀？这咋啦？娘俩又置气了？"

"没事，老宋，你别管了，他就那点出息，谁拿他也没治。"潘云璇愤愤说着，一说又数落起来了，"啊，你说我容易吗，回来几个月，给他介绍了多少对象，他愣是连哄带骗糊弄我。人家佩佩多好一姑娘，他就是诚心想搅黄了。"

"妈……"大兵弱弱地拉长声叫了一声，"真不合适，您给我点时间嘛。"

"都给你快三十年了，你都长不大，你让我怎么放心啊？"潘云璇怒了。

老宋插进来了，伸手拦着道："怎么，怎么？这是……什么黄了？"

"还不是佩佩姑娘，又黄一个。"潘云璇懊丧道。

"谁说黄了啊，我这不赶紧来报信了。"宋部长哈哈大笑道，伸着脖子问，"是不是你们觉得黄了？"

"怎么？还有戏？"潘云璇不信地问，依儿子所说，应该是吹灯拔蜡了。

“当然有戏，老姜挺中意大兵的。这不我赶着来告诉你了。”老宋道。

“啊？！”娘俩齐齐讶声。大兵不信地挠挠腮边：“宋叔叔，您别逗我啊，她妈妈一问我学历，脸就拉长了。”

“学历是差点，可其他合适啊。”老宋道。

“不会吧，我都照实说了，我这级别估计就这样了。”大兵破罐破摔道。

老宋纠正道：“这还真不是问题，你真要是有个级别的，人家还未必稀罕呢。”

“那……他稀罕什么？”潘云璇也给搞蒙了。

“这还用说嘛，当过兵、吃过苦、受过罪，人又实诚，说话不卑不亢，和佩佩相处没安什么坏心思，就冲这一点，别提那两口子多满意了……你是不知道啊，想攀高枝的、想着人家姑娘嫁妆的、想着人家家里财势的人多了去了，他俩还就稀罕大兵这耿直不掺假的性子。”老宋斩钉截铁道。

啊？又一次阴差阳错了，大兵愕然了：“我没和他姑娘怎么着啊。”

“哎呀，那还不简单，现在开始又不晚，这太好了……嘿，这傻小子，还告诉我他把受伤的事、犯过错误的事都告诉人家了。”潘云璇喜出望外了。

“那正说明孩子实诚嘛，啥也别说了，老姜表态了，欢迎大兵常到他家做客。他老伴更不用说了，都能想起对父母这么好来，将来能不心疼她闺女……哎呀，小潘，你儿子能啊，老姜一家三口意见就没统一过，这回好了，了了我一桩心事……赶紧地，给佩佩打个电话啊。”老宋笑着催道。

“对对，儿子，这回你可别犯傻，有这么好个老丈人可比亲爸还管用……快打啊，发什么愣？”潘云璇回头催着，大兵迟手慢脚了一步，那兰花指已经戳脑门上了。

“哎哟……妈你饶了我吧，我不想谈恋爱，我不想结婚……”大兵痛不欲生地倒伏在沙发上，哀求着。

这绝对不能同情，对吧？潘云璇征询老宋；老宋也开始教育了，两方老人都看好，你们还有什么不好的？老妈讲了，妈跟你说，佩佩是肯定喜欢上你了，要不也不会让她爸妈来瞧你；老宋讲了，那还用说，她爸妈也喜欢，就差这半个儿子了。

一个帮腔一个劝，一个教育一个约，得嘞，连女朋友都给大兵约出来了，大兵被老妈撵着，相亲到今天，终于有了实质性进展了……

我心惆怅

轻轻地扳动车里的后视镜，对着镜子里的容颜，姜佩佩又一次检视着妆容，眼影很淡、睫毛膏稍用了一点儿，脸上薄施粉黛，显得如小家碧玉一样俏皮纯情。她摁摁脸蛋，嘟嘟嘴，做了几个奇怪的动作，仿佛在训练自己的撒娇、耍赖表情一样，那种表情必须让人无法拒绝，而绝对不能令人讨厌。

补了一点唇红，她大大方方地下车，背好包、锁好车门，蹬着摇曳的步子，踱进人武部这幢老旧的家属楼。锈迹的防网、生苔的阳台、方砖的地面，其实挺有韵味的，她款款走过，脸上蕴着温馨、可爱，甚至是戏谑的笑容。

这是唯一一次相到足够久的亲，而且让她以及家人都不反对的亲，有潘阿姨的威胁恫吓，以及自己父母的唠叨，两人一个月的时间里约会八次，每周两次。而约会也很奇怪，不是他们俩约，而是两人的妈妈约，每次见到南征扭捏地、不情愿地赴约，总让她觉得哪儿可笑得紧。

从父母的怀里投入一个男人的怀里，她还没有做好这个准备，不过还好，那个男人好像也没有，于是两人在这种默契中，成为一对除了不谈恋爱，什么都谈的朋友了。

笃、笃、笃。

三声轻叩，片刻门开，笑吟吟的姜佩佩准时赴约了，从海边、茶楼、咖啡厅已经约会到家里了，两人毫无进展，偏偏外人看来还如胶似漆的。

“嘿，帅哥，等等。”姜佩佩嚷着又准备溜回自己房间的大兵。大兵侧头，好奇地看着她问：“怎么了，美女？”

这是两人的标准称呼，姜佩佩笑着问：“对了，我一直有个疑问，愿意解答一下吗？”

“什么疑问？”大兵道。

“是这样，我一直有点奇怪，我爸怎么可能看上你啊？你那天跟我爸说什么了？”姜佩佩好奇地问，这个疑问困扰她很久了。

大兵愣了下，然后凉凉地说：“看上又怎么样？我又喜欢不上他。”

“就你这话，在我家待不了一分钟就得被撵走。”姜佩佩威胁道。

大兵笑了：“所以，你家我是绝对不登门的……哎这约法三章不是你定的？不恋爱、不上床、不结婚。”

这是预防假戏真唱，姜佩佩立下的规矩，但这么严肃地说出来，让姜佩佩莫名地有点脸红了，她摆手难堪道：“知道知道，我是怕你胡思乱想，过阵子等我出了国待上一段时间，你自己来个移情别恋就得了……哎别傻站着，说起来我可帮你不少忙了，要不是我牺牲，就这一个月，你妈得给你找回多少对象来？”

“对，也是，非常感谢啊。但你的疑惑真解答不了，我跟你爸真没说什么，他问什么，我就说什么，仅限实言相告而已，没见他对我特别青睐有加啊，很冷淡啊。”大兵坐到了沙发上，顺手给佩佩削着苹果。

越想弄明白，还越弄不明白了，姜佩佩想想父亲的变化，实在无从解释，她小声告诉大兵道：“这个真不是我骗你，我爸说你心里有座山。”

“啊？我怎么不知道？啥意思？”大兵笑了，不知道姜父怎么给他这么一个奇也怪哉的评判。

“站得稳、靠得住嘛，哎我没看出来啊，当个兵没提了干，当小职员也没上了级，我爸怎么可能看上你？”姜佩佩不解了，又一次认真审视大兵，但除了稍帅一点，实在没有太大的优点，而且在她认识的男人里，这位绝对不是最帅的，但其他就绝对是最差的了。

“你爸老眼昏花了呗。”大兵道。

“啊呸。”姜佩佩不客气地怒斥。

大兵笑着递着苹果哄着：“你别被他的思路左右，老人自有他们的眼光和方式，可能在我们的角度是无法理解的，就像他们理解不了，现在的年轻人并不喜欢把自己绑在家庭上一样。”

“这还差不多。”姜佩佩接受了，连苹果也接受了，她小心翼翼地拿着放在嘴边啃了一口，露着一圈好看的贝齿，嚼着时，脸上浅浅的笑容，还有一对深深的酒窝，偶尔偷瞄大兵，是那么悄悄地一瞥，然后又开始故作姿态了。

那种痒痒的感觉一直都在，就像姜佩佩的眼光一样，总会偷偷来挠一下大兵的心，让他在尴尬里又多了一份紧张。这段啼笑皆非的相亲扯得越来越长，再扯长点，他怕自己都会被扯进去，毕竟是个不难看不禁欲而且对他有点好感的女人，没准儿哪天就要出问题了。

“你自己玩啊，一会儿中午一块儿吃饭，我记得该你掏钱了啊。”大兵起身提醒了句，把泛起的异样感觉给驱逐走了。

房间的门轻轻合上了，跟着姜佩佩翻白眼气结了，每每总在有那么点感觉的时候，他会准确地泼上一盆凉水，让你从头凉到脚，把辛辛苦苦积累起来的好感一下子冲干净。

苹果啃了一小半，咖啡抿了一小口，书翻了几页就扔下了，玩手机更没劲，现在没有相亲了，见不着各色各样的奇葩男了，反而让姜佩佩少了一样好玩的事。本来觉得南征偶尔妙语连珠挺有意思的，可相处这么一段时间，那种新鲜感也在急剧地退热了。

嗯？他在干什么？

姜佩佩悄悄地踱着步子，蹑手蹑脚到了他的房门前，轻轻一推，门开了一道缝，看到大兵正背对着她，看着满桌的资料、照片，不知道在发愁什么，那一刹那就像个日理万机的大人物在做着什么决定一样。

好奇心驱使她慢慢地踱进来了，不料还是惊醒了大兵。大兵一回头，看到姜佩佩，姜佩佩一摊手承认错误：“不好意思，越界了……你在干什么？什么样的东西会比一个坐在你身边的美女吸引力还大？”

两人约定，互不干涉对方的私事，但也未必当真。当然，前提是有一方试图去闯入对方私人领域的时候，大兵好奇地看看她，笑道：“你不会有兴趣的，是一个有关犯罪的猜想。”

“谁说我没兴趣，我最喜欢看凶杀恐怖片了……换个话题，开阔一下我的眼界，省得我发闷无聊。”姜佩佩道。

“没问题，坐。”大兵把椅子让给她，自己到外屋搬椅子去了。姜佩佩扫着桌上的东西，地图、政区地形图、新闻报道、旧报纸加网络上有关岚海的一些资料打印件，还有几张写着名字的照片，手机开着，拍的是判决书，是一个叫董魁强的名字，几张照片没有一个很帅的，倒是丑得挺有个性，看了半天，直接就是云里雾里。

“没兴趣了吧？”大兵问。

“老实说，我还真找不到兴趣，你在找什么？”姜佩佩好奇地问。

“动机。”

“动机？”

“对，犯罪动机。一个涉黑团伙成长，离不开黑金温床，离不开敛财动机，离不开体制缺陷，只有这几种东西结合在一起，才能发酵出犯罪的基因……但是我在岚海这一带，找不到太明显的。”

“太深奥了，浅显一点，让我学学。”

姜佩佩好奇了，托着腮，凤眼眨着，像崇拜一样看着大兵。

大兵笑了，这个样子真让他有点喜欢了，就像孤独的旅者，哪怕有个倾诉对象也会让他欢喜的，他整整思路道：“上个月，我在送达判决书时，发现了一个奇怪的嫌疑人，他叫董魁强……”

和恐惧的、冷漠的、胆怯的、仇视的等所有的嫌疑人都不一样，大兵粗略介绍一下此人，进入了他的思维范畴，就听他一样一样分析着：“我们对这号人有天生的敏感，一开始我希望是自己的错觉，不过我越来越发现不是了。狱警敢怒不敢言、法院三缄其口，而魁五的名声又响彻岚海，这种人犯事，一年半的刑期实在不叫个事……我还打听到了一个小道消息，据说，还有人给他往看守所里送女人幽会。”

“哇塞，这是个教父式的人物啊？”姜佩佩惊叹道，明显三观有点不正。

普通人，可能更倾向于羡慕同类能做出匪夷所思的事，特别是这种挑战规则的事。大兵一笑而过，接着道：“……如果你知道他做了什么，就不会这么倾慕了。从案情看，受害人叫栗勇军，市环境监测保护局的一名普通干部。案发的经过是，高宏兵、董魁强、毛胜利等五人挟持了栗勇军，非法拘禁关押栗勇军七十二小时，并对其进行殴打，法医的鉴定报告是轻伤二级，右手食指、无名指指骨骨折……但这些人手脚没做干净，绑架挟持的时候，居然被人拍了下来，拍下来的人叫陈妍，她把案子直接捅到了省里，而且在网上发布了该视频……”

“那这些坏蛋要倒霉了。”姜佩佩道，这奇葩妞居然兴奋了，她补充着，“这也做得太矬了，姐要办这事，直接灭口多好，跟沉默的羔羊一样。”

大兵笑了笑，提醒她道：“视频曝出来了，栗勇军要被灭口，你跑得了吗？真以为自己活在罪案片电影里？”

“对，也是，那就没什么意思了，被抓回来了。”姜佩佩兴味索然道，不知道大兵怎么会对一起常见的收债事件感兴趣。

“又错了，他们是投案自首的。”大兵道。

“啊？”姜佩佩一愣，然后很失望地说道，“当坏蛋都这么没出息啊？”

“又猜错了，要是你当坏人，警察肯定喜闻乐见，可惜你不是。”大兵道。姜佩佩威胁地盯着他问着：“你是不是嗤笑我智商有问题？”

“不敢。”大兵道，姜佩佩表情一松一喜，大兵却道，“你智商肯定有问题，而且我发现，我的智商也出问题了，因为不论我怎样发挥想象，都猜不到结局，你信吗？”

“难道还有事？”姜佩佩认真了。

“除了高宏兵在逃，余众自首，这算是给了社会舆论一个交代。自首的几位指证高宏兵是主谋，被救出来的栗勇军开始指证董魁强，后来认定时，奇也怪哉地成了高宏兵。这已经构成伤害罪了，但似乎不足以让董魁强被超期关押一年零五个月……他的家属还给受害人赔偿了三十万……对了，你猜他们拘禁栗勇军的理由是什么？”大兵问。

“应该是欠债吧？”姜佩佩问。

“哦不，他们说认错人了，抓错了。”大兵道。

姜佩佩咧着嘴，哭笑不得，这肯定是她无法理解的无赖说法，可惜这种无赖说法如果都认可的话，那在法律上就是成立的，这一层姜佩佩就理解了：“有人把事摆平了？”

“如果光是这样，这个故事就落了俗套。”大兵道，拿起手机，拍了几张电脑屏幕，是报案资料，说着，“俗套的我兴趣可不大，但这个不俗的故事，让我百思不得其解了。”

姜佩佩仔细瞅了瞅，惊讶地问：“陈妍失踪了？”

“对，家属一直在上告，怀疑她在岚海遭遇了不测，只可惜没有任何证据……公安、检方以及法院，对此案都很慎重，但最终，还是只能给这些人一个非法拘禁及故意伤害的判决。主犯都没有归案，但家属积极赔偿，加上自首，符合从轻判决条件，从犯判决下来，都快出狱了。”大兵道。

“那主犯迟早要抓住啊，到时候他们不还得犯事？”姜佩佩问。

“没有那么简单，你看看高宏兵的履历。”大兵拣着其中的一份。姜佩佩翻了几页明白了，好奇地看着大兵道：“治安处罚、刑事处罚一共好几次啊，好像不是干大事的料。”

这句话让大兵竖大拇指了，他赞道："对，连嫖娼都跑不利索，这么大的事他能干的了？"

"可为什么不能说是你的阴谋论呢？"姜佩佩侧着头，故意出难题道。

"我倒希望是我的阴谋论，但应该不是。"大兵摆着几张照片复印件，是一只手，手腕，伤痕触目惊心，让姜佩佩微微不适，大兵解释道："拘禁了七十二小时，手指被敲断两根……你看腕上的勒伤，人是被吊着的，这是逼问什么……当然，可以理解为追债，逼他还钱。但是你觉得，有七十二小时都认不出抓错欠债户的债主吗？"

不是，肯定不是，姜佩佩吸了口凉气，接受这个判断了。

"就是这样，一定有某件关联很大的事被这些表象蒙蔽住了。我是通过在省里的朋友拿到有关陈妍的报案资料的，仅限于报案，再没有下文了。每年失踪的人口很多，可能是这样那样的问题，但失踪的是一个媒体人就不好说了。她是个大V网红，自由撰稿人，当过编辑、记者，我查了一下她以前的文章，报道过拐卖妇女、报道过小龙虾染色，还揭发过几家黑工厂。"大兵道。

就即便不是阴谋论者，这其中的蹊跷也把姜佩佩吓住了，她好奇地盯着大兵，好半天才转个圈问着："这不是你的事啊？"

"对，不是我的事，就算是我的事，我也解决不了。"大兵幽然叹道，尴尬地看着房间里挂着的法警服装，那臂章上的徽，像一个笑脸一样，在嗤笑着他。

"这也不是你的专业啊，你是法院的，又不是办案的。"姜佩佩又来一句。

"给予所有作奸犯科者一个公正的判决只是一个理想啊，何况我连做判决的资格也没有，什么都做不了。"大兵失落道，就像卸甲挂枪的战士，只剩下铁马冰河入梦来的回忆。

"什么都做不了，那你做这些就没意义了，这倒是挺有意思的啊，莫非在咱们这小地方，也有这样的能人？"姜佩佩猜测道。

大兵兴味索然，像在自言自语一样："我其实就想找找动机。这种事肯定纠葛在既得利益上，如果有发现的话，也可以给后来的同志多点信息，让他们少走弯路。"

"动机？咱们这海边，还不就走私那点事？"姜佩佩道，这是秃子头上的虱子，明摆着的。

"不是。"大兵摇摇头，拉着地图指点着，"岚海并没有大型码头，大规模走私不可能，小规模干，一条渔船就办了，即便现在的税率差别大，要积累巨额财富也不是那么容易了……而且，走私普通货物的事，不至于下这么狠的手，那事顶多海关查扣罚俩钱，到不了你死我活的份儿上。”

“哦，也对，现在走私客和二道贩子差不多，没人把他们当回事。”姜佩佩随口道，歪着头，和大兵保持着视线平行，瞄上岚海周边的行政区图了。

近海，应了那句老话，靠山吃山，靠海行船，只不过相对津门那个大港口城市，地处边陲的岚海就没有那么风光了。放在二十多年前，顶多是个比渔村大点的县，到现在为止也不过是个县级市的标准，而且地形起伏，毗邻西江省，辖区乡镇贫困地区占到了百分之六十，到这里面找黑金渠道，那岂不是和在贫下中农里找土豪一样？“你是什么意思？想在这三线城市找出个涉黑组织来？”姜佩佩哑然失笑道。

问得大兵不好意思地摸鼻子了，他喃喃道：“我只是在找一种可能性，一个搞环境监测的，一个半拉记者，会在什么情况下，遭遇这种激烈的报复……别怀疑我的判断，我对这帮人太了解了，绑架拘禁、吊腕、敲指头、让人莫名其妙失踪，不是一般罪犯敢做的事。”

好像这个时候，姜佩佩看到了另一个大兵，一个专注、严肃、满身凛然正气的大兵，她突然发现，不嬉皮笑脸或者装傻充愣的时候，大兵似乎更帅气了。这个突然的发现，让她眼光凝结了，直勾勾地盯着大兵。

大兵下意识地躲了躲，然后发现自己犯了一个愚蠢的错误，居然把真实想法和一个不相关的人说了这么长时间，他不好意思道：“呀，我跟你说这些干什么，我自己都只能当故事想想。”

“看不起人是吧？我可能知道这个答案，你信不信？”姜佩佩歪着脖子，目光不知道是挑衅，还是挑逗。

“不要又想象成电锯惊魂啊，猜测首先要有合理性。否则就没有意义了。”大兵道。

“呵呵，我是搞设计和广告的，喜欢逆向的、发散式的思维。”姜佩佩道。

“什么意思？”大兵好奇了。

“意思就是，你犯傻了，老想着走私是从境外往境内走私，为什么不能反过来呢？”姜佩佩反问。

“咦？对呀。”大兵愣了，拿起了地图，直勾勾地盯着，半晌才出神道，“对对对，你说得对，往外走私为什么不能是一条路子？这个太容易了，蛇头，拉一个偷渡就是十几万；贵金属，拉一吨就是十几万甚至更多；活体、标本动物，也会是暴利；甚至是毒品，现在的化学毒品，境内可是原产地啊……对，肯定是这样，这个女记者可真是胆大包天啊，肯定是摸到什么了……”

大兵把嫌疑人、受害人的照片一一排着，信息匮乏，一个月的努力，仅搜到了不多的信息。而搜集的过程越艰难，让他感觉其中的蹊跷越深，就像照片上那位文静的女人，失踪一年多了，他通过张如鹏的权限查到了点消息，也仅仅是按失踪人口案件处理，到现在还积压在津门的某个派出所里，和很多无法重见天日的死案在一起。

是真有隐藏的罪恶，还是自己阴谋论太盛了？

是真的发生过不为人知的罪案，还是太多的巧合撞到了一起？

是俯身去查究这个真相，还是当个路人漠然视之？

一个一个纠结，一个一个问号在大兵的心里泛起，让他无从抉择……不知道过了多久，有人轻轻拉拉他的衣襟，回头时，是静静等着的姜佩佩，脸上有点委屈了，撒娇似的道：“我饿了。”

“哦，对不起，咱们出去吃饭吧。”大兵慌乱收拾着桌上的东西，提前一步给姜佩佩展开了外套，礼貌地等她穿上。姜佩佩好奇地看着他问：“在国内，这是礼貌过度了，只有出过国，有些人才会有这个习惯。”

“我出过国。”大兵笑道。

“吹吧，什么时候？”姜佩佩不信了。

“晚上。”大兵道。姜佩佩一愣，大兵告诉她：“梦里呀。”

姜佩佩哈哈一笑，随手在大兵背后捶了一拳，每每兴奋时总有这个动作，却不料出门被门槛绊了一下，她哎哟一声，大兵急速回挽，两人不由自主地一下子抱在一起。软绵绵的感觉让大兵愣了下，姜佩佩却是触电似的推开了，脸色羞红，大兵关着门道：“我家这门槛高啊，第一次来就告诉你小心了。”

“你就是故意的。”姜佩佩故意蛮横地说道。

“真不是故意的，要是故意的……”

“怎么样？”

“肯定多抱一会儿，顺便吃个豆腐。”

“你个坏蛋。”

姜佩佩娇嗔地拧了他一下，轻轻地，一拧又觉得自己失态了。偏偏这失态被大兵发现了，他提醒着："嘿，咱们就做个戏，你可别真喜欢上我啊。"

"老实告诉我，你是怎么想的？梦想过娶我这样一位集美貌和才华于一身的新娘吗？"姜佩佩笑嘻嘻地问，毫无正色，两人玩笑越来越深了。大兵苦着脸问她："你知道为什么叫新娘吗？"

"这个也有特殊含义？"姜佩佩笑着问。

"对我来说有，老娘老了，换了个接班娘管我……哎，这就叫新娘，呵呵。"大兵嗤笑道，姜佩佩边下楼梯，边踢了他一脚，两人笑着依偎在一块儿了。

或者是因为都没当真，交往就轻松了几分，可假假真真的，距离是真的越来越近了。上车走时，姜佩佩想起一件事，好奇地问大兵："南征，你怎么对这个有兴趣了？你是法警啊，押解人犯的，又不是抓人办案的。"

"职业习惯，以前抓过人。"大兵道。

"那你准备怎么办？展现一下你的个人英雄主义？像欧美大片一样，《虎胆龙威》那种，一个人单挑一个犯罪团伙？"姜佩佩问。

"难道你不喜欢那种形象？"大兵反问。

"喜欢啊。"姜佩佩故意凑着脸看看他，然后嗤笑道，"就像堂吉诃德，持着长矛冲向敌人，而敌人是一架风车。"

假想出来的敌人，大兵脸色讪讪，笑笑道："我已经没有勇气去干了，只剩下点想象的爱好了，还得被你嗤笑。"

"一点也不是嗤笑，异想天开的男人才是最可爱的。"姜佩佩似乎一点也不介意，踩着油门，疾驰出了小区，而大兵一时竟没有听出来，这话里是褒奖还是贬斥，不过让他感觉微微不适。

"我真的废了。"

大兵心里如是道，其实信息的搜集只不过是百无聊赖的生活的一种慰藉，假如真有这样一个犯罪团伙，他清楚地知道，自己可能都没有勇气站出来了。

因为平静的生活、家长里短的琐事、每天风风火火的老妈、喝酒扯淡的战友，甚至这位假戏假做的假女友，都在慢慢地、一点一点地消磨着他的精神和意志，都成了他有形无形的牵挂。

念及此处，他倒更想念教场上的喊杀、实战里的刀枪，那血淋淋的过往，此时落在眼里不再是凌厉，而是浓浓的惆怅……

现实郁结

“妈……爸……我给你们买回早点来了，虾皮粥，爸，我没给你买咸蛋啊，医生说太咸的东西对你血压不好。”

姜佩佩摆着碗筷碟子，处女座的，摆个碗筷也要像插花一样摆出美感来。等她回头，卧室门开着，爸妈一上一下，伸着脖子，奇也怪哉地看着女儿。

“怎么了？”姜佩佩愣了下，旋即又笑了。

“佩佩，昨天约会好像不错啊。”老妈好奇地问。

“这您都看出来了？当然不错了。”姜佩佩两眼亮着，貌似幸福地说道。

老妈似有不信地瞧着老伴，姜天伟瞅着，有点看不懂女儿了，太孝顺了他都不敢相信了。

“快来吃啊，爸，您今天回去啊？”佩佩问。

老妈接腔了：“一会儿就走，你别管，司机八点半来接。”

老两口小心翼翼地坐到了餐桌前，女儿把热茶都倒好了，姜天伟不确定地问：“佩佩，你是不是有什么想法了？缺钱了？”

一般情况下，不是真有需求，是不会这么表现的。不过这次真猜错了，姜佩佩笑道：“非要缺钱啊，我就不能让你们俩惊讶一回啊。”

“这可惊讶了不止一回了啊，佩佩，你给妈个准信啊，到底行不行啊，让你留省城吧，你非要在岚海，你爸好容易把家安到省城，这一来又得两头跑……真能看上南家这小子？”老妈道，看来还是有点怀疑。

“现在是谈恋爱阶段，还没到谈婚论嫁，你们真急着把我嫁出去啊？”姜佩佩怏怏不乐了，似有不舍。老爸笑着道：“谁说我们急了，我们巴不得你一辈子别离开我们呢。”

“那太好了，我谁也不嫁了。”姜佩佩顺杆爬道。

老妈立即补充着：“那可以把他娶回来啊，当个上门女婿，反正他爸也不在了，一个人在咱们家也安心。”

“啊？”姜佩佩拉脸了，然后省悟道，“喂，爸，你们是不是就看上他爸没了，妈改嫁了，正好来给你们俩当倒插门的女婿啊。”

姜天伟笑了笑，老妈安慰了：“这不怨爸妈啊，给你找了多少条件好的，谈不来啊，还就这个多少还顺眼点。”

“这个也就勉强。”姜佩佩拉长了声音。老爸这时候说话了，戳着她的谎言道：“不会吧，我看人家未必对你有意思啊，否则你就不会这么竭力地改变自己的形象了。”

老妈一愣，看着女儿，像在征询。姜佩佩一糗，撒娇了，哼了哼，和老妈坐到了一起，一个拥抱娇嗔着：“妈，爸又在伤我自尊，您女儿有那么差吗？我有什么可表现可改变的，我就喜欢天天给妈妈做饭，不好啊？”

“嗯……好好好，你别这么一直搂着啊，让我怎么吃饭啊……”老妈笑了。

“你们慢慢吃，我给你们收拾东西，还带了水果路上吃啊。”姜佩佩放开了，回房间收拾东西，那轻快的步子，那哼着的小调，老妈征询地看着老伴，姜天伟笑笑，不过笑而无语。

八点半准时上路了，这幢临海的房子成了休憩和度假的最好去处，女儿就喜欢老家，到现在都不甚喜欢住在省城。而自从和南征谈上之后，留在岚海的时间越来越多了，连她以前不怎么打理的广告公司现在都搞得有模有样了。

二老坐进了车里，看着倒视镜里招手再见的女儿，免不了又是长吁短叹，姜天伟抚着老伴的手道：“女儿大了总要出门的，你能绑在身边啊？她迟迟都找不到另一半，主要原因还在我们身上啊，太过安逸和依赖的，都不想自己过啊。”

“啧，我是觉得，要和南家那穷小子，太亏我女儿了。”老妈对此事依然耿耿于怀，想到此处她拉着老伴的手紧张道，“老姜，咱们把姑娘一个人放老家，你也放心啊，万一她吃个亏咋办？现在坏人这么多，我是担心啊。”

“你一周回来两回，七天就在岚海待四天，我倒不放心你了。”姜天伟笑道，惹得老伴轻捶了他一下，反正就是揪心啊。她愁苦道：“我有什么让你不放心的，这丫头实在是让人操心啊，南家那小子模样个子倒是还可以，就是其他条件太差了点啊，要不咱们给他活动活动，调到省城？”

“千万别，八字还没一撇呢，你这是干什么？”姜天伟不悦道。

“那你到底是什么态度啊，我怎么横看竖看，就没什么出奇的地方啊。”老伴愁容满面道，像要丢掉命根子一样，而且有点所托非人的感觉。

提到此处，姜天伟笑了，幽幽地说道：“有句老话叫莫欺少年穷，其实不是谁要欺，而是穷人自己就有那种自卑的心态，就像我以前办事，走到哪儿都点头哈腰一样。你相了几个人，哪个不是卑躬屈膝的，恨不得磕头认你当妈啊……我那天是故意刺激刺激他，结果你看到了，小伙子不卑不亢，表现得多得体啊。”

“那是他根本就没想攀咱们这门亲。”老伴纠正道。

“是啊，他都没想，你还有什么不放心的？就算成不了两口子，多个朋友又有什么不好。”姜天伟道。

对于大兵的身世，这个没问题，可老伴明显心不在此，她不悦道：“那你到底是给她找朋友，还是找男朋友呢？”

“那就看他们俩的缘分了……放心，这孩子性子差不了，当过兵、吃过苦、立过功，家里又经过这么大的事，这靠得住，不经磨难不成人啊。就他啊，未必能看上你养的这娇蛮闺女……别以为闺女在你眼里是宝，就在所有人眼里都是宝啊。”姜天伟笑道，宠坏的女儿，他是最了解脾性的，要有个能让她改变的人，那就是找对了。

当妈的可理解不了，哼了哼，白了老伴几眼，开始跟他置气，一路上都不爱跟他说话了……

“南哥，辛苦你了啊。”司机封刚不好意思地说了句。

车正穿过笔直一线的海边公路，是同事家里有事，把南征约来顶班了。押解这事说大不大，说小也不小，必须是两人同时出行，人卷分离，以防意外。大兵笑道：“客气什么呢？晓波刚结婚，多给他两天蜜月呗。”

是另一位同事丁晓波，还沉浸在蜜月里，提到这个，大兵问着封刚的婚事，这位和大兵经历几乎相同的年轻人拉着脸道：“手续还没进来，编制落地之前，给你介绍对象的都没有。”

“那以前没谈？”大兵好奇地问。

“去哪儿谈啊，当兵回来待业了两年，没办法这不才应聘当法警，我们同期的，有钱的做生意，有关系的进单位，有能耐的自己混，像我这号，没出息啊。”封刚自嘲道。

“转正应该没问题吧？”大兵问。

“不一定啊，现在等着吃皇粮的人太多了。”封刚一脸苦相地说着。

大兵伸手拍拍他安慰着：“放心，要有机会我拉你一把。”

“那谢谢南哥了。”封刚笑道，不过仅把这句当客气了，同是法警身份没职没位，那个公务员编制可不是说上就上得了的。

穿过海边公路再行六公里就是看守所了，大兵望着车窗外天际线起伏的海浪，心里的那个谜团像悬在天上的乌云，每每总让他心里阴云密布。此时又想起来，掏着手机看判决的照片时，他突然明白自己心神不定的原因了：

今天，是董魁强释放的日子。

“封刚，你对董魁强这个人知道多少？”大兵好奇地问。

“哎哟，这可是能耐人，当时抓他动静可大了，市里出动了特警，窝都抄了，街上放鞭炮的不少，这家伙积怨不是一天两天了。”封刚道。

“那为什么雷声大雨点小啊？都要放人了。”大兵问，那是自己离开岚海时发生的事，在以前的记忆里，似乎根本没有注意到这一号人物。

“证据啊，你没什么证据啊。他们从省城请来了七八个律师，刚押解到看守所，后脚就开始告刑警刑讯逼供。这些律师狠，他知道搞不动你，可肯定搞得臭你，最后搞得刑警队把队长都下课了……他这案子一直没判下来，是绕了几个来回呢，本来是非法拘禁加故意伤害，可高宏兵一直没抓着，主犯无法认定是董魁强，受害人又接受了赔偿。还有个纠结就是那个女记者失踪的事，就是曝料他们非法拘禁视频的那个，可查不出来啊，这不一放二放，实在没办法了，只能放人了。”封刚道。

这就是法制的无奈之处，它保护着绝大多数人，包括高明的作奸犯科人士。大兵的脸色更沉了，心里那片阴霾更重了。

“怎么了？南哥，你怎么问他啊？”封刚问。

“公正的判决只能是个理想啊。”大兵道，从警之难，莫过于此，你目睹的罪恶未必都能受到相应的制裁。

“呵呵，哪有什么公正可言，咱们不照样受着不公正待遇吗？别挣着卖白菜的钱，操着卖白粉的心了，那多累啊。”封刚道，从这张年轻的脸上，大兵似乎看到了以前的自己，悲观、厌世，可能这位临时工，比他更悲观。

“对，你说得对……有时候，咱们这些执法的，还真不如犯法的来得痛快。这个董魁强是搞什么发家的啊，我看他在牢里的待遇，比咱们法警待遇还高。”大兵道。

“说不来，咱们这海边，应该是走私吧。”封刚道，这个笼统的推测并不新鲜，但大兵依然找不到答案，因为隔着一道天堑，不是其中的人，是无法知道其中的奥妙的。

“咦？那是干什么？”大兵看到了一列车队，沿着通向看守所的路排了一列，三三两两的人聚在看守所周围。

“这都看不出来，等着接风洗尘啊，今天是董魁强出狱的日子吧。”封刚道，漠然一句，驾着车，从成列的豪车边上开过，路虎、悍马、大切、牧马人、奔驰越野、大林肯、GMC，一列豪车把法警车比得寒酸到了极点。

当啷，门开了，不是为法警的车开的，而是要释放人犯了。人一出来，群情激动了，拥着往门口挤，围在了出来的三位身侧，法警车已经驶不过去了，只能靠边停下。

“魁哥，想死兄弟们了。”

“鸣炮，去去晦气。”

“魁哥，上我车，宴海大酒店给您老接风洗尘。”

“魁哥，跨过这堆火……”

放炮仗的、吼着攀交情的、当场就换衣服的，还有烧了堆火去晦气的，更令人无语的是，那辆越野车的大喇叭里，还放着音乐，乐曲和现场很搭调，是《喜洋洋》。

二十六辆车，四十多人，簇拥着这位上了一辆奔驰，嚣张地放着《喜洋洋》，在鞭炮燃放的烟雾里扬长而去，只留下看守所顶楼上的岗哨，面无表情地看着这一切，朝着车的去向，重重呸了一口。

“哎，又出来一群祸害。”大兵厌恶地看了眼。

那股郁结让大兵很不舒服，就像目睹被原始股骗得倾家荡产的人一样不舒服。而以他的经验看，看守所门口还能有这么风光的迎接队伍，那只能证明一件事：根本没有伤到根上。

“走啊，怎么了？”他催着封刚。

“哎呀，我都想过几天祸害的生活了。”封刚幽幽地说道。

破车、牢狱、忙碌、劳累，变得麻木的感觉也被刺激到了。大兵看了眼愁苦的同事，不忍斥责了，谁让这些祸害的生活确实让人羡慕呢？

押解……开庭……送押，简单的重复工作结束后，已经到十一点多了，因为一起强奸案不宜公开审理才安排在周日上午。从单位出来时，大兵手机上莫名接到了一个陌生的电话，他狐疑地接听，却是一位有过一面之缘的人：陈向东。

是父亲生前的通信员，问他在哪儿，有事找他办，是军烈属子女的补贴，抚恤之外的。大兵匆匆应了声，转而折向人武部。

进部办，门卫敬礼，大兵都不好意思了，这个礼敬得太过沉重，沉重到他都不想踏进这里。

补贴没有多少，大兵考虑应该是宋叔叔给申请下来的，对他现在来讲也算一笔不菲的钱了，可这张银行卡拿到手里，却沉甸甸的。一个父亲的前通信员，一个管人武会计的上尉，又是齐齐向他敬礼。

“我能看看我父亲生前坐的地方吗？”大兵问道，莫名地想求证一下，自己在父亲心里的重量。陈向东带着他出门道：“就在三楼，他牺牲后，都保持着原样，每年全市的思想教育，都在那儿……宋部长说了，谁也不能动，他是我们这里的魂。”

部队的教育，总是样板性很严重，不过大兵此时没有这种感觉，只觉得一股子不知道是忧伤还是孤独的情绪，揪着他的心，隐隐作痛。哪怕再善于伪装，也伪装不出云淡风轻的样子来。

门开了，陈向东恭立在门口，大兵在这一刻，怀着思念和崇敬，踏进了父亲的办公室……

怒发冲冠

“父亲”这个字眼留给大兵的记忆是混乱的。

是声色俱厉的呵斥，是皮带毫不留情的教训，后来又是痛彻心肺的缅怀。那位身上总是带着烟酒味的男人，曾经让他恨之入骨，哪怕失忆，那些恐惧的记忆也没有被抹去。

他轻轻地坐到了父亲的座位上，老式的办公室，文件夹一摞、玻璃框一台，下面压着花花绿绿的照片。正如陈向东所说，正胸前往前，眼线正中的位置，放的是他的照片，参军时的，胸前戴着大红花，满脸稚气，穿着一身傻乎乎的草绿军装，保持着敬礼的姿势。

他轻轻地抚过，不知道是年代久了，还是摸的次数足够多了，那儿显得很是粗糙。他闭着眼睛，像在寻找失去的记忆一样，在这样想着，每天、每时、每刻，父亲会坐在这里，静静地抚着儿子的照片，在纠结父子的感情一直不好，在担心儿子的从军生活能不能熬得下来，或者还会怀念一下，儿子还很小很小的时候，是多么多么可爱。

对了，就像大兵现在一样，每天、每时、每刻，都在想着，他已经一点也不恨父亲了，如果能重新来过的话，一定不会像以前那样惹父亲生气；一定会捧着大大的军功章，别到父亲胸前，让他为儿子骄傲一回；一定会牵着爸妈的手，让他们和好如初，而不像现在，是这样一个破碎的家。

闭着眼的大兵悲从中来，他抬起手抹着两行盈出的泪，悄悄地擦掉了，生怕恭立在门口的陈向东发现一样，他掩饰着……对，他突然明白了，记忆中那凶神恶煞的父亲，一定在掩饰着，掩饰着他对儿子的关心和担心，只能咬着牙把儿子赶上军车，也许在没人看到的角落里，他也是这样偷偷落泪的。

“爸，我来了……以前你恨我不成器，我恨你没出息，我们都错了，我宁愿什么都没有发生过，我宁愿要个没出息的爸爸……也不愿意，当一个烈士的遗孤……爸，你知道吗，我失忆过，可哪怕失忆了，也忘不了你，忘不了妈妈，忘不了咱们家……你要还在多好，你知道，儿子有多想你啊……”

大颗大颗的泪落在手背上，落在玻璃上，碎了，溅起的是晶莹的珠玉形状，大兵在心里默默念着，仿佛在对着空灵的精神世界说话，仿佛在和天各一方的父亲交流一样。

他想父亲一定听得到，就像他失忆后仍然赶不走父亲在他心里留下的烙印一样，所有的思念和缅怀，都化成了此时的泪水，抑制不住地流着。

陈向东侧过脸，轻轻掩上了门，他对着墙，双手捂着脸，轻声在哭。

过了很久，大兵抹着脸上的泪迹，起身走到窗前，开了窗户，呼吸了一口清凉的空气让自己冷静下来。以前他很担心，当过警察、当过武警、当过行刑手的经历让他手硬心狠，都不知道痛苦是什么滋味了。而回到家乡才发现，自己其实和普通人并没有什么区别，甚至更脆弱一点，都这么多年了，仍然无法释怀。

这一点，让他欣慰，可同样也让他惴惴难安，曾经的顽劣现在都觉得羞愧，父亲肯定是走得都不放心啊。

他心里忐忑地想着，拿起了窗台下一块叠得整整齐齐的绒布，轻轻地擦拭着窗台，擦拭着旧式的铁皮柜，那后面，是贴着军徽的文件、书籍，很整齐也很干净，这个整洁的地方一粒尘埃也找不到。

站着，把父亲的工作台擦干净，连笔筒底部也擦得干干净净。重新坐回原处，他轻轻地拉开了父亲办公桌的抽屉，里面摆放着订书机、印台、稿纸，不多几样，他小心翼翼地拿出来那个老旧的夹本，纸质的，贴着镰刀斧头的徽。

这是现代人可能已经无法理解和接受的东西，那一代人的行径，在他们眼中可爱又可笑。

可大兵知道，那是一种精神层面的东西，它的名字叫：信仰。

翻开来，是父亲的笔迹，字很大，像他的性格一样，线条刚直，虽不美观，可胜在气势凌厉。写的是一封情况报告，草草看过，是向上一级反映的报告，内容是训练拖沓，器材不足，地方的重视力度不够，导致地方武装力量形同虚设，等等。

这肯定又是一个惹人烦的报告，大兵隐隐记得老妈和他一吵嘴就骂他，你同届下来的都师职了，你还在副团级上，也不嫌丢人。

原因可能就在这儿了，大兵不知道心里是什么滋味，不但找到了父亲没出息的原因，可能还找到了自己性格里那份顽固、不肯轻易开口求人的原因。

是何其幸甚？又是何其不幸？

大兵清明的眼神里，掠过的是监狱里的百相，是单位里的众相，是津门、彭州那个庞大机关里的众相，然后他心里燃烧着的火慢慢熄了，冷了。他在想，一个坏蛋，比如蔡中兴；一个英雄，比如父亲，其实都改变不了什么，不管多么伟大或者丑恶的行径，其实最终都在证明着一个人之于这个世界的微不足道。

对，怨念和逆反，大兵准确捕捉到了自己这种心态，无可指责的心态，曾经是对父亲的怨念和逆反，而现在，是对自己的。他不知道这是找回来的自己，还是一个新的自己。如果是原来的，肯定不会理解父母的苦心孤诣，如果是一个新的，又为什么都是旧我的影子？

知人者智，自知者明。

其实大兵觉得自己既非智，也难明，这种浑浑噩噩的状态，远不如父亲这么简单凌厉，我行我素，哪怕身后是毁誉参半。

这才是最值得景仰的，就像面前这份报告，肯定会惹人烦，可他不在乎。他肯定不在乎，肯定会拍着桌子骂娘，大兵如是想着，不知为何，脸上竟然有了几分笑容，想起了老爸那个剽悍的样子，肯定在同事里也是让人又恨又爱的那种。

他轻轻地翻过誊写、修改过的稿纸，这应该是送印的初稿，看得出这个粗人还有很精细的一面。翻了几页，大兵的心情好了几分，目睹着这些亲笔书写的文字，让他莫名地有一种亲切的感觉，一页一页翻过，仿佛能看到父亲在这个地方奋笔疾书的身影。

嗯……在中间一页，他的视线莫名地被吸引了，标题是《关于岚海市大店乡一带中重稀土矿私采滥挖的情况反映》。

稀土？！

他愣了，回味着姜佩佩的话，滞了好久，然后心一沉，急急往下看。

这是一份向省军区、公安、缉私、海关主送及抄送的情况说明，私采矿口九处，从业人员初步估算有四百人之众，破坏的森林、植被面积多达数平方公里，而且冶炼稀土造成的环境污染，已经让大店乡附近的河流鱼虾绝迹。

更让人痛心的是，大店乡与西江我国重稀土的主要产区接壤，与镧、钇、钕等价格较低的轻稀土产品相比，镝、铽等更具战略意义的重稀土资源，是禁止出口的。但近年来，岚海津门一带的稀土走私已经相当猖獗，全国海关当年查获走私总额仅一点六万吨，而且大部分都是轻稀土产品，中重稀土走私一例也没有查到，而在岚海私采滥挖，保守估计年产量至少在一千吨……在国际市场上，中重稀土的价格是轻稀土的十倍到二百倍不止，这其中铤而走险的大有人在。

有人在钻着政策和法律的空子，出卖着国家利益。私采滥挖为什么打而不绝？走私渠道为什么至今都没有发现？每年有多少中重稀土被走私到国外，已经成了公开的秘密，为什么各相关部门还是熟视无睹？甚至有境外的非法商人就在我们的土地上堂而皇之地作奸犯科，而我们中有些人，却开门揖盗。

这是在犯罪！在国家面前、在人民面前、在我们子孙面前，我们都将是罪人，罪不可恕。

咚的一声巨响，大兵的拳头重重地砸在桌上，震得笔筒翻了个身，啪的一声摔到地上了。一瞬间，大兵被刺激得热血贲涌、怒发冲冠，他一下子明白了，自己没有找到的秘密，根本就是公开的秘密。

陈向东惊得推门进来了，紧张地问着："南哥，您怎么了？"

"这是怎么回事？"大兵拍着父亲留下的手书问着。

陈向东急步上前一看，然后面露难色，嗫嚅着："这个这个……都过去很久的事了。"

"那解决了吗？"大兵问。

"不……不可能解决，这不是公文的行文标准，不可能有带着个人感情的公文啊，所以……"陈向东喃喃道。

"依我父亲的性子，不会坐视不管的，对吗？"大兵期待地问。

"对，他牺牲前一直在向上反映这事，市国土资源、公安、缉私，我和他还到过几次省城，到军区也反映过，可这个不在我们的职权范围内啊……后来他牺牲后，这事……"陈向东像做了错事一样，低声下气。

"没人管了？"大兵怒极反笑道。

不幸言中，陈向东点点头。

大兵瞪了陈向东一眼，这位通信员出身的，恐怕也管不了什么。他翻着夹本，把这一摞纸取出来说道："这个我带走了……大店乡在什么地方？这个名字……"

他突然愣了，似乎就是父亲牺牲的地方。

被瞪得心惊肉跳的陈向东轻声道："对，就是南副部长出事的地方。"

"你……好像在隐瞒着什么。"大兵道，在极度的刺激下，他眼光犀利，敏锐的思维似乎被唤醒了，一瞥眼便捕捉到了陈向东脸上的表情语言。

"好吧，瞒着你我会于心不安的。其实大店乡的灾害始于盗采滥挖，本就不多的森林和植被都被破坏，特别是公路沿线。在未发现稀土矿藏的前五十年里，自然灾害很少，这几年，几乎每年都有，泥石流、地下沉降、塌方，就没有断过。"陈向东咬牙切齿道。

"那这不是天灾，是人祸？"大兵愤然道。

"对，一直就没有停过。"陈向东道，他有点恐惧，因为在南征的眼中，仿佛蓄着一把火，一把即将烧起来的火，血红血红的眼睛，让他不寒而栗。

可大兵却意外地冷静下来了，他起身头也不回地说道：“带我去趟大店乡，我想看看我父亲去世的地方。”

陈向东愣了下，然后匆匆追出去了。

片刻后，人武部那辆指挥救灾的国产勇士车，疾驰出了大门，朝省境边上驶去……

“我们地方武装，大多数时候只参与基建、救灾、战备训练一些常规性任务，每年主要任务就是征兵和安置复员，没有什么权限，这事南副部长给地方反映了不止一次……你也知道，和平时期，当兵的说话还不如个当干事的……

“缉私的在岚海查过，咱们这块地理位置特殊，市区临海，而大店乡一带，又是省境，不光是当地群众，还有乱七八糟的人，怎么查得清啊。稀土那东西大部分人都未必见过，津门港也查到过几次，都是罚没和查扣，罪行也不重……

“黑矿主在当地都有点势力，地方公安轻易不敢进去，也查过，不过都是前脚炸矿，后脚一走，人家又开口子了，打而不绝啊。

“南哥，你怎么了？”

陈向东絮絮叨叨地说着，大兵一直一言不发，似乎没有讨论的兴趣。车疾驰了一个多小时，据陈向东介绍，就这一段路，当天救灾的时候，足足走了四小时。普通的台风灾害，顶多是掀房顶刮倒树，有清障车在，凑合着可以通行，但遇上泥石流之后就不行了，车队足足滞留了八小时才通开路面。

“疗毒得刮骨、斩草得除根啊。”大兵莫名地说了句不相干的话。

陈向东疑惑了下，示意道：“就在前面那一带。”

“我看到了。”大兵道。

两人并不投机的对话，奇怪地进行着。车在疾驰两公里后，急速刹停，靠在路边，大兵跳下车，怒容成了狰狞，信步沿路而上。陈向东匆匆跟着，絮叨着：“当地人把这个叫鸡窝矿，都是一窝一窝的，地质条件又不适合集中开采，所以就成了滥挖的最好地方……投资栽进去的也不少，不过要挖到一窝就发了，所以，这儿……就成了那个样子……”

站在一处高处极目望去，光秃秃的山包呈现着暗红色，看不到树木，不过一个个狰狞张开的洞口让人触目惊心。再往下走不远，就是废弃的坑口，光秃秃的地方，石是黑的、土是棕的，脏兮兮的，散发着一种让人作呕的味道。

“池浸要用酸液，废水流过的地方，寸草不生。”陈向东指着沟壑里已经看不到植物的地方，痛心道，“我们抗得住天灾，可抗不住人害啊。这一带都挖红眼了，我们就算年年救灾，也抗不住他们天天破坏啊。”

“很多地方都是这样。”大兵喃喃道，张官营的事记忆犹新，一个充斥着金钱、污染、走私的法外之地会滋生出什么来不难想到，肯定是犯罪的猖獗。

“南副部长来过很多次，还组织过地方民兵、乡派出所驱逐过几次，不过效果不大。这一带族姓很厉害，一村人一个姓，根本惹不起……也就你爸因为征兵、救灾经常在一线，在地方上还有点威信，搁其他人，这种地方根本不敢来。”陈向东道。

“他当兵都当傻了，人能救回来，人心怎么可能救回来？”大兵咬牙切齿道。

陈向东没有听懂，不过他感觉到了，这父子俩的气质如出一辙，就像当年南副部长一样，也是蹲在这儿，也是这样无法遏制的愤怒。

大兵起身时，等待已久的陈向东一把拉住了他，像是警告一样对他说道：“南哥，我能说句不该说的话吗？”

“让我猜一猜。”大兵凝视着这位，像洞悉他脸上的负面情绪一样，猜测道，“你要告诉我：这里面水很深，让我不要掺和？”

嗯？陈向东眼光一滞，吓了一跳。

“不用奇怪，我当过警察，比你更了解有些事能黑到什么程度。穷山恶水出刁民不是理由，刁民可没有本事走私到国外去。”大兵道。

“我们真的做不了什么，这些事早就积重难返了，一触就是各方的利益。南副部长当年调研的时候，不过十几个坑、几百人，现在已经几十个坑，发展到几千人了，哪件事捅出来都是要命的。”陈向东道。

“所以你就看着这些事摆在眼前，熟视无睹？如果死的是你的父亲，如果原因是人祸，你也可以这样心平气和地想，这里面水很深，我躲得远远的，对吗？”大兵问，睥睨的眼光盯着对方。

陈向东羞得无地自容，慢慢地放下手了，他低着头，脸色凄然道：“可我们又能做什么？你都说了，人心救不回来。”

“那就杀人诛心！耻辱只能血洗，泪洗不了。”

大兵咬牙切齿道，拂袖而去，那凌厉的眼光和恶狠狠的语气，比其父有过之而无不及。陈向东怔了半天，赶紧掏出电话，拨着宋部长的号码，他真不知道，这位愤怒的遗孤，会干出什么事来……

天算人算

宋部长匆匆奔进医院门厅，挤着熙攘的人群，找着外科部，他边拨电话边问着，看样子神色焦虑，像遇到了什么大事一样。

嗯，看见了，潘云璇从外科部的办公室伸出脖子，正朝他招手。他匆匆奔上来，潘云璇合上手机问道："怎么了？宋部长，大上午的你火急火燎地找我？有亲戚住院了？人来了吗？"

宋部长二话不说，拽着潘云璇就走，潘云璇哭笑不得道："嘿、嘿，领导，你注意影响啊。"

"我拉你个半拉老太太还怕别人说我怎么地？"宋部长不容分说，把潘云璇拽到角落，单刀直入地问着，"南征呢？"

"怎么了？我这两天忙，没回去。"潘云璇愣了。

"打电话了吗？"宋部长问。

"打了啊，每天三遍。怎么了，又惹事了？不可能吧？"潘云璇呆了，现在轮到她拽老宋了，一拽一摇，连珠炮似的问着，"到底什么事？是不是和佩佩吹了？我说这事你有责任啊，要不是你牵线，我儿子早相上了……看看，一看你这脸色就不对，嫌我们家穷是不是？嫌我儿子没房没车是不是？有什么你直说，就我儿子，还不稀罕她呢。"

后面这一句说得中气不足，听得老宋胃疼了，他一甩被潘云璇拽着的手道："你少说两句行不行，怪不得老南不愿意回家。"

"啊？老宋，你什么意思？"潘云璇瞬间怒了。

"哦，好好，我错了，我错了，我说大兵的事呢。"老宋赶紧转话题，附耳对潘云璇说了一句。

潘云璇一下子脸色大变，瞪着眼道：“不可能吧？我儿子没有脑残啊，去掺和那事？再说那关他什么事啊？”

“我不也说嘛，挺聪明个人，怎么转眼糊涂了。老南吧，好歹有个身份，市委、市公安局能提提，可他也跟着起哄了……这不，周一就跑了几家，国土局递、公安局递、市委信访办递，好歹看在老南的面子上才没人撵他，这孩子好好的，怎么一下子窍都堵上了，那是他能解决的事吗？”宋部长拍着手，痛心疾首道。

走私，在沿海是个司空见惯的事，渔船、快艇、轮渡，绵延的海岸线，靠这个讨生活的人，天知道有多少。

可不应该是自己儿子啊，潘云璇苦着脸道：“这能解决得了吗？他爸那时回去就拍着大腿骂娘，都这么年了，不还这样？”

“可不咋地，我就怕他逞英雄胡搅一气，回头别让谁盯上，这不更麻烦。”宋部长道。

潘云璇一愣，瞪着老宋道：“你吓唬我？”

“我吓唬你干吗？公安局每年下乡炸掉多少口子呢？护矿队每年多少人受伤呢？挣钱急红眼了，他们什么不敢干？孩子可是孤身一个啊，万一有个……那个不说了，你赶紧给南征说道说道，别好容易安生了，还自己往坑里跳。”老宋说着，一副老成持重的样子。

这位宋部长胆小，可心却不坏，潘云璇知道是为儿子好，这些躲在暗处的走私客，谁知道他们能干出什么事来。一念至此，她边送老宋，边拨着电话：

“喂，兵啊，你在哪儿？啊，你去省城了？你咋也不跟妈说一声啊……哦，和佩佩一起去的，啊，没事，没事，妈就是想你，问问，好，你们玩吧。”

放下电话，潘云璇长舒一口气道：“他去省城了，陪佩佩玩去了，你净瞎操心，我儿子正义感强有什么不好，没事，跟他爸一样，碰几回壁就老实了。”

“碰个屁，他骗你呢。就是佩佩找不着他，才去找我，我才知道他这事呢。”宋部长瞬间把谎言戳破了，走了几步，又回头对目瞪口呆的潘云璇，非常非常郑重地强调着，“这事牵一发动全身，谁捅出来谁就是公敌，可千万别当那出头鸟啊。”

“哦……啊啊……”潘云璇惊得直点头，而后跌跌撞撞，扭头往医院里奔，不一会儿请假换便装，又匆匆离开医院，去找老陈商量主意去了……

昨天上午，九时，省国土资源厅。

接待处一位解放头、胖脸、薄唇的中年妇女，草草地翻着一摞举报材料。二十页的材料，用时三十秒浏览完毕，然后盯着坐在她对面的大兵，警惕地问道：“你是怎么进来的？”

门禁很严的，这种递举报材料的和收破烂的层次是一样的，会被撵走的，大兵排着身份证、工作证、军烈家属证等一系列证件，一言不发地看着对方。

“哦。”那位接待草草一看，脸色缓和多了，又随手放起来，然后斟酌着语句似的停顿半晌，看了大兵好一会儿才开口道：“你反映的情况非常重要，我会尽快汇报上级研究讨论，非常感谢。”

这才叫套路，连表情都像门口的单位标志，中规中矩，大兵装着证件道：“我可以冒昧地问一个问题吗？”

“当然可以。”中年妇人对大兵顿生好感，这不像其他反映问题的，胡搅蛮缠。

“我的第一个问题是，这件事在三年多前已经有人反映过了，迄今为止，没有得到任何回复，能解释一下吗？”大兵问。

“这事……我到信访上不久，这个事还真不知情。”中年妇女掩饰道。

“第二个问题是，你看二十页的反映材料仅用了三十秒钟，而看我的脸就用了两分钟，你是更在乎我反映的情况，还是更关心反映情况的人呢？”大兵问。

“这……呵呵，有区别吗？”中年妇女笑了。

“有，因为我看到您无论对事，还是对人，都无动于衷。当您决定开口时，我抱着万一的希望，可遗憾的是，全是谎言。我也是公务员，我能感觉到您对待人和事的冷淡和漠然。”大兵轻声道，对这样的岗位已经感同身受了。

中年妇女长舒一口气，撇撇嘴道：“也许你说得对，稀土走私由来已久，你到国土资源厅反映问题，是不是走错门了？如果缉私得力、防控有效，会有这种结果吗？”

“如果都把自己的责任往外推，肯定没有效果。”大兵起身，把一摞照片放下，悄然离开了。

那位接待拿起了这一摞照片，粗粗一翻，全部是山林被毁、植被破坏、土壤污染的景象，遗弃的浸池，被污染后寸草不生的土地，让她愣了好久。然后，她把照片卷在了反映的材料里，拉着抽屉，塞到了最下层，此时心里默念的是这样一句话：又是一个不识时务的。

昨天上午，十一时，海关缉私总队。

一位同是警服、臂章不同的缉私警，看着材料，问着大兵：“这个情况我们有所掌握，但你无法立案啊，案由是什么？窝点在哪儿？被举报人姓甚名谁？这都得说清楚，否则我们无法责成地方上处理啊。而且这些都是被遗弃的盗采点，山高皇帝远的，你让我们怎么处理？”

“三年多前，岚海与西江省交界刚刚发现稀土矿藏的时候，我父亲应该来过这里，您有印象吗？”大兵问。

“这个……说不好，西江省的盗采滥挖情况比较严重，我们也多次组织打击过，不过收效甚微啊，前脚刚走，后脚又开挖了。每年都有向我们这儿反映情况的。”接待处的人，所说的话里，总是透着一种诚恳，可再细细咂摸，却都是囫囵话。

而且说着，手一放，反映材料铺在桌上，那样子差不多就准备逐客了。大兵竖着一根指头问：“就最后一个问题了，说完我就走。”

“好的，您的情况，我会尽快向上级反映。”接待道。

“谢谢，我的问题是，含镝、铽的重稀土，每吨售价是多少？如果走私出境，在国际市场上价格能卖到多少？”大兵问。

呃，接待给挤凸眼了，这玩意儿过于专业了。

“我没问题了，不过，看来你有点问题了。”大兵起身，气结道，“我还会来的，希望下次不要糊弄我，你们连同行都这样对待，更别说普通老百姓了。”

“嘿……嘿……”接待男愣了，大声斥着，“你站住，你这话什么意思？”

“有种去和走私的斗，威胁同行有意思啊。”大兵软软地顶回去，头也不回地离开了。

在他身后，那位缉私的看看厚厚的一摞材料，犹豫了几回，然后啪的一声，全部扔废纸篓里了……

昨天下午，十四时，省工商局。

一位穿着工商稽查制服的大婶，正唾沫星子飞溅地给大兵扫盲：“同志啊，这个不归我们管啊，我们管非法经营，不管非法走私啊。境内有稀土的，只要不出境，没法认定性质啊……你去新成立的稀土局吧。”

昨天下午，五时，省稀土局。

刚成立的单位，一位办公室主任，抿着茶，慢悠悠地给大兵上着课："同志啊，我的主要职责是落实国办《稀有金属管理条例》和《稀土企业生产经营资质管理办法》，并进一步优化稀土出口配额管理制度……所以这个，真不归我们管，盗采滥挖，得举报到国土资源局和公安局啊……这类违法犯罪行为，得坚决打击啊。"

今天上午，十时，省厅。

一位警服正装的接待，在查实大兵的身份之后，给他郑重地建议道："同志啊，这个情况得反映到缉私上，但你不能越级啊，你越级到省城了，我们还得反馈回地方，这不来回跑冤枉路吗……啊？你已经反映给他们了，那好啊，等待处理结果嘛，什么事情也得慢慢来嘛……"

今天上午十一时，省厅大门口，作为不是一个系统的警察，大兵被省厅守卫礼貌地请出接待处了。他蹲在马路牙子上发呆，手里捏着的是一大摞快件回单，公安、工商、缉私、稀土、国土、省府，十几份相关的文件都寄出去了，只是不知道，会出现在相关领导的办公桌上，还是会被扔到哪个废纸堆里。

他拨了尹白鸽的电话就默默等着，偏偏这时候老妈已经来查岗了。连续两天的奔波尝到滋味了，会让人感觉到自己像皮球，被踢过来，再踢过去，最清晰的感受是，想办事真难，而想办件好事，简直是难上加难。

"大兵……"

有人叫着，喜出望外地奔出来了，是尹白鸽，很兴奋，快奔到他面前的时候，有意无意地慢了下来，像近乡情怯一样，许久不见，反而有点生分了。

"哟，脸大了，不认识了。"大兵笑着问，站起来了。

"说什么呢？找我有事？"尹白鸽直入主题道。

"小事，看看。"大兵递着一份相同的东西，尹白鸽草草一阅，大兵解释着，"我昨天就来了，缉私、工商、公安、政府，市省两级，几乎跑遍了，全部像看精神病人一样，把我打发出来了……这么一圈下来，我感觉我真是精神分裂症患者了。"

"这样不会有什么结果的，你应该知道。"尹白鸽可惜道，这么干的人，还真怀疑他精神是不是有问题。大兵笑道："我当然知道不会有结果。"

"那为什么还这样干？"尹白鸽不解。

"因为，我想切身体会一下，我父亲当年反映这些问题的时候，是一种什么样的心态。"大兵道。

“那你应该体会到了，推诿扯皮和官僚主义，不同单位之间已经是常态了。”尹白鸽道。

“对，看来你很理解。只是我有点不理解，如果连警察都坐视不管的话，就看着那儿烂下去，将来就像张官营镇，成为一个草都不长的绝地？”大兵道。

“管了，津门每年都有查获的，缉私早焦头烂额了，他们有一百种方式把这些东西夹带出去，又不是重罪，顶多适用了非法走私普通商品，抓了罚，罚了干，能有什么更好的办法。”尹白鸽没想到，当了法警的大兵，不想归队，却在狗拿耗子了。

“官僚啊，岚海那一带和西江接壤，中重稀土啊，那可是有贩毒的利润，而没有贩毒的风险啊。岚海的传说里，有两种人能干这种事，一种是牢里出来的人，另一种是能从牢里捞人的人……这个利益链条，已经拴住不少人了，只要寻根究底狠狠打击一回，能保一方十年安生啊，为什么不去做呢？”大兵问道。

“我政治部一个副处级的研究员，还是虚职，你觉得我能做到？”尹白鸽拉脸了，无奈地看着正义感爆棚的大兵。

“所以我就请来个领导，一会儿和我站一条阵线。”大兵笑了。

“谁？”尹白鸽惊问。

大兵扬扬头，尹白鸽回头时，看到了孙启同的车驶了出来，车窗缓缓摇下，他笑着向大兵打着招呼，请着两人上车。车直驶向津门老家私房菜，在那儿，孙启同以私人的身份，已经订好一个小包了。

一小时后，三人饭桌气氛不怎么和谐。

大兵在自斟自饮，尹白鸽如坐针毡，不时地瞄着孙启同。但凡特大要案，处在指挥位置的领导得到的回报是相当丰厚的，或许就是这层原因，大兵才有机会得到一次孙副厅给予的共进午餐的机会，可惜这回印象恐怕要被破坏了。

对，领导最反感挟功邀报，大兵犯了忌；领导最反感狗拿耗子，大兵也犯了忌；领导还反感找麻烦，偏偏大兵给领导找来了解决不了的麻烦，这就是嫡系也得一脚踹走啊。

她又一次看向大兵，这货却像缺心眼一样，几样小菜吃得有滋有味，坐那儿是气定神闲，浑然不当回事，而孙副厅眉头已经皱了几次了，那不是犹豫难决，而是已经反感到了极点。

果不其然，良久之后，孙启同慢慢放下大兵提供的资料，出声问："南征啊，你的情况我知道了，我会出面反映给缉私部门的。难能可贵啊，你父亲南骁勇生前也做过同样的事……将门虎子，名不虚传啊。"

"谢谢孙副厅，那什么时候能有结果？"大兵傻傻地问，尹白鸽一使眼色，大兵更傻了，好奇地解释着，"我反映了好多家，都在推诿扯皮，这个事太过分了，诈骗顶多是祸及旁人，这事简直是断子绝孙啊。您是不知道啊，果园、林地、稻田都没了，全被酸液腐蚀了，保守估计，五十年恢复不了……这些事，难道您一点都不痛心吗？"

"哎……当然痛心。"孙启同愁眉苦脸地道了句，这位给他挣来莫大功勋的前卫兵让他棘手了。他看了尹白鸽一眼，尹白鸽知趣道："大兵，你现在是法警身份，不能乱插手啊，记得条例内容吗？"

"记得，非执行任务期间，不得携带使用任何武器；不得针对任何普通公民。"大兵道，这是对特勤人员限制的铁律，违反的后果很严重，意思是，想打架都不容易了。

"记得就好。"孙启同接上了，他语重心长地劝着，"你虽然退役，可仍然穿着警服，你的天职是服从命令，在条条框框里办事。"

"我……这次就是按程序办的，从市到省城两级，一级一级反映上来的，没越级。而且依据特勤条例，在发现重大违法线索时，要及时向上级汇报，我汇报了。"大兵道。

"哦，对，办得对。"孙启同牙疼似的点点头。

尹白鸽知道领导的意思，警示着大兵道："你不能擅自动手啊。"

"当然不能，那如果发现犯罪分子，我该怎么办？报警？"大兵傻傻地问。

孙启同咬牙道："对，这就是程序，该报警报警，该立案立案，你是受过训的人员，手下没轻没重的，可别把个走私案打成伤害案啊，这不是在追捕追逃里，你得明白自己的身份。"

"嗯，谢谢领导，我知道的，我向您保证，目睹违法犯罪的时候，我报警，不动手。"大兵严肃道，尹白鸽听着这话不对劲，可说不上有什么不对劲来，而大兵又像犯愣一样追问着，"那孙副厅，那这事要是没解决，我就……坐视不理？"

"要解决组织上会解决的，现在的缉私力度也在加大，你法院一个法警，操什么心？都像你这么没规矩，事情不更乱？”孙启同呵斥了一句，那份严肃以及官威，终于把大兵压住了。

“明白，明白，走程序、守规矩、不动手……我保证一定做好，但是……但是……”大兵惶恐地看看孙启同、看看尹白鸽，表情像聆听什么一样，显得傻到极点。

尹白鸽觉得不对了，她听到了踢踢踏踏的脚步声，然后回头惊声问：“怎么回事？”

“快报警。”大兵说了句，转身钻到了桌下。

话音刚落，门咚的一声开了，三位彪形大汉直接闯进来了。尹白鸽眼睛一直，其中一个还拿着微型定位仪，嘀嘀一响，那人吼着：“就是这间，活得不耐烦了！”

身着便装的孙启同没想到遇到这种事，拍案而起怒道：“滚出去！”

当头一位胡子拉碴的，似乎被这官威吓了一跳。孙启同怒指着：“什么人？”

啪……一声脆响回答了，那大汉朝着孙启同就是一耳光，一耳光打得孙副厅直摔向墙角，跟着眼冒金星、鼻血长流，他懵然且惊恐地看着，一下子晕头转向了。

“别动啊。”另一位，尺长的短刀一挥出，直直指向尹白鸽。试图操碗当武器的尹白鸽瞬间放弃了，举着手，冷静道：“大哥，认错人了吧，我们就吃个饭。”

“错不了，这两天一直有人在举报，还留了电话号码，就是你这老家伙吧，活得不耐烦了是吧？”当头一位睥睨道，来警告的，一看一女一男一老，基本没有威胁了，他走近孙启同，这衣冠楚楚的，明显就是那种正派人士嘛，偏偏孙启同又没勇气指着大兵说是他。

于是这不服气的表情嘛，就越看越是他了。那男子一示意，另一位朝着桌下蹬了一脚，大兵钻在桌下乱哆嗦，声音颤抖着道：“大哥饶命，我就一司机，大哥饶命……”

没威胁，那货钻着不出来，尹白鸽怒得牙咬着下唇都白了，可对着明晃晃的刀却不敢造次。

蹲着的那位，啪啪啪啪左右开弓扇了孙启同几个耳光，呸了一口警告着：“还瞪眼，举报滋味不错是吧？”

孙启同欲哭无泪，他自重身份，手抹着鼻血，没有吭声。

另一位掏着孙启同身上的东西，手机一对，愣了，对带头的道：“好像不是这一台。”

两人一愣，省得目标错了。大兵露馅了，哗的一声从桌下暴起，一下子连桌扣向持刀的那位，那位踉踉跄跄地被顶到墙上。就在尹白鸽觉得心一松时，这天杀的根本没有继续动手，而是飞快地拉开包间门跑了，边跑边杀猪般大叫：“救命啊，抢劫啊，杀人啦……救命啊。”

里面的一慌，一位拉着被打倒的起身，叫着另一位赶紧跑，那位跑的还不甘心，回头又咚咚地跺了孙启同两脚。这时候尹白鸽终于抓到机会了，趁着最后一位出门的刹那，木凳子挥着追了上去。

咚……这位笨贼吃痛，吧唧趴到地上了，跑出去的两位回头要救，可一瞧保安踢踢踏踏上来了，干脆一咬牙，扔下同伴就跑。奔上来的可真是司机，尹白鸽吼着让他堵住那俩，司机追了出去，奈何实在没有佩枪武器震慑，顺手操了拖布杆追打那俩，那位没受伤的干脆把受伤的扔下了，于是成了一边倒的痛殴。

楼上，尹白鸽费了九牛二虎之力，勉强和那位大汉堪堪平手。这就一纯粹的烂痞，准备骑着制伏他的尹白鸽被他情急咬了一口，接着爬起来操了个凳腿威胁堵楼口的保安：“让开路啊，知道爷是谁吗，谁拦我，我弄死他全家……让开……这个臭婊子，敢打老子……”

他不断地耸肩，挨的那一凳实在让他怒火中烧，背疼得发不了飙了，偏偏那“臭婊子”严阵以待守在门口，眼看着要坏事，他准备强行溜了。这时候，尹白鸽却见得大兵在楼道里悠悠地出来了，她吼了声：“还不来帮忙。”

“我报警了。”大兵道，像恐惧一样，远远躲着。

“老子记住你了。”那人挥着凳腿，把保安吓开了，回头一看大兵，觉得上当了，怒不可遏地威胁了一句。可不料他回头的间隙，大兵拿着手机咯嚓咯嚓照了几张相，笑着逗他道：“我记不住你，给你留个影啊，长这么丑，我一定用美图。”

“我豁出去了，弄死你个小崽子。”这烂痞怒发冲冠，气得昏了头，不跑了，操着家伙一瘸一拐朝大兵来了。不料刚迈一步，就被吓得站到原地了。

大兵手里亮着警徽证件，笑着告诉他：“兄弟，你打错人了，是不是谁坑你啊，让你们接这袭警的活？”

“不是吧？假的……假的……”那烂痞紧张了，看着大兵，“绝对是假的。”

“如假包换，她也是警察，里面是我们领导，恭喜你出名了啊，打了个跟市公安局长同级的。”大兵道。

那蠢贼瞪着尹白鸽，这娘们儿的悍劲让他信了几分。尹白鸽不废话了，掏着证件一亮。

“哎哟，我说怎么吓不住，都是雷子……老子得进去过年了。”

那烂痞痛不欲生，捂着脑袋一哭诉，一后仰，一不小心，顺着楼梯呼里咚隆滚了下去，直滚到楼梯底哼哼着呻吟，不知道是疼得，还是吓得。

“你……你故意的！知道他们要来警告？”尹白鸽气得两眼冒火，回头紧张地看了眼孙副厅。那位刚刚站起来，正擦着脸上的血。

“不知道，我昨天刚来，这就被盯上了。”大兵严肃道。

“你……”尹白鸽气得说不出话来了。

大兵替她说了：“走程序、守规矩、不动手……我保证过了，我不能违反条例。不过他们没按程序来，我也没办法。”

尹白鸽气得恨不得唾到大兵脸上，里面那一位更气，重重地哼了一声。

“这就是现状，如果所有人都坐视不管，总有一天会祸及自身的。瞧，你们对我这么一个袖手旁观的这么愤怒，假如十个、一百个、一千个甚至更多的基层警察都心凉了，都在袖手旁观，那会怎么样？不觉得你们的位置岌岌可危吗？”大兵轻声道，不屑地从尹白鸽的身边走过，像说给房间里的那位听一样。

这一次终于起效了，见动静了，一条街在十分钟内来了十几辆警车。验明身份后，接警的110吓得说话都结巴了，然后又在接下来不到半小时里，把脱逃的那个烂痞给抓回来了。再然后，这里泊的警车翻了一倍，分局局长到了饭店楼下，腿一直打摆子，连楼都上不去。

这股祸水引得动静可是足够大了，等尹白鸽抽身下楼，却是没有找到大兵的影子，这个引祸水的一点儿都不傻，早溜得不见踪影了……

无语相看

津门市华苑分局，私房菜闹事的仨被先行给提溜到这儿了，审讯推进极其迅速，一个刘华，碰瓷敲诈前科人员；一个丁李中，盗窃前科分子；那个跑了的王强，抓回来发现居然是二劳分子。三人估计是平时欺压良善已经习惯了，哪承想把个大人物打了，个个吓得腿和嘴一起哆嗦，三下五除二就把情况交代了个底朝天。

“尹处长……是这么个情况，刘华、丁李中、王强受人指使，到饭店找举报人报复，他们交代，指使他们的人叫马沛龙，我们已经传唤去了。”

分局局长从特询室出来，对着面色覆霜的尹白鸽和领导司机道，连他也有点腿软，在自己辖区，把省厅领导的脸打了，还打成了猪头，他估计自己快到下课的时候了。

“赶紧抓着啊，吃个饭就出这么大的事。”司机怒道。

“是，是，放心，我们已经通知刑警队了，到不了天黑，一准儿把他揪回来。”分局局长紧张道。

“因为什么事？那个刘华，手里还拿着定位仪，那可不是痞子能有的装备啊。”尹白鸽问。

分局局长赶紧解释着：“他们不是不认识人嘛，只有个手机号。据他们交代，马沛龙给了他们一个号码，让他们追到人，吓唬吓唬。从昨晚他们就开始追，他们说信号一直时断时续，到中午吃饭时候才稳定了，一看在饭店，就追着去了。”

尹白鸽嘴翕合了几下，没出声，不过肯定是在骂大兵这个坏种了。肯定是故意留了举报的手机号，肯定是早发现有人追着他了，然后故意通知她和孙副厅，然后，孙副厅和她，懵然无知地就被拉进坑里了。

这个事连司机也明白了，他瞠然看着尹白鸽，尹白鸽郁闷地抿了抿嘴，没吭声，司机也不敢吭声了。这话可不好讲了，莫名其妙地被揍一顿，没有个站得住脚的理由，谣言还没准儿给你传成什么样子呢。

这不，分局局长眼睛里浓浓的疑惑，已经有苗头了。尹白鸽提醒道：“别乱传啊，这可不是什么好事。”

“哎，我知道。”分局局长点头道着，又有棘手的事来了，他轻声征询着，“两位，这个案由……这个，得和孙副厅请示一下啊。”

“怎么？你还想询问孙副厅啊？”司机不客气道。

“不敢，可我……我也不知道该怎么办啊。”分局局长欲哭无泪了，抬头看看，孙副厅就坐在他的办公室等着，这尊神该怎么送，还没辙呢。

还好，尹白鸽电话征询了一下，叫着他跟着上楼。越是有层次的领导，觉悟越得高，哪怕是表面的，也得比普通人高。不但叫了分局局长，还叫了两位普通民警，一起上楼到分局局长办。敲门而入的时候，尹白鸽和分局局长下意识地回避，却不料孙启同无所谓地说着：“没事，都别走，这情况现在没有保密的必要了……医生，谢谢您。”

贴了几块创可贴，伤口消消毒，右眼和左脸都肿了，孙启同恢复了领导的威严，看样子思忖已定，他拿着一摞材料加照片放到桌上道：“这就是案由。情况是这样，有位基层民警一直在反映岚海市的稀土走私问题，反映到哪个部门都是推诿扯皮，而且他被多次跟踪威胁……我得知这个情况之后，就约他出来，想深入了解一下到底怎么回事，结果，饭刚吃了一半，这几个浑球儿就进来威胁打人了……”

经过，描述，还有“举报人”报警后被吓跑了，一个完美的口供和三个嫌疑人的交代严丝合缝地对上了，一听领导是这情况，从分局局长到普通民警，那是肃然起敬。

孙启同说完已经是恨得牙痒痒了，不过还是大度地对分局局长说：“陈局你别紧张啊，一切依法办事，一切按程序办事，你们今天出警迅速，处置得当，做得非常好……不要把我当成你的上级，我今天就是一个普通市民，该干什么你们干什么，好吧？”

是！分局一行，激动加感动，齐齐敬礼，出去了。

不过尹白鸽可不这么看，她突然省悟到，大兵这个坏种，设计的这事比报复的还要好，孙副厅想不扮个一心为公的领导也难了。

对呀，挨打总要有个理由吧？总不能真说人家认错了，是白挨了吧？

孙启同脸拉下来了，挥挥手，打发走了司机，尹白鸽识趣地闭上了门，回头时，孙启同正看着这一摞举报材料，不过嘴里却是愤然道着：“这是报复，绝对是报复……这个兔崽子肯定在恨我把他扔回岚海。”

说着，把这摞材料重重地摔在桌上，被别人打脸，打完自己充胖子，这滋味怎么就这么不好受呢？

尹白鸽倒了杯水，给领导轻轻放下，轻声道：“对不起，我也没想到他敢这么胡来。”

“那三个家伙什么来路？”孙启同怒问，气撒不到大兵身上，这打人的总可以吧？

尹白鸽把三人一介绍，速度确实快，已经刨到马沛龙了，这个人的情况尹白鸽从分局、刑警队已经得到了即时的消息，浏览一遍手机道：“……无业，名下有辆福特越野车，在津门有房子，籍贯岚海，受教育程度是高中。这三个人是昨天接的任务，应该是大兵在岚海举报时就被盯上了……对了，刚刚查到，此人的手机号码和岚海一起伤害案的嫌疑人董魁强有关联……咦，这个董魁强，快成网络红人了。”

尹白鸽看着手机，是刑警给她发的一条链接，她递给了孙启同。孙启同一看眼睛直了，岚海市黑老大出狱，几十辆豪车迎接，几十挂鞭炮震天响，包了一个饭店大宴宾客，被人给捅到网上了。

“这么嚣张？！”孙启同脸色扭曲了，愤然扔了手机，一扔才省得是尹白鸽的。尹白鸽讪笑着拿到手里，知道领导的正义感被激起来了，但很难办，一个小地方的烂痞恶霸而已，总不能让省厅领导亲自过问吧。

这不，领导为难了，这口恶气怎么出呢，他指节叩着桌面，半晌思定，掏着自己的手机递给尹白鸽道：“把刚才那链接，发到岚海公安局，用我的手机……什么也别提，就说影响极其恶劣。”

尹白鸽憋着笑开始发了，她知道这条信息发出去的后果，她更知道，领导这回是结结实实地被大兵拽坑里了，自然而然地要把矛头指向这帮人了……

嘿嘿……呵呵……哈哈哈哈哈……

张如鹏从轻笑到忍俊不禁地笑，到放肆地狂笑，笑得脸上的横肉乱颤，他不时地看看大兵严肃、正色的表情，一想这货居然这么损，敢把领导拉去挨了顿揍，就让他觉得像吃了颗开心果一样，乐得嘴都合不拢了。

“哈哈，你个浑球儿，老子现在相信你是真的人格分裂了。”张如鹏笑着揽着大兵，打着饱嗝，两人就着这故事下了二斤酒，正爽着呢。大兵道：“这和人格分裂有什么关系？”

“肯定有关系，以前你什么样？见了队长以上的，乖得像孙子一样……你看现在这屌样，我看总队长你都敢坑。”张如鹏笑道，捏捏大兵的腮帮子，好奇地问，“这个怎么整的？进去就打孙副厅？”

“我钻在桌底呢，孙副厅那人你还不知道，什么时候也是板个脸，像谁都欠他八百吊似的，一开口就是命令口气。这些流氓街痞还不是谁越屌就先收拾谁……讲什么理啊，直接大耳刮子招呼。”大兵笑道。

张如鹏笑得两肩直耸，边笑边往车的方向走，大兵却拽着他往广场走，遛会儿食去，张如鹏折向糊里糊涂跟着他，冷不丁想到了后果，他紧张道：“那你赶紧回去……这把领导可坑惨了，指不定怎么收拾你呢。”

“我都到最基层了，还能怎么着？再说他绝对不能针对我，是他说按程序走、依法办，我是服从命令……出事还是我报的警呢。”大兵道。

俩人凑对了，又开始偷着乐，走着走着不对了，张如鹏瞅瞅大兵约的地方，当不当，正不正，是所小学校附近，在津门北郊区三营坊，吃饭的路边小店还能理解，可这地方有什么遛的？大晌午的，就路边青石台子上坐了个老态龙钟的老太太，像痴呆了一样，对过往的车辆浑然不觉。

停下了，张如鹏看着大兵盯着那老太太，纳闷了，伸手晃晃问：“嘿，又犯什么傻？这什么地方？”

“三营坊啊，这个地方你应该知道啊，你不会也失忆了吧？”大兵问，脸上的笑容收敛起来了，像是看到了一位熟悉的人一样。

“三营坊？这个……哦，我想起来，是那个……”张如鹏脱口而出，却忘了人名。大兵提醒道：“陈妍家。”

“对，那个失踪的女记者……前记者。”张如鹏想起来了，是大兵托他查的案情，这种非保密类的案情和他的权限并不匹配，一个电话就解决了，可那件简单的事，现在看来并不简单，否则大兵就不会来这里。他小声问着：“什么意思？你看人家老太太干吗？”

“这是陈妍她妈。”大兵道。

“啊？”张如鹏愣了，又仔细瞅瞅，好像明白了，老太太正坐在正对路口的方向，是等着谁回来呢，可又不对，衣服脏成抹布了，花白头发结成一绺一绺的，一动不动地坐着，像尊木雕一样。他刚要问，大兵像知道他想问什么一样道：“疯了。”

“啊！”张如鹏又啊了一声，问道，“那家里没人了？”

“有啊，那个就是。”大兵扬扬头示意着。

“啊？”张如鹏轻啊一声，一下子噎住了。

一个梳着冲天小辫的小女孩，从远处奔着过来了，手里捧着东西，奔近时，张如鹏看清了，是怀里抱了几个塑料瓶和易拉罐，放到了老太太身边一个脏兮兮的口袋里，然后又奔着，往更远处的一个垃圾箱去了。她个子矮，趴在地上，从下面打开了垃圾箱刨着。

“……陈妍离婚了，这是她娘家，孩子她带着，她失踪到今天一年零六个月，家里找了一年零六个月，就剩两个老人和一个孩子了……妈是郊区农村的，爸是退休工人，就这么个独女……”大兵幽幽地说道，“我昨天凌晨摸到这儿的，周边人说，这个疯老娘，每天天一亮就等在这儿。”

啊？张如鹏眼睛酸酸的，小声问着：“那她爸呢？”

“寻人，告状啊……也像疯了一样，在全市贴小广告，这个时间，应该在广场那一带。”大兵掏着手机，给张如鹏看着照片，是印着女儿照片的寻人启事，是一位老头跪在广场，逢人就磕头送寻人启事的照片。

张如鹏翻看时，轻轻地唉了一声，无语了。

“她女儿叫豆豆，六岁了，你见过这么小当家的吗？”大兵轻声道。

张如鹏像被催眠一样，他慢慢地走着，走过了那位已经木然没有感觉的老太太身边，慢慢地走向那位小女孩。她在刨着，钻在垃圾箱下面，再近点，他看到了，脏得像个泥猴子，刨了半天也没有刨到值钱的东西，似乎有点懊丧。

哦不，她似乎发现了什么。张如鹏惊恐地看到，她捡着一块垃圾箱里的鸡骨头，放在嘴里，用力地啃着。

“哎……小孩……那不能吃。”张如鹏一下子眼酸到流泪了，他跑上前，那小女孩吓得直往垃圾箱后躲，他蓦地站定了，知道自己这凶相，肯定要吓坏小孩。

有人在他肩上轻轻拍了拍，是大兵。他走到了小女孩的身前，蹲下，笑着问：“豆豆，还认识叔叔吗？”

小女孩郑重地点点头，眼睛里带着惊恐看着张如鹏。大兵笑着告诉她：“他是叔叔的朋友，是好人……别害怕，虽然长得丑了点，就像猪八戒一样，你看像不像。”

小女孩悄悄瞥了一眼，点点头，张如鹏却是笑不出来，他不知道自己为什么这么难受，一抹脸消灭了脸上的湿迹，赶紧掏着口袋，捅捅大兵，一卷有零有整的钱，全部塞给大兵，示意着大兵给小孩。

大兵摇摇头，指着不远处的商店，张如鹏一下子明白了，奔着去商店，片刻提着一袋子面包、水、方便面、小零食奔回来了。他递给了小女孩，像紧张似的说着："吃吧。"

大兵接过袋子，换手给她，这位小女孩才敢接到手里，可怯生生地，连谢字都不会说，大兵笑着问："先给谁吃啊？"

"给姥姥吃。"小女孩羞赧道。

"姥姥在干什么？"大兵问。

"在等妈妈回来。"小女孩道。

"那快去啊，给姥姥吃饱，然后一起等妈妈回来……好吗？快去吧。"大兵道。

这时候，小女孩似乎才确定面前都是好人，她抱着一大包东西，兴奋地朝那位疯老太太奔去，把东西放下，拆开，拿着一块面包，拽着老太太，往她的嘴边放。

唏嘘一声，张如鹏侧过脸，不忍看这祖孙俩了。

"走吧，救得了一时，救不了一世。这家倒不算最惨的，还有幢老房子，也就现在困难没地方挣活钱，如果拆迁的话，分幢房子没问题，就是老的老，小的小，没个主事的。"大兵起身道。

张如鹏这会儿怒不可遏地追上来了，斥着他道："你有没有点人性，人家家毁成这样了，你倒算计着房子拆迁。这孩子没人管怎么行？都到上学年龄了。"

"管得过来吗？我是法警，你是训练基地的，具体办案的是派出所和刑警队，你知道全市每年的失踪人口有多少吗？"大兵问。

"这不是失踪，这是一宗案子，肯定是。"张如鹏道。

大兵听到这一句后停下了，回头盯着张如鹏，张如鹏不服气地说："怎么了？"

"你不傻啊，也知道是案子。看案情和看民情，感觉不一样吧？"大兵反问。

一下子把张如鹏问丧气了，警察不是救世主，救不了世间的所有苦难，不但救不了，可能连很多案子都办不了。他丧气道："一个根本没有线索的失踪案，你让基层的警力怎么下手？别说普通民警，就是刑警也未必能轻易办了啊。"

"所以，要讲程序，要讲成本。所以，我们就得坦然对之，反正破不了的案子多着呢，对吧？反正也不是我职责范围内的事，我们又没有责任，对吧？"大兵问。

“是没责任啊。”张如鹏道，可这话让他更郁闷了。

大兵像故意刺激他一样道：“对啊，只能怨她妈妈命不好，失什么踪啊，责任怎么可能扣到警察头上？瞧着吧，又没人爱搭理他们，就她爸在遍地找人，都快找疯了……啧啧啧，也没有警察告诉他一句，方向是错的，在市里怎么可能找得着。”

刺激得没反应？大兵蓦地回头，看到的却是张如鹏凄然的面相，顺着他的视线，是小女孩豆豆正贪婪地啃着面包，吃得很仔细，连掉在衣服袖子上的面包屑也重新放到嘴里。

“豆豆，你看好姥姥，等叔叔找到你妈妈，就带她回来啊。”大兵笑着招手。

“谢谢……叔叔。”小女孩羞赧道，把吃不了的一兜食品，又要给还回来，张如鹏推拒了，给她放到了身边，头也不回地走了。

大兵是随后离开的，他像能洞悉小女孩的心理一样，不知道说了几句什么，那小女孩开心地和他招手再见。回到了车上坐定，张如鹏仍然心有不甘地看看祖孙俩的方向，大兵催促道：“看什么看？要不你领回去养着？”

“我……我实在没那能力啊。”张如鹏郁结道，又征询地问着，“那要不，再多留点钱吧……我说你这人真小气啊。”

“这不是钱的事，是心事，想解决这事，要么放心，要么死心，最怕的就是这种活不见人，死不见尸。”大兵道。

这倒是实话，可张如鹏犯难了，他打着了火，却没有走，侧头看看大兵，嗫嚅着却没有说出话来。大兵问道：“你想帮她？”

“废话不是，当然想，这一家子多可怜呢。”张如鹏道。

“那我帮你，失踪的原因肯定就是知道得太多了，谁也不愿意下功夫去查，肯定是因为里面有黑事。没事，我不怕，有教官您在，难得碰个对手……我觉得这事不难，只要能找到线索，找到陈妍的下落，那这案子，就没人敢捂着了，您说呢？”大兵问。

细一咂摸，张如鹏点头道：“对，这帮王八蛋，早该收拾他们了。”

“走，跟我回岚海，我帮你完成这个心愿。”大兵道。

“嗯，咱们还特种警察呢，怕过谁啊。”张如鹏恨恨道，启动着车，朝那祖孙俩的方向看了眼，一打方向，疾驰上路，不过刚走几十米就反悔了，他一摸脑门一吸凉气道：“大兵，不成啊，我能办得了什么案子啊？”

“啧，我教你啊。”大兵道。

“可我不能随便出基地啊。”张如鹏道。

“那我也能教你，请年假啊，正好去岚海休假啊，要不你就说对我这个退役的不放心，去巡查巡查，这可是你的职责吧？”大兵教唆着。

不经意瞥了一眼，张如鹏看到了他似笑非笑的表情，一想不对了，这家伙上午还坑领导呢，坑他还不是小菜一碟？再一想明白了，他怒道：“嘿，不对啊？怎么是你帮我呢，你是故意拉我入伙来啦？”

嘎吱，车停下了，张如鹏全明白了，这家伙肯定是一个人搞不定，来找帮手来了。

“呵呵，教官，方向盘在你手里啊，你说了算。有两个选择嘛，第一个，招待完朋友正常归队，然后每天不疼不痒地出操训话，不咸不淡地开会学习，按部就班，服从命令。”大兵欠欠身子道，“第二个，就像我们在彭州一样，干一件让所有人都目瞪口呆的事，难道你不想？”

“你是想让老子也被撵回基层？”张如鹏心虚道。

“所以让你选啊。其实我也根本不想这样，回到岚海我很舒服，很惬意，就想着领份工资混吃等死，我在这几个月相了无数次亲，每天准时上下班包括加班，都麻木了，最初看到这个案子苗头时，我都想躲得远远的……可没有躲开，有一天我无意中发现，我父亲生前一直在为这个事奔波，可惜什么结果也没有。当我站到他被泥石流冲走的地方时，我明白了，有些事是躲不开的，警察存在的意义就在于，你挡住的是罪恶，守住的是安宁，如果那个位置缺失，那罪祸就会殃及普通人，越来越多的普通人，可能是你的、我的、他的亲人、朋友……到那时候，一切就无可挽回了。就像你刚才看见的。”大兵轻声道，恢复记忆以后，他才发现，其实失忆是一种幸福，特别是对于经常目睹罪恶的警察这个职业而言。

张如鹏没有说话，驾着车重新启动，疾驰而去……

第五章 万事开头难

光线瞬间一暗，几个人扑向大兵，而大兵却扑向宗绪飞，宗绪飞蓦地被压住了，嘎吱一声响，身下的灯压裂了，船舱里全黑了，噼里叭咚锵锵砰砰，斗殴的奏鸣拉开序曲了，在一刹那进入高潮……

忙中添乱

一部手机，在插着国旗的办公桌上亮了，嗡嗡地响，倚窗的中年男子正站在窗口，俯视着大院里鲜亮的警车，他所在的是市公安局登顶的位置，这个位置，远不像外表那么光鲜。

听到了手机的声音，他回身坐到了座位上，拿着手机一瞧，是一个名字：南征，汉族，二十九岁，不过在名字后有个奇怪的标注，这是户籍档案里的标志。军民共建时统一添加的，军烈、警烈、追认的烈士类才有的标志。这个标志吓了他一跳，回拨了电话，问道："我是涂汉国，资料没问题吧？我怎么没听说过法院有这么个人？"

"涂局，情况属实，他父亲是南骁勇，人武部几十年来唯一的烈士。"电话里下属道。

"啊？"

他慌乱间，直接摁了电话，愣了。

社会上有三种人惹不起，红二代惹不着、官二代惹不起，而这种烈士二代，是惹不得的，因为他们的上一代已经站到了无可撼动的道德制高点上，任何想针对他们的行为都是站不住脚的。

想了很久，他迟疑地拨了另一部手机，沉吟片刻，在电话里轻声问道："很严重吗？"

“几个地痞流氓闯进饭店，把省厅一位副厅长扇了几通耳光，从法律上讲也不算严重，也就相当于把全省警察的脸给打了。”

涂汉国痛苦地闭上眼睛了，他想想道：“我刚刚接到一则短信，矛头却是指向董魁强的，这中间没有什么关联啊，董魁强在岚海，刚出狱。”

“我说了，有人打警察的脸了，凡有关联的，都会成为出气筒。”电话另一头，笑着告诉他。

“这个举报人有点莫名其妙啊，既不是办案的民警，也不是和矿有关的人员，根本就是个行外人啊。怎么可能和省厅有关系，也不是一个系统啊。”涂汉国纳闷地问。司法系统和公安系统严格地讲，不是一路啊。

“那说明众怒难犯啊，这个事情积弊已久，迟早要有一场风暴的。”对方道。

“多头管理，法权不明晰，谁都想掺和一手，能不乱吗……我该怎么办啊？”涂汉国问。

领导的手机就给发了这么一条链接，没有明示，而且也不会明示，况且下官肯定也不敢去问什么意思，这把涂局长给难住了。

“你们那一行有个规律，给群众办案效率不高，给领导办事效率不低，既然凑一块儿了，那说明有线索指向他了，等上面确定，你觉得还轮得着你动手吗？”对方幽幽地说道。停了半晌，这头的涂汉国说道：“谢谢，我明白了。”

电话戛然而止，涂汉国思忖已定，桌上的办公电话直接拿起来，拨号，一接通，就听他中气十足地命令着：“二中队吗？把董魁强先控制起来……用什么理由？这种人放他理由还真不好找，抓他还用找吗？自己想。”

吧唧，电话扣了，涂汉国双手圈着，思绪紊乱，一会儿是上级、一会儿是隐约还有点印象的南骁勇、一会儿又是那些不足为外人道的事，真的很复杂，就像他的社会关系一样，复杂到自己都理不出头绪……

四辆警车接令后直驶岚海市海畔花园，一路呼啸，警笛长鸣。

那儿是一个很牛的去处，最牛的一幢建筑是业主自己改造的，把欧式的尖顶改成了钩心斗角的檐形，还在房子四周立了几个圆柱子，又觉得不过瘾，院子里又垒了两个狗窝，拴了两只藏獒，硬生生地把牛逼拽成牛二逼了。

业主是岚海知名人物：董魁强。

此时是午后时分，出狱的接风洗尘宴刚罢，家里还喝着呢。这家里颇有看头，一桌麻将、一桌牌九，还有两个杯盘狼藉的酒桌，喝尽兴的开赌了，没尽兴的还在喝，董魁强似乎要把狱中所有损失全补回来似的，正兴高采烈坐庄呢。

“我靠，天杠。”他怒拍一双好牌，笑到不可自制了。

恭维声还没起来，咚的一声门被踢开了，拴在院里的藏獒低声嘶吼着，踢踢踏踏进来了不少人，有人眼尖看到，大呼着：“快辙。雷子来了一群。”

“不会吧，老子这两天门都没出，没犯事啊。”董魁强郁闷道。

“魁哥，兴许是以前的事吧，快走。”几个手下招呼着，揣钱的、往楼上跑的、往窗外跳的，一哄而散，瞬间和警察接上火了。一触优劣立现，被铐上的，被摁住的，还有刚跳下墙就被兜头扣住逮警车里的，这群乌合之众，实在让董魁强无语。

“犯什么事了？”董魁强对着一整队进来的刑警，纳闷地问。带头的是老熟人了，二队的队长岳坤，名气不比魁五的大，可绝对比魁五难缠，看得魁五眼皮直跳。

“铐起来，带走。”岳坤冷冷一句。

两位刑警拎着铐子，在手上戏谑地把玩着，然后当的一声，扔到了牌桌上，示意道：“自己铐上，老熟人了，程序你比我们清楚。”

“嘿我不清楚啊，我刚出来才几天，板凳还没坐热呢，怎么就又有事了？”董魁强果真是熟悉得很，一点紧张的表情也没有。

“聚众赌博，扰乱社会治安以及公共秩序，自己铐上，别麻烦。”岳坤道。

“好好，我自己来。”董魁强示意刑警别上来，他拿着铐子，咔嚓给自己腕子上一锁，那动作行云流水，和警察相比不输一二，他站起来纳闷地问着，“岳队，给句明白话啊，就这几千块钱输赢还没有街上麻将馆打得大，凭这个抓我？”

“一时半会儿还找不着罪名，就先凭这个吧，带走。”岳坤一摆头，两位刑警不容分说，一人一肩，把董魁强挟上警车。

说实话这个人真没必要抓，最起码在刑警眼里如此，别看名头响，其实是空咣当，每次犯事他不是待在原地不动，就是自己往派出所、刑警队跑，可老实了。但也不是就真的老实，等你一不小心，他又犯事了，还得继续来和警察打交道。

唯独这次犯得不明不白，被抓的姿势完全不同了，不但被抄窝了，还让他哭丧着脸来了个戴着手铐的近照，在镜头前该做什么表情董魁强相当有眼色，那臊眉耷眼咧着嘴的样子已经经过无数次训练，一看就是向人民低头认罪的标准姿势。

很快，岚海黑老大出狱四日，又因聚众赌博、扰乱社会治安的罪名被抓的消息传上了岚海警务网，惹来一片戏谑的笑声……

下午四时的时候，尹白鸽得到了确切的消息，这个结果让她很意外，没想到基层雷厉风行能到这种地步，片刻的愕然之后，又对董魁强失去了兴趣。她详细地看了董魁强的履历，技工职高毕业，修机动船舶出身，犯案累累，一多半是打架滋事，在一年半刑期之前，有七八次治安处罚的记录，一看就是被人当枪使的货色。

恰恰这种人，不会是核心人员，太招摇了，甚至连那个没抓到的马沛龙都不如。她又一次坐下，打开警务信息，能查到的信息少得可怜，如果是一个守法的公民，在警务网顶多查到住宅、电话，以及不多的其他信息。马沛龙明显就属于这一种，清白到连尹白鸽也很难相信，这种和金属行业八竿子打不着的人，居然会指使人打击稀土走私举报。

三个无业人员……马沛龙……董魁强……还有，尹白鸽翻开了大兵给的举报信息，又比对着董魁强服刑的案例，陈妍失踪，岚海市环境监测保护局公务人员栗勇军被非法拘禁，而栗勇军被绑架的事，又是陈妍曝出来的，这其中发生过什么事，以尹白鸽的职业敏感，不可能不往阴暗处想。

发生得离奇，解决得离谱，董魁强是主动投案自首，而且主动赔偿受害人，主谋高宏兵在逃，曝光此事的女记者陈妍失踪，于是就成了虎头蛇尾的案子，只能以非法拘禁、故意伤害，给了董魁强这个“从犯”一个极轻的判决。

“关键的节点，都被摘掉了啊。”

尹白鸽喃喃着，从几地的警务网抽离着信息，她试着还原这样一个框架：女记者陈妍，习惯追踪报道黑幕信息，这是她的爱好以及取财之道，一个重磅信息售价不菲，她也是因为此事丢了铁饭碗成为自由撰稿人的……可以这样想，她应该和环保局的栗勇军有某种接触，而且发现了岚海市的某个灰色地带……但同时，对方也发现了她和栗勇军……反击开始，对方绑架、非法拘禁栗勇军，恰巧这一幕被陈妍捕捉到了，她长年从事这种工作，肯定机敏……于是，事情岔路了，一方对付栗勇军，却不知道自己曝光了，被警察端了窝点……而陈妍？

尹白鸽心头一凉，直观的判断是出事了，这个女记者的节点才是关键，而往往关键的节点，是会被抹掉的。

“那……栗勇军肯定是第一知情人了。”

尹白鸽反向回溯，又把眼光投向那个受害人。她细细地查看了案发及处理经过，腕伤、敲断手指，以及“认错人”那个实在站不住脚的交代，种种疑惑让她眉头越皱越紧。

“这是妥协了？！”

她一靠椅子如是想着，殴打、敲断手指、被非法拘禁三天，如果想逼问什么，那对方肯定已经办到了，就这个强度，尹白鸽估计能挺过来的人不多。

“那陈妍，会是什么结果？”

她心里有点惊悚，翻到那位失踪女记者的照片，一张长相平平，恶感和好感都不多的脸型，可能仅仅是因为同是女人，她心里竟然泛起了莫名的怜悯，因为她知道，最有可能发生的是什么事。

一种浓浓的无力感袭来，让她觉得有点颓废。站在警察的位置，哪怕你再敬业也无法挡住层出不穷的罪案发生，而且很多，是你无能为力的事，只能等着某一天，某个地方，或者某个巧合，把这些秘辛曝出来，到那个时候，并不是悲剧的结束，而是带给家人悲剧的开始。

“大兵……大兵……他肯定查到了什么？！”

在颓废中泛起的这个念头让她一跃而起，坐正了，思忖片刻，马上反应过来了，如果想做什么，肯定是从这里开始的，可他是法警，根本不可能接触到刑侦案件的信息啊！

她马上沿着这个想法，倒回来查了，内网案件查询是有电子标识的，让她心灰意冷的是，这件旧案在长达一年多的时间里根本无人问津，仅有一个 IP 地址查询过，而且就是几天前。她剔出了 IP，向省厅的信息中心发出了查询，片刻后结果出来：代号零零壹保密地址。

尹白鸽一下气结了，那个地方她太熟悉了，是特种警察训练基地。

“这个浑蛋，请他回来不回来，自己偷着进来。”

尹白鸽已经按了基地的号码，却没有拨出去，不知道为什么，刚刚还颓废着的表情，浮起了一层古怪的笑意。她默默收起了手机，不准备去查实了，不但不查实，而且关闭了查询的页面，整理好凌乱的办公桌，心情从烦躁一下子变得平静无比。

她一点也不着急了，因为她知道，消息会自己回来的。现在该她考虑的是，怎么样才能把秘密侦查纳入程序的轨道上……

此时此刻，大兵和张如鹏正从一辆公交车上下来，挤了两个半小时火车，换乘了两次公交，两人悄无声息地回到了岚海。下车的张如鹏像做贼一样，徒劳地四下观望，看看有没有尾巴。

可惜不容易发现，他这长相换上便装有点吓人，比普通人要高一头，膀大腰粗，横肉脸上胡楂儿一片，走哪儿都是关注焦点，瞅见他的人都下意识地捏紧自己的口袋或者钱包呢。

“嘿嘿……我说大兵。”

“怎么了？大鹏。”

“啧，你怎么这么称呼我？算了算了，你爱叫叫吧……我说什么来着，我这不适合干外勤。”

“有什么不适合的？”

“体貌特征太明显，要是适合干我早就出任务去了，就是因为这长相太不过关，太扎眼了，所以才长留基地。”

“呵呵……也是啊，丑得太有气质了，男女通杀啊。”

“信不信我揍你。”

“好好……听我说，有我这老司机在，还用你忙活？再说了，天生我材必有用啊，丑也有丑的用处。”

大兵安慰着，好容易把教官诳出来了，而且这诚实的人撒个谎还真容易让人相信，随便说哪个哪个亲戚死了回来办事，假条立马通过了。

可不知道是心虚，还是真担心，张如鹏又拽着大兵不确定地问着：“基地管理得严，一出基地，什么都得上缴，连证件也不让你留，就怕你到地方上耀武扬威呢，怎么查啊？”

大兵站定了，又一次宽慰道：“如果拿着证件就能办事，还培养特种警察干什么？相信我，有时候不用证件来得更快。”

“可别犯错误啊。”张如鹏警告道。

“你笨成这样，想犯错误那么容易啊？给你个妞，得把妞吓昏过去；给你钱，得把你吓昏过去。”大兵瞪着眼道。

这倒放心了，张如鹏道：“也对，我还是当我的无产阶级心安。”

大兵笑了，别看教官凶得很，其实在某些方面，还是挺可爱的。这不，一离开基地，他像个刚进城的民工一样，看哪儿都新鲜，指指点点问这问那，快到小区才反应过来，又拽着人了，警惕地问着：“你这路子不对吧，不找嫌疑人，找受害人？”

第一站是去找栗勇军，大兵笑着告诉他：“问题是，不知道谁是嫌疑人啊。”

“哦，也对，可咱们没有询问权力啊！”张如鹏道。

果真是脑袋被格式化了，大兵拉着他教唆着：“你证件都上缴了，还把自己当警察啊？办这事跟我学，我们出任务的时候能化身任何人，从不把自己当警察……大胆点往前走，别理保安。”

两人扬长进门，面生，保安刚喊了句找谁，大兵头也不回地骂了句：“喊你妈收房租。”

奇了怪了，那保安居然缩回脑袋了，没当回事。

几步后慢了下来，大兵笑着告诉张如鹏，这保安顶多能吓唬个收破烂的，本地腔调一吼，乖乖的，他才不管什么人进来呢。

“那怎么进单元门，防盗门呢？”张如鹏轻声问。这高楼大厦的，门禁老严了，可不像基地他有刷卡权限。张如鹏低声警告着大兵，别整那套溜门撬锁的事，这大白天的，让人瞄着可完事了。

基地的培训有这一项，社会上绝大多数锁匠都有公安备案，而核心技术，警察和毛贼都掌握，区别在于不可能随便去用而已。大兵没想到张如鹏胆小到这种程度，担心他用技术开锁。他揽着老张低声道：“拿钥匙开门不算本事，撬门也不算本事，我喊他门，自己开，你信不？”

“什么意思？”张如鹏自然不信。

“你看了一路案情还没明白？栗勇军被非法拘禁了七十二小时，肯定被刑讯逼问了，对不对？”

“对啊，肯定的。”

“你觉得他，能熬过去？”

“应该不行。”

“那你说，结果是什么？”

大兵问，张如鹏想了想，一抿嘴道：“应该是妥协了，而且被吓破胆了。”

“对啊，你换个角色，问题不就解决了。”大兵笑道。

再想问，大兵已经前行了。到了单元楼门口，大兵站定，凝神屏气，似乎准备发功，一转眼，他脸上的表情在急剧变化，准确的形容是：腮上的肉会抖，而且是光一边抖；眼皮使劲地往大睁，原来和善的目光，变得凶光外露；表情在变，动作也在变，脑袋莫名其妙地痉挛、抽搐，一抽二抽，整个人的气质大变，像深牢大狱里长年关着的已经变态的凶神恶煞一样，瞪了张如鹏一眼，张如鹏吓得浑身一个激灵。

“啊？这这……”老张吓坏了，现在相信人格分裂是种精神病了。

“别说话，我在找看守所里那群货的气质，这个挺好玩啊，他们和普通人的风格截然不同。”大兵说着，话像从牙缝里迸出来似的，那眼珠子一瞪人，黑眼仁往一边偏，吓人呢。

叮咚……一按 1501 的门禁，再按，听到了女声：“谁呀？”

“魁五哥让我来找栗勇军传个话，当面说。”

大兵的声音整个质变了，像腹语一样低沉、阴森，似乎语气里都能传达出狠辣的感觉，听得张如鹏浑身起鸡皮疙瘩。他倒不是害怕，只是刚刚还有说有笑的大兵一下子像换了一个人，实在是接受不了啊。

好像不奏效，对方沉默了，只能听到嗞嗞的电流声音，大兵对着门禁，又说了一句：

“要不方便，我改天再来。”

话是商量，可表达出来的意思，似乎是没的商量，那种怪诞到无法理解的语气让张如鹏奇怪了……对了，他瞬间明白了，这是在扮“黑社会”的同伙威胁恫吓呢，赌的是栗勇军和董魁强有私下交易。可这个方向未必正确啊，而且这位毕竟是受害人啊，他刚要拉拉大兵示意，却不料奇迹发生了。

吧嗒一声，门开了。

张如鹏手僵在空中，眼直了。大兵回头阴阴一瞥，一勾手，带着战战兢兢的张如鹏，畅通无阻地进来了。这个时候，张如鹏再傻也明白了，这个受害人根本不是无辜的……

其真似幻

作为特种训练基地的教职人员，张如鹏深信自己的承受能力足够坚强了，很多训练本身就是挑战极限的事。比如，可能把队员像嫌疑人一样关起来审讯；比如，可能让你仅靠嗅觉和触觉来识别毒品；更比如，可能让你强行记忆数十种锁具的结构图，打开的时间要求比作案的还要高。

可无论如何他也想象不出大兵的变化。记忆里大兵受的是相对文明的训练，语言、礼仪、财会再加上常规格斗而已，他怎么也想象不出，大兵会像变脸一样，活脱脱变成另一个人。

这是气质上的，包括他随时戒备的站立姿势，包括他斜着眼觑人的姿势，包括他偶尔不自然抽嘴角的表情，散发着的是一种让人紧张的气场。张如鹏感觉，就像在格斗场肉搏开始之前那种较量，表情和眼神就足够了。

"大兵，石处长那什么狗屁评估，肯定是被你玩了一把。在基地装了三个月，你丫累不累啊。"

电梯中途，张如鹏感慨道，伪装和化装容易，可要在气质上神似就难了，而大兵不是神似，根本就是。

侧头，大兵保持着头微倾，眼皮抬着向上睥睨看人，撇嘴斥道："别说话，拿出个凶相来。"

"我这颜值足够了。"张如鹏正色道。

"眼神不够……别动，别动，我教你找感觉。"大兵看着他，蓦地一伸手，伸到了张如鹏的衣襟下，噌地一揪，然后手指上留了几根胸毛。张如鹏疼得揪着大兵，瞪着眼，钵大的拳头就要上来了，大兵拿着手机喀嚓一张，一亮，张如鹏愣了，那剽悍、怒起、恶毒的凶相，淋漓尽致地展现出来了。

"人性本恶，谁都有与生俱来的恶念恶相，就这个样子。"

大兵一把收回自己手机，装起来，不吭声了。

余怒尚在的张如鹏似乎明白了，情绪一直处在紧张和惶恐中的嫌疑人，那外在的气质，自然和普通人有质的区别。他想了想，莫名地想起那个啃着垃圾箱里刨出来的东西吃的小女孩，于是成功地把自己的心态变得恶念外露。

叮的一声，电梯到站，出门，两个凶神恶煞诞生了，像从地狱之门传送回来的一对。

1501 室的门虚掩着，大兵大大方方推门进去了，果真是顺风顺水。门禁里说话的女声不见其人，沙发上坐了个面色枯槁的男子，脸色蜡黄蜡黄的，头发白了一片，腰佝偻得厉害，像恐惧一样，根本不敢抬头看来人。

吓破胆了，否则不会老老实实开门。

“栗勇军啊，抬头，看着老子说话，能吃了你啊。”大兵嚣张地坐在沙发上，一跷二郎腿，用命令的语气说着。张如鹏扮着打手，站到了阳台窗口，望风似的瞧着窗外景色。

慢慢地抬起头来了，失神的眼睛，瘦到颧骨高耸的脸，他茫然地看着大兵。

麻木了！就像公务员习惯性的烦躁和厌恶表情，习惯性地对按部就班感到麻木一样。这个人肯定被欺负到已经麻木了。

“这个事，基本就了了，你同意吗？”大兵问。

嗯……栗勇军忙不迭地点头，表示同意。

大兵却是全身一抽，像紧张一样审视着栗勇军说道：“你别紧张，我就是来确认一下，你对我们没有威胁了。”

话说得莫名其妙，张如鹏反正没听懂，可栗勇军却是理解得透彻，他惶恐地说道：“没有……我都这样了，还能干什么，连警察现在也把我当仇人看了……”

张如鹏蓦地一凛，明白了几分，这个关键人证是董魁强的定罪关键，可如果没定罪，那就是人证反口了。

“也是啊，所以你才能安安生生在家待着嘛。”大兵一换腿，吊儿郎当坐着一指他，栗勇军略一轻松的表情出来，大兵话锋一转道，“不像那个女的，一点都不识相。”

栗勇军像被针扎了一下一样，蓦地浑身抖了下，张如鹏悄悄瞥到了，那家伙的手开始抖了。这不是个好兆头，张如鹏想回身过来问，大兵咳了一声，压回去了。

大兵离开他的位置，往栗勇军的位置挪了挪，吓得那人要起身，被大兵一把抓住腕子，摁着坐下了。栗勇军惊恐地看着，大兵一下子摘走了他的手套，伤痕宛然，腕部像被啃了一条，右手的两根指头永远无法恢复了。

大兵看着他，栗勇军嘴唇哆嗦着，发不出声来。

吓成这样，不好办。大兵思忖片刻问道：“有人让我来安慰你一下，对于你的伤情他很关心……对了，你不会恨他吧？”

“不……不……不恨，不恨……我不恨魁哥，一点都不恨……真的……真的……你放过我们吧，我什么都没了，我这辈子都完了……我什么都没说，什么都没给警察说……”栗勇军说，像被大兵的眼光吓到了，一抽回手，扑通一声跪下了，说着说着，鼻涕眼泪一起流着哀求上了。

“哦，态度不错。”大兵朝后躺靠在沙发上，不屑地看了对方一眼，那冷漠的眼光里竟然一点同情也没有。他像无聊一样，卷着舌头，吹着唾沫泡泡，审视了跪着的栗勇军好久，才幽幽地开口问道：“我和我兄弟是新来的，以前你们发生过什么，我不清楚……把你该怎么做，自己重复一遍，我回去交差。”

这是根本不知道怎么回事，张如鹏背着身，生怕自己的表情露馅，他没想到，会是这样一个问话的情形，而且效率奇高，就听到栗勇军颤抖地，不绝口地说着：

“……警察问，就说认错了。就说是高宏兵砸的我指头……还说不是拘禁，是打昏了，就忘了放我了……问陈妍，就，就说不，不知道怎么回事……如，如果再有人来问，除了这些……什么也不能说……”

这就是真相，受害人是被胁迫了，张如鹏气得手捏着指节，在咯咯作响。

可这也不是真相，估计也就在这种条件下栗勇军才敢说话，换个地方，如果面对警察，恐怕他未必敢开口。

这一点同样让大兵作难了，窝囊到极致的人，比横人蛮人难对付多了。大兵思忖着道：“嗯，很好……但是有一个问题，能帮帮我吗？必须得帮，对我们都好……起来吧。”

栗勇军点着头，战战兢兢地坐在沙发的一个小边上。

大兵继续问着：“问题就是，那个女记者……她知道得很多啊。”

这个不好编了，大兵怕露馅，栗勇军却是更紧张了，眼珠子游移着，像在想有什么危险。

“具体我不清楚，但有人对这个很担心啊。能给我宽宽心吗？”大兵睥睨道，把解释权力推给栗勇军了。栗勇军心中稍有疑念，不过一看大兵那张冷到极致的脸，马上又打消了，他呢喃道：“都给魁五了……就，就只有那一份。”

“还记得是什么东西吗？”大兵声音冷了，瞪着眼问。

栗勇军一激灵，疑惑地看着大兵。

大兵声音拉长了，变音了，像挑衅一样说着："问你呢？"

"是，是大店乡鄂澜山的矿口、浸池照片，还有全乡的土质检测详细报告。"栗勇军颤声道，紧张、惶恐里，还带着疑问，好像对大兵有怀疑了。

呸……大兵怒目而视，恶狠狠地吐到了栗勇军脸上。栗勇军吓得赶紧低头，就听大兵恶狠狠地骂着："还记这么清，这是该记住的事吗？早该忘了……不对，什么忘了，根本就没这回事。"

这话表情狰狞地喷出来，栗勇军噤若寒蝉，点着头道："对，对，没，没有这事。"

"这就对了，老实点，不老实跟那女的下场一样。"大兵怒道，栗勇军全身抽搐着点头，深觉这个人比以前的难斗多了，除了害怕哪还敢怀疑。不料大兵的疑惑还没解呢，他把这句话又反过来问着："那女的很不老实，知道她下场是什么样子吗？"

"知道……不知道。"栗勇军一点头，又赶紧摇头。

"到底知不知道？"大兵问。

"我，我真不知道。"栗勇军喘着气道。

"我也不知道，好像……失足掉海里了，你说呢？"大兵诱导着。

"我……我真不，不知道。"栗勇军不敢看大兵，手抚着腮一起抖。

这是知道下场不好，但不知道具体是个什么不好的方式。大兵起身了，冷冷地撂了句："不知道就好，该忘的就全忘了啊。我有个建议啊，这段时间你该去省城看看病……快有人又查这个事了，你这么颗定时炸弹放这儿，大家不放心啊……走了。"

大兵叫着张如鹏，两人不再赘言，出了门，咣的一声锁上了。

听到这一声，栗勇军才舒出了那口紧张的气，全身萎了。过了好一会儿，听到了背后的啜泣声，他慢慢回头，看到老婆又像往常一样，抹着泪，连哭都不敢大声。

"丽丽……快走，收拾东西咱们快走……马上走……"

他慌乱地起身，两口子提着简单的行李，匆匆出门了。行李是打包好的，随时可以走……

这两口子出了单元门，上了一辆轿车，女的驾着车，慌慌张张地离开了……

像做贼一样蹲在一辆车后的张如鹏，回头瞅瞅站在小区小超市里的大兵，他正拿着水出来，远远地扔给张如鹏一瓶，走上前来，张如鹏道："嘿，真吓跑了……你什么时候学的这个？”

大兵笑了，恢复了原样，还是那乐呵呵的没正形的小青年，他笑道：“你忘了我的身份了？”

“胡说，队里什么时候学过这个？”张如鹏不信道。

“错，我说的是法警，知道我这几个月押解了多少嫌疑人吗？我也不知道，不过印象深刻的就那么几位，贩毒的、杀人的、枪案的，照猫画虎嘛。”大兵笑道。

“那你就多问问，没准儿他知道陈妍的下落。”张如鹏道。

“不可能知道，知道还能活得好好的？”大兵道。

“那也该多问问，谁来威胁过他啊？”张如鹏道。

“你智商有问题啊，我要问以前来的是谁，他不得怀疑我？那是我同伙，我能不认识？话不能多……哎呀，跟这家伙说话，累死我多少脑细胞呢，他没多大事，可能就是掌握了矿口、浸池和土壤检测什么东西，被陈妍盯上了，那些记者知道关键在哪儿……可惜陈妍自己都被盯上了，应该是这样。”大兵道，边走边浏览着手机，找着那份不多的案情里的破绽，明显不好找，从口供到证据，已经被做圆了。

有进展，不过越有就越拉高期待，反而觉得失落了，张如鹏问着：“接下来呢？”

“租辆车去……哎呀，麻烦事多着呢，我也没请假，也没告诉我妈。”大兵为难道。

“去大店乡？”张如鹏好奇地问。

“对……这也没办案经费，还真不如我在鑫众，想怎么花钱就怎么花钱。”大兵说着，另一个兜里的电话响了，一看，又是老妈的，他刚嘘了声，捂着听筒说话，张如鹏的电话也响了，这个电话号码一看吓了张如鹏一跳，他赶紧拉大兵，大兵不理他，在诌着谎话哄老妈。张如鹏一直拉，大兵干脆跑过一边了，明显哄得不顺利，扣了电话，大兵怒道：“乱什么乱，我跟我妈说话呢，骗都不好骗了，让我滚回家呢。”

“那怨谁来着？哎……这……尹白鸽的电话。”张如鹏紧张道。

“啊？这么快就发现你溜了？”大兵瞠然道。

“那我怎么办？电话又来了。”张如鹏道。

“别告诉她。”大兵教唆着。

“啊……喂，我请假了。”张如鹏说了句，表情滞了，捂着手机。大兵示意着：“别理她。”

张如鹏却是一递手机道："她找你。"

"你个笨蛋。"大兵露馅了，悻然接住电话，放在耳边道，"您好，领导请讲。"

"这样挺好，你装客气，我装什么也不知道怎么样？说不定我能帮帮你。"尹白鸽直接道。

"好，代价呢？"大兵问。

"直接的、一手的信息，等信息足够了，纳入正常程序，和以往一样。"尹白鸽道。

这是外勤外围侦查的惯例，信息累积到可以基本认定的程度时，就可以纳入正常的侦破、传唤以及批捕程序，最大限度地节省警力及办案成本。

大兵思忖片刻道："好，第一个消息就可以给你，监控和保护栗勇军，我可以证明董魁强一案，是有人蓄意在隐瞒事实，而且和陈妍的失踪有关。我们刚接触过栗勇军，他乘坐一辆牌照为海 E2141 的起亚车离开了。"

"好，我也有第一个消息，董魁强刚刚被拘押了，策划报复举报人的马沛龙在逃，详细信息我会发到张如鹏的手机上。"尹白鸽道。

"接下来我会到大店乡，有消息我联系你。"大兵道。

"等等，别挂。"尹白鸽道，像有什么安排，不过等了好久才听到她轻声道了句，"注意安全。"

反而是她先挂了，大兵愣了下，这句轻声的嘱咐很熟悉，以前每一次通话这都是结束语，可不知道为什么，这一次听得格外有感觉。

噌……手里一空，感觉破坏了，手机被张如鹏抢走了。他瞄着大兵，像是嘲讽似的说道："不要想女人，会影响你判断的。"

"你不想，也没见你判断出众啊。"大兵反讽了句。

"少废话，快走吧，这到了地方天都黑了，租车钱你出啊。"张如鹏提前打着预防针。

几步之后，大兵像想起什么来说了句："等等，等等……让我想想。"

他嗫嚅着，董魁强又被拘押了，和马沛龙有关联，马沛龙又是直接教唆那几位袭击举报人的主谋……他说着，拿着手机看着，而后奇怪地看向了张如鹏。

"又怎么了？"张如鹏被看得很不舒服。

"魁五又进去了，看这样也就是跑腿顶缸的货啊。"大兵道。

“那肯定的，找到根上哪有那么容易，我可告诉你，我假期只有两周啊。”张如鹏警示道。

“我没想那么远，追凶只能一步一步来，这个案一起底，陈妍的下落自然也就出来了……我刚在想，咱们到魁五家借辆车怎么样？他不在家，你又是个生面孔，接触一下说不定有发现，最起码能直观地瞅到他的摊铺得有多大。”大兵道。

“啊？可能进去吗？怎么进去？”张如鹏被这个想法惊住了。

“我有他的签名啊，模仿笔迹我可训练过。”大兵笑着举着手机，上面的一份口供里，写着董魁强歪歪扭扭的签名，张如鹏奇怪地看着，怎么也理解不了，这又是哪一出……

下一幕发生在海畔别墅区，院子里藏獒嘶吼着，两个小弟斜觑着，一个长发，一个光头，一个奇高，一个奇瘦，对比太强烈了，张如鹏看着这“黑社会”成员，几次想笑都忍着，还有大兵，大马金刀地坐在董魁强家的沙发上，跷着二郎腿，等着正主出现。

正主是谁?

那谁知道，反正大兵唬了句，有魁哥的消息要他到家里来找，于是就有人报信了，然后派出了这一对滑稽小丑看着两人。

等了足足有二十分钟，才听到了一行人踢踢踏踏的脚步声，来得不少，足有七八个，高矮胖瘦不一，这些丑陋的脸蛋加一块儿，能做好几个吓人的表情包，当头的一位豹眼阔嘴，四十上下，瞪着眼进门就问：“谁啊？”

两位看人的指指大兵，那人审视了几眼，突然不屑地笑了。

“什么意思？”大兵不动声色地问。

“骗到我们头上来了？也不打听打听这是什么地方？”中年汉啐了一口，不过马上一愣，吓了一跳，其余众匪噌噌地捋袖子了，起身的大兵手里，亮出警证来了。

“都别动……什么意思？想来吓唬我们啊。”大汉摸不清来路了。

“你留下……其他人，到门口等会儿。”大兵命令似的口吻，不过恐怕命令不动这些人，那中年大汉瞪着大兵，瞪了十几秒，一摆手，这才管用，那些人齐齐退出去了。人一走，他才愤然道：“下午刚抓走人，不给我们活路是不是，想来问点什么情况啊……不过我可什么都不知道啊。”

“我倒是知道点，想给您看样东西……”大兵捋着袖子，把胳膊的内侧，亮给了对方，这时候，张如鹏羞愧地低下头了。然后那大汉瞪着眼瞧了很久，不怎么确定地看着那歪歪扭扭，而且随着肌肉扩张会变形的三个字：董魁强。

“魁五写这字有点匆忙，他正在二队被询问，我是借故才和他照了个面。”大兵道着，又把胳膊的外侧给对方亮出来了，那上面也有歪歪扭扭的五个字：他是自己人。

这个明显文化不高，水平太差，瞪了半天，瞅他傻愣的表情就知道不会处理了。字写得真有几分像，模样像。

“很简单嘛大叔，现在像我这种身份的，和你们划清界限都巴不得呢，要不是交情够深，我也不能露面啊……废话不跟你多说了，找你帮点忙。”大兵道。

“要钱？”中年汉警惕了，眼睛斜觑着大兵，明显怀疑很深。

“不，有个新人，魁五请的，谁知道出了这事……可要办的事还得办，需要一辆车，最好两副牌照，当然，身份证也得有……魁五没来得及安排，托我帮他这个小忙，什么事，我就不多问了。”大兵道，一指一言不发的张如鹏。

那身架，威猛如兽；那眼睛，犀如鹰隼；那拳头，大如钵坛，张如鹏这么牛掰的气质，终于派上用场了。这不可能是个干好事的料啊。

那位中年汉子看了好一会儿，一言不发地转身走了，不过留了一句话：等着！

接下来发生的事，连大兵也有点佩服了，这位中年汉屏退了随从，都是悄无声息地走的，很懂规矩。最后连他自己也走了，只有看门守院的一个小家伙回来了，交给了大兵一串车钥匙，领着大兵到了房子不远处，指着一辆红色的牧马人，什么也没说，自顾自地回去了。

张如鹏惊愕万分地瞪了大兵一眼，被这事吓住了，“黑警察”这么容易扮演成功，去掉演技的成分，那只能证明这种黑事肯定存在。

大兵似乎窥破了他的心思，坏笑着一勾手，坐上这辆地下组织派发的越野车。上车检视，钱、牌照扔在车后座，一摞备用的身份证放在前置物格子里，一拧钥匙，轰鸣的发动机能感受到澎湃的动力，一放离合，车如离弦之箭飙起来了，带着大兵一串放浪的笑声疾驰而去……

观火隔岸

“警察问，就说认错了。就说是高宏兵砸的我指头……还说不是拘禁，是打昏了，就忘了放我了……问陈妍，就……就说不，不知道怎么回事……如……如果再有人来问，除了这些……什么也不能说……”

“是……是大店乡鄂澜山的矿口、浸池照片，还有全乡的土质检测详细报告。”

手机的微视频，偷拍的画面，惊惶恐惧的受害人栗勇军，哆嗦地说话。

这组视频现在已经出现在孙启同的办公桌上，他仔细地看了一遍又一遍，除了这个视频，还有一群疑似涉黑分子的人物，就在董魁强的家里。虽然没有有价值的信息，可凭着大兵扮“黑警察”轻而易举“借走”价值几十万的越野车，足够给人充分的想象空间了。

“张如鹏怎么也去掺和了？”孙启同的第一句如是问到。

“哦，我不太清楚。”侧立一旁的尹白鸽解释道，“我刚问过基地，他是请了年假，张教官有些年没有请过假了，所以基地直接批了，两周。”

“这个家伙。”孙启同无语了，努努嘴，手下意识地摸摸腮上的伤，有个耳光很重，直接把眼角迸裂了，还贴着创可贴呢。虽然找了个堂皇的理由，可毕竟压不住心里的怒气。

尹白鸽战战兢兢，话不敢多说，以她所想，是试探一下领导的态度，在这个系统里，有时候事实可没有领导一句话有效，毕竟这种被雪藏的案子可能牵涉很大，级别不够根本压不住那些层出不穷的跳梁小丑。

不好说，看来对挨了一顿打怨念挺深。孙启同起身，踱步到了窗口，像是思考一样看着窗外，好半天才问了句：“你想伸手拉他们一把？”

嗯？这个问题很奇怪，尹白鸽一下子倒不知道怎么回答了，她顿了下：“在原则上，我服从组织；在个人情感上，我倾向于他们，但我不会感情用事。”

“哦，回答得很狡猾，不愧是政治部出来的。”孙启同笑笑，疑窦丛丛地踱着步，像有一搭没一搭地问着，“马沛龙抓到没有？”

“暂时没有，可能是听到风声藏起来了。”尹白鸽道。

“那他们找到董魁强的家里，这些人……”孙启同好奇地问。

“带头的这位宗绪飞，是个渔船船主，没有案底。按董魁强的社会关系查，是他的舅亲，如果单从猜测的层面看，可能这个以亲缘为纽带的团伙，人数不少。我查了下他们名下的渔船，六条，房屋固定产有七处，仅这些就是个天文数字了。”尹白鸽道，外围消息往往能直观反映出这些人的富庶程度，不用警察思维，就连普通人也应该能判断出，不是什么善茬。

“董魁强呢？”孙启同问。

“别人是案底清白，他是就没有一点清白的地方，问题太多了，随便什么罪名都钉得住。”尹白鸽道，从警务的角度来讲，严重的两极分化只能证明一件事，浮在表面的这一位，是主谋的可能性微乎其微。

孙启同呢喃道：“这可能要牵涉到地方和缉私上，别说你，我想越位难度都会很大，缉私的总队长和我平级啊，你让我打他的脸去？再说这东西名不正言不顺的，立案标准都不够啊……”

当头泼了一瓢冷水，尹白鸽悻然收拾起了东西。她转身时，小心翼翼问道：“孙副厅，那我……该怎么办？他们昨晚就去大店乡了。”

“当我不知道这事，我会把这些东西转给缉私总队，或者方便时会敲打敲打下面，但仅限于此，我分管的是经侦，即便有重大线索出现，也不可能把案子的主动权争到手里……我们是纪律队伍，肯定不能乱了章法。”孙启同移开视线了，拿起了一份文件准备批阅。

哪怕是通晓心理学的尹白鸽也看不透这是出于公心还是私意，不过从领导的位置，故作不知恐怕是能给予下属的最好态度。她轻轻拉开门，回头瞥时，看到孙启同无动于衷的侧脸，她叹了一口气道：“对不起，孙副厅长，我给您找麻烦了。”

“不客气，每个人在正义和私心之间总得做出选择，你做得没错，等你到了我的位置就会明白，就不止这一种选择了，回去吧，再等等。”孙启同挥挥手，屏退了这位得力下属。

轻轻地掩上门，尹白鸽清楚地感觉到，通向上层的门被紧闭了。孙副厅所说的选择，无非是维稳大局和小节之间的选择，所有的领导阶层都会选择第一种，但求无功不求有过的心态由来已久，恐怕这浑水，很难有人愿意来蹚了。

公心？私意？

尹白鸽没想到会是这样一个结果，连哪怕一点兴趣也没让上层提起来，而没有上层的支持，她连参案的可能都不会有，当然，前提是可能立案的话。

一个栗勇军，窝囊废材；一个董魁强，烂人恶材；还有一位失踪一年零六个月的女记者，前记者。她重新再梳理一遍，仍然觉得立案可能性渺茫，除非找到女记者的下落，否则哪怕栗勇军反口，也钉不死董魁强。那样的地方势力她感觉得到，关进监狱，对他们而言无非换个地方为非作歹而已。

大店乡的信息还没有传回来，尹白鸽斟酌着，她实在不知道该怎样和那两位说。无聊地翻查着手机，看到大兵留下的信息时，她匆匆挎起包，半路溜号，直奔着那个地址去了。

是陈妍的家庭地址，大兵留下了线索，让她代为寻找陈妍已经离婚的前夫。

"这个事……怎么说呢？"

坐到了尹白鸽的车里，三营坊派出所指导员开口就绊住了。

"直说。"尹白鸽发动着车，单刀直入道。

"往前走，拐两个红绿灯……没法说啊，案在我们所报的，可人不是在这儿丢的啊。我们反馈到失踪人口记录上了，听说她牵扯到岚海一件什么案子里了，再后来就没了下文。我们所里人手紧张啊，辖区还管不过来呢，要正常情况下，也应该有消息了。"指导员道。

"什么叫应该有消息了？"尹白鸽带了点个人情绪，现在连小所里也有官僚作风了。

"三十好几了，又是见多识广的，不应该被拐卖对吧？要是个什么随机的祸事，也应该被发现了对吧？她本身干的就是危险事，可能发生什么事肯定有防备对吧？理论上应该被发现，如果没有，那只能证明一件事。"指导员分析道。

"什么事？"尹白鸽故意问。

"八成是知道得太多了啊。"指导员凛然道，这一行有直观的判断，而且有时候还经常不幸言中。

尹白鸽知道苛责没有什么用，警力匮乏，事务繁重，已经是警务系统的通病，日常的事务就够他们忙的了，还真不可能去追这么一条没头没尾的线索，她换着话题问道："家里还有什么人？豆豆是谁？"

"啊，您也知道豆豆？"指导员吓了一跳。

这是大兵留的信息，尹白鸽道：“我听人说的。”

“豆豆是陈妍的女儿，她离婚后就住在娘家，家里还有爸妈，爸是退休工人，妈没工作，原来是这片郊区的农民。没办法，就一个独女，一年多不见人，老爷子每天在大街小巷发寻人启事。”指导员道。

“到她家看看，兴许能有什么发现。”尹白鸽随意道。

“不用不用，这个点没人在家。”指导员道。

“哦，小孩上学，那老人总该在吧？”尹白鸽问。

这句之后，良久无语，尹白鸽问着：“又怎么了？”

“再拐个红绿灯就能看见，不用去家里。”指导员瞠然道，没有多说，尹白鸽懵然不知，车驶过一个老式小区，在路边慢慢停下，然后指导员很不舒服地指指，“就在前面。”

垃圾堆？！尹白鸽眼光一下子滞了，远远地，一老一小，在垃圾堆里刨着，指着那个梳着冲天辫的小女孩，尹白鸽喃喃道：“是她？她就是豆豆？”

“对，老的是陈妍她妈妈，女儿失踪后就有点精神不正常了，带着外孙女捡点破烂，一到快中午的点，就等在路口，小孩子因为这个也辍学了……真不是我们不管啊，给居委会也反映过了，没用。”指导员道。

尹白鸽像没有听到，又把车开近了点，她下车，往前走了几步，看得更清了，那老太太正撑着口袋，小女孩捡着一捧脏兮兮的塑料瓶子，正高兴地往袋子里装。看到警服鲜亮的尹白鸽，那老太太恶毒地一瞥，拉着外孙女，扛着袋子，头也不回地走了，尹白鸽连说句话的机会都没有找到。

蓦然间，她不知道为什么悲从中来，鼻子一酸，两行眼泪从眼里盈出来，她擦去了，又止不住地流了出来。

好半晌才控制住情绪，坐回到车上，指导员像是窥到了她的心态一样，劝慰着：“没办法，天下可怜人多着呢，我们实在可怜不过来啊。”

“指导员，我能拜托您一件事吗？”尹白鸽驾着车，轻声问道。

“救济就算了，现在只要穿着警服去的，她会唾你一脸……这家人性子倔，也就居委会那帮大妈能说上话，偶尔接济点，不过，不管用啊。”指导员道。

“不是救济，帮我试着联系下她的前夫，看能不能商量下领走孩子……这样怎么行，才多大啊。”尹白鸽说着，眼睛又是一酸，她突然明白了大兵和张如鹏的动机，如果在其他的位置可能有不同的选择，可当她站在同一位置时，她知道别无选择。

“更不对了，已经丢了一个小的，再领走一个小的，你觉得一对老人还能撑几天？”指导员毕竟人情通达，提到了一个更难的问题。

好像也对，尹白鸽道：“试着联系下吧，我们有同志介入这起案子了，我们会尽一切努力，找到陈妍的下落。”

“谢谢，那就太好了，不管是死是活，这个心愿了了，人才能重新开始啊……尹……您叫？”指导员此时才慎重地问道，本来以为是省厅一个闲职级别的。

“我叫尹白鸽，省厅政治部主任助理。”尹白鸽道。

“这个事很难办啊。”指导员善意地提醒了句。

“我知道，可总比根本没有人去办强。如果因为畏难没人敢站出来，那些受害人的家人会寒心的；如果一直没人敢站出来，我想，哪怕我们这些身穿警装、头顶国徽的警察，也会寒心的。”尹白鸽说着，车泊到了派出所门口，狠狠一刹车，只顾着看尹白鸽的指导员被闪了个趔趄，车停才惊觉。他看尹白鸽的眼光里，多了几分尊敬。

“拜托了，我们会尽一切努力。”尹白鸽道。

“谢谢。”指导员奇怪地谢了声，他默默下车，默默地、肃穆地、不应该地，向尹白鸽急急驰离的车，敬了一个礼。

尹白鸽的去向是津门市刑事侦查四大队，这儿有两位熟悉的人，已经升任大队长的高铭，以及破格升任四大队副指导员的范承和。路上电话联系，这两位自然是受宠若惊，车驶到大队门口，两人已经奔出来迎接了。

“尹指挥啊，哪阵风把您吹来了？”范承和乐滋滋地迎上来，不过一看尹白鸽眼睛红红的，倒把他吓了一跳。高铭也发现了，好奇地问道：“怎么了？尹指挥……昨天那事，人抓着了没有？现在这帮地痞流氓太没王法了，连省厅领导也敢打。”

“到你办公室说话。”尹白鸽不容分说，和两人一起到了队长办，电脑权限入网，调出了电子档案，一指，让两人看。

省厅尹指挥的提示，肯定不是空穴来风，两人抓紧时间熟悉，不过越看越迷糊了，像这样的失踪案例，每年不知道发生多少呢。但迷糊之后，又模模糊糊抓到了点什么，高铭和范承和小声咬着耳朵，走私、非法绑架拘禁、失踪，再加上袭击举报人，这之间若隐若现的联系，想不勾动刑警的阴暗神经都不可能。

“说吧，什么任务？”高铭直接道。

“我是以私人身份来的，没有带任务。”尹白鸽道。

“没事，您是熟人，我们该帮也得帮嘛。”范承和大大咧咧道。高铭看尹白鸽脸色慎重，捅了捅范承和让他闭嘴，然后小心翼翼地问着：“尹指挥，您这到底是？”

“告诉我，你的第一感觉。”尹白鸽道，一线刑警的直觉，比上层的案例分析可要准多了。

“应该是个棘手的案子，案发地在岚海，市里没法插手；岚海不管故意隐瞒还是真找不着，咱们都没治，无从下手啊。没有岚海警方的配合，受害人询问怎么做？嫌疑人传唤怎么做？更别说，还有漏网的这个高宏兵还没找着人……不好办。”高铭道。

“稀土走私得缉私上插手啊，搁我们办，我们连稀土都不认识啊。”范承和瞠然道。

“对了，沿海一带走私由来已久，即便有这种走私，也是夹杂在大量的普通货物走私里，咱们插不到海关里面，就算发现苗头，也会被他们截走的……陈妍嘛，应该是摸到了什么黑事，被人掐线的可能性很大。”高铭道，对于案件的分析没有什么感情，非常非常理性。

“掐线”，这个刑警惯用的俗语，是灭口的意思。尹白鸽默默地起身拿起自己的手机翻到了那张车上抓拍的照片道：“希望你们不要认为我是感情用事。陈妍失踪一年零六个月，她父亲每天傻乎乎在市里发寻人启事，人都快疯了。这是她妈妈，领的小女孩叫豆豆，刚六岁，辍学了，每天除了捡破烂，就是等在路口，等着陈妍回家……我今天穿的是警服，你们知道她们一对祖孙看见我是什么动作吗？”

“是什么？”范承和好奇地问。

“掉头就走，就像我比那堆垃圾还让她们恶心一样。”尹白鸽道。

“这失踪案多了去了，不能怪在警察头上啊。”范承和道。

“如果是个普通的失踪案，我可以漠视，可你们作为专业人士应该清楚，这不是失踪，这非常可能是一宗罪案。其实除了她的父母和不懂事的女儿，我们都清楚，陈妍可能已经不在了……我就问一句，没有人敢接案，如果让你们接案，你们愿意吗？”尹白鸽问，神情有点悲恸。

“高队，这个我们不能坐视啊。”范承和情绪来了。

啧……高铭撇着嘴，瞪了范承和一眼，然后面带难色地想想，凛然道：“尹指挥，咱们自己人我就不说官话了，这案子之所以没哪个队敢接，那是因为大家都明白，可能牵涉到走私，可能牵涉到涉黑势力，更可能还有我们自己人参与在内，谁接都是找不自在啊……要是省厅领导牵头，没二话，我们往死里刨，可让我们自己接，这能成吗？”

“哦，也对，我忘了你们俩都是聪明人，而且已经升职了。”尹白鸽不多说了，收起了自己的手机，起身就走，她边走边道，“不过有个傻瓜已经开始查了，我现在相信他确实人格分裂，确实失忆，变成另一个人了，都不知道这些事的凶险，都没有想过，这种事可能赔上他的前程甚至赔上身家性命。”

“嘿，您说……大兵？”高铭眼睛一瞪，被刺激到了。

“对，我可以违反纪律告诉你们他的身份，他父亲是一名地方人武部的军人，叫南骁勇，救灾牺牲的烈士，生前就一直奔波举报岚海地区私挖滥采稀土矿的事，南征被省厅遣回原籍之后，我以为他废了……可今天才发现，是我们废了。他就是那个被袭击的举报人，他在做着和他父亲相同的事，而我们，都明哲保身躲得远远的。”尹白鸽迈步走了，摔上了办公室的门，那一声摔门是如此愤懑，吓了两人一跳。

有时候很多决定是冲动的，当尹白鸽把车倒出来时，高铭和范承和已经奔下来了，堵在去路上。尹白鸽摇下车窗，看着两人，已经知道那个不会让她意外的结果了。

“我们接了，从调查我市失踪人口开始，直到查出真相。”

高铭正色道，这个决定可能做得很艰难，毕竟，要从聪明人变成不识时务的傻瓜。

“谢谢，有一天你可能会后悔当了警察，可不会后悔今天这个决定。我会联系你们的。”

尹白鸽摁上车窗，车翩然而去。

抱头鼠窜

此时，另外两个傻瓜，正沿着鄂澜山一线下山，冬季云山雾罩的山峦绵延不绝，身在山中却根本不识此山。栗勇军提供的消息根本没有参照性，因为在这里，偷采的矿山你根本发现不了，而能发现的，已经是废弃的了。

张如鹏手持摄录仪，每隔几里，就拍着现场。废弃的矿口、浸池很容易被发现，因为沿着矿口四周都会成为寸草不生的绝地，土质明显偏暗棕红色，处处龟裂，如果走近，还能闻到刺鼻的味道，如果你不小心把这样的污染土沾到手上，手会感觉到灼烧一样的痛感。

“人心能坏到这种程度啊，别说五十年，一百年也恢复不了啊。”张如鹏感慨着，对于此行耿耿于怀了，根本无法靠近可能是偷采的矿口，放哨的不是人，就是狼狗，两人在山上被驱逐了好几次。

“有买卖就有盗采啊，没听昨晚那老头说嘛，挣着钱的都进城了，留下的等死吧。”大兵道。昨晚借宿的地方，花了两千块，问到不少消息，问的是一个已经行动不便的老人。

“怎么下手啊？干这活的得有上千人吧？一个团了，我看就这买卖，装备都差不了。”张如鹏道，走得越近越让他心虚，不是因为发现了什么，而是因为什么也没有发现，那未知的事有多少，让人摸不着深浅了。

大兵想想，两人肯定是没什么作为了，他道：“昨晚那老头不是说嘛，这地方办事得找老特——王特，那咱们就去会会这个地下世界的领导人嘛。”

“那老头能信吗？”张如鹏不信道。

“公开的事，估计能说的都不是秘密，往往这种违法作乱之地啊，所谓的秘密，就是除了警察不知道，其他人都知道的事。”大兵道。

张如鹏怒道：“这话怎么听着有刺啊！”

“真没文化，这叫话里有话，什么叫有刺。都烂到这程度了，你还指望这里的警察队伍很纯洁？”大兵反问。

张如鹏一声叹息，不再说话了。

两张内存卡已经录满了，山路就快走完了，现在才发现，这种车走山路太合适了，有些地方被村民刨的坑像是量过的，也就越野车能堪堪过去，换辆车准得趴窝。而且在这乡里，跑的几乎都是越野车，其中不乏三菱、JEEP、本田一类的高档货色，不光车高档，房子也牛，四五层的小楼房还真不缺。就一个偏僻乡，居然也有娱乐场所，你转一圈没准儿就能瞅见浓妆艳抹站在门口拍着大腿招徕顾客的妹子。

这样光怪陆离的事，让张如鹏想起了警务资料里出现过的"鸡楼""贩毒村""骗子村"等，反正是有钱为荣，犯罪不耻，可能已经不是三观崩坏的问题了，而是习以为常，根本不觉得有什么不妥。

"几点了？"大兵问。

"十五点，差四分。"张如鹏道，问着大兵："你真去见王特？"

"嗯，给他做笔生意怎么样，买他点货。"大兵道。

"你拉倒吧，生打生的，怎么可能给你……再说，你有钱？"张如鹏道。

大兵笑道："我没钱，可我屁股下这辆车值钱啊。"

"啊？你……这能成不？"张如鹏哭笑不得了，骗了董魁强家里一辆车，回头再把这车卖了？怎么看着大兵这法治意识比村里的文盲还差。

"诳都诳出来了，你还准备还回去啊，能办点事就办点，这车四十来万呢，讨便宜生意，应该还是很好做的……一会儿别说话，我跟他谈，看看这位地下领导，比咱们领导差多远，好像就是这家吧？"大兵说着，车慢慢地泊到了一家酒楼前面，据说这间招待四面八方来客的店面，就是大店乡知名人物老特开的。

两人提着简单的行李，进了店里，偏地小店，服务恶劣，一位脸皮像污染过的土质颜色的妹子不客气地道了句："没吃的，晚上再来吧。"

"我们不吃，找老特。"大兵道。

那妹子好奇地瞪瞪大兵和张如鹏，像是审视像不像坏人，看了半晌，觉得像一对坏人，这才指指楼上。

看来张如鹏的颜值确实能派上大用场，没人把他当好人，反而在这种法外之地省了很多麻烦。

上楼，出了楼口就见着一位正沏着茶的中年男人，身材魁梧，光头锃亮，那气势竟然不比张如鹏稍差，只是回头瞥了大兵两人一眼，再没理会。

张如鹏站在楼口，大兵大大方方坐到了这位老板面前，那人用公道杯给他倒了一杯，示意着请用。大兵单刀直入地问："您是老特……王特王老板？"

“对，你们在徐老头家住了一晚上，我以为你们早晨会来找我。”那人不屑地笑道，“挺会办事啊，先套消息，然后再自己上山瞅瞅，有发现吗？”

那眼神是挑逗，知道你什么也做不了，大兵笑笑摇头道：“没什么发现，所以，我们想来和王老板做点生意。”

“我只卖饭，偶尔联系下业务，也是铁矿砂，你想要什么？”老特问，口风不露。

“铁矿砂伴生的，来这儿的，还不都冲这个。”大兵道。

“那我就不清楚了，不过我可以告诉你，来这儿的大多数都是熟人引见，没有熟人你什么也看不到买不到。而且，我忠告你一句，不管你是谁，你从哪儿来，在今天天黑之前，最好滚出大店乡，否则，发生点意外，那就不好说了，您说是吗？”老特毒眼如刺，盯着大兵，那气势是根本没有把大兵放在眼里。

大兵像气势萎了，拱手作揖道：“对，谢谢王老板，我们不等天黑就走，我以茶代酒，敬您一杯。”

大兵端着茶杯灌了一口，老特却是笑笑，把大兵看低了一截，防备心理慢慢松了。

这时候机会就到了，大兵趁着这个空隙，赔笑道：“王老板，您可能误会我了，我想和您做生意，其实不是买您东西，是想卖给您点东西。”

“哟？你看我缺什么？”老特不屑道。

“下面那辆牧马人怎么样？纯正美版进口，卖给您。”大兵道。

“那是黑车吧？”老特笑道，明显看不上眼。

“肯定是，可您这地方，难道还有查车的交警？随便一转手半价也值二十万啊，不想做这单生意吗？”大兵诱道，哪怕千万富翁，出生在这种环境里，那贪小便宜的毛病总该有点吧。

“好，八万，留下……我可不领情。”老特果真给了个跳楼价，故意刺激大兵一样。

却不料大兵比他想象中还要傻一点，赔笑道：“其实用不了八万，我的想法是，给我几份样品，我带回去，我也是给人跑腿办事的，钱嘛，我们还真不在乎，但这条路，兄弟我是很想蹚出来……您放心，下次我来，一定带上现金和熟人，一定让您放放心心地和我们交易。”

动心，那诚恳的表情，传达出来的期待和信任，让老特疑虑渐少了，他观摩似的看着大兵，又回头看看张如鹏，似乎在以他的经验判断，片刻后他突来一句："我可以给你包几包东西拿走，但离开这儿前不能打开，而且我不保证是真货……怎么样，就换你楼下停的车。"

"成交。"大兵一甩手，车钥匙扔茶台子上了，这下真让王特惊讶了，不会碰上个白痴了吧。大兵却是笑道："王老板，我其实根本不认识真货假货，我不在乎这辆车，您也不在乎那点货，但是，我相信您一定在乎，将来有一个稳定长远的客户吧。其实这个世界不大，我们之间一定会找到共同的朋友的，相信我。"

张如鹏心里暗道，这孙子，车是诳来的，他当然不在乎。倒是张如鹏自己觉得真把车换一堆假货回去，那可冤死了。

这时候连王特也觉得大兵老有意思了，哈哈大笑了几声道："好，那你别后悔，到乡路口等着吧，车没了，我找辆车送送你们，这儿可不是你们来的地方。"

他没有动的意思，大兵拱拱手作别，两人下楼，步行着离开乡里，到三公里外的路口傻等着。张如鹏不一会儿便受不了了，直瞪着大兵，就差骂傻蛋一个了。

大兵说了，又不是贩枪贩毒多大的事，一辆车换他点样品，不至于那么小气。

"恐怕你小子要失算了。"张如鹏道，眼光变得狠厉了。

"什么意思？"大兵省得张如鹏发现什么了，惊声回头，然后看到一辆警车驶到了饭店门口，远远地那位饭店的丑妞指着两人的方向，警车立时鸣着警笛，呼啸着朝两人驶来了。

两人眼睛瞪大了一圈，没承想在这小阴沟里翻船了，相视一眼，然后下意识选择了最正确的方式，异口同声道：

"快跑！"

话落人跑，两人朝着路沿下的滩地，撒丫子就奔，奔得还真不慢。等警车驶近，那两个王老板报案卖赃车的"贼"，已经跑得只剩下两个小黑点了……

方识其难

大店乡，三十八公里。

姜佩佩驾驶着MINI下了高速，沿着标志往前开，速度放慢了，再走一段，导航的信号消失了，眼看着天快黑了，她拿着手机拨着大兵的号码，一接通就脾气大发地吼着：

“嘿，你逗我玩呢是不是？这荒山野岭的哪有人？到底在哪儿呢？”

“乡路上，你到哪儿了？”

“我也在乡路上，过了标志牌快十分钟了。”

“那就快了，我在路边点了堆火，你只管往大店乡开。”

“好……吧。”

手机扔到副驾上，她一踩油门，急速向前，边前行边嘟囔骂着：贱！贱！！贱！！！

不知道是骂南征，还是骂自己，反正是心情格外地坏。这两天打电话，他不是根本不接，就是推托有事，避得远远的。今天一接到他的电话，姜佩佩却像神经质一样，想都不想就来接人了，现在想想不对了。

就是啊，姐的矜持呢？姐的高傲呢？真没出息。

说不清是好奇，还是喜欢，反正她来了。她处在一种既有恼怒，又有期待的心态里，那个像谜一样的男人，说不出什么地方吸引着她，反正和他在一起觉得很轻松，当然，也很快乐。

车又行驶不到十分钟，终于看到了路边的火焰，袅袅地冒着烟。此时夕阳西下，落日的余晖已经看不见了，只有一条孤零零的路蜿蜒在山地丘陵之间。她放慢了车速，快到火堆旁时，路下草丛里跳出来一个人，向她挥舞着手臂。

“南征？！”

她愣了，下意识地踩了刹车，泊车跳下来，眼睛直了。眼前的南征，像从地里刨出来的一样，一身土一头灰，脸上污七八糟的，衣服还挂破了几个口子，疲惫地向她打了个招呼。

姜佩佩愣了下，旋即狂笑起来，笑得前附后仰，花枝乱颤，这画风太过滑稽，她都想象不出怎么能变成这个样子。

“有水吗？”大兵问。

“有。”姜佩佩笑着跑到车后，打开后备厢，刚准备取，大兵已经伸手自取了，提了瓶隔空一扔喊了句：“接着。”

还有人？姜佩佩侧头一看，哎呀，还有个不如大兵的，像只大狗熊钻上路面了，拿着瓶水，仰头咕嘟一口，基本就见底了，那威猛样子吓了姜佩佩一跳。她看看那位，看看靠在车边也猛灌水的大兵，好奇地问着：“谁呀？”

“我一哥们儿。”大兵道，此时张如鹏上来了，又拿一瓶，拧盖就喝。大兵指指姜佩佩介绍着：“我一姐们儿。”

这介绍，等于没介绍，张如鹏嘿嘿一笑点头示意，看得姜佩佩浑身起鸡皮疙瘩。

“别害怕，他也是警察，我以前的教官。”大兵道。

“我怕什么？”姜佩佩强自镇定了句，纳闷地问着，“怎么了这是？整成这样？”

“奔了十几公里呢，没喝着水，这一路水源都不敢喝。”张如鹏打着嗝，这口气缓过来了。大兵也长舒一口气道：“差点被人追上……哎，谢谢啊，佩佩。”

“那干什么了？你们不是警察吗？”姜佩佩更奇怪了。

这事怎么说呢？张如鹏害羞地低下头，想出手赃车，被人给举报了，这说是警察办的事，能信吗？大兵却是脸不红不黑地说道：“说来话长，我们暂时斗不过犯罪分子，所以就采取了战略撤退……快上车，把我们送回去。”

说着一骨碌起身，张如鹏从路下提回了两人的行李包，上车却让他有点不好意思。这位女士干净整洁的车里，飘着香水味道，两人就这么拱进来，简直是两头猪钻进闺房了。还好姜佩佩很大方，和张如鹏客气道：“没事，没事……我哥们儿的哥们儿，也是哥们儿，我叫姜佩佩，欢迎您到岚海来。”

“我才不愿意来呢，他把我拐来的。”张如鹏悻然道，这一路不断突破底线，他都快萌生退意了。

“东西拿来……废什么话啊，才这么点小挫折就懊丧，让人家姑娘笑话你呢，亏你这么大个儿。”大兵回头拿着东西，顺便刺激了张如鹏一句，听得姜佩佩奇也怪哉了。

这到底谁是谁的老师啊？好像反过来了。

车疾驰着开往高速，大兵却在忙着打开微型电脑，连接着手机信号，把录下来的照片、视频打包，一股脑儿往回传，那些装备怪模怪样的，让姜佩佩老奇怪了，她顺嘴问了句：“什么东西啊？”

“电脑啊，你不认识？”大兵笑道。

“啊呸……我问你传什么东西呢？”姜佩佩道。

“鄂澜山上拍的照片，初步的。”大兵道，回头看了张如鹏一眼，怕张如鹏多心，解释了句，“没事，大鹏，佩佩是自己人，要不是她，我还想不到这儿呢。”

“啊？就是上周咱们说的那个？”姜佩佩惊讶地问，倒不惊讶内容，而是惊讶这就干上了。大兵低头道：“对，不过我提前告诉你，你不能乱掺和……哎对了，你见我妈了吗？”

“现在才想起你妈来？什么东西，自己溜了，还说和我一起逛省城了。”姜佩佩一提这事，又火了。

大兵却是安慰道：“别这样嘛，大不了回头真陪你逛省城。”

“啊呸，谁稀罕似的……告诉你啊，回去给我加油，白跑一趟啊。”姜佩佩怒道。

“成成，没问题。”大兵安慰道。

但也就仅限于安慰，安慰时连眼皮都不抬，几次瞥到大兵这么专心，看都不看她一眼，姜佩佩是真怒了：“成什么，成心是不是？到底干什么了偷偷摸摸的？”

“哎呀……我都成这样了，你给点同情心嘛，差点被人扣大店乡里。你是不知道，我在走投无路的时候，第一个想起来的人就是你啊……一说你拍马就赶过来了，把我感动的，简直都无以为报了。”大兵觍着脸，这次是说好听话了。

“哼，这还差不多。”姜佩佩瞥了他一眼，终于找到满足感了，“出来几天嘴溜了，会糊弄人了，再来几句，我拍马这么快赶来了，多来几句拍马屁的。”

“这还用拍马屁吗？没看到你的美貌，把我老师震惊得到现在都说不出一句话来？这叫惊为天人啊。路上我还想了句歇后语来着，形容你的，想听不……叫西施坐飞机，美上天了啊。”

大兵兴之所至，满口马屁滚滚，姜佩佩被他逗得咯咯直笑，浑然忘了刚才的怒火中烧，只有张如鹏在车后郁闷地抚着脸在想：

这人骗不了坏人，哄女人倒是有一套，还把我当道具。

天色将晚的时候，匆匆梳理了收到的资源，尹白鸽从车里出来了。

地点是津门市南浦园小区的一幢楼，她是步行进去的，在楼门禁上报了名字，门开了。

边走边熟悉着要见的人，姓任，名吉星，年龄六十一岁，退休前是缉私总队的技侦处处长，技术警衔很高的一位。不过从任吉星的履历上看，尹白鸽却没有发现什么可圈可点的事迹，是从主任科员开始，一步一步熬到退休的。当然，这同样无可指责，大多数在机关的内勤，都会沿着这条不起波澜的路走到职业的终点。

乘电梯到楼层，任吉星已经等在门口，笑呵呵的一位老人，满头华发，保养得很得体。把尹白鸽请进屋，尹白鸽还没开口，任吉星倒笑呵呵地说了："大驾莅临，尹处长可是203专案的功勋人员，怎么想起我这个退休老头了。"

反过来，本想恭维人的，倒先被恭维了，尹白鸽不好意思道："任老，您这是笑话我呢，我这点事算什么。叫我小尹吧。"

"不不不，干事的人也不算少数，但能成事的，就绝对是少数了。好，就叫你小尹，你可让一批前面冠个'老'字的无地自容啊。"任吉星笑道。

老伴倒茶了，把两人请到了书房，退休的日子过得蛮舒服，家里花鸟虫鱼一应俱全，书房里多数是养生和营养学的书。落坐下来，任吉星笑着单刀直入了："别客气，能帮上忙，是我荣幸。"

"您这样说才是真客气。"尹白鸽提着电脑，拿出来，又拿出DV来了，看老头纳闷了一下，尹白鸽解释道，"我可能得录点，要请教的是专业问题，我怕我回头解释不清楚，不介意吧任老，我只录音。"

"那这是……"任吉星有点惊讶了，这肯定是事关重大。

"有关稀土。"尹白鸽道。

"哦，那就确实太专业了。"任吉星道，看看尹白鸽，像不信任似的反问道，"这个，你可以直接咨询缉私总队的同志啊。"

"问题是，在位的，我信不过。这话难听了点，但目前，我只能这么做，找一位旁观的、没有职位牵挂的咨询……您不介意吧？"尹白鸽轻声道，看着这位缉私老警。

一切尽在不言中了，任吉星笑了笑道："好吧，看来你成事也不是浪得虚名啊，方向正确……录吧，有人听我老头骂娘，我求之不得呢。"

"好，开始前，我请您看点东西，刚从鄂澜山上提取回来的。"尹白鸽道。

她把视频、画面，一一给任吉星展示，足足看了半个多小时，有些地方甚至是不忍再看，快进过去了，唉声和叹气不绝于耳。看到末了，任吉星的唏嘘声音已起，他喃喃道：“作孽啊，作孽啊，不过几十亿的利润，可能要十倍、百倍的代价才能把环境恢复……一代人作孽，可能要祸害几代人啊，稀土是战略资源，这是毁灭式的盗挖啊……”

唏嘘到气喘，愤怒到流泪，老人的情绪半天才稳定了一些。他从书柜的底层找到了几件蒙尘的地图、笔记，在桌上摊开，尹白鸽轻轻摁了录音键，郑重地听着。

“……在稀土的提取过程中，要先用硫酸铵浸泡土壤，形成硫酸稀土和氢氧化铵在土壤里，再经过草酸或者碳铵的沉淀，变成草酸稀土或碳铵稀土。这基本上完成了从开矿到取矿的全过程，留在土壤里的是硫酸根和铵离子——化肥的主要成分，但若浓度太高，会把植物的根都烧掉……据环保部门测算，稀土行业每年产生的废水量达两千多万吨，其中氨氮含量三百毫克／升至五千毫克／升，超出国家排放标准十几倍至上百倍……最严重的问题仍然是水土的氨氮污染，因为土壤里氨氮超标，下雨的时候被冲刷到农田里，农田也会受到污染……”

任吉星侃侃讲着，对比着尹白鸽带来的鄂澜山区的资料，一样一样解释着。这是个耸人听闻的故事，不仅私挖盗采，即便是企业开采，也是像“搬山运动”一样对生态环境毁灭性的破坏，标准的方式是，把整个山头扒光，地表裸露风化，好多年之后，依然寸草不生。

心痛是肯定的，可为心痛的事做了什么？尹白鸽小心翼翼地问着稍歇的任吉星道：“……据我查到的资料，邻省和我省两厅，对稀土走私的打击力度也是相当大的，但并没有发现大宗的、成团伙、存时长的地下渠道啊，特别是我省，根本不是主产区……我想问的是，如果说在我们省有成规模的走私，您觉得可能吗？”

“在利益的驱动下，一切都有可能。”任吉星直观道。

“但鄂澜山一带的产量会有多少？”尹白鸽反问，似乎盗采，并不足以养起一个规模化的走私。

说到这个问题时，任吉星的表情凝结了，仔细地看了尹白鸽几眼。那眼光，让尹白鸽明显觉得有问题了，她示意着：“要不，我关掉录音。”

“你这录音做什么用？”任吉星问。

“有一线的同志在调查，可惜的是，他们和我一样，是稀土盲。”尹白鸽道。

“那就不用关，但接下来都是不负责的话，你们自己求证。”任吉星慎重道。他展开地图，在赣南市画了一个圈，笔直地连了一条线，这条线通过鄂澜山直达岚海、津门出海口，而大店乡，就是这条直线的中点。尹白鸽惊讶道：“您是指，大店乡除了是产地，还有可能是一个中转点？可能吗？”

“利益驱使下，一切皆有可能。白云鄂博的稀土矿还从广西走私到越南出境呢，南部沿海在稀土的执法上已经经历了数年磨炼，水平要高出很多。我们在寻找新的途径，他们也同样在寻找新的走私渠道，如果放在东部沿海一带，如果从以前的空运、集装箱运变成化整为零，又有什么不可能的……以前吨价是两到三万，现在可是涨了十倍了。”任吉星道。

“可现在国家对稀土都是配额生产啊，从主产地走私可能性不大吧？”尹白鸽不信道，大兵给的消息就够她消化了，可谁知道，那仅仅是个开胃小菜。

任吉星慢慢地笑了，告诉她道：“你可以查一下权威统计，201× 年，全国非法稀土矿产量估计有 4 万吨，违规冶炼分离产品有 5 万多吨。相比之下，全国稀土指令性生产计划的企业分别生产稀土矿产品、冶炼分离产品 7.6 万吨和 8.2 万吨。也就是说，违法产出和合法生产，几乎是五五之数……另一方面，出口税号、产品目录跟不上行业发展。业内人士指出，稀土有 17 种元素，性状和用途差异很大，出口的稀土产品也有上百种，目前稀土出口税号却只有五十来个，在出口管理上，仅将稀土产品简单分为氧化物、盐类和金属三种，可能专业人士都分不清不同种类稀土之间的差别。”

“对呀，如果限制出口的中重稀土，混杂在普通出口产品里，会不会……”尹白鸽狐疑道。

“肯定会，也肯定有。”任吉星道，“指令性计划的含义是，针对某个企业，比如今年上半年，只允许你生产一千吨，可这只够企业三个月的开工量，如果按计划来，那得辞退工人，否则还得发工资，交保险；机器停产还存在锈蚀的问题。更难办的是，万一恢复生产，可能一时半会儿都招不到人……我参加过稀土生产安全检查，大部分都没有那么规矩，完成指令计划后，都有悄悄生产的……”

“那盈余出来的部分，可能就是走私的源头了？”尹白鸽问。

“对，源头不好断流啊，涉及地方的利益，而且有不少外资企业也掺和进来，说是合资建厂，其实无非是掠夺性地开采，再披着合法的外衣谋利，最终受苦的，还是普通老百姓。祖辈生养的故乡，会变成草都不长的绝地啊。”任吉星抿着嘴道，压抑着心里的愤怒。

尹白鸽良久无语，看着老缉查脸上的愤怒，愤怒之后的无奈，她轻声问着："我们能做点什么？"

"可能什么也做不了。"老任摇摇头。

"不，还是可以的，哪怕查获一个走私分子，哪怕打掉一个团伙，都是我们该尽的义务，哪怕能尽一点绵薄之力，也胜过我们当一个望洋兴叹的旁观者吧？"尹白鸽道。

任吉星一瞪她，不悦道："你在质疑我？"

"不，我在勉励自己。去年，准确地讲是一年半以前，有一位女记者深入岚海大店乡、鄂澜山一带，可能接触到了很多事，之后她就失踪了，迄今为止杳无音信……她是津门人，现在只能在失踪人口记录上找到她的名字……其实我和您一样，一直是旁观的态度，一直觉得走私离我们的生活还很远，又何必去蹚那趟浑水，不是给自己找不自在吗？"尹白鸽轻声道着，像在讲一个故事。

任吉星被这个故事吸引了，他问道："是一桩刑事案件，让你们联系到了走私？"

"对，目前还没有什么证据……唯一的证据就是大店乡鄂澜一带的私挖盗采。"尹白鸽道。

"那是中重稀土产区边缘，价值更高。女记者应该是接触到了她不该知道的事。"任吉星幽幽地说道，后果不必说了，肯定是一个被雪藏的悲剧。

"对……我接触的刑事案例很多，对于嫌疑人、受害人说实话已经麻木了，如果就一个不知趣的记者，我可以漠视，反正她和我非亲非故。"尹白鸽屏息静气，想着让她无法释怀的一幕，轻声哽咽道，"可是不行，这位女记者陈妍失踪后，她的父亲每天在市里发寻人启事，在找女儿；母亲带着六岁的外孙女，靠捡破烂维持生活……才六岁的小女孩啊，一个罪案荼毒的无辜的人，会有很多很多……如果所有的警察都选择看客的位置，可能被荼毒的人，会越来越多……"

任吉星听懂尹白鸽话里的意思了，他问着："看来，你是想激将我？"

"那我能成功吗？我只是觉得，可能需要一位专业人才。"尹白鸽道。

任吉星笑了笑，在想什么，而后又笑了笑，看看尹白鸽期待的脸，像是却之不恭，又像是有所顾忌，就在尹白鸽觉得希望渺茫时，任吉星却正色道："你已经成功了。"

尹白鸽一下子兴奋得笑到灿烂了，伸手道："谢谢任老。"

任吉星和她握手道："是该我谢谢你。我当了一辈子警察，都没有干过一件值得回忆的事，也没有干过一件想去干的事，现在看来有机会了。谢谢你，替我向专案组领导问好，我随时听从召唤。"

坏了，理解成专案组招募了，笑着的尹白鸽脸上一僵，下意识地看看门，然后压低了声音，安抚着这位盲目兴奋的老人坐下，眼光闪烁、语重心长地开始解释了：

"任老，暂时还没有专案组，不过很快了，在开始之前，我们先统一一下认识……"

另一路回到了岚海，姜佩佩出离惊讶了，先是在饭店目睹这一对货狼吞虎咽、风卷残云地吃了六七个菜、几大碗米饭；后是到家旁观风风火火赶来的潘云璇，劈头盖脸训了儿子一通。南征又给了她一种不同的印象：在老娘面前别提多老实了，老实得像个萌宝宝，就是满嘴瞎话，编了一通给领导办事，想调回省城的故事，又把老娘给哄住了。

姜佩佩这时候才发现，自己成了个非常好的挡箭牌，有她在，潘云璇都不忍太过苛责儿子，而且还给两人创造独处空间……这恰恰又被儿子哄了，潘云璇瞅着这一对心满意足地走了，回头被打发到小区外溜达的张如鹏就回来了。

"洗澡，你先洗，去吧去吧……我给你找身衣服换上啊。"大兵推着张如鹏，先撵进卫生间了，自己则匆匆洗了把脸。糊弄完老娘了，回头时，却发现又一个疏漏不好补了，姜佩佩正杏眼圆睁、怒容满面地看着他，大兵讪笑着不好意思道："佩佩，您看……这也不太方便，要不你……"

姜佩佩怒火终于爆发了，上前拽着大兵，一边往门外拽，一边怒道："你给我出来，我得跟你算笔账啊，整个是消遣我是吧？还拉上我一起骗你妈……信不信我现在就告诉她你干什么去了。"

"别别别……你听我说。"大兵道，出了门，站定一瞧，姜佩佩这怒容满面的，让他无言以对了。

不好办啊，这姑娘又不傻，僵持片刻，眼看姜佩佩怒火难消，大兵干脆直说了："那你说，怎么办吧？"

"我说你听？"姜佩佩问道。

“当然听，必须听，一定听。”大兵正色道。

“那好，很简单。”姜佩佩怒容变缓，然后突来嫣然一笑道，“带我一起玩怎么样？”

“啊？那不可能。”大兵直接否决。

“不可能算了，我走了，你保重……一会儿给你妈打个电话，就说你往家里带了个男的，把我撵出来了。”姜佩佩说走就走，背着身说了句让她也嗤笑的话。

“喂喂喂……别走别走，我怕了你了。”大兵赶紧上前拦着，差点就抱个满怀了，不过又赶紧矜持了一下，不好意思地站定了。姜佩佩笑着逗他：“那同意了？”

“必须同意……不过，这可真不是什么好事啊，你确定？我们现在什么都没发现，可能是瞎忙活。”大兵犹豫道。

“要么说你笨呢！你找我啊，我问你，你认识稀土吗？”姜佩佩问。

大兵懵然摇摇头：“到目前为止还不认识……怎么？你认识？”

“我也不认识，可我认识射频检测仪啊，想要吗？射线一照，二十秒钟可以检测出结果来，准确率百分之八十九，海关才有的装备。我打赌，你连哪儿有生产都不知道。”姜佩佩得意道。

大兵兴奋了，极度兴奋了，兴奋得几乎想抱着美女亲上一口。那兴奋的表情快到爆发的临界时，姜佩佩又是一盆凉水泼来了：“一台价格一万二，不接受私人订货。”

“哎呀，我……”大兵为难地直挠脑袋。

“看你表现喽，说不定我能帮上忙……我走了。”姜佩佩调戏了大兵一通，这才得意扬扬地开路。

大兵瞬间反应过来了，屁颠屁颠追着：“哎，等等，我送送你……慢点下楼，这楼梯陡，我说佩佩，你怎么知道的？”

“我查的呗，以为我不知道你想干什么？”

“哦，太感动了……哎，要不，我陪你走走，这月上柳梢头，正适合散步啊……”

“瞎掰吧，有月亮吗？”

“没有……没有也没关系啊，看你比赏月可好多了……”

“哈哈哈……你就贫吧，你跟我老实说，到底怎么回事，莫名其妙地和疯了一样去查这事，那是你的事吗？别想糊弄我，给你最后一个说服我的机会。”

“嗯，没问题，这个故事就长了，得从我发现我爸的笔记开始……”

两人说着，恰如漫步一样出了小区门，草草洗完的张如鹏不见人，在窗户上看到了这一对，瞧那腻歪样儿，他悻悻地骂着：

这小子，生活真丰富多彩，看得我也想退役了……

屡败屡战

高铭、范承和抵达岚海市的时候，已经是晚上十一时了，两人直奔人武部小区，大兵和张如鹏等候已久了，请进家里。水没开喝，话先开说，高铭单刀直入：“情况我了解了一些，我得向你当面求证一下，如果是涉嫌绑架谋杀还有稀土走私，没二话，我们豁出去了……可要是你危言耸听，我们一会儿就走。”

这么直接，倒把大兵听愣了，想不出这位旧识何来这么大火气。

范承和搭腔了：“大兵，高队现在是队长，辖区没破的案子多着呢，要没什么大事你就给我们省点工夫啊，限期内的案子太多了，一个萝卜一个坑，这不抽不出人来，把自己抽出来了。”

“哟，不太友好啊。”大兵瞅瞅张如鹏，如是道。张如鹏对他也不怎么友好，白了一眼，不理他了。

“还有，你简直是胡闹啊，去董魁强家骗人家一辆车，回头又想兜售给大店乡那谁，自己差点没出来是吧？这事捅出去有多大你不清楚？四十多万的案值，放哪个队也不是个小数目。”高铭道。

大兵不悦地纠正着：“我没要车。那车肯定没户，黑车。”

“骗赃也是罪行啊。”范承和哭笑不得道，提醒着大兵：“嘿，你《刑法》背得挺好的，怎么知法犯法啊。”

这会儿该大兵白张如鹏一眼了，张如鹏吃吃笑着，肯定是这货打的小报告，他已经习惯事无巨细地汇报上一级了，当然，这也是出于保护的目的。

“说吧，你说服了我，我留下；要说服不了我，我只能给你派俩协警凑数了。”高铭道。

大兵瞪着眼道：“你连我也信不过？”

范承和挖苦着：“快算了，你连孙副厅都敢算计，我们算个屁。”

说到此事，张如鹏喷笑了，高铭和范承和谑笑着，明显是有点信不过大兵，话说这和人品真没有关系，实在是行事方式诡异到让人无法理解。

大兵定定心神，回身拿着一包东西，然后坐正，严肃地盯着几人，郑重道：“说服你们太容易了，就怕把你们吓着……开始了啊，你们纠结在什么地方？”

“首先，你怎么判定，陈妍的失踪和董魁强有直接的关系？”高铭问，这是最简单的一个。

“栗勇军的见面你们肯定看到了，他被绑架前，是大店乡乡政府的下乡干部，环境监测专业，那些人要的东西是大店乡鄂澜山的矿口、浸池照片，还有全乡的土质检测详细报告。依照陈妍的作风，她肯定在试图做一个稀土滥采盗挖的爆炸新闻，可惜栗勇军被盯上了……时间是去年五月二十九日，当晚八时，栗勇军从大店乡刚回家，就被人绑上车了……一小时后，网上就纷传绑架新闻，很凑巧的是，把董魁强、毛胜利，还有一位开车的马仔都摄了进去……我想这是陈妍的手笔，通过舆论去救人是她唯一能做的，你们同意吗？”大兵问。

那是详细的案发经过，已经经嫌疑人证实的，高铭点点头，大兵反问着：“这不就结了，陈妍在第二天早上就失踪了，就在岚海失踪的，你觉得会去哪儿……接下来的事处理得很艰难，栗勇军被非法拘禁，这是事实，网上纷传的肯定要有个解释，于是就出现了这样一个结果，董魁强几人主动投案自首，承认是抓错了，而栗勇军也接受了这个事实，得到了一笔赔偿……官方得到了一个完美的解释，个人债务纠纷，堵住了悠悠众口，而这几位，蹲了几个月到一年多不等，基本了事了……这里面有个细节，关押了栗勇军七十二小时才投案，投案之前，陈妍已经失踪四十八小时了……”

高铭无语了，努努嘴，直观地推断出，这是地下世界的危机公关和亡羊补牢，只要唬住栗勇军，只要让陈妍闭嘴，那就一切安全了。至于坐牢，那舍车保帅的做法，肯定在瞒着更重要的事或者人。

“好，陈妍的失踪我们接了，我们可以以查找陈妍下落为由，和岚海方面正常警务接触。第二个问题，你如何知道董魁强和稀土走私有关？”高铭问，像故意为难大兵一样，提醒他道，“别跟我讲推测那一套。”

“以你的智商，讲那个你懂不了，我简单讲。”大兵讽刺了高铭一句，不理会他的愤意，直接排着地图画册点着，“大店乡一带盗挖严重，而且临近赣南市，南方稀土主要产区，这一带，肯定有地下走私，你没意见吧？”

“嗯。”高铭和范承和点点头。

“那就对了，我查到了四张油卡的记录，董魁强的，全部在大店乡消费过，能说明吗？”大兵问。

“差了点。”高铭道。

大兵排着数据，又拿出来了一张单子道：“还有一个高速大店口通行的ETC记录，这是绑定银行卡的，在有记载的数据里，董魁强的车先后一百多次出入这里，不到两年时间，即便他进了监狱，这辆车仍然在出入大店乡，都是从这个口子下，那就一条路，您说能去哪儿？既然是去大店乡，您说他还能干什么吧？简单一点，其实到大店一带的，基本都是找货的。”

这个证据分量就重了，高铭拿着大兵的数据单子，纳闷地问：“你怎么会有这些？”

“呵呵，他买车的地方我认识，那儿买车都送一批油卡，恰好有这类数据……不瞒你说，他在那儿买过十一辆越野车，你要找到更多数据，会很直观的……至于这个ETC银行卡，董魁强根本没当回事，就和他车上的绑定在一块儿，非常好查。”大兵道。

高铭、范承和齐齐瞪了张如鹏一眼，知道是基地的权限，张如鹏不好意思地低下头了，不承认，也不否认。

“好，就算有走私稀土，他似乎也不算一个重量级人物啊。”范承和道。

“当然，所以我就尝试了一下。”大兵道。

“尝试什么？”高铭愣了，似乎这个情况没听说。

“举报啊。”大兵笑道。

“嗯，就把孙副厅诳出来，让人揍一顿？”高铭讽刺道。

“错，那只是其中的一环，这么多年，盗挖滥采不可能没人举报；可奇怪的是，所有的举报和上访都悄无声息地消失。我从一开始就想，这中间肯定有人作梗，于是我就故意做了大量的举报信、照片，封成资料往上递……注意，我是实名举报，但所有出去的资料，留下的联系方式都不同。”

大兵解释着这个小伎俩，把要送达举报的单位分类，缉私一类、公安一类、政府一类、矿管一类、稀土局一类，等等，一共十个类别，不同的手机号码……此时，都从箱子里拿出来了，精致廉价的卡片信号机。

看到这儿，高铭明白了，这是自己带着信号引蛇出洞，其中哪一个号码被盯上了，就能找到相应的单位分类。

“送到哪个单位的手机号被盯上了？”高铭问。

大兵懊丧了，拿着其中的一个卡片机道：“就是这个号码对应的。”

这是从袭击孙副厅的几人身上查到了定位仪，仔细一看单子，号码对应的是……岚海、津门公安系统。

“你可真损啊。”范承和骂了句，这要真挖出去，估计又是自己人。

“是吗，如果我是个平头百姓，估计得被他们揍个生活不能自理啊。我离开岚海第二天就被盯上了，当夜换了三个酒店，那几个货追了我好几次。”大兵道。

高铭摆摆手道：“这个暂且不说，没有证据的事，都是猜测。”

“明枪不怕，就怕暗箭啊，这事没法整啊。”张如鹏插了句道，“你们是不知道，鄂澜山烂到什么程度，一片连一片的山头都被扒了，外人根本进不去，离着几里地不是拦你车，就是堵路放狗，人少不顶用，人一多，他们就先溜……我在那儿听说啊，就是不挖矿的当地人都能挣着钱，只要知道谁的矿口在哪儿，就按月收封口费，不给钱就举报……缉私上能查到的，多数就是他们内讧捅出来的，很少一部分。”

“现在不好查了，成气候了，缉私查到的越来越少，那说明他们的管理越来越集中了，货源可能归拢到少数人手里了。”大兵道。

这藤缠麻绕的线索把范承和听蒙了，他问道：“那到底怎么下手啊，又是失踪人员，又是走私团伙，又是盗采盗挖。”

高铭想想道：“走私先放放，明天尹指挥可能给咱们派来位专家……大兵，我的意思是，我们以查找失踪人口的理由接触地方警方，可这个未必是个好主意啊，我们只要一现身，恐怕暗处的对手马上就会知道了……栗勇军一案里，高宏兵在逃，这个关键人物恐怕一时半会儿找不着，要成悬案啊。”

“呵呵，看来你们赞同我的观点了？”大兵不答反问。

张如鹏悻然骂了句：“把你臭美的。”

高铭笑笑道：“暂且只能接受你的判断了，但这事的切入点真不好找，一年半多了，就是有证据也淹没了，连陈妍的失踪也是，分局准备把这个发消息的人找出来，才发现她行李丢在旅社，人一天一夜不见面了……本来我想从这儿入手，可让你一说，我又不敢从这儿入手了。”

说到这儿，张如鹏莫名地捏着拳头，眼前浮现着那个脏兮兮的小女孩的影子，他恶狠狠地说道：“高队，你要怕有什么事，我们自己干，我就不信，一个活生生的人，还能就这么消失了？”

“张教官，你说这就没意思了，我们这不是来了吗？这不是在商量主意吗？”范承和道，对于这位教官还是有好感的，可好感归好感，难题可解决不了。几个人都心知肚明，一时的义愤谁也能做到，可要查到水落石出就没那么容易了。更何况，是这种可能敏感的内外勾结的事。

谈到这儿就沉默了，众人像齐齐被雷劈了一通，无计可施了。这个时候就显出大兵人格分裂的优势了，他看看这个，又看看那个，笑着道：“同志们，人多力量大，你们怎么不问问我有没有办法？”

“有话快说。”高铭道，正烦着呢，来是来了，他估计要空手而归了。

“有屁快放。”张如鹏道，一点也不客气。

大兵笑着道：“其实我刚想了一个办法，有个很好的切入点，你们忽略了。”

“哪儿？”高铭几个齐齐发问。

“董魁强啊，不关着呢吗？从他那儿下手啊。我们特种警察的思维和你们不一样，我们的理念是，直接接触永远比外围侦查有效；我们的方式是，从一切蛛丝马迹联系到事实，再通过事实去查找真相。”大兵道。

不过没人信他，范承和道：“那种滚刀肉，死都不回头，你想掏他东西，还不如自己挖稀土去呢。”

“还是省省吧，想审他没那么容易，既然蹲大牢都不吭声，你想一时半会儿就掏到干货？”高铭明显不看好，对于这种坚定的无政府主义烂人，他是太了解了。

张如鹏想说什么，又卡住了，根本没怎么接触过嫌疑人，在这种事上，他知道自己经验太差。

当然，还有个经验好的。大兵笑了，边笑边道：“警察问他，他肯定不说……但要是个黑警察，是不是就可以和他交流了？这个封闭的时候他未必省过神来，机会难得啊。”

嗯？张如鹏兴奋了，脱口道：“对啊，他在董魁强家还诳走辆车呢。”

“那什么都不知道，怎么去和董魁强交流？”范承和一下子反应不过来。

“谁说我不知道，我认识宗绪飞，给我车那位，那是董魁强的舅舅……还认识王特，那个家伙，和董魁强应该是一路的，其实只要若隐若现暗示几句，我想应该没问题的。”大兵笑着道，看着三位昔日同伴，那笑里带着浓浓的诱惑，又来了一句更狠的：

“这个地下链条要能刨出来，你们达到的位置，可就成为别人仰望的顶峰了，我可是能骗过测谎仪器的啊，不想试试？”

三人你看看我，我看看你，不知不觉间，被大兵勾引得蠢蠢欲动了……

凌晨五时，岚海第一看守所。

林管教带着大兵、高铭，自外层监区进入，接到省城四大队刑警的协查，要求对在押嫌疑人进行特询，被特询人是董魁强，刚出去几天又给逮进来了。

在不特定的时间询问这是常事，但奇怪的是，来的那位法警他认识，就是本市的，可更没想到的是，大兵只用一句话就说服了对方。

他说：“我叫南征，举报大店乡稀土走私的是我，我知道你为什么愤怒，大店是你老家。”

林管教愣了片刻，验过证件，他职业的敏感告诉他此事不简单。一言未发，带着两人，进了监仓的甬道，在摄像的区域死角他才轻声道了句：“别指望审下来，也别惹事，这里不是刑警队。”

“知道，说几句话，有记录的。”大兵轻声道。

到了监仓，咚咚擂门，片刻揉着蒙眬睡眼的董魁强被带出来了。那家伙白白胖胖，看来生活得不错。带到了管教室，林管教守在门口，高铭履行着正常的询问程序，问高宏兵的下落，问认识不认识陈妍，问栗勇军事情的经过。董魁强不愧是个老炮儿，不知道，不清楚，想不起来了，一推二五六，几次把高铭噎得直瞪眼。

高铭瞪眼，董魁强也瞪眼，斜斜瞪，根本不服气的样子。

“嘴倒挺牢……你，继续审审他。”高铭愤然起身，站到了门外，和管教对火点了支烟。

大兵主导之后，笑眯眯地看着董魁强，轻声问着：“不认识我了？”

“哟……”董魁强认出来了，是给他送判决书的那位警察。这位警察不同于其他人，在用眼神传达着一种暧昧，他下意识地侧头瞧瞧，发现那两位有意无意地，身形隐在门外那堵墙后了。然后他慢慢笑了，也给大兵传达一种暧昧的笑容。

不过笑了一下子，他瞬间翻了脸，轻声骂了句：“跟我玩花样，你还嫩了点。”

不知道是不是骂大兵，大兵无动于衷，甚至连表情都没有动一下，问着他：“时间可不多啊，别浪费。”

“少玩花样，我不认识你。”董魁强下意识地往外看了看。

“你没必要认识我，不过，我认识这个人……”大兵起身，像让嫌疑人指认相貌一样，亮着手机屏幕上，他和宗绪飞面对面的那一幕，宗绪飞是侧脸，大兵是正脸，那照片看得董魁强一愣……接着又是一张，是大兵和王特面对面斟茶的一幕，看得董魁强眼睛直接直了。

唬住了！大兵心里暗道，弄进来确实有好处，他无从知道外面的真实情况。

“你是……”董魁强轻声嗫嚅，却没有说话。

“认识这两个嫌疑人吗？”大兵故意大声。

“不认识。”董魁强故意道，此时语言和表情不同步，让他无从判断了。

“再好好想想。”大兵拍着桌子，坐下了，然后声音低到几不可闻的分贝道，“我能做的很有限，顶多带几句话……上面在查你的事，一时半会儿出不去，有什么交代的，我带走……”

那声音低沉，表情凝重，眼光肃穆，而且紧张兮兮地直瞄外面，董魁强在这一刻终于全信了，他低声道：“告诉我舅，去求求七伯把我捞出来。”

“好的，知道了。还有吗？”大兵轻声道。

“没有了。”董魁强摇摇头。

这口风也太紧了，都不想跟“黑警察”说点什么，大兵心思一绕，轻声诱上了：“你的事，问题在栗勇军身上，这小子不知道怎么跑省城去了……万一出点岔子……那会很麻烦的，得有人让他闭嘴，可你舅这儿，肯定不能动……大家一条船上的，可别出了岔子。”

大兵边说，边观察着董魁强脸上抽着的神经，一抽、二抽，还抽……大兵明白，这事有让他抽的效果，赌对了，这个绝好的理由让他心虚了。

董魁强却是实打实相信对方了，低声道：“找王特。”

“找了，可这家伙，不买我们的账啊……我觉得这个人可不好打交道啊，他谁都信不过。”大兵道，这绝对准确，连自己都没忽悠到的人，警惕性肯定够高。

这么准确地指出王特的性子，董魁强更是深信不疑了，他舔舔嘴唇道：“告诉他，高宏兵让你代他问候……让他老实点，还轮不到他吃独食。”

大兵心里兴奋了，郑重地点点头道：“好，安心待着，外面会尽快……啊，真是茅坑里的石头又臭又硬。”

半句是给董魁强听，另外半句，是给进门的高铭听，高铭进门烦躁地说道：“行了，找找毛胜利，等那个交代了，看你怎么说……带回去。”

蹲着的董魁强悻然起身，嘟囔着骂了句，然后跟着林管教，被带回监仓了。

管教室里，高铭塞着耳机听着大兵和董魁强的轻声对话，一下子兴趣上来了，虽然是简单的两个名字，可能反映出来的东西太多了：“七伯”捞人；如果要让栗勇军闭嘴，找王特；如果王特不听话，告诉他替高宏兵问候……然后他就不敢不听。

这可都是包着一层又一层保护罩的黑幕，却没有想到一支烟的工夫就让大兵勾引出来了。大兵笑看着高铭道：“你不要太崇拜，我在这儿和这些人已经交流几个月了，太熟悉了。”

“我还真不是崇拜，要不是提前知道，我得把你当成黑警察了……接下来呢？落实一下‘七伯’是谁？”高铭凛然道。这演技爆棚了，想骗过这些老江湖，可不是一般的难。

“不急，我觉得应该先去找王特一趟，从他手里弄出一批货来最好，上面都不相信岚海有中重稀土走私……其实这个不难，我昨天输在大意上，今天有魁五这句话，整他问题不大。”大兵轻声道。

高铭滞滞地看着，莫名地想起在原始股案里，审蔡青和李振华时，那个蔫坏奇损，说句话都带坑的大兵，不知道哪儿觉得可笑，然后在这个阴森肃穆的环境里，高铭笑得忍俊不禁，怎么也停不下来。他甚至可以预见到，那位地头蛇王特，将要被大兵扛着“魁五”特使的身份，给忽悠得找不着北了……

步步艰难

董魁强、栗勇军、宗绪飞……七伯，失踪的陈妍，还有已知消息匮乏的王特。

坐在大兵家里的矮几上，高铭画了几个人名，开始试着描绘这其中的关系树，每一个窝案，如果能理清其中不同嫌疑人之间的利害关系，那你离发现真相就不远了。

可明显还很远，因为这些人，一个比一个陌生。

范承和自打当了副指导员，惫懒的作风也改了不少，此时正用心地看着现有资料。特别是大兵和董魁强那几句意味深长的谈话，实在让他想不通，这大兵贼啊，跟人见面就已经下好套了，这个诳不了，就拿着见面的照片扮熟人去诳另一个，看来，董魁强是把他当成彻头彻尾的黑警察无疑了。

这其中有个问题，范承和出声问着："高队，这可是大兵家乡，瞒不了多久啊。"

"能瞒多久算多久吧。"高铭头也不抬地说道。

"这也太那个了吧，他居然相信个能进入看守所的警察？"范承和不解地问道。

高铭依然头也不抬地回答道："潜规则嘛，那肯定以前发生过类似的事，要没人打点，怎么可能在看守所生活得那么好，有些可不单单是钱能办到的事。"

"可这……"

"别多想了，已经申请异地羁押了，给董魁强换个地方，让他兴不起浪来，切掉他和岚海方方面面的联系，孤家寡人一个，就好对付了。"

高铭依然头也不抬，范承和凑上来了，看着几个名字，他问着："这是干什么？"

"理理头绪啊，和地方接洽总不能两眼一抹黑啊。有几个问题我一直想不通，第一，绑架和拘禁栗勇军，这是个突发事件，是出事后他们开始补救的，那让陈妍消失，就是补救的一环，问题在陈妍消失上，既然突发，既然不是经过长期预谋，那就不应该会有多么精巧……而且，从咱们的角度看，只要不是走私掉脑袋的货物，那这些人目的在于求财，肯定不在害命，你觉得呢？"高铭问。

"肯定的啊，罚金和死刑不是一个概念，您是指，根本没有必要把陈妍灭口？"范承和问。

"你觉得呢？按照他家里人的报案，失踪之前，到离开津门市，其中不过两周时间，别说她一个外行了，给你两周，你能挖到多少黑幕……即便挖到，证据一抢，她就是能说出来也得有人信啊！”高铭道。

“对啊，只要洗劫她一把不就行了，不至于杀人灭口啊……可是栗勇军吓成这样，好像事情应该不小。”范承和道。

“如果真是要命的事，栗勇军能活着吗？”高铭反问，把范承和问住了，直挠脑袋，想不出其中的所以然来。

“还有一个问题，高宏兵，你看他的履历，嫖娼都被拘留过，连这种罪都得自己扛，算不上人物啊，肯定也是个没钱户，否则就自己包养了嘛……可偏偏这样一个小混子，董魁强却说，替高宏兵问候王特，王特就不敢不听话了，实在没道理啊，理论上高宏兵和王特可不是一个级别的人物……可这样的浑球儿，居然在追逃名单上。”高铭又说了这件难解的事，拿着手机无聊翻翻，是省督的追逃人员名单，悬赏金额从五万到五千不等，高宏兵赫然在列，不过明显不入流，举报这个人连奖金都没有。

范承和瞪眼了，想了半天反问了句：“您太高看我的智商了吧？这事您都不清楚，我能知道？”

“滚，连个能商量事的都没有，几点了？”高铭问，像是心绪不宁。

范承和提醒着他：“手机不在您手上吗？怎么了，担心大兵和老张？”

“还真有点担心，那可都是法外之地啊。”高铭道，那一对坑货又去诳王特去了，没地方下手，就全靠忽悠，这事办得，怎么可能心绪四平八稳呢。

“我觉得不用担心，大兵最厉害的就是那张破嘴，一般人得被说晕了……哎对了，高队，基地怎么训练的？怎么能出这种怪胎？”范承和不解了。

这个却是高铭和尹白鸽私下有过闲谈，他尴尬道：“我听尹指挥说啊，当时为了对付鑫众，要训练的就是一个能说会道、通外语、形象气质好、脑筋反应快的人……要和骗子打交道啊，得比他们更高明一点才成，现在这个，应该是后遗症吧？”

“那他的人格分裂，这算是恢复了？还是又形成一种人格了？”范承和纳闷地问。

“不知道，好像又换了一个人。”高铭喃喃道，印象中大兵的沧桑、忧郁都不见了，再见到时是浓浓的玩世不恭、嬉皮笑脸，和以前已经截然不同了。

两人想想，越想越不对，从算计孙副厅开始，说服了尹白鸽、拐走了张如鹏、骗了宗绪飞一把，没骗着王特，现在又去骗第二回……怎么越想越觉得成了个活脱脱的骗子了？

“这……这事，得慎重点。”高铭喃喃道，他检点着自己，似乎也在不知不觉中被忽悠上道了。

“那还是正常来吧，咱们接触一下处理陈妍失踪案的分局。”范承和也想到这一层了，完全突破程序的侦查，哪怕取到证也会被质疑的，办法和法办，可是两个概念。

两人看看时间，刚准备起身时，门铃响了，去开门，让范承和愣了一下。门口一位着装入时的姑娘，笑着伸手了：“您是范大吧？”

“啊？您怎么认识我？”范承和愣了。

“南征说了，让我带你们去车站接人……今天开始我就是你们中的一员了，要去分局我也路熟……对了，我叫姜佩佩，岚海人……这位是高队长吧……哇，好威风啊，我从小就梦想当警察啊。”姜佩佩性格开朗又活泼，和两人握手，请着两人下楼。这两人可是看得奇也怪哉，范承和小心翼翼地问：“佩佩姑娘，您也是法警？”

“不是。”姜佩佩摇头道。

“那您……”高铭倒结巴了。

“没事，你们放心，南征他爸爸生前就一直举报这事，南征也就想了结个心愿而已，我是他姐们儿，不可能不帮他啊……来吧，上我的车。”

姜佩佩请两位上了车，驾着车，给大兵去一个电话，直说接着了，然后驱车前行，那表情幸福到哼哼着什么调子。

范承和、高铭相视一眼，然后都不吭声了，心里在想着同一件事：

移情别恋得还真够快啊，上官嫣红还没判呢，这儿倒又出了一位，又是个美女。这桃花运交得，让两人莫名地羡慕大兵那张破嘴了……

“老规矩，我是老板，你是打手。”跳下乡镇班车，大兵叮嘱道。

“打手”自然是张如鹏了，为了保持凶相，大兵连胡子都不让他刮，老张瞪了他一眼道：“凭什么你当老板？”

“行啊，那你当，知道怎么说吗？这关系很复杂啊，你得读懂他脸上的表情语言，对症下药，王特可能是个独立势力，也可能和董魁强有着同一个上线，他擅长的地方应该在这种山地，是个山炮；你看董魁强、宗绪飞那一伙，长处应该在运输上，这两方结伙，能量可就大了……但不排除他们之间可能有某种利害关系。”大兵分析着，从生死一线的鑫众案里走出来，又混迹在法警的职业里，不知不觉间，对于嫌疑人的心态、行为，恰如感同身受一样，变得明晰了。

张如鹏糊涂了，摇摇头道："别跟我绕弯，不懂。"

"不懂你就老老实实当打手，看我眼色，该来两下狠点的，别客气，有些地方，拳头就是通行证。"大兵道。

"这个我在行，坑咱们，我早想揍他一顿了。"张如鹏恨恨道，凶相毕露了。

两人并肩走着，一个比一个壮，斗志昂扬地进了王特家的大店乡饭店，上午时分，后厨正忙着，那位丑妞一瞅这一对货又来了，拿起电话心虚地喊着："别过来啊，过来我打 110 啊。"

大兵眼一斜，学着看守所那些人老大不尿老二的屌样骂道："长得比他还丑，好意思打 110 啊，说非礼人家警察信你啊？"

那丑妞一愣，旋即怒火中烧，吧唧一扣电话吼着："都出来，有人找麻烦。"

谁呀，谁呀……一眨眼，帮工、伙计、大师傅出来了四五个，估计是有恃无恐，一个比一个拽，不过看着老张铁塔般的身材还是有点怵。张如鹏保持着威严，两臂一叉，等着上来，却没人敢上来。

"要么通知警察来抓我，要么通知王特来见我，一群做饭的，还想打架，忙去吧。"大兵大摇大摆上楼，背后这位剽悍的打手跟着，怒目一瞪，炫耀似的一捋袖子，那腱子肉一条一条的，看得几位个矮胳膊细的伙计连连后退。

两人嚣张地上楼了。

消息传得很快，不一会儿王特带着仨本村后生匆匆来了，丑妞一指楼上，王特示意着三个后生跟他上楼，教着小丑妞什么话。他回头带着人上楼了，心里寻思着是不是做得过了，毕竟都不干不净，惹了哪路神仙都怕有后患。而敢第二次来的，肯定不是普通人。

"哦，又是两位啊，远道而来，怎么，又想要货了？"王特笑吟吟地上来了，看到大兵坐在他的位置上，茶夹夹着洗杯放茶碗，泡茶的手势很优雅，一个关公巡城冲杯，一个凤凰点头冲茶，一茶碗秋后铁观音，泡得恰到好处，绿盈盈进了公道杯，似乎很专心，都懒得跟他说话。

另一位就不怎么地了，靠在窗口，双手叉在胸前，随时准备开打一样。

"看来我有点走眼啊，失敬了。"

王特拱手作了个揖，大兵的泡茶动作让他觉得不是个狗腿跑路的料，而且那神情，很淡定。

“请坐，昨天喝了你一杯，今天借花献佛，也给您敬一杯。”大兵请势道。

王特哈哈一笑，坐到了客座，端着茶碗抿了口，放下，大兵给他添着茶，看着他，笑。王特也在笑，一个微笑、一个也是微笑，但心态却各有不同，王特觉得这小伙似乎有两下子，而大兵看这位中年男虽然长得糙了点，可心细得很。

斤两试探，一探便知。

“好吧，看兄弟也不是凡人，交个朋友，回头可以把车开走，不过这地方嘛，就别来了，呵呵。”王特道，让了一步，看得出不凡，可看不出具体来路。

“你不守信，车我当然得开走，答应的货你可还没给呢啊。”大兵提醒着。

王特一愣，哈哈大笑了，指着大兵笑，那几位后生也笑了，真有这么不知趣的，敢来这穷山恶水耍横，简直刁民面前耍无赖嘛。

“笑得难听，把这几个弄挺。”大兵一靠椅子，冷着脸下令了。

王特可没想到对方真敢，他拍案而起……没拍着，大兵出手如电，一下子刁住了他的手腕，一拧，王特吃痛弯腰了。那三位瞅着不对，就要上来，却不料张如鹏早跃起来了，嘭的一拳，当头一位正中腮下，哼都没哼，一骨碌就摔倒了。另外两人招架三两下，被张如鹏左右臂各挟一个，死死地勒住脖子了。王特眼见着两位后生额头青筋暴露，呼吸困难，他惊得救命都忘喊了。

“放松，放松……越扛越难受，放松。”张如鹏戏谑地说道，勒着两人越来越紧，两人终于不支，慢慢软了，张如鹏一放手，两人像两条泥鳅，骨碌碌滚地上了。他拍拍手，睥睨地看着王特。

“你们要活着出了大店，老子跟你姓。”王特满脸狰狞地恶狠狠骂着，在家门口可从没有吃过这么大亏。

这时候大兵却蓦地一放手，坐定了，听得楼外踢踢踏踏的声音道：“有人告诉我一句话，说高宏兵让我替他问候你。”

嗯？！王特眼睛一直，惊愕代替了愤怒，直愣愣地盯着大兵。

“还有人让我托你办件事，有个叫栗勇军的现在口风不太老实啊，这麻烦得您老解决吧。”大兵沉声道，直觉拿到通行证了，这不，把王特给吓愣了。

踢踢踏踏一群人奔上来了，吓了张如鹏一跳，拿锹操镐扛棍子的，一二十人，上来就堵满了，等着王特一声令下，立马扑上来群殴。

“哥，哥……咋了？”

有位扶着躺在地上的汉子，是兄弟啊，这位一瞅大兵和张如鹏，噌地拔出解腕刀，恶狠狠地盯着骂道：“找死可找对地方了。”

大兵没理会，食指扣着茶盖，茶水倒进滤杯，那手势抖都没抖一下。就在张如鹏已经蓄势准备肉搏时，王特大喝一声：“慢着……都下去……人抬下去。”

“叔，你咋啦这是？打到咱们门上了。”那位后生怒道。

“都滚，谁也别上楼来。”王特重重一顿茶碗，这淫威估计不是一天了，直接把一干刁民唬住了，一个个虽有不解，可老老实实地下去了，临走还把几位勒晕的给抬下去了。

“其实可以打一场试试的，我们全身而退应该问题不大。不过王老板愿意文着来，我也是非常欢迎的。”大兵笑道，给王特倾着茶，窗口的张如鹏暗笑了：这可是伪装的最高境界。

装逼开始了！

“魁五又进去了，我这人也就念个旧，你们别把自己太当回事……没见过你们啊？什么来路？”王特好奇地问。

“北路上的，以前在白云鄂博玩土，这一带，我还真不熟悉。”大兵道。

王特撇嘴道：“我们不和北路上的来往，魁五在牢里可是蹲了一年多了，这又进去了，你什么时候见的他啊？”

“玩土的两种人，一种是在牢里出来的，另一种是能从牢里捞出人来的……我说我随时可以见，你信吗？”大兵故弄玄虚道。

王特摇摇头道：“对不起，我真听不懂你们城里人说话。”

“是吗，那你只听七伯的话？”大兵突来一问。

王特又是一呃，本待悠悠喝杯茶又被噎住了，他愕然瞪着大兵，这个人越来越让人琢磨不透了。

蒙对了，看来这个所谓的“七伯”影响力是相当大的。

仅愣了一刹那，王特便恢复正常了：“我打赌，你根本不认识七伯。”

“不用打赌，我确实不认识，不过我知道的是，这次七伯可捞不出魁五来，谁也救不了他。”大兵幽幽道着，算计着这些人之间复杂的关系，他慢慢吞吞地说，“救不了他，就会有很多麻烦啊，比如，高宏兵的事……”

王特的脸色微变，不舒服地、下意识地吸气，这可是心虚了，大兵低眼，看着他的小指抖了几下，又加着砝码道：“所以，魁五托您的事，我觉得还是快点办利索了，省得夜长梦多……至于我们，无所谓，打上几回交道，您就明白我的为人了。”

“好，那我该送客了吧，车会给你们，自己走，不送。”王特脸色冷了。

大兵起身提醒了句：“别忘了，答应我的货得给啊。”

“好啊，说不定山上哪个矿口会有偷采的，可以给你几个样品，这儿的规矩是入门十万，钱货两讫。”王特松口了，不过大兵估计，应该是把两人当冤大头了。

“钱我没有，货我会拿点样品。我不会跟你客气的。”大兵很拽地说道。

“好啊，那你试试？”王特笑了。

“是你在试我，我相信你一定会给的，七伯的胆子比麻雀还小，跟着他能发多大财啊？俗话说一个好汉三个帮，你也该自己找条路了……魁五真要折进去，万一他觉得有点冤，你说会不会拉个做伴的？呵呵，回见，我们和昨天一样，在村口等着，只等半小时，您看着办。”

大兵招招手，带着张如鹏大摇大摆下楼了，在一干虎视眈眈的刁民围观中，大大方方地步行出了饭店，往昨天逃跑的方向去了。

“什么意思？唬住了？”张如鹏心虚地问。

“应该差不多吧，魁五知道他的黑事，他不敢不信。”大兵道。

“那你就别乱说七伯了，都不认识，没准儿这老狐狸早听出你的破绽，可别又报警啊。”张如鹏郁闷道，当警察的怕被警察抓，这叫什么事啊。

“我感觉的嘛，应该错不了，这东西肯定有，这么多年都没被发现，而且举报都被清理了，那这个人应该相当谨慎小心，可一谨慎小心，就意味着要相当地克制，一克制，那钱肯定填不饱下面人的胃口……所以我说七伯胆小嘛，看他的反应应该没错。”大兵犹豫道。那种若即若离的感觉很微妙，就像曾经在鑫众那个团伙里，自己的成员之间也有着很多钩心斗角。而这位掌握货源的，肯定永远不会满足，他灵光一现道：“让他犯错，让他一错再错，马脚就出来了……对，栗勇军是个绝对好的饵，就算不致命，肯定也让他们很头疼。”

“别瞎白话，我看没动静啊，你可别牛逼装成了二逼啊。”张如鹏轻声道，不时地回头看。

“反正都二逼过一回了，大不了再撒丫子往回跑。”大兵笑道。

看来不骗倒是不罢休了，可张如鹏却理解成他根本没把握了，他郑重地问：“到底行不行？我怎么觉得你和以前差远了，飘得厉害，一点都不实在了。”

“人是会变的嘛，都像你只长肌肉多无趣……哟，有戏了。”大兵听到了越野车的吼声，张如鹏回头看了一眼，然后眼光滞住了，果真诳来的那辆越野 JEEP 正吼着向他们开来。两人站定了，等着那车泊到了身边，一位不认识的当地人开门下车，一言未发地走了。两人登车，大兵驱车加速前行，而张如鹏早趴后座了，让他惊讶的事都在车后了。

七八个脏兮兮的编织袋，他兴奋地刨了一把，不过接下来就成睁眼瞎了。粉状的、块状的、浅灰深灰色的、米黄色的……像随随便便从哪撮了堆带着石头蛋蛋的土坷垃一样，张如鹏纳闷了：“这是不是稀土啊？”

“应该是吧。”大兵瞟了眼，不确定道。

“你装什么有文化，你根本不认识。”张如鹏挖苦道。

“没必要骗咱们，就算没当自己人，肯定也不是外人。要有个肯出大价钱的，我就不信他不动心。”大兵道。

张如鹏回身坐前面了，有点怀疑地问着：“这么容易？就给咱们了？”

“这和菜刀一样，在厨房是工具，在罪案里是凶器，而现在，还在厨房里。”大兵道。张如鹏理解这层意思，这也是稀土走私的特殊之处，只有出了境才是非法的，必须予以打击，而现在理论上不违法。他思忖着道：“这个难度就大了啊。”

假如存在的话，肯定是秘密的渠道、秘密的方式、秘密的时间，想要查获那难度不比查毒低啊。

“所以说有运毒的利润，而没有运毒的风险啊……别急，还远着呢，就这些货，说不定也是试试咱们的斤两……哎，一会儿东西送回去你别露面了，现在得好好合计合计了。”大兵道，语气轻松，而表情开始凝重了，现在是盲人骑瞎马，糊里糊涂走黑路，能走多长，这个貌似“黑警察”的身份还能装多久，都是个未知数啊……

死水起澜

一辆三菱越野车风尘仆仆地赶回大店乡，下车的两位男子嘭嘭地拍响了一所朱漆大门的小洋楼，今天意外了，居然是王特亲自开的门，他期待地问着："这么快就回来了？发现什么了？"

"叔，啥也没发现，那车跑得太快，我们根本跟不上。"一位道。

王特怒了，龇着烟渍牙骂着："这么大越野，你们居然跟不上他那车？"

另一位道着："真跟不上，叔，你不知道那俩有多野，飙一百六，高速跑了一半，我们连车屁股都看不见了。"

完了，就怕养一群猪下属，本来指望让这俩跟着瞧瞧路数呢，可谁想这车都追不着，王特啪唧啪唧赏了两耳光捎带两脚，再加上一个字：滚！

俩人屁颠屁颠跑了，偏偏院子里的大狼狗又在汪汪乱叫，王特怒起操了个笤帚扔向狗，那狗被砸得夹着尾巴直往窝里躲，这头的王特却是悻悻关上门，背着手沿着乡路踱出来了。

路上的土是深棕色的，视线所及，近处的庄稼和树木，也隐隐地带着一层暗色，再远处，响着隆隆的机器声音，那是选矿筛开动的声音，他很熟悉。很多年后听力下降、视线混浊还有呼吸不畅，都和这个有关。抬头远眺连绵的山峦很多是光秃秃的深棕色，包括他今天的烦躁，其实都是一个同样的原因。

稀土！

一眨眼十几年过去了，曾经青山绿水环绕的穷乡僻壤大变样，穷乡僻壤变成了富庶之地，可代价却是丢了青山绿水。沿途所见，林立的、乱建的小洋楼比比皆是，很多家门前泊着连城里人都得掂量着买的好车，其实这就是面上的事，谁都知道是怎么回事，可谁也不说是怎么回事。

清查、炸矿、治理、整顿……这么多年来来回回中拉锯不知道多少次，留下的影响可能只剩下村口的标语了："打击稀土私挖滥采，保护宝贵资源。"

"今天怎么老是心神不宁的。"

他原本每次看到这个标语就可笑，可今天有点笑不出来，眼前老是晃着那两位大个子的身影，又知道七伯，又认识魁五，似乎还知道高宏兵的事，这就让他不敢小觑了。

“啧，怎么办呢？”

他犹豫着，身边没个商量的人啊，分钱还成，分担困难就算了，他最清楚乡里村里，你挣钱他们眼红，你带着他们挣钱他们嫌少，你教他们挣大钱，他们还光想拿钱不想干活。

可他还得撑着，除了硬着头皮干下去别无选择，因为这稀土实在就像大烟土一样，有瘾，你根本戒不掉，它会给你带来越来越高的利润。

“喂，沛龙，帮我查个人，栗勇军，原来在大店乡当过下乡干部，现在不知道去哪儿了。应该不在岚海，说不定在省城窝着告状。”他拨通电话，轻声问着。

对方却是有点惶恐：“王老板，你的活不能接了，前两天举报的是什么人物啊，警察像疯狗一样，满世界抓我……我招谁惹谁了，就卖个消息，这得要我小命啊。”

“那就提提卖命的价格嘛，帮我找到就行，这次我自己办。”王特直接道，和这种人打交道，除了价格，其他都不是问题。

“……五万，明天天黑前给你消息，先付一半，账号你知道，找不着定金不退，就当这回的精神损失费了。”对方不客气地挂了电话。

王特捏着电话良久都没有回过神来，倒不是心疼这点钱，而是又回味起那个男子说话的样子：

“有人告诉我一句话，说高宏兵让我替他问候你。”

“救不了他，就会有很多麻烦啊，比如，高宏兵的事……”

说这话的人他现在都不知道名字，不过对于摸爬滚打几十年的，看人可能最不重视的就是名字。这个人表面轻松，偶尔眼睛里流露出来的狠色，还有打人时候的面不改色，都让他心里发怵，直觉得这是个相当难缠的对手。

那问题就来了：他真的知道高宏兵的事吗？还是另有目的？

恰恰这个问题他无从求证，因为知道详情的还在牢里，这是他最忌惮的事。

无法解决的难题，把这个乡里能人为难得，在矿砂污染的路上，来回踱步……

“这不是稀土，你们又被糊弄了。”

任吉星把一个烧杯的取样倒出来，仅有底层的浓稠沉淀，他放在显微镜里观察了片刻道。

上午接的人，中午前拿到了货，找了一家监理部借用的他们的试验室，可谁知道，又被乡下人捉弄了一回。

高铭和范承和郁闷地看着张如鹏，张如鹏悻然道："我也不认识啊，又没给钱，人家肯定不给你真的……算了，下回你们跟大兵跑啊，这货现在是满嘴跑火车，人家把他当傻逼糊弄呢，他还老觉得牛逼得啥样似的。"

"别急，小伙子，我还没说完……这不是稀土，这玩意儿叫高岭土，是稀土的原土，含量在万分之五以下，稀土提取的第一道工序就是开采这种高岭土。"任老头道，一大捧，仅沉淀下来一小点，他解释着，"准确元素检测咱们这儿不具备条件，不过看颜色，应该不是中重稀土类，而是普通含铈一类的轻稀土。"

"那意思是，不值钱喽？"范承和问。

"嗯，这么几袋高岭土，肯定不够你们来回的油钱。"任老放下东西笑着道。

那几位更郁闷了，高铭道："任老，给想想辙啊，您研究过稀土，您说，能有什么办法，让我们找到破绽？"

"这个已经想了很多年，最狠的炸矿、没收机器、下乡盯守都用过了，大部分都不奏效啊，就能找到黑矿口，也是他们内讧相互举报才有可能。"任吉星起身说道，张如鹏赶紧站起来，把椅子让给这位老同志，退休又被尹白鸽邀出来了，实属不易。请着任老坐下，张如鹏插了句道："几百平方公里的地方找个黑矿口还真不容易，就是能找着都未必能炸了，现在防得严着呢，干活时直接就把路刨了，车根本过不去，要是人多，估计到矿口，他们就跑了。"

这是实情，人民群众的智慧能高到什么程度，你不切身体会是根本无从知道的。范承和问："那运输呢？"

"更别想了，石油、化工、陶瓷、永磁多个行业都用稀土材料，为什么它没有贩毒风险就在这儿，它可以堂而皇之地运输啊。特别像这种轻稀土，不属于严格监管范畴，说句不好听的话啊，很多外资企业到咱们两省境内投资，也没安什么好心，世界储量的百分之九十九都在我们脚下这片土地上。"任吉星道。

"可大兵说，大店乡一带，产中重稀土啊！"高铭好奇地问道。

任吉星一笑道："所以他给你这些东西，让你死心啊。见过中重稀土的人都不会很多，轻稀土现在一吨的回收价格在三十万到四十万之间，而重稀土，一吨收购价已经飙到二百万以上了。大前年吧，海关在津门机场查获了一批走私重稀土，他们的运输方式是空运，通过空运的方式到日本、欧美，一公斤一公斤往外运都非常划算。”

“这玩意也太难查了吧，要混杂在一块儿，谁能认识啊！”范承和为难道。

“这个我来解决，色谱、图谱、特性我能简单地教给你们……能不能查到就看你们了。对了，把这搬车上吧，找个地方先住下，可能得一段时间了。咦？那位姑娘呢？”任吉星道，他问的是姜佩佩，范承和指指门外的车上，几人告别，把东西搬到车上，而姜佩佩很有眼色地等在车里，笑吟吟地请着任吉星上车，这样子不由得让几位对姜佩佩又多了层认识。

“高队，咱们让佩佩掺和进来，合适不？”张如鹏小声问。

三人上了另一辆车，高铭道：“全亏了人家姑娘，检测点都是人家找的……什么合适不合适，这连边都没沾着呢。哎对了，大兵溜哪儿去了？”

“去见宗绪飞了。”张如鹏懊丧道，毫无结果，又被忽悠了一把，这忽悠来忽悠去的，都是空对空，一点干货都找不着，真没意思。

“他太自信了，既然是这么敏感的走私，怎么可能轻易让他摸着，何况又是个警察身份，太不容易查到了……哎，张教官，把这个消息告诉他，让他赶紧回来。”高铭道。

车启动时，张如鹏把又一次被糊弄的消息，发给了不知道在哪儿的大兵……

“是高岭土，货不对路。”

消息在大兵的手机上晃过，他阅后即删，不过这消息让他很郁闷，就像街上杂耍的，使劲全身力气挥汗如雨地表演，却连个小钱都没落着，气得他重重拍了方向盘一把。

“警惕性这么高？连点样品都舍不得给。”

他气咻咻地说道，仿佛骗不出来，是人家的不对似的。他思忖着这类团伙可能存在的构架，其实无非一个大框架，挖、运、贩是分离的，肯定不属于同一类人，要卖到海外可不是大店乡那些山炮能办到的；而挖出来，却是除了山炮谁也办不到。

私挖盗采，大店乡、王特肯定就是切入点。

运输走货，那和魁五这一伙脱不了干系。大兵记忆里闪过哥们儿于磊说的，这帮人拥有大量的越野车，化零为整很容易，从海上走，宗绪飞这一伙长年出海的，十成十是老司机的角色了。

有些事容易想，但不容易做。就像你推测当官必贪一样，明知道他有问题，但你可能没有机会知道他究竟问题出在什么地方。大兵思忖着见过一面的宗绪飞，想着最好的接近方式。

入伙？肯定不行，警察身份，只有利用价值，没有信任可能。

交易？肯定更不行，一查底更没信任可能了。

现在唯一的依仗就是对方还没有省过神来，不知道他在中间捣鬼，等清醒了，恐怕首先针对的就是他！

“得抓紧了，万一内部有人觉察，老子这个黑警察可扮不下去了。”

他如是想着，加快了速度，直驶进海畔小区，泊到了董魁强的家门口，摁了几下喇叭，又是一位看门的出来了，这回是熟人了，小伙子一指房子边上道：“搁那儿吧。不错啊，宗叔以为你不回来了。”

“兄弟，你这是黑车啊，我开哪儿去啊？”大兵发了个牢骚。

看门的笑了，道：“就拉点货，还至于上户吗……放下吧，钥匙给我就行。”

“嘿，等等。”大兵愣了下，消化着刚才这句话，嘴里却说，“宗叔呢，我得见见他。”

“宗叔是你想见就见的？”看门的很牛，表情不友好了。

“我有魁五的消息给宗叔说啊，你确定不通知？”大兵表情冷了，训着这位马仔。

那马仔防备得紧，想了片刻，摸着手机进院子里了，不一会儿出来，直接坐到车上指挥着：“走，码头。”

“这不就对了。”大兵得意扬扬地发动着车，直驶码头，不时地瞧瞧这位高瘦个子的马仔，不知道为什么，这小家伙居然有点紧张的表情，大兵瞥了几次问道，“兄弟，你叫什么？”

那小伙一翻白眼反问着：“那你叫什么？”

“说出来别吓你一跳啊，老子是警察。”大兵不屑道。

那小伙笑了，反讽道：“我们最喜欢和警察打交道了。”

大兵心里忍不住暗骂一句，不过脸上却带着笑容，幽幽地问：“我可是头回跟你们打交道啊，不过感觉不错，宗叔人挺仗义的。”

“那是。”小伙子得意地道，而后就闭紧嘴了，大兵愣是连名字都没问出来。

当看到码头泊着渔船时，一股不祥的预兆袭来，像下意识的反应一样，觉得哪儿不对劲，可具体却说不出那种不祥的感觉来自何处。

“跟我来。”小伙下车，叫着大兵，大兵慢吞吞地下来，那小伙伸手要走了车钥匙，领着大兵，踏着窄窄的夹板，上了渔船。是一艘机船，390马力那种，适合近海作业。现在是休渔期间，岚海这个小码头泊了几艘，那场面颇是壮观，像堵车堵一块儿了一样，把大兵的心也给堵上了。

信息，准确信息……否则一面是连绵山地，一面是浩荡海面，就有多少吨货放这儿也不会扎眼啊。

随着领路人进了船舱，网舱里有浓重的鱼腥味，刚下梯子，顶棚上的盖子嘭的一声扣住了。大兵心里咯噔一下，知道坏事了，最难的那一关来了。

啪……应急灯亮了，不是一个人，而是一群人，坐等的正是宗绪飞。他瞪着一双死鱼眼，面无表情地盯着大兵，旁有数位，持大扳手的、操着尼龙网的、握着短棒的，虎视眈眈地看着大兵。

“什么意思？”大兵站定了，面无表情地问。

“没什么意思，听说你有消息告诉我？”宗绪飞启口了，不屑的表情。

大兵冷着脸道：“我还不想告诉你们了，怎么着，敢灭警察？”

“那倒不至于，我们一般是蒙着头，揍他个生活不能自理……揍完该赔钱还是要赔的，钱我出得起，坐牢有人去，你说我会很在乎你是什么人吗？”宗绪飞轻松地说道，盯着大兵，像在寻思卸他身上哪个部位一样。

这不是法盲，而是很懂玩弄法律的流氓。大兵一撇嘴，意外地笑了，针锋相对道：“这个你就不要炫耀了，在省城把人都打错了，不是你们胡来，你外甥能进去？知道把谁打了吗？别说我吓唬你啊，孙启同，我家老爷子的战友，厅一级的领导。”

咝……宗绪飞倒吸一口凉气，这个紧张的动作让大兵判断到了，对方的效率比他高，已经捋清楚原委了。自己恐怕瞒不下去了，不过得装下去啊，越是这种时候越不能露怯，否则这狭小空间里，就是基地的训练水平也干不过四五个持着武器的渔民啊。

“好大的官威啊，还把我吓住了。”宗绪飞镇定道，又一次审视着大兵，突然间脱口道，“举报走私的，是你。”

这是肯定句，而不是疑问句，那消息肯定得到了，大兵点点头道：“是我。”

噌噌噌家伙什扬起来了，半圆包围上来了，大兵一笑问着：“哟，难道你们走私？这不对吧，我举报的可是走私稀土，和你们难道有关系？”

“呵呵……岚海不走私的渔船还真不多。”宗绪飞嗤笑了句，一堆人团团围着大兵，保持着几十公分的距离，那是武器触手可及的范围，而赤手空拳的大兵，处于明显的劣势。宗绪飞脸上谑笑着，盯着大兵，阴森森的环境加上阴森森的笑容，怕是还没动手就得把人给吓崩溃喽。

空气，像凝结住了一样，金属的工具在渔民手里闪着微微的寒光，都在伸手就能砸到脑袋、砸到腰部、砸到你任何要害的位置，宗绪飞脸上像刀刻的皱纹紧绷着，手捏合了数次，像在下最后的决心。

“胆子倒挺大……弄残他。”宗绪飞咬牙切齿，冷森森地道。

嗖的一声，臂长的扳手挥着，划过一条眩目的光线，直挥向大兵的后背，电光火石间，蓄势已久的大兵矮身、抱腿，人瞬间缩成一团，跟着前滚，两腿朝天一蹬，宗绪飞根本没想到这种环境他还敢还手，猝不及防被蹬到小腹，蹬蹬蹬连退几步，嗷的一声吃痛乱叫，一下子压住了台子上的应急灯。

光线瞬间一暗，几个人扑向大兵，而大兵却扑向宗绪飞，宗绪飞蓦地被压住了，嘎吱一声响，身下的灯压裂了，船舱里全黑了，噼里叭咚锵锵砰砰，斗殴的奏鸣拉开序曲了，在一刹那进入高潮……

胡搅蛮干

“啊……”

“干挺这孙子。”

“往死里打。”

黑咕隆咚的船舱里，从第一声惨叫开始，拳头脚踩家伙什扑上去招呼，嘭嘭咚咚啊啊的声音不绝于耳。船舱顶部守舱门的，趴在甲板上倾听，里面像赶集一样热闹，对于这种事他似乎司空见惯了，嘿嘿笑着，直觉得还有这么傻的人，往舱里钻挨揍呢。

“停！”

有人在喊了，是宗绪飞老大的声音。

黑暗中齐齐住手，却不料有个声音在恶言恶声地喊着："今天弄不死老子，回头老子一个个弄死你们。"

有人朝他直跺一脚。

"啊。"有人惨叫。

"啊。"另一声惨叫。嘭嘭咣咣又是一通胖揍。

那个陌生的声音又喊起来："别打了，别打了。"

"现在知道怕了。"

那些渔民有人喊道，狠狠来了两棍。

"啊……"惨叫。

"啊……"惨叫。

几乎同时出声，好像是宗老大和那个人齐声在喊，这不是人急了要朝宗老大下狠手吧。

有人明白过来了："停停停，把宗叔拉出来……拖走这个。"

"开舱门。"又有人在喊。

几个人拖着压在宗绪飞身上的人，那人死不放手，骂骂咧咧地喊着："要死一起死……"

"救命……"宗绪飞在虚弱地喊着。

不对呀，怎么被打的还中气十足，宗叔不会是出事了吧？

拉人的几个一用力，终于把压着宗绪飞的那货拽起来了，还被闪了个趔趄。此时舱门洞开，那位被压在身下，却神奇地一跃而起，奔向舷梯，喊开舱的一看吓坏了，刚要再喊，嘭……钵大的拳头照着脸杵上来了，那人啊的一声，眼冒金星鼻子喷血，嘭叽一靠舱壁晕了。

跑出去的是大兵，他一伸手，趴住了舱门盖，后面有个反应快的，扑上来就拽着他腿了，而上面那位吓坏了，朝着大兵的手狠狠一跺脚，大兵蹬着腿，朝扑着自己的那位脸上，狠狠地蹬上来。

"啊！"大兵疼得痛吼。

"啊……"那位抱腿的被蹬在脸上，喊声没完人就后仆了。

嗖的一声，大兵忍着痛，直捞舱盖顶上那人的脚，一绊，没绊倒，那人一跺，没跺着，可这个宝贵的空隙让大兵有机会双臂一使力，半个人出了舱口。

嘭，舱顶上的急了，拾起铁棍一棍子就扫过来了，大兵抱着头一闪，那棍子直愣愣敲在他肩胛上，他厉声一喝，忍着痛伸出右手，捞住了对方的手腕一掰一压，借力撑着身一下子滚出了船舱，顺势搂着这货往外一甩，他整个人不进反退，回身啪的一下子盖上了舱门。

一位刚准备出来的，咣的一声被当头扣下了，痛叫着骨碌碌摔回了舱里。

险逃出来了，其实在压灭身下灯大兵扑上去的一刹那，就搂着宗绪飞翻了个身，大部分拳打脚跺，都是老头替他挨了。即使险逃出来了也吃了不少亏，左臂疼得要命，腿上、身上也不知道挨了几下。他咬牙切齿地站起来，那位被摔到舱门上的一看大兵血污满脸，恶狠狠的样子，莫名地一阵战栗，紧张到腿直发抖，就是迈不开步子。

“来啊，上来……”大兵勾着手指头，凶相毕露，满脸血色。

“不，不……”那渔民小伙被吓住了，委屈、恐惧、犹豫，挪着脚就是不敢动，那幽怨的表情，就差来一句臣妾做不到啊。

“不弄残你们几个，你们就不知道马王爷几只眼。”大兵一滑脚，踩着铁棍一抬，那棍子就跟长了眼一样飞起来了，这下可把那小伙吓得会动了。

“啊……不要……”他狂喊着，撒腿就跑，几步之外一蹬舷栏，来了个华丽丽的飞跃动作，然后扑通一声……跳海里了。

大兵根本没有动，而且是眼光瞄着船上，在几桶油料上停了下来……

舱下人早吓傻了，把宗老大打得上气不接下气，不知道是疼得还是气得，一口老血喷出来，坐着伸手就给几个人耳光。

“坏了，怎么办？”

“那孙子手真狠。”

“敲敲舱……”

“他想干吗？”

听到了挪动重物的声音，黑暗里一群渔民听蒙了，想到了一个最恐怖的后果，而且还想对了。舱门蓦地洞开，油桶咣的一声压了多半个舱口，最恐怖的不是这个，而是咕嘟咕嘟往舱里灌的液体。

“啊？柴油……”最近的吓得直躲。

“要命了。”那位还躺着的，吓得一激灵，居然站起来了。

宗绪飞惊得心胆裂了，没想到撞到个敢玩儿命的，这要来个火星，几个人得被烧成烤串啊。他鼓着勇气喊着：“嘿……你到底是警察还是土匪，真要我们的命，你也不想活了？”

“宗老头，这么黑的警察没见过吧？你是敬酒不吃吃罚酒啊，不是想弄残我吗？现在怎么说？”舱口传来了大兵的声音，冷冽恶声，配着柴油的咕嘟声响，让人听得彻骨。

微弱的光线下，一群人吓得浑身起鸡皮疙瘩，眼巴巴地看向宗绪飞。

老宗一闭眼，知道自己栽了，大声喊道：“算你狠，有什么冲我来，没他们的事。”

“够仗义啊，传言看来不假……一个一个上来，不叫别上来啊，小心老子放把火烧了你们这破船，第一个上来。”

舱口的桶移开了，不过流油的口子还在涌着，听得这声音，宗绪飞挥挥手，让船上的渔民先上一位。那位攀着梯子，探头探脑出了舱门，一看大兵正站在不远处，谑玩着一把打火机，他一低头看自己浑身沾着油，紧张地、恐惧地、谄媚地朝大兵一笑。

“赶紧下海洗洗，还等什么？”大兵催着。

“啊？”那人愣了，惊咦了一声。

啪……大兵打着了打火机，这像一个控制按钮一样，那满身油的船工尖叫一声，像被点着一样，奔着跨过栏，扑通一声就跳海里了。

“下一个。”大兵点着数。

又一个探头探脑钻出来了，然后大兵懒得解释了，打着打火机指着：“自己跳海里洗洗。”

“哦，谢谢啊。”这位很有礼貌，如逢大赦，扑通一声跳海了。

又上来了一位，扑通一声，跳了。

再上来了一位，扑通一声……不，还带着像高潮一样的尖叫声，跳了。

最后一位上来的宗绪飞已经输胆了，这人既恶又损，本来怀疑这个警察的居心，而现在，是很怀疑这个人究竟是不是警察。活了这么大，还没丢过这么大人呢。

“老头，看在你是魁五舅舅的分儿上，给你个面子啊，不用跳海了。”大兵笑道，满脸是血，笑得有点狰狞。

宗绪飞也不像样了，被大兵抱着挨了一通，衣服烂了几处，处处见血，脑袋还挨了几下，正揉着，不过余威仍在，他气愤道：“我就不跳，你也未必敢点火……有种你烧啊。”

“那不能，我和你理念一样，求财不害命。”大兵装起了打火机，现在可以平等对话了。他问宗绪飞：“老头，现在我说了算，问你几句话，不回答，老子可要摁住揍你个生活不能自理啊……同意吗？”

“想问我走私稀土了没有？”宗绪飞一屁股坐下，根本不在乎了。一个挨一个跳海看着恐怖，其实他看得出来，这一位也并不想把事情惹大。

“肯定走私了，这个我不问你……我要问的是，想报警吗？”大兵道。

意外的问题，老宗奇怪地看了眼大兵，摇摇头道：“我们自己解决。”

“好，什么时候，我等着；想怎么干，我接着……第二个问题，谁让你弄残我的？”大兵问，一问脸上凶相又生。

宗绪飞像根本没听到一样，揉着身上，舔舔手上的血，诡异地笑了，告诉大兵道：“我说我不认识你信吗？”

“信，像你这么蠢的，还真不能告诉你。”大兵道。

本来想刺激大兵的，没想到把自己刺激了，宗绪飞怒容满面，瞪着大兵。

“好了，问完了，接下来要告诉你两句话，第一句是你外甥传给你的，让你去找七伯，尽快把他捞出来。”大兵道。

宗绪飞一怔，摸不清真假了。

“第二句是我告诉你的，竖着驴耳朵听好了，你外甥犯事了，找什么七伯八伯七爷八爷，都不管用，死定了。”大兵道，说完潇洒一挥手，“走了，话传到了，两不相欠了。”

等大兵走到船舷梯旁，惊愕的宗绪飞才省过来，一骨碌爬起来：“嘿，嘿，等等，你把话说清楚啊，到底怎么了？”

“你说怎么了？留栗勇军那么个后患，把人家指头都砸了，能不怀恨在心？你真以为是我举报你们的？我和你们无冤无仇，你哪儿长得好看值得我举报你们啊？”大兵凶巴巴地训着，颠倒黑白了。

被外甥的事，被这个人的事，搅得短暂失去判断力的宗绪飞一愣，起疑了。大兵指着自己污血的脸问着：“老头你看清楚，我是个法警，是押解犯人的，那走私关我毛事？你看我像个一心为公，不想私事的警察吗？像吗？”

“不像。”宗绪飞摇摇头，对此人的狠辣是忘不了了。

“这不就是了，你外甥被人当枪，你这么老了，也没长脑子，也被人当枪啊？那明显就是有人想收拾你们，把我的电话给那个烂痞子……打的是谁知道不？省公安厅的副厅长，比这儿的公安局局长高五级……现在知道你外甥为啥进去了吧？”大兵伸着巴掌吼着。

“啊？是这样……那坏了。”吓得宗绪飞哆嗦了一下，此时明白惹不起了。

“什么坏了，是你脑子坏了。”大兵连训带问，“一次不行，还想再弄我一次……谁坑你的？”

“这个……”老宗一下卡住了，不敢说了。

大兵接着训着：“不管谁坑你的，都没安好心。我告诉你，没人能救得了你外甥，不信你打听打听，你要能打听出董魁强关在哪儿，我自己跳海里喂鱼去……行了，自个想吧，我走了。”

“嘿，等等……大兄弟。”宗绪飞追着，差点就拽住大兵了，苦着脸问，“大兄弟啊，我还是没明白，他们说你是查走私的，还查到大店乡了。你和小魁？”

“说你傻是夸你啊，查走私？就凭我？你也太高看我了，几个缉私队都办不了的事，我能办了？要不是高宏兵的事，我撇不清，我……”大兵怒道，故意扯到高宏兵，然后瞬间闭嘴，像失言一样摆摆手，“算了，不说了，自己想辙吧，我仁至义尽了啊。”

这时候，异象出来了，宗绪飞已经惊得目瞪口呆，像是被这个名字吓住了一样，看大兵的眼神不是怀疑、不是恐惧，而是浓浓的后悔。

汉奸和皇军打得不可开交，这自己人有什么说不开的。他悔从心头起，气得在自己脸上啪的一声，狠狠扇了一耳光。大兵却是理也不理，扬长而去。宗绪飞追着问：“兄弟，兄弟，你等等，不是说小魁没事嘛，就扰乱治安关几天就放？怎么是……”

“栗勇军四处告状想翻案，高宏兵的事，可能屁股没擦干净，还有那个女的……唉。”大兵幽幽一声长叹，貌似无语。

“那女的和小魁有啥关系？老特把人弄走了。”宗绪飞被冤枉了，替外甥解释着。

这一句，听得大兵差点从舷板上掉海里，幸亏神经大条抗得住，接着话头说：“我说的是和栗勇军一起的那女的，那个女记者。”

“是啊，我知道啊，确实和小魁没关系。”宗绪飞道，泛起了一点疑虑，这个事似乎真和董魁强没关系，而且可能牵扯很大，后面的话他下意识闭嘴了。

从甲板到岸上，不知不觉中已经换位了，每一个心态的转换节点，大兵都连蒙带诈，把这个老家伙忽悠晕了。这不，刚上岸，老头掏着自己的车钥匙要送大兵，大兵严词拒绝了：“算了，我自己走……你这种人，我不想多来往。”

话不在多，奏效就行，大兵抹着脸上的血，像心气难平一样，拂袖而去。

“哎，小兄弟，我咋找你啊。”宗绪飞嚷了句，心被勾得忽漾忽漾的。

“找我干什么，别给我找麻烦就行。”走出很远的大兵，撂了这么一句。

站了良久，直到那几位渔民船工从海里游上来，重新聚到了宗绪飞的身边。宗绪飞回过神来，这才觉得浑身疼痛，气就全撒出来了，揪住其中一个的领子，大耳光啪啪地扇着骂着，老子出钱请你，你打我？

左右开弓扇了一通出气，看人傻站着，老宗又吼着：“快去看守所瞧瞧小魁还在不在，要出大事啦！”

余众不知何事，不过看样子是兄弟情深，四散着去开车，把老爷子扶到车上，顾不上去医院，先去看守所了。一到看守所傻眼了，冷冰冰的一句回复：

嫌疑人因为牵涉其他案情，已被异地羁押。

人不在这儿了，老宗吓得来回拨电话，却不是不接，就是关机。想到大外甥孤苦伶仃不知道关哪儿了，想到这时候连个帮衬的都没有，老宗悲中从来，一口老血上涌，急火攻心，直接昏倒在看守所门口了。

众渔民把老宗搀上车，这回，真该去医院了……

乱中静观

或许是海滨的缘故，津门市的冬天缺了点凛冽，却多了几分妩媚，油油的冬青和常绿的乔木，往往让置身于此的人忘了季节。

孟子寒匆匆从局里出来，解开一颗脖子上的扣子，这个暖冬连保暖衣都穿不住，厚厚的制式冬装足够了。他的眼睛下意识地瞄过肩上的警徽，刚刚授衔评级，因为原始股诈骗大案，他已经站到了足够让很多同行羡慕的位置。

很怀念啊，那种焦虑，那种千头万绪的纠结，那种日以继夜的煎熬，你恨不得都扔下好好睡一觉，可现在一切尘埃已经落定的时候，却又怀念那些紧张刺激的日子……是真怀念啊，一名警员可能毕其一生，都很难遇到这种参案的机会。

他看看表，等的人还没有来，拿出手机拨号时，一辆警车朝着他的方向开来了，他看到驾驶的位置坐着尹白鸽，招招手，车停人上，上车即走。孟子寒纳闷地提醒道："嘿，白鸽，还不到下班时间呢。"

"坐在办公室里和警花聊天还没烦啊？"尹白鸽笑讽了一句。

孟子寒脸色羞羞道："我现在已经有单独办公室了，实话实说，我还真想多几个警花陪我聊呢。"

尹白鸽瞥了眼，这才想起来，直道："恭喜恭喜，再上一级就到警督了。"

"您笑话我啊，这还是拜您和孙副厅所赐，再说句实话，我真怀念我们并肩作战的日子，现在快闲得发霉了，所有欠债跑路的案子，基本都搁浅了，我们彭州的这一例，要成为教科书级别了。"孟子寒道，大有曾经沧海难为水的感慨。

"那我就不客气了，知恩图报啊，托你办的事呢？"尹白鸽问，这是私事，但不是私人的事。

恰恰这种事让孟子寒很忌讳，他先问："白鸽，到底什么事你让我查这几个人的财产状况？我调用经侦的系统可是违反纪律的。"

"我赞同一切都按规矩来，但有些事，它不按规矩发生啊……别废话，查到什么了？"尹白鸽直接问。

"不算很多。"孟子寒掏着手机，看着手机拍的照片读着，"董魁强名下只有一辆车，存款查不到。这个宗绪飞看社会关系似乎是他舅舅，资产不少，房子三幢，渔船七艘，有个渔业公司，在岚海这种渔业公司也不少，不算最碍眼的，财产状况基本符合他的收入水平，近海捕捞的都是些大户……王特就奇怪了，这人现在还是农业户口，在津门都买房子了，还是最贵的天都苑小区，两幢，连体的，存款户口有一百来万吧。”

“哦，这个正常，乡下土豪发财了，首先想的肯定是到大城市买房置产，比我预料的少了点啊。”尹白鸽道。

“呵呵，明面上的财产就这么多，这没办法，有N种方式可以逃避财产信息的登记……他们究竟什么事啊？”孟子寒问。

“走私。”尹白鸽道。

“走私？！还用劳您大驾？”孟子寒纳闷了。

沿海的走私之于警务，一直就是个疥癣之痒，而且是顽疾，像盗窃卖淫一样几乎是无法根治的，这种案子只要不是案值巨大，可能连派出所缉私队都懒得理会。

“想知道详细情况？”尹白鸽诱道。

能让尹白鸽关注的，肯定不是小案，孟子寒点头道：“当然，咱们这行可处处是坑，您拉我，我得知道我掉什么坑里。”

“要告诉你详细情况，你可得入伙。”尹白鸽笑道。

“哟？”孟子寒纳闷了，愕然问，“白鸽，你怎么怪怪的，还入伙？你不是越界办案吧？”

“如果是呢？”尹白鸽笑着瞥了他一眼。

然后孟子寒郁闷了，这个秀才警察给了尹白鸽一个白眼，语重心长地喋喋道：“白鸽，咱们这行多一事不如少一事，少一事不如别出事，你这不是没事找事吗？咱们对得起这大几千的工资就行了……嫌疑人多着呢，就你有本事全抓回来，那咱司法系统的压力得多大？监狱里关不下啊……再说了，越界办案可是大忌啊，要没有上头的明文命令，咱们每一个动作都是违纪甚至违法啊……”

“哟，领导口气已经出来了，好吧，给你十分钟时间，看完这起案件情况，再做决定。在省厅下达命令之前，这叫入伙；不过如果命令真下来了，可轮不到你入伙喽。别忘了，上一次专案组挑人，可没人愿意去，都觉得查集资诈骗、原始股诈骗是吃力不讨好的事，结果呢……嗯，警徽这么漂亮啊？”尹白鸽逗着他道。

这有点挟恩图报了，让孟子寒微微不适。他依言拿着放在车前置物箱的平板，翻看着一个文件夹里的各式资料，视频、图片、文字，还有下载下来的电子案卷，这让他很硌硬，又是明目张胆的违纪，而且查得还不少，从陈妍的失踪案、栗勇军的伤害案，联系到宗绪飞、王特可能参与稀土走私的推测……最让孟子寒感觉不适的是，鄂澜山成片成片被扒的山头。

“哎，基层组织失控，很多乡下都快变成法外之地了……这群浑蛋啊，中重稀土可是战略物资。”孟子寒郁闷地放下平板。

“怎么？这个都不足以激起你的正义和良知？”尹白鸽笑着问。

“白鸽，你这不开玩笑吗？你这么干，把缉私总队置于何地？而且还是跨市，我真不是笑话你，你什么都查不出来还好说，你真查出点什么来，检察上得先找你麻烦……别指望省厅成立专案组，除非你能查到几吨中重稀土，可那可能吗？这么长的海岸线、这么繁忙的运输线，每天到港和出港的货物有多少？那些渔船更难查，在海上逮他们，可比在陆上堵车难多了。”孟子寒倒了一片牢骚。

尹白鸽笑道：“这么了解啊，看来我找对人了。我们现在可以以查找失踪人口的借口介入啊，查案的还是咱们的老伙伴高铭，四队接手陈妍的失踪案了。”

“那明显是知道得太多了，全省几千万人口，丢上几位，还真不好找……咱们刑侦上多少无名尸呢。”孟子寒道。

“哟……越来越像官了啊。”尹白鸽有点失望了。

“我道义上支持你们，行动上服从上级……一个女记者，而且还是前记者，而且更是以曝光黑幕为己任的人，不是我说难听话啊，这本身就注定了悲剧的结局。”孟子寒道，尹白鸽没吭声，这车糊里糊涂走哪儿了孟子寒都迷糊了，问着，“喂喂，入伙不是还得强迫吧？你是想用我的信息权限吧？你这不害我吗？现在查询都有 IP 标识，出事先找的就是我。”

嘎的一声车停了，尹白鸽侧过头，表情里带着几分睥睨，似乎看不起这位只能在账务里打滚的经侦同事，孟子寒笑道：“你还是放过我吧，我胆小。”

“可惜，那些人肯定没有放过陈妍。”尹白鸽道。

“这个我同意，受害人多着呢，我们管得过来吗？”孟子寒道。

“往前看，十一点方向，路口，那位疯老太太，还有那个小女孩，坐在路牙上那位……这是她们的午餐时间。”尹白鸽提醒道。

顺着尹白鸽的视线所指，远远地看到了一位老太太，披散着花白头发，滞滞地看着孟子寒的方向，那神情说不出是什么样子，不过能看到，那位脏兮兮的小女孩，正给老太太喂着什么……或许，是块面包？

“这是……”孟子寒看愣了，像个失家的盲流，就是街上那种衣衫褴褛走街串巷讨吃的的。

“陈妍的妈妈和她的女儿豆豆，六岁，辍学了，跟着姥姥拾破烂。”尹白鸽道。

“啊？”孟子寒鼻子一酸，愣了。

“我问过派出所，陈妍是在这儿出生的，这条路是她回家的方向，老太太是傻傻地等着迎接女儿回来……可惜她无从知道，陈妍根本不是在津门失踪的，她父亲依然在全市贴寻人启事，一年半多了，这个家还能支撑到什么时候，真说不来……”尹白鸽轻声道。

“啊？！这样啊……”孟子寒叹道，像被戳中了心里最脆弱的位置，那个让他难受的位置。

“现在告诉我，想对得起大几千的工资，还是想对得起你肩上的警徽？”尹白鸽问。

孟子寒叹了口气道：“你在用这种方式激将我犯错误？”

“或者你可以选择不犯错误，漠视这些……不用下去，他们已经往派出所、分局跑了无数趟，对于警察已经绝望了。”尹白鸽道，启动着车，催问着，“怎么样？愿意帮我吗？我们拯救不了全世界，可我们总能救一个人、救一个家庭吧？”

车缓缓地从那一对祖孙身边驶过，透过车窗，孟子寒看到了小女孩忽灵灵的一双大眼睛，望了他们一眼，那双眼睛，那双清澈的还带着童真的眼睛，可能还无从见识到这个世界的黑暗。

“你赢了，算上我吧。”孟子寒收回视线的时候，如是道。

“我和你一样，其实都是在这儿输的。”尹白鸽幽幽地说道，又赢得一位同伴并不觉得喜悦，而是轻声提醒着这位新入伙的，“我需要扩大关联信息，与王特、董魁强、宗绪飞、栗勇军相关的经济往来，全部要，越多越好。”

“你会失望的，走私者的财产不可能在能查到的信息里发现，银行的信誉还不如地下钱庄，他们有的是消化方式。”孟子寒道。

“我不期待能杜绝走私，可我想找到失踪的人……消息就在他们中间。”尹白鸽道。

“不用你提醒，如果能找到，背个处分又算什么？”

孟子寒轻声道，其实他的视线一直停留在倒视镜上，直到那一对祖孙变成一个小黑点，越来越小的黑点，直到看不见，他都舍不得移开视线……

“我知道了，一会儿比对参照一下……这边情况不乐观，我们和分局联系了，还在推托，等了一上午没见着人，说是出去办案了……好的，我会尽快找到他们周边的关联人。”

高铭在楼下接着尹白鸽的电话，结束通话时，从即时通信工具里接收到了尹白鸽发来的图片，初始的财产信息，这个信息差到无法直视的程度。依信息上看，董魁强就是一穷光蛋，他舅舅宗绪飞却是个千万富翁，而王特还是农业户口，彻头彻尾的农民，却在津门有两处房产，都在他儿子名下。

这是外围的信息，与期待的价值相差甚远，理论上如果是中重稀土走私的话，应该有大额的资金出入，哪怕就王特这身家似乎都不够。宗绪飞可疑程度更大，但偏偏他的财产来源貌似合法，所有跑海几十年的老渔工，挣个千八百万真不稀罕。

犹犹豫豫地上楼，走到大兵家门口，他又像胃疼一样停下了。里面哼哼叽叽的，受伤的大兵在痛吟，这个货现在像愣头青一样，离他记忆中那位智珠在握、出口妙言的大兵相去甚远。这不，跟宗绪飞手下的渔民打了一架，那架真不知道怎么打的，大兵回来满身伤。

敲门进去了，范承和开着门，笑了笑，做了个鬼脸，张如鹏正给大兵擦红花油，那货躺在沙发上哼哼，任老被姜佩佩送到快捷酒店了，看这样子，今晚得挪窝住到外面了。

“接着刚才的说……大兵，你的意思是，董魁强舅舅被你吓唬住了？”高铭坐下来问道，刚刚几个人正商量来着，被尹白鸽的电话打断了。

“嗯，应该是，上阵父子兵嘛，亲戚做伴正好作案，岚海这小地方，亲缘关联特别重。”大兵道，嗞了一声，嚷着让张如鹏轻点。

张如鹏故意重了点，摁得大兵直叫唤疼，他谑笑着道：“我怎么觉得你在吹牛啊，被人揍成这样了，要真是地下团伙，不来砸你家就不错了。”

“我这旧家，砸了正好重新装修。哎高队，我有种感觉，好像我们思路是错的。”大兵道。

“哪儿错了？”高铭问。

“关键节点错了，我们一直在找陈妍，可我觉得似乎都没把陈妍当回事，反而是那个在逃的混混高宏兵是个关键。董魁强说了句，只要替高宏兵问候就能吓住王特，呀，应验了；下午我试了句，好像这句话也能吓住宗绪飞……看来高宏兵是个关键啊。”大兵道，胡搅蛮干了一通，最终找到这么个隐约的联系。

可这个人，从警察的角度去看，除了是一个拿人钱财替人当打手的料，再没有其他可能了。

范承和糊里糊涂插了句：“不会是都统一口供，栽赃给他了吧？”

“对呀！”大兵一骨碌怒起，却不料拉动伤处了，哎哟哟疼得龇牙咧嘴，张如鹏谑笑着，气得大兵抬腿踹了他一脚。

这时候高铭可笑不出来了，他又把电脑搬出来，仔细地回溯着不多的资料。那几位打闹着上好药，看见高铭坐在桌旁紧锁眉头，凑上来了，出声问时，高铭奇怪地说着：“咱们可能忽略了一个常识性问题。”

“什么意思？”大兵问，再看电脑上当时提取的资料，据说是陈妍传到网上的，她在小区门口拍到了两个人挟持走了栗勇军，挟持过程中还对他进行了殴打，就是这段视频最终导致了董魁强、毛胜利几人被定罪。本来事实清楚、口供确凿，可此时回头再看，疏漏可能太多了，画面里只能看到三个人，一揪两打，之后是一辆面包车驶来，栗勇军被三人挟持进车里，离开。

“哦，高宏兵根本没出现？”张如鹏也看出来了。

“对，司机毛胜利，之后下来把栗勇军车开走的这个叫丁永超，这俩下手最狠的，是董魁强和高虎……高宏兵呢？这些流氓地痞别的不行，打架收拾人，那效率绝对高，一人拦，两人摁，再加一个开车的，理论上再多一个这配制就多余了。”高铭一欠身道。

大兵明白了，有点郁闷地拍拍脑袋，可能是思维惯性了，下意识地把警务档案里所述的高某某、董某某当成案发的真相了。假如根本就没有发生，假如都是栽赃到这一个人头上，那可就滑天下之大稽了。

“要是有警察参与，我非亲手把他们一个一个揪出来。”张如鹏恶狠狠地说道，看了郁闷的几位一眼，此时心灵相通，很可能案子走上岔道，和直接接触的警察有关，而这些人，可能直接或间接导致更多的家庭悲剧发生。

比如，陈妍这一家。

高铭悻然一推电脑道：“不能这么耗着啊，没线索的旧案，短时间根本无法推进，不但陈妍难找，走私的蛛丝马迹也难摸……要拿不出让人信服的证据，这个案子仍然会流产。”

本来的设想，是拿到证据，不管是有关陈妍，还是有关走私的，都能撬动更高层面的参与，可看事态的发展，似乎这个难度会很高。

四人或坐、或站、或伫立窗口，都为难地思忖着，袭击孙启同副厅的那位幕后马沛龙还没有找到踪影，栗勇军去了津门，埋伏的暗桩还没有发现异象，王特还待在乡下，宗绪飞躺医院去了，不管怎么看，都像警察没事找事。

“时间不够啊，就算勾搭人家作案，你也得给人时间啊。”范承和道，按正常思维，折腾到这地步，肯定有人对知情人下手，哪怕警告也会有，毕竟是直接涉案的，又离开岚海了。他好奇地问着：“你们说，会不会王特或者其他人，找不着栗勇军，没地儿下手啊？”

“他要连个人也找不着，那走私肯定不会是他。”高铭道。地下世界站不稳脚的，办不成什么事，特别像这种很麻烦的走私。

“饿了，先吃饭吧，光在这儿讨论顶个屁用？”张如鹏出声了，一下午，全耗在这上面了。

“等一会儿，事情就快来了。”大兵站在窗口道。

“什么事？佩佩来了？”范承和随口问道。

“不，你期待的事情可能要来，但不是你期待的方式。”大兵道。

“是吗？我还真想来几个报复的练练手呢。”高铭不屑道，摸着腰里的武器，顺手拔出来擦擦，憋太久了。

“错，他们肯定把我当成彻头彻尾的黑警察了，怎么可能报复？得拉拢和收买才成啊，别忘了，董魁强现在在哪儿，只有咱们知道，而岚海这边的同行，恐怕也知道有人在查，根本不会露面。你们说这个时候，心疼外甥的宗绪飞会干什么？是不是会拿着重礼打点，疏通一下关系啊？他越不知道监狱里的情况，可就越害怕啊。”大兵道。

“不吹你会死啊，都被人打成这样了。”张如鹏悻然讽刺了句。

“不至于吧，这么客气？”范承和笑着问。

“我比你们更了解他们的风格，对更狠一点的对手，都很客气……呵呵，别不信，人来了。可能不会按我们的思路出牌。”大兵道。

另外仨趿里趿拉起身跑到了窗口，顺着大兵的视线，果真看到一辆车泊到了楼下，两个人下车，朝着单元口来了。

“这是……”高铭不确定了。

“进里面吧，手机关静音……是我个战友，他们能量不小，已经摸到我家了。”大兵冷言道，这个事，让他莫名地愤怒，因为他已经看到来人是谁了。

是于磊，车行的那位战友加发小，这个发现让大兵觉得心凉了，几乎凉透了……

图书在版编目（CIP）数据

第三重人格. 2 / 常舒欣著. —北京：民主与建设出版社，2017.5

ISBN 978-7-5139-1481-9

Ⅰ. ①第… Ⅱ. ①常… Ⅲ. ①长篇小说—中国—当代 Ⅳ. ①I247.5

中国版本图书馆CIP数据核字（2017）第071637号

第三重人格. 2

DI SAN CHONG REN GE.2

出 版 人 许久文
著　　者 常舒欣
责任编辑 程　旭
封面设计 荆棘设计
出版发行 民主与建设出版社有限责任公司
电　　话 （010）59417747　59419778
社　　址 北京市海淀区西三环中路10号望海楼E座7层
邮　　编 100142
印　　刷 北京嘉业印刷厂
版　　次 2017年12月第1版　2017年12月第1次印刷
开　　本 710mm × 1000mm　1/16
印　　张 20
字　　数 343千字
书　　号 ISBN 978-7-5139-1481-9
定　　价 38.00元

注：如有印、装质量问题，请与出版社联系。